Kate Field

# Der Zauber des Hauses Ramblings



GOLDMANN
Lesen erleben

*Buch*

*In dem Moment, als Cassie die Anzeige sah, wusste sie, dass sie genau die Richtige für diese Stelle war.*
*»GESUCHT: Im Hause wohnende Gesellschafterin für selbstständige Dame in abgelegenem Dorf in Lancashire. Eigenes Zimmer vorhanden. Geschwätzigkeit unerwünscht. Referenzen erforderlich.«*

Cassie Bancroft weiß nicht mehr weiter. Ihr Leben, ihre Ehe, ihre Arbeit – sie will vor allem nur noch davonlaufen. Kurzentschlossen bewirbt sie sich als Gesellschafterin einer alten Dame, um in dem Herrenhaus am Rand des idyllischen Dorfes Ribblemill ihre Vergangenheit hinter sich zu lassen. Die Dorfbewohner nehmen Cassie rasch in ihrer Mitte auf, nur einen gibt es, der zu Cassie Distanz hält: Barney, der Neffe von Cassies Arbeitgeberin Frances Smallwood. In Cassie vermutet er eine Betrügerin, die sich das Vertrauen von Frances erschleichen will, um an deren Geld zu kommen. Auch Frances' Kinder misstrauen ihr – erst recht, als Frances die scheue junge Frau immer tiefer ins Herz schließt und regelrecht aufblüht. Ob Cassie in Ramblings dennoch ein neues Zuhause finden kann?

*Autorin*

Kate Field lebt mit ihrem Mann, ihrer Tochter und einer Katze im englischen Lancashire. Ihr Debütroman »Der Zauber des Hauses Ramblings« wurde mit dem Romantic Novelists' Association Award für Nachwuchsautoren ausgezeichnet.

*Für Mum und Dad, für alles.*

# 1

In dem Moment, als Cassie die Anzeige in einer der Zeitschriften sah, die sie eigentlich nur abstauben, nicht lesen sollte, wusste sie, dass sie genau die Richtige für diese Stelle war.

»GESUCHT: Im Hause wohnende Gesellschafterin für selbstständige Dame in abgelegenem Dorf in Lancashire. Eigenes Zimmer vorhanden. Geschwätzigkeit unerwünscht. Referenzen erforderlich.«

Abgelegenheit und Schweigen, Letzteres sogar *unterstrichen*. Optimal. Cassie ging mit der Zeitschrift ins Arbeitszimmer, wobei sie darauf achtete, bloß keine Seite zu zerknittern, suchte sich einen Zettel und schrieb die Annonce ab.

Ihr Stift schwebte über den letzten beiden Wörtern. Referenzen? Woher nehmen und nicht stehlen? Ihr Blick wanderte zum Computer und den Papierbogen mit Briefkopf daneben. Niemand würde es bemerken, wenn ein Blatt fehlte. Das Passwort für den Computer klebte innen in der Schreibtischschublade. Schließlich hatte sie nicht umsonst im letzten Vierteljahr drei Tage pro Woche hier gearbeitet. Sie würde höchstens fünf Minuten brauchen, um sich etwas Passendes auszudenken. Und ihr Chef bei der Putzfirma, der sie ohne Referenzen angeheuert und nicht einmal nach einem Ausweis gefragt hatte, würde doch sicherlich keine Skrupel haben, ihr eine Referenz auf jeden gewünschten Namen auszustellen.

Ihr Gewissen meldete sich, nur dass ein Gewissen zu den Luxusgütern gehörte, die Cassie sich nicht mehr leisten konnte. Mit zitternden Fingern schaltete sie den Laptop ein und tippte einen Brief, in dem sie ihre Qualitäten anpries und dabei Formulierungen verwendete, die, wie sie hoffte, einfach unwiderstehlich klangen. Sie brauchte diesen Job. Es war Zeit für einen Neuanfang.

Zwei Wochen später schleppte sich Cassie zu Fuß eine gewundene Straße in Lancashire entlang. Unter dem Gewicht ihres Armee-Rucksacks gaben ihr fast die Knie nach. In ihrer Erschöpfung fühlte sich jeder Schritt an wie zehn, und wenn ihre Füße nicht wegen der Februarkälte taub gewesen wären, hätten sie wohl wehgetan. Doch ihr Herz war so leicht wie schon seit Monaten nicht mehr. Rings um sie herum erstreckte sich eine idyllische Landschaft, ungestört von jeglichen Spuren menschlichen Lebens. Es war beinahe so schön wie zu Hause. Genau die Abgeschiedenheit, nach der sie sich sehnte.

Sie ließ den Rucksack zu Boden gleiten, lockerte ihre Schultern und trat einen Schritt vor, um das weidende Lamm auf der gegenüberliegenden Straßenseite zu betrachten.

Eine Hupe gellte. Cassie spürte einen Luftzug, als ein Auto ihr ruckartig auswich und an der Hecke zum Stehen kam. Das Mutterschaf rannte los. Ihr schlammverkrustetes braunes Hinterteil wippte auf und nieder, das Lamm folgte ihr auf den Fersen.

»Warum springen Sie ohne Vorwarnung auf die Straße, verdammt?«

Cassie starrte in ein dunkles, stoppeliges Gesicht. Schwarze Brauen trafen sich über zornig blitzenden braunen Augen, und wegen des struppigen Barts konnte sie nur mit Mühe ärgerlich zusammengepresste Lippen erkennen.

»Sie haben die Schafe erschreckt«, sagte sie und beobachtete, wie die Tiere am anderen Ende der Weide stehen blieben.

»Was?« Kurz schaute der Mann in dieselbe Richtung und wirbelte dann herum. »Sie dumme Kuh. Ich hätte Sie totfahren können. Diese Straße ist eine Rennstrecke.«

Dumme Kuh … Eine andere Stimme drängte sich in Cassies Verstand, und sie wich zurück.

Ein kräftiger Ruck am Arm riss sie von der Straße, als wieder ein Auto um die Kurve raste.

»Was ist nur los mit Ihnen? Sind Sie lebensmüde?«

Der Mann wirkte noch erboster und gereizter.

»Tut mir leid.« Cassie kratzte sich am rechten Daumenknöchel und wünschte sich, der Mann möge verschwinden.

»Wo wollen Sie hin? Nach Ribblemill?«

»Ja.«

»Ich nehme Sie mit.« Er griff nach Cassies Rucksack

und warf ihn auf die Ladefläche seines Pick-ups. Als er die Beifahrertür öffnete, sprang ein brauner Border Collie heraus. Er rannte auf Cassie zu, um sie zu beschnuppern, und sie bückte sich und vergrub die Finger in seinem weichen Fell. Der Hund leckte ihre Hand. Seine Zunge war rau und warm. So eine liebevolle Berührung hatte sie schon seit Monaten nicht mehr gespürt.

»Gin, komm her, mein Mädchen.«

Die Hündin ließ Cassie stehen und kehrte zu dem Mann zurück, der sie auf die Ladefläche hob. Dann sah er Cassie an.

»Steigen Sie ein. Zum Rumstehen ist es zu kalt.« Als Cassie sich nicht rührte, kratzte er sich seufzend mit dem Fingernagel den Bart. »Es passiert Ihnen nichts. Entschuldigung, dass ich Sie angeschrien habe, okay? Letztes Jahr wurde ein Mädchen hier aus der Gegend auf dieser Straße überfahren. Ich will nicht, dass sich das wiederholt.«

Inzwischen war sein Tonfall sanfter, und der Zorn in seinen Augen wurde von Besorgnis abgelöst. Offenbar war diese nicht nur vorgespielt, was sie gleichermaßen überraschte und beunruhigte. Cassie brauchte keine Minute, um sich zu entscheiden und in den Pick-up zu steigen. Was hatte sie zu verlieren? Alles, was sie noch besaß, befand sich in dem Rucksack, und den hatte er ja schon.

Nach fünf schweigend verbrachten Minuten stoppten sie dicht hinter einem soliden Buswartehäuschen aus Stein. Cassie nahm an, dass es sich hier um das Zentrum des Dorfs handelte. Die Straße gabelte sich und mündete dann in einer dritten Straße, sodass in der Mitte ein dreieckiger Dorfanger entstand. Für ein Dorf im Nirgendwo war die Versorgung erstaunlich gut. Ein Pub, die Fassade altersgeschwärzt, nahm die eine Seite des Dreiecks ein. Außerdem konnte Cassie ein Postamt, einen Gemischtwarenladen, eine Metzgerei und einen Haushaltswarenladen ausmachen. Auf dem Gehweg davor stapelte sich eine beeindruckende Ansammlung von Bürsten, Mopps, Eimern und anderen Utensilien.

»Das ist Ribblemill«, verkündete der Mann, stellte den Motor ab und unterbrach damit Cassies Musterung ihres hoffentlich neuen Zuhauses. »Wissen Sie, wo Sie hinmüssen?«

Cassie spähte durch die Windschutzscheibe. Die Straßen hatten alle keine Namen. Sie schüttelte den Kopf.

»Welches ist die Wood End Road?«

»Die da.« Er wies auf die Straße, die auf der gegenüberliegenden Seite des Dreiecks hinter dem Postamt verschwand. »Da gibt es nicht viel. Waren Sie schon mal hier?«

»Nein«, gab Cassie zu. »Ich suche ein Haus namens Ramblings. Kennen Sie es?«

Die Stimmung im Auto änderte sich merklich. Der Mann drehte sich zu Cassie um.

»Was wollen Sie dort?«

»Ich bin mit der Besitzerin Mrs Smallwood verabredet.«

»Wieso?«

»Geht Sie das etwas an?«

»Warum verraten Sie es mir nicht? Möchten Sie wirklich *Mrs* Smallwood sprechen?«

Cassie wunderte sich, weil er sie so argwöhnisch ansah,

obwohl er es doch war, der sich sonderbar verhielt. Sie streckte die Hand nach dem Türgriff aus.

»Moment! Ich bin unterwegs nach Ramblings. Ich kann Sie hinfahren.«

Wirklich ein erstaunlicher Zufall. Aber wer konnte wissen, was unter all dem Haar in seinem Kopf vorging?

»Kein Problem. Ich schaffe das auch zu Fuß.«

»Es sind über zwei Kilometer.«

Cassie ließ den Türgriff los. Sie spürte bereits, dass sie sich für diesen Tag zu viel vorgenommen hatte.

Außerdem hatte sie keine Ahnung, wie sie den Weg zurück zu öffentlichen Verkehrsmitteln finden oder, noch wichtiger, wohin sie fahren sollte, falls das Vorstellungsgespräch erfolglos war. Zum ersten Mal bereute sie es, spontan ihren Job und ihr Zimmer aufgegeben zu haben, um hierherzukommen.

»Ich muss im Dorf noch was erledigen, dann fahren wir. Dauert nur fünf Minuten. Einfach warten.«

Der Mann war schon fast ausgestiegen, als Cassie klar wurde, dass er mit ihr, nicht mit dem Hund sprach. Der Hund durfte mit. Sie blickte ihnen nach, wie sie die Straße in Richtung Haushaltswarenladen überquerten. Kurz darauf erschienen sie wieder und gingen über den Anger zum Pub. Erledigungen! Cassie schnaubte höhnisch. Wahrscheinlich eher ein schnelles Bier. Sie schaute zum Gemischtwarenladen. Wenn er einen trank, konnte sie rasch hinüberhuschen und zurück sein, bevor er bemerkte, dass sie sich von der Stelle gerührt hatte. Sie kletterte aus dem Wagen, nahm ihre Tasche und machte sich auf den Weg.

Fünf Minuten später trat Cassie aus dem Laden und stöhnte innerlich auf, als sie feststellte, dass der Mann neben seinem Pick-up stand und die Straße hinauf- und hinuntersah. Sie spürte die Wellen der Verärgerung, die ihr entgegenschlugen.

»Wo waren Sie?«, fragte er, sobald sie in Rufweite war. »Ich habe doch gesagt, dass Sie warten sollen.«

»Im Laden.«

»Weshalb? Haben Sie sich nach mir erkundigt?«

»Nein. Ich habe Tabletten gebraucht«, erwiderte sie in der Annahme, dass diese Antwort das Verhör doch sicher beenden würde. Sie bereute, dass sie die Gelegenheit nicht genutzt hatte, um Fragen über ihn zu stellen. War der Mensch tatsächlich verrückt oder nur gut darin, es vorzutäuschen?

»Was für Tabletten? Sind Sie krank?«

»Menstruationsbeschwerden«, improvisierte sie, überzeugt, das Gespräch damit endlich abgewürgt zu haben. Sie stellte ihre Tasche auf die Ladefläche neben den Hund und setzte sich auf den Beifahrersitz. Der Mann ließ zwar den Motor an, fuhr aber nicht los.

»Welche Tabletten haben Sie gekauft?«

»Ibuprofen.«

»Die sollten Sie nicht auf nüchternen Magen nehmen. Haben Sie etwas zu essen da?« Cassie schüttelte den Kopf. Er streckte die Hand aus und öffnete das Handschuhfach. Es war mit Schokoriegeln vollgestopft. Möglich, dass er unter Cassies erstauntem Blick errötete, doch das war wegen des Barts nur schwer festzustellen. »Bedienen Sie sich.«

»Ich esse keine Schokolade.«

Er klappte das Handschuhfach wieder zu und förderte aus dem Seitenfach in der Tür einen Apfel zutage. Nachdem er ihn an seiner Jeans abgewischt hatte, warf er ihn Cassie zu. Sie biss hinein. Seine Bazillen waren ihr lieber als seine Fragen.

Die Straße aus dem Dorf führte an einigen Häuschen vorbei. Bald waren auf beiden Seiten nichts als hügelige Felder zu sehen. Als sie ein Wäldchen erreichten, bog der Pick-up plötzlich zwischen zwei kunstvoll verzierten Steinsäulen ab und rollte eine äußerst gepflegte Auffahrt entlang. Cassie erstarrte. Etwas stimmte hier nicht.

»Ich dachte, Sie bringen mich nach Ramblings.«

»Genau das tue ich doch.«

»Aber …«

Cassie verschlug es die Sprache, als sie auf dem mit Kies bestreuten Vorplatz eines Hauses hielten, das man mit Fug und Recht als Herrenhaus bezeichnen konnte. Es bestand aus hellgrauem Stein und verfügte über verschnörkelte Türmchen und Türme an den Ecken des Daches, aus dem gewaltige Kamine ragten. Symmetrie oder Ordnung waren nicht zu erkennen. Es sah aus, als habe jemand seine sämtlichen Fantasien an einem Gebäude ausgelebt. Allerdings mit Erfolg. Es war wunderschön.

»Ist das Ramblings?«

»Ja. Was haben Sie erwartet?«

Cassie zuckte beiläufig die Achseln, was genauso gut wie eine Lüge war. Denn nach einem kurzen Gespräch mit Frances Smallwood hatte sie sich ein klares Bild gemacht. Sie hatte mit einem freistehenden Haus gerechnet, vielleicht im edwardianischen Stil. Mit ordentlichen Gärten und drinnen mit Unmengen von Porzellanfigürchen auf Spitzendeckchen. Niemals im Leben hätte sie sich so etwas ausgemalt.

Ihr Begleiter zog wieder die Augenbrauen zusammen.

»Sie haben doch sicher recherchiert, ehe Sie hergekommen sind.«

»Ich habe keinen Computer.« Sie hatte nicht gewagt, die Computer in den Häusern, in denen sie putzte, zu benutzen, da sie keine Spuren hatte hinterlassen wollen. Um die Adresse zu ermitteln, war sie in den nächsten Drogeriemarkt gegangen und hatte auf einer Landkarte nachgesehen, wo das Dorf lag und wo sich der nächste Bahnhof befand. Das Haus selbst war ihr nicht wichtig erschienen. In der Anzeige war von einem eigenen Zimmer die Rede gewesen, und in den letzten Monaten hatte sie gelernt, dass sie eigentlich nicht mehr als das brauchte.

Der Mann starrte sie sichtlich zweifelnd an.

»Warum sind Sie hier?«

»Das habe ich Ihnen doch schon gesagt. Ich bin mit Mrs Smallwood verabredet.« Sie öffnete die Wagentür. »Danke fürs Mitnehmen.«

Sie sprang aus dem Pick-up, aber bevor sie ihren Rucksack von der Ladefläche nehmen konnte, stand der Mann bereits neben ihr, griff selbst danach und schulterte ihn, als enthielte er nichts weiter als Spinnweben.

»Ich stelle Sie vor«, meinte er und ging voran, unter einem dekorativen Baldachin über der Tür hindurch, der Cassie an einen Betthimmel erinnerte. Ohne zu läuten, riss er die massive Eichentür auf und trat in eine Vorhalle von der Größe eines Tennisplatzes. Die Wände waren holzvertäfelt, mit Bogen, die sich über den Fenstern, den Türrahmen und dem Kamin wiederholten.

»Frances!«, rief er. Keine Antwort. »Wahrscheinlich ist sie im Frühstückszimmer.«

Er marschierte los, und Cassie hastete hinter ihm her durch einen riesigen Türbogen und einen Flur entlang, bis er durch eine Tür stürmte.

»Da bist du ja«, hörte Cassie ihn sagen. Sie blieb zurück, nicht sicher, ob sie ihm folgen oder in der Vorhalle warten sollte. »Warum hast du die Füße hochgelegt? Fühlst du dich nicht wohl?«

Es war eine einfühlsamere Version des fragenden Tonfalls, den er gegenüber Cassie angeschlagen hatte.

»Barney! Ich hätte nicht gedacht, dass du heute kommst.« Die antwortende Stimme war weiblich und klang gereizt. »Ich habe nur meine Beine ausgeruht. Veranstalte nicht so ein Tamtam und verschwinde in dein Büro.«

»Warum die Eile? Störe ich?«

»Nichts, was dich etwas anginge. Ich erwarte Besuch.«

»Dann geht es mich etwas an, denn ich habe dir jemanden mitgebracht. Habe ich wenigstens geglaubt. Oder ist sie schon abgehauen?« Cassie hörte Schritte. Dann spähte der Mann, Barney, um die Tür herum. »Offenbar haben Sie die Wahrheit gesagt. Wenigstens, was Ihre Verabredung betrifft. Am besten kommen Sie rein.«

Cassie öffnete die Tür und stand in einem großen, jedoch erstaunlich gemütlichen Zimmer, ausgestattet in einem beruhigenden Blauton mit bequemen Sofas und Sesseln. Es war kein einziges Spitzendeckchen zu sehen.

Eine alte Dame erhob sich aus einem Sessel. Sie war makellos mit einem ausgestellten Rock aus Wollstoff, einer Seidenbluse und einer Strickjacke bekleidet. Ihr graues Haar war zu einer schmeichelhafteren Version der Frisur der Queen gelegt.

»Miss Bancroft? Schön, dass Sie hier sind. Ich bin Frances Smallwood.«

Sie ließ einen eindringlich prüfenden Blick über Cassie schweifen. Diese schaute zurück und wurde sich verzweifelt dessen bewusst, dass sie den Job nicht bekommen würde, falls man sie nach ihrem Äußeren beurteilen sollte.

»Setzen Sie sich doch. Sie sind ja ganz erschöpft. Hatten Sie eine anstrengende Reise?«

»Eigentlich nicht. Nur die letzten Kilometer …«

»Nicht, bis sie mich fast von der Straße gedrängt hätte«, unterbrach Barney. »Sie ist aus der Hecke gesprungen wie ein Kaninchen.«

»Bist du immer noch da?« Frances sah ihn verärgert an, ehe sie sich wieder an Cassie wandte. »Warum waren Sie auf der Straße? Wo war Ihr Auto?«

»Ich habe keins.«

»Kein Auto? Aber ich habe angenommen …« Frances' Stimme erstarb.

»Das ist kein Problem. Die Abgelegenheit stört mich nicht. Ich möchte nirgendwo hinfahren.«

Aus dem Augenwinkel bemerkte Cassie, dass Barney näher an Frances heranrückte. Sie schaute auf und stellte fest, dass sein kühler, abschätzender Blick auf ihr ruhte. Es war schlimmer als die Musterung durch Frances. Cassie kauerte sich in ihrem Sessel zusammen.

»Was wird hier gespielt, Frances? Ist sie meinetwegen hier? Fangen die Journalisten schon wieder an?«

»Es hat nichts mit dir zu tun. Miss Bancroft hat sich als meine Gesellschafterin beworben.«

»Deine was?«

Barneys verdatterte Miene wäre amüsant gewesen, wenn Cassies Lippen nicht vergessen hätten, wie man lächelte.

»Meine Gesellschafterin.« Frances verschränkte die Hände auf dem Schoß. »Jemand, der mir Gesellschaft leistet. Ein anderer Mensch im Haus.«

»Ich gehe hier doch täglich ein und aus!«

»Du arbeitest«, entgegnete Frances. »Außerdem bist du nachts nicht hier.«

»Das ließe sich ändern. Ich ziehe ein.«

»Das wäre meiner Ansicht nach kaum passend. Ich wünsche nicht, dass hordenweise fremde Damen in Unterwäsche durch mein Haus spazieren.«

»Warum hast du dann eine dazu aufgefordert, mit dir zusammenzuwohnen?«

Cassie schob sich ein Kissen aufs Knie und wäre am liebsten im Sessel versunken. Sie sah Barney an, der sie mit herausfordernd zusammengezogenen Augenbrauen anstarrte. Zum ersten Mal seit ihrer Begegnung auf der Straße betrachtete sie ihn eingehender. Er war jünger, als sie gedacht hatte, vielleicht Mitte dreißig, also etwa in ihrem Alter. Sein dichtes Haar war kastanienbraun, allerdings ziemlich zerzaust. Und wenn er ausnahmsweise nicht die Stirn runzelte, hatte er große, ausdrucksstarke Augen. Also ein attraktiver Mann. Trotz Bart. Möglicherweise rannten die Frauen ihm ja wirklich die Tür ein, vorausgesetzt, sie hielten sich die Ohren zu, damit sie ihn nicht herumschreien hörten. Und falls sie seinen durchdringenden Blick ertrugen, mit dem er einem durch Haut und Knochen direkt in die Seele zu sehen schien. Cassie umklammerte das Kissen fester.

»Miss Bancroft hat nichts Seltsames an sich. Du musst sie dir nur ansehen, um zu bemerken, dass sie absolut normal ist.«

Nun wurde sie von zwei Augenpaaren gemustert. In dem einen spiegelte sich ein schwacher Hauch von Zweifel, in dem anderen eindeutig Ungläubigkeit. Cassie erwiderte schweigend die Blicke und freute sich über das unbeabsichtigte Kompliment. Normal! Seit Monaten, ja, vielleicht sogar seit Jahren hatte sie sich nicht mehr normal gefühlt.

»Ihr kennt euch nicht. Du weißt nichts über sie. Von welcher Agentur kommt sie?«

»Agentur? Ich brauche eine Gesellschafterin, keine Leibwächterin.«

»Ich meinte einen Pflegedienst.« Barney kauerte sich neben Frances. In ihren Blicken schwangen so viele Worte mit, die Cassie zwar sehen, jedoch nicht hören konnte. »Wenn du wirklich dazu entschlossen bist, brauchst du jemanden, der weiß, was er tut und womit zu rechnen ist. So klappt das nicht.«

Cassie warf das Kissen beiseite. Alle für das Vorstellungsgespräch eingeübten Sätze waren plötzlich wie weggeblasen.

»Ich schaffe das«, sagte sie. »Bitte geben Sie mir eine Chance. Ich brauche diesen Job.«

Frances sah sie so streng an, dass Cassie schon glaubte, es vermasselt zu haben. Doch dann nickte sie fast unmerklich, aber entschlossen, eine Geste, die Verständnis und Zustimmung zu vermitteln schien.

»Ich glaube, ich kann meine Bedürfnisse am besten beurteilen«, meinte Frances zu Barney. »Ich lasse mich nicht unter Druck setzen, nicht schon wieder, nicht in meinem eigenen Haus und ganz sicher nicht jetzt. Ich stelle Miss Bancroft als meine Gesellschafterin ein, und du, Barnaby Smallwood, wirst dich daran gewöhnen müssen.«

# 2

Da das nun geklärt wäre, sollten wir über das Organisatorische sprechen, Miss Bancroft«, begann Frances.

»Geklärt« war eine eigenartige Formulierung, denn schließlich war Barney, Zorn im Kielwasser, soeben hinausgestürmt.

»Nennen Sie mich Cassie.«

Der Name Miss Bancroft war ihr noch immer fremd. Sie fühlte sich wie eine Braut, die sich an einen neuen Nachnamen gewöhnt, auch wenn man sich einen weniger zutreffenderen Vergleich kaum vorstellen konnte.

»Gut. Vermutlich sollten Sie mich Frances nennen.« Es klang nach einem widerwilligen Zugeständnis. »Könnten Sie mir das Notizbuch und einen Stift aus der oberen linken Schreibtischschublade holen?«

Cassie brachte Frances das Gewünschte.

»Nein, behalten Sie es. Meine Arthritis ist heute schlimm. Ich möchte, dass Sie eine Liste der zu erledigenden Dinge aufstellen.«

Cassie nickte und bemerkte, als sie sich wieder setzte, dass Frances sich die rechte Hand hielt.

»Erstens, Ihr Haar. Ist das eine Perücke?«

»Mein Haar?« Cassies Blick fuhr von dem Notizbuch hoch, in das sie gerade etwas hatte hineinschreiben wollen. »Es ist echt.« Wieder verlegen berührte sie es. Sie brauchte nicht zu fragen, was daran nicht stimmte. Sie hatte guten Grund, nicht mehr in den Spiegel zu sehen.

»Die Farbe doch sicher nicht«, beharrte Frances. »Sie sind unmöglich eine echte Blondine. So eine Farbe gibt es in der Natur nicht. Sie sehen gewöhnlich aus. Jede Woche kommt ein Mädchen aus dem Dorf, um mir die Haare zu richten. Ich erwarte sie morgen. Da kann sie Sie in Ordnung bringen.«

»Das kann ich mir nicht leisten.«

»Ich bezahle. Es ist ja zu meinem Vorteil«, insistierte Frances, als Cassie den Mund aufmachte, um zu widersprechen. »Ich ertrage es nicht anzusehen, was Sie da angerichtet haben. Vielleicht sind Sie ja hübsch, wenn man nicht auf das Trauerspiel auf Ihrem Kopf achtet. Schreiben Sie es auf die Liste. Ich rufe Melanie später an und bitte sie, ihre Farben mitzubringen.«

Gehorsam notierte Cassie »Frisur von Melanie« oben auf eine leere Seite des Notizbuchs.

»Punkt zwei ist das Auto. Ich nehme an, dass Sie fahren können. Ich besuche gern regelmäßig die Kirche. Normalerweise fährt mich Barney, doch sein heidnisches Gebrummel neben mir ist wirklich störend. Ich merke Ihnen an, dass Ihre Gegenwart beruhigender sein wird. In der Garage steht ein alter Volvo Kombi. Barney wird sich darum kümmern, dass Sie in die Versicherung aufgenommen werden. Schreiben Sie es auf die Liste.«

Cassie tat es und hoffte, dass Frances das selbst mit Barney besprechen würde.

»Wir haben Ihr Gehalt noch nicht erörtert. Ich denke, dass dreihundertfünfzig Pfund pro Woche angemessen sein sollten.«

Angemessen? Es war doppelt so viel wie das, was Cassie bei der Putzfirma verdient hatte, denn dort hatte ihr Boss lediglich den vorgeschriebenen Mindestlohn gezahlt.

»Damit bin ich zufrieden«, erwiderte Cassie und schrieb es auf, bevor Frances Zeit hatte, es sich anders zu überlegen. »Könnten Sie mich bar bezahlen?«

»Ich dachte eher an einen Scheck.«

»Ich habe momentan kein Konto.« Nicht unter dem Namen Bancroft und auch keines auf irgendeinen anderen Namen, von dem sie etwas abzuheben gewagt hätte.

»Wie Sie möchten. Schreiben Sie es auf. Barney kann mir das Geld jede Woche bringen. Ich glaube, mit den übrigen Punkten befassen wir uns später. Ich würde mich gerne ein wenig ausruhen.«

»Natürlich. Soll ich bleiben oder gehen?«

»Sie müssen nicht die ganze Zeit bei mir sitzen. Wir sollten uns einen Piepser anschaffen, damit ich Sie rufen kann, wenn ich Sie brauche. Schreiben Sie es auf die Liste. Barney kennt sicher etwas Passendes.«

Natürlich. Allmählich hatte Cassie den Eindruck, dass es nichts gab, was er nicht wusste oder womit er nicht fertigwerden würde. Aus dem Inserat und ihrem Gespräch mit Frances hatte sie geschlossen, dass sie nur zu zweit sein würden. Ein Frauenhaushalt. Das hatte einen großen Teil der Anziehungskraft ausgemacht. Sie wollte nicht, dass ein Mann sich in ihr Leben drängte. Aber welche andere Wahl hatte sie? Sie konnte sonst nirgendwohin. Außerdem mussten ihre Wege sich ja nicht ständig kreuzen.

»Sie möchten jetzt sicher Ihr Zimmer sehen«, riss Frances Cassie aus ihren Gedanken. »Drücken Sie auf den roten Knopf am Telefon auf dem Schreibtisch. Dann werden Sie mit Barneys Büro verbunden. Er zeigt es Ihnen.«

»Ich finde den Weg bestimmt allein.«

»Als ich hier einzog, habe ich zwei Monate gebraucht, um mich zurechtzufinden. Also machen Sie kein Tamtam und rufen Sie Barney an.«

»Frances?«, knurrte eine Stimme am anderen Ende der Leitung. »Hoffentlich rufst du an, um mir zu sagen, dass du zur Vernunft gekommen bist und dass sie weg ist.«

»Ich bin es, Cassie.«

Ein Musterbeispiel dessen, was Frances wohl als heidnisches Gebrummel bezeichnet hätte, hallte aus dem Hörer. Es schien ihm nicht im mindesten peinlich zu sein.

»Wo ist Frances?«

»Sie sitzt in ihrem Sessel. Sie möchte, dass Sie mir mein Zimmer zeigen.«

»Ihr was? Ich bin gleich da.«

Der Hörer wurde hingeknallt. Cassie legte auf und drehte sich zu Frances um, die fragend den Kopf neigte.

»Er kommt.«

Schon eine knappe Minute später wurde die Tür aufgerissen, und Barney stürmte herein. Er hatte Jacke und Stiefel ausgezogen und wirkte in einem grauen Aran-Pullover und Wandersocken ein wenig menschlicher. Aus der Spitze der linken Socke ragte sein großer Zeh. Dieser Makel tröstete Cassie ein klein wenig, obwohl seine zusammengezogenen Augenbrauen noch immer von Zorn zeugten.

»Sie bleibt?«, fragte er und marschierte auf Frances zu, ohne Cassie eines Blicks zu würdigen.

»Natürlich.« Frances ließ sich von seinem herrischen Auftreten und der Frage nicht aus der Ruhe bringen. Vielleicht benahm er sich ja immer so, dachte Cassie. Keine sehr angenehme Vorstellung. »Ich habe dir bereits erklärt, dass ich nachts Gesellschaft haben möchte.«

»Gut, aber warum heute Nacht? Woher weißt du, ob sie die ist, für die sie sich ausgibt? Solltest du dir nicht zuerst ihre Referenzen ansehen? Falls sie überhaupt welche hat«, murmelte er und richtete den Blick unter seinen ärgerlich zusammengezogenen Brauen auf Cassie.

»Cassie hat mir bereits einige ausgezeichnete Referenzen vorgelegt. Ich bin mehr als zufrieden damit.« Es war nur schwer festzustellen, ob Barney oder Cassie erstaunter über Frances' Antwort waren. Wann hatte Frances mit ihren früheren Arbeitgebern gesprochen? Mit denen, die sie erfunden hatte, hatte sie ja gar nicht sprechen können. »Barney, könntest du Cassie den Weg zu den Schlafzimmern zeigen? Und trag ihr Gepäck. Steht es noch in der Vorhalle?«

»Nein, es ist hier.« Cassie wies auf ihren abgewetzten Rucksack, der noch auf dem Boden lag, wo Barney ihn bei ihrer Ankunft hingeworfen hatte.

»Wird der Rest Ihrer Sachen nachgeschickt?«

»Das ist alles, was ich habe.«

Bei diesen Worten starrten Frances und Barney sie an. Erstaunt, neugierig und – in seinem Fall – argwöhnisch. Die gnadenlose Erkenntnis, wie schäbig ihr Leben war, senkte sich über Cassie herab wie gefrierender Nebel. Sie wusste, wie sie auf diese Menschen in ihrem prächtigen Haus wirken musste: die fahle Haut, die müden Augen, das strohgelbe Haar, die alten Kleider, die ihr viel zu weit waren, weil sie stark abgenommen hatte, der zerbeulte Rucksack, der ihre gesamte Habe enthielt. Was tat sie hier, und wie konnte sie glauben, dass sie damit durchkommen würde? Bald würde Frances erkennen, dass sie ein Nichts und eine absolute Versagerin war, und sie vor die Tür setzen.

»Hören Sie auf damit!« Barney löste ihre Hände voneinander und begutachtete den Knöchel ihres rechten Daumens. »Sie kratzen sich ja blutig.«

Wortlos entzog Cassie ihm die Hand. Barney war so nah, dass sie seine Gereiztheit nicht nur hörte, sondern auch spürte.

»Welches Zimmer?«, fragte er, wandte sich ab und griff nach Cassies Rucksack. »Die Mansarde?«

»Wien.«

»Wien? Aber …«

»Mach nicht so ein Tamtam, Barney. Cassie ist meine Gesellschafterin, kein Dienstbote.« Frances lächelte Cassie an. »Könnten Sie in zwei Stunden wiederkommen, damit wir weitermachen können? Erkunden Sie ruhig den Rest des Hauses. Wären Sie so nett, zuvor das Radio einzuschalten?«

Cassie folgte Frances' schwacher Armbewegung, bemerkte ein altmodisches Radio auf dem Tisch und schaltete es ein. Klassische Musik wehte durchs Zimmer, und Frances schloss die Augen. Barney, noch immer den Rucksack in der Hand, hielt Cassie die Tür auf.

»Ich kann den Rucksack auch selbst tragen«, keuchte sie und hatte Mühe, mit seinen schnellen Schritten den Flur entlang mitzuhalten.

»Kein Problem.«

Als sie wieder in der Vorhalle standen, stieg Barney die Treppe hinauf.

»Wenn Sie mir den Weg beschreiben, finde ich es auch allein.«

»Führen Sie mich nicht in Versuchung.«

In Rekordtempo hastete er die Treppe hinauf und eine Empore mit kunstvoll verzierter Decke entlang. Eine Tür führte in einen schlichteren Flur mit dickem Teppich, etlichen Gemälden und vielen Vitrinen. Als Cassie ihm hinterherhetzte, hatte sie kaum die Zeit, einige der Namen an den Türen zu lesen, geschrieben in geschwungener Schrift auf vom Alter vergilbtem Papier: Lissabon, Bern, Amsterdam und seltsamerweise Ribblemill.

»Sind alle Zimmer nach Hauptstädten benannt?«, fragte sie, als sie Barney vor Wien einholte.

»Ja, die Schlafzimmer.«

»Aber eines heißt Ribblemill.«

»Das Elternschlafzimmer. Ein Scherz des Smallwoods, der das Haus gebaut hat. Seiner Ansicht nach war Ribblemill die wichtigste Stadt der Welt.«

»Wirklich?« Cassie hätte gern mehr erfahren, doch Barneys finstere Miene verriet ihr, dass er nicht in der Stimmung für eine Geschichtsstunde war.

»Ist Frances Ihre Mum?«, erkundigte sie sich stattdessen, während er die Tür öffnete.

»Tante.«

Cassie hörte ihn kaum. Das Zimmer war traumhaft. Die Größe allein hätte genügt, um jemanden zu beeindrucken. Das Bett, ein enormes Himmelbett aus Holz, nahm kaum ein Fünftel des Raums ein. Die helle Tapete an den Wänden war mit riesigen blauen Blütenranken und üppig grünem Laub gemustert. Die seidenen Vorhänge an den drei Fenstern waren in demselben Blau gehalten. Das Gleiche galt für die Bilder an einer Bilderleiste und die Stuckdecke. Ein Teppich mit grüner Kante und eingewebten Blümchen bedeckte fast den gesamten gebohnerten Parkettboden. Dass die Originalfarbe verblasst war, verlieh ihm umso mehr Charme. Hier gab es weder Feuchtigkeit noch Schimmel, Lärm, zwielichtige Nachbarn oder die Angst, dass jeden Moment jemand hereinplatzen könnte. Es war so viel mehr, als sie erwartet hatte. So viel mehr, als sie verdiente.

»Haben alle Fenster im Haus Bogen?«, erkundigte sie sich und ging zum größten hinüber.

»Ziemlich gotisch, oder?«

Als keine Antwort erfolgte, drehte Cassie sich ins Zimmer hinein um. Barney hatte ihren Rucksack fallen gelassen und stand nun mit verschränkten Armen und zusammengezogenen Brauen an der Tür.

»Wenn Sie versuchen sollten, sich mit diesen Fragen bei mir einzuschmeicheln, können Sie sich die Mühe sparen. Nachdem ich mit Frances gesprochen habe, sind Ihre Tage hier gezählt.«

»Mich bei Ihnen einschmeicheln?« Cassie konnte ihr Entsetzen nicht verbergen. »Daran habe ich nicht das geringste Interesse. Am liebsten würde ich mich auf Nimmerwiedersehen von Ihnen verabschieden.«

»Nichts leichter als das. Ich fahre Sie zurück nach Clitheroe.«

Cassie lehnte die Stirn an die kühle Fensterscheibe, ließ sich von der Kälte die Haut betäuben und spähte hinaus. Unter sich entdeckte sie eine Terrasse mit Stufen, die zu einem gut gepflegten Rasen führten. In der Ferne endete der angelegte Garten an einem Wäldchen. Dahinter erstreckten sich Felder, so weit das Auge reichte. Sie hatte die Aussicht auf eine ländliche Gegend so vermisst. Ihr Herz pochte vor Zufriedenheit, wie sie Erinnerungen an zu Hause auslösen können. Erinnerungen an ein glückliches Zuhause, verbesserte sie sich in Gedanken. Und sie hatte das Gefühl, hier glücklich werden zu können, hätte Barney das Haus nicht mit seiner Männlichkeit vergiftet und ständig damit gedroht, sie fortzuschicken.

»Es ist muffig hier drin. Das Zimmer wurde seit einer Weile nicht benutzt.«

Barney griff an ihr vorbei und riss das Fenster auf. Als eisige Februarluft ins Zimmer drang, wich Cassie zurück. Sie spürte, dass Barney sie wieder beobachtete. Er nahm ein Papiertaschentuch aus der Schachtel neben dem Bett und reichte es ihr, worauf sie sich, verlegen, weil er Zeuge ihrer Schwäche geworden war, Augen und Wangen abwischte.

»Benutzen Sie den Kamin noch nicht. Morgen hole ich den Schornsteinfeger, damit er einen Blick darauf wirft.«

Sein Tonfall war um einiges sanfter als bei ihrer ersten Begegnung. Cassie nickte kurz, setzte sich auf die Kante der Chaiselongue und rührte sich nicht von der Stelle, bis sie hörte, dass die Tür sich hinter ihm schloss.

Es dauerte nur knapp zehn Minuten, ihre spärlichen Habseligkeiten auszupacken. Die einzigen sichtbaren Hinweise darauf, dass sie jetzt hier wohnte, waren die Haarbürste auf dem Frisiertisch und das Mobiltelefon auf dem Nachtkästchen. Sie griff nach dem Telefon und starrte auf den einzigen Namen in der Kontaktliste. Eigentlich hatte sie nicht vorgehabt, sich so kurz nach dem letzten Anruf wieder zu melden, aber die Anziehungskraft ihres Zuhauses, die sie vorhin empfunden hatte, war so stark, dass sie nicht widerstehen konnte.

»Cassie? Bist du das?«

Die Stimme ihrer Schwester zu hören war, als kuschle man sich an einem kalten Nachmittag unter eine Daunendecke. Cassie schloss die Augen und genoss die Wärme und den Trost.

»Cass? Ist alles in Ordnung?«

»Ja, ich hatte nur Sehnsucht nach einer freundlichen Stimme. Entschuldige die Störung.«

»Mach dich nicht lächerlich. Du weißt, ich würde mich freuen, wenn du öfter anrufen würdest. Eigentlich wäre es mir am liebsten, du würdest herkommen …«

Cassie erwiderte nichts. Das tat sie nie, wenn Vicky ihr diesen Vorschlag machte. So groß ihr Heimweh auch sein mochte, war das Versteck einfach zu offensichtlich. Dennoch brachte sie es nicht über sich, das Wort »nein« laut auszusprechen.

»Und wo steckst du?« Vickys Auflachen klang eher angespannt als amüsiert. »Vermutlich wirst du es mir nicht verraten, richtig?«

»Nein.« Cassie schlenderte zu den Fenstern hinüber, schloss sie und spähte nach draußen. »Ich bin auf dem Land und kann Felder, Bäume und Schafe sehen. Das ist gut.«

»Also die zweitbeste Lösung, statt hier zu sein. Sind es etwa Devon Longwools?«

»Nein, wahrscheinlich Blackface, aber bis jetzt bin ich nicht nah genug herangekommen.«

»In Sachen Schafe irrst du dich nie.«

Anders als bei Männern. Cassie hätte Vickys Satz für sie beenden können. Früher hatten sie darüber gewitzelt. Inzwischen war es nicht mehr so lustig.

»Wie geht es den anderen? Stu und den Jungs?«

»Stu ist mit dem Lammen beschäftigt, du kennst das ja. Die Jungs machen sich prima. Stanley ist Stus rechte Hand und glaubt, er könne alle Lämmer allein entbinden. Alfie treibt uns in den Wahnsinn, weil er dauernd Pfeifen übt, bis die Hunde total verstört durch die Gegend rasen. Das übliche Chaos eben.«

»Richte ihnen ganz liebe Grüße aus, ja? Und zwing Stanley und Alfie, sich fest von mir umarmen zu lassen.« Die nicht vergossenen Tränen schnürten Cassie die Kehle zu, als sie sich die Familie ihrer Schwester und die Farm vorstellte, die früher ihr Zuhause gewesen war. Jetzt war sie ihres, und sie spürte den Schmerz, der sich jeden Tag in ihr aufbaute, seit sie ihre Familie nicht mehr gesehen hatte. Auf der Farm mochte das absolute Chaos herrschen, sie verkörperte dennoch absolute Glückseligkeit. Sie stand für alles, was sie sich je für Vicky gewünscht hatte. Und auch für sich selbst. Zumindest war für eine von ihnen ihr Traum in Erfüllung gegangen. Das musste genügen. »Ich vermisse euch.«

»Wir dich auch. Alfie fragt ständig, wann du zurückkommst und mit ihm Traktor fährst. Offenbar ist Stu ihm zu langweilig, weil er noch nie im Graben gelandet ist.« Wieder lachte Vicky auf. »Hast du dort, wo du bist, alles, was du brauchst? Es ist doch nicht zu abgelegen, oder? Gibt es wenigstens einen Arzt?«

»Keine Ahnung. Ich habe das Dorf noch nicht erkundet.«

»Cass …«

»Ich weiß. Ich kümmere mich darum.« Cassie umklammerte das Telefon. Sie hasste diesen Moment, die Gewissheit, dass das Gespräch enden und dass sie wieder in eine Welt geschleudert werden würde, in der sich niemand für sie interessierte. Oder, noch schlimmer, dachte sie, als ihr plötzlich Barney Smallwoods abweisende Miene vor Augen stand: in eine Welt, in der sie offenbar jemand von Grund auf ablehnte.

»Kannst du wirklich nicht zu uns zurückkommen?«, fragte Vicky, die Cassies Schweigen mühelos deutete. »Glaubst du tatsächlich, dass Mike dich immer noch sucht?«

»Ja.«

»Aber er hat sich seit einigen Wochen nicht mehr gemeldet. Außerdem, was sollte er tun? Er kann dich nicht gewaltsam und gegen deinen Willen verschleppen.«

»Ich weiß.« Dasselbe hatte sie sich auch schon tausendmal gesagt. »Das Risiko, dass er mich zur Rückkehr überreden könnte, macht mir die größten Sorgen. Ich bin nicht sicher, ob ich die Kraft hätte, ihm zu widerstehen. Und bis ich so weit bin, darf ich nicht zulassen, dass er mich findet.«

# 3

Am nächsten Morgen wurde Cassie von der Stille geweckt. Sie lag auf trockenen, sauberen Laken, die leicht nach einem Waschpulver mit Blumenduft rochen, lauschte dem Nichtvorhandensein von Verkehrslärm, Sirenen und polternden Schritten und wagte kaum, die Augen zu öffnen, nur für den Fall, dass die Wirklichkeit so ganz anders sein könnte, als sie sie in Erinnerung hatte.

Als sie es schließlich doch tat, befand sie sich in einem hübschen, feminin eingerichteten Schlafzimmer mit anmutigen Möbeln. Licht strömte durch die drei großen Fenster herein. Licht! Cassie fuhr hoch. Offenbar war es später, als sie gedacht hatte. Sie hastete den Flur entlang ins Bad. Nach einer eiskalten Dusche war sie richtig wach, zog sich an und schaffte es, den Weg in die Küche zu finden.

Als sie die Küchentür aufschob, wurde sie vom Duft nach Kaffee und Toast und dem Anblick einer rundlichen Dame begrüßt, die eine Schürze trug und lächelnd die Karikatur einer vollbusigen, in einen Bikini gezwängten Frau betrachtete.

»Hallo, meine Liebe. Sie müssen Cassie sein. Wie trinken Sie Ihren Kaffee? Milch und Zucker?«

»Kein Zucker, danke.«

»Und was möchten Sie zum Frühstück?«, fragte die Dame, während sie aus einem Kännchen dampfenden Kaffee einschenkte. »Ein richtiges englisches? Sie sehen nämlich aus, als könnten Sie ein paar Pfunde mehr vertragen. Schauen Sie sich nur Ihre Handgelenke an!«, rief sie aus, als Cassie nach ihrer Kaffeetasse griff und ihr dabei der Ärmel zurückrutschte. »Meine sind sicher doppelt so dick.« Sie hielt ihren Arm neben Cassies, um ihre Worte zu untermauern. »Unsere Knöchel vergleiche ich lieber nicht. Sie hätten Mühe, meine überhaupt zu finden.«

Sie wackelte mit einem Fuß in Cassies Richtung, wobei ein Wollstrumpf und ein Plüschpantoffel in Sicht kamen.

»Wohnen Sie hier?«, erkundigte sich Cassie, der der Pantoffel aufgefallen war. Sie fragte sich, warum gestern niemand diese Frau erwähnt hatte und wozu sie dann überhaupt gebraucht wurde.

»Gütiger Himmel, nein. Hat man Ihnen nicht erklärt, wer ich bin? Mrs Aldred. Nennen Sie mich Ruth. Mrs S bezeichnet mich als ihre Haushälterin, aber das ist ein bisschen hoch gegriffen. Ich komme dreimal pro Woche, koche und putze ein wenig, und am Freitag fahre ich für Mrs S zum Supermarkt. Falls Sie also eine Kleinigkeit brauchen, schreiben Sie sie einfach auf die Liste da drüben.« Sie wies auf einen Zettel, der an einer Pinnwand aus Kork steckte. »Wie ich sehe, hat Barney schon wieder was draufgekritzelt. Er hat eine schauderhafte Handschrift, ist ja auch nicht anders zu erwarten. Also bringe ich ihm einfach verschiedene Schokoriegel, Kekse und Kuchen mit. Zum Glück ist er recht anspruchslos.«

Cassie fragte sich, ob Ruth über denselben Mann sprach, den sie gestern kennengelernt hatte. Sie warf einen Blick auf die Liste. Es handelte sich um Dinge, die man im Haushalt eben so benötigte, notiert in geneigten Großbuchstaben, vermutlich von Ruth. Ganz unten bemerkte sie einige mit dickem schwarzen Stift hingeschmierte Zeilen. Als sie angestrengt genug hinsah, glaubte sie, das Wort »Twix« ausmachen zu können.

»Ist das für Frances?«, erkundigte sich Cassie, als Ruth eine ganze Packung Speck in die Bratpfanne gab.

»Nein, Mrs S steht nie vor neun auf, und sie isst keinen Speck. Das ist für Sie.«

»Es ist viel zu viel! Normalerweise frühstücke ich nicht.«

»Sie sind doch nicht etwa Vegetarierin?«

Cassie schüttelte den Kopf.

»Dann gibt es ja keinen Hinderungsgrund. Denn dass Sie auf Diät sind, nehme ich Ihnen niemals ab. Außerdem ist nicht alles für Sie. Ich mache ein Speckbrot für Barney. Es ist bestimmt schon ein paar Stunden her, dass er gefrühstückt hat.«

»Rieche ich Speck?«

Krachend flog die Küchentür auf, und der soeben Erwähnte kam herein. Bei Cassies Anblick blieb er ruckartig stehen, als habe er sie völlig vergessen.

»Keine Sorge, für dich ist genug da«, erwiderte Ruth und schob zwei Brotscheiben unter den Grill. »Ich mache ein richtiges englisches Frühstück für Cassie, aber sie scheint keinen rechten Appetit zu haben. Du kannst ihr ja erklären, wie gesund es ist. Schau nur, sie ist dünn wie eine Bohnenstange!«

»Gesund würde ich es nicht gerade nennen …«, murmelte Barney, und es gelang ihm großartig, überall hinzuschauen, nur nicht auf Cassies Figur.

»Wir päppeln Sie schon wieder auf«, fuhr Ruth fort, ohne auf Barneys mangelnde Begeisterung zu achten, und wendete den Speck genau in dem Moment, als er knusprig wurde. Trotz ihres Widerstands von vorhin lief Cassie das Wasser im Mund zusammen. »Nach einem ordentlichen Frühstück und dem Haareschneiden werden Sie sich besser fühlen. Mel kommt doch später, um Sie zu frisieren, richtig?«

Cassie nickte und wünschte, Speck und eine neue Frisur würden genügen, um all ihre Probleme aus der Welt zu schaffen. Und warum hatte Ruth angenommen, dass sie Aufmunterung nötig hatte? Strahlte sie etwa aus, dass es ihr elend ging?

»Vielleicht hat Mel ja auch Zeit für dich, Barney. Da gäbe es viel zu tun«, meinte Ruth und bestrich den Toast dick mit Butter.

»Wozu?« Barney fuhr sich mit dem Daumen über den Kiefer und erzeugte ein scheußliches Kratzgeräusch, als sein Fingernagel auf Stoppeln traf. »Mit mir ist alles bestens.«

»Bestens, wenn man aussehen will wie ein Yeti.« Ruth lachte. »Unter den vielen Haaren könnte sich ein attraktiver Mann verbergen. Was meinen Sie, Cassie?«

Cassie murmelte etwas, das, wie sie hoffte, ausweichend klang, und gab sich genauso viel Mühe, Barneys Gesicht nicht anzusehen, wie er es vorhin bei ihrer Figur getan hatte. Das Ergebnis waren ein lautstarkes Schnauben und dann das sehr willkommene Zuknallen der Küchentür, als Barney den Rückzug antrat.

Mel entpuppte sich als kleine vollbusige Dame von Mitte vierzig. Ihr brauner Lockenschopf war auf ihrem Kopf aufgetürmt wie eine Ananas, und sie hatte schöne Beine.

»Ach, herrje«, stöhnte sie und verzog entsetzt das Gesicht, als sie Cassies Haar in Augenschein nahm. »Welche Farbe stand denn auf der Flasche? Ich nehme an, dass Sie sich das selbst angetan haben. Was haben Sie sich bloß dabei gedacht?«

»Ich brauchte eine Veränderung.«

»Eine Veränderung?« Mel schnaubte. »Und da ich jetzt hier bin, machen wir diese Veränderung wieder rückgängig. Sie sehen aus wie ein Vanillepudding mit angebrannter Kruste«, fügte sie hinzu und stellte sich auf die Zehenspitzen, um Cassies Haaransätze zu inspizieren.

»Können Sie etwas tun, damit sie normal aussieht?«, fragte Frances. Sie hatte darauf bestanden, Mel bei der Arbeit zu beaufsichtigen.

»Wenigstens normaler. Es wäre hilfreich, ein gutes Stück abzuschneiden. Hätten Sie etwas gegen schulterlang?«

»Lieber nicht.«

Mel knuffte sie gegen den Oberarm.

»Länger geht nicht. Die Haarspitzen sind in einem schauderhaften Zustand. Falls Sie die Haare länger tragen wollen, wachsen sie ja wieder nach. Wie finden Sie diese Farbe?« Sie schwenkte eine Karte vor Cassies Gesicht und wies auf eine Strähne aus Kunsthaar. »Meiner Ansicht nach käme das Ihrem Naturton am nächsten.«

»Ich will meinen Naturton nicht zurück.«

»Natürlich wollen Sie das. Als Blondine kommen Sie nicht durch. Aber Sie haben eine wunderschöne Stimme. Sehr rauchig. Sexy. Wie die Frau im Fernsehen. Denken Sie nicht auch, Mrs S?«, fügte Mel hinzu; sie sprach lauter, als sie sich an Frances wandte.

»Ich habe keine Ahnung, wen Sie meinen. Ich schaue mir nur die Nachrichten an.«

Das war Cassie neu. Bei ihrem gestrigen Rundgang durchs Haus hatte sie keinen Fernseher entdeckt, und den Abend hatten sie und Frances im Frühstückszimmer verbracht und Klassikradio gehört. Seit sechs Monaten lebte sie nun schon ohne Fernseher. Die Doppelschichten in der Putzfirma hatten den Großteil ihres Tages in Anspruch genommen. Und in ihrer knappen Freizeit hatte sie die Bücher verschlungen, die sie im Sozialkaufhaus erwarb.

»Wo ist die nächste Bibliothek?«, erkundigte sich Cassie, während Mel nach einer letzten Wäsche ihr Haar durchkämmte. Da es im Zimmer keinen Spiegel gab, konnte sie nicht feststellen, welche Farbe es jetzt hatte. Sie hatte den schrecklichen Verdacht, dass Mel nun gleich zur großen Präsentation ansetzen und von ihrer Reaktion enttäuscht sein würde.

»In Clitheroe, glaube ich, aber ich bin keine Leseratte«, erwiderte Mel. »Ich denke, ich habe ein paarmal im nächsten Dorf einen Bücherbus gesehen. Wir haben uns überlegt, ob wir im Gemeindesaal im Dorf eine eigene Bibliothek eröffnen sollen, doch niemand wollte die Verantwortung übernehmen.«

Ein Jammer, dass die Idee nicht umgesetzt worden war,

sagte sich Cassie und versuchte, sich abzulenken, während Mel an ihrem Kopf herumfuhrwerkte und erschreckend lange Haarbüschel zu Boden fielen. Sie hatte gehofft, sich in einer kleinen Dorfbibliothek auch ohne Ausweis Bücher ausleihen zu können. Eine Bürgerinitiative in einem Gemeindesaal wäre ein Traum gewesen. Sie sackte auf ihrem Stuhl zusammen. Alle Vorzüge dieses Jobs verloren ohne den Luxus – die Notwendigkeit –, sich in ein Buch flüchten zu können, an Reiz.

»In diesem Dorf werden Sie sich auf gar keinen Fall langweilen«, verkündete Mel und zog an beiden Seiten von Cassies Gesicht Haarsträhnen glatt. »Es ist immer etwas los. Und sicher gibt es einen Klub oder Verein, der Sie interessiert. Wenn das alles nichts für Sie ist, können Sie ja zu uns anderen ins No Name kommen.«

»Ins No Name?«

»Das ist das Pub. Ich bin die Wirtin. Sie müssen vorbeischauen und alle kennenlernen. Wie finden Sie das, Mrs S?«, schrie Mel dicht neben Cassies Ohr. »Soll Cassie die anderen im No Name kennenlernen?«

»Lieber nicht«, antwortete Cassie.

»Meiner Ansicht nach hat Ihr Vorschlag etwas für sich, Melanie«, räumte Frances ein. »Sie brauchen mich nicht auf Schritt und Tritt zu verfolgen, Cassie. Da Sie jetzt vorzeigbar sind, sollten Sie sich am Dorfleben beteiligen, und das No Name ist ein guter Anfang.« Als Cassie weiterprotestieren wollte, hob sie die Hand. »Gleich heute Abend. Ich rufe später Barney an und bitte ihn, Sie hinzufahren. Er hat sicher nichts dagegen.«

# 4

Als Cassie sich dem Fuß der Treppe näherte, hörte sie das Scharren von Hundekrallen auf dem Holzboden, und Gin kam schlitternd in Sicht. Die Hündin stand da, die Vorderpfoten auf der untersten Stufe, hechelte und wedelte mit dem Schwanz, bis Cassie sich bückte und ihr Gesicht in ihrem Fell vergrub.

»Hey, was soll das?«

Beim Klang von Barneys Stimme kauerte sich Gin sofort hin, blieb jedoch zu Cassies Füßen sitzen.

»Tut mir leid.« Cassie richtete sich auf. »Ich wusste nicht, dass sie nicht …«

Barney zuckte so übertrieben zusammen, dass jeder Comedy-Schauspieler ihn um diese Darstellung beneidet hätte. Er starrte Cassie an.

»Ich habe nicht Gin gemeint. Natürlich darf sie ins Haus. Ich habe Sie nur nicht erkannt. Sie sehen …« Er hielt inne und suchte nach dem passenden Wort, »… weniger schräg aus.«

»Mel war da«, erwiderte Cassie, ohne auf das zweifelhafte Kompliment einzugehen. »Weniger schräg« war vermutlich eines der netteren Dinge, die ein Mann in den letzten Jahren zu ihr gesagt hatte. Außerdem war sie nicht auf Komplimente aus: Sie hatte nicht das geringste Interesse daran, von Männern zur Kenntnis genommen zu werden, geschweige denn daran, attraktiv auf sie zu wirken.

»Oh, ja, Mel«, entgegnete Barney und steckte stirnrunzelnd die Hände in die Taschen. »Vermutlich haben wir die Quälerei heute Abend ihrer Einmischung zu verdanken. Sie denkt nur an ihren Umsatz und nicht daran, wie andere Leute ihren Abend verbringen wollen …«

»Dann vergessen wir es doch. Ich möchte genauso wenig in das Pub wie Sie.«

»Frances widersprechen? Das würde ich nie wagen.«

»Ich verrate ihr nicht, dass wir nicht dort waren.«

»Das Lügen fällt Ihnen leicht, was?« Cassie errötete unter seinem argwöhnischen Blick. »Sie haben eindeutig keine Erfahrung mit dem Dorfleben. Es wird sich herumsprechen, egal, ob wir hingehen oder nicht. Mel wird schon dafür sorgen.« Er schaute auf die Uhr. »Sind Sie fertig? Am besten bringen wir es hinter uns.«

Wortlos folgte Cassie Barney durch die Vorhalle und zur Tür hinaus. Gin heftete sich an ihre Fersen. Barneys Pick-up parkte vor dem Haus. Als er Cassie die Beifahrertür aufhielt, sprang Gin hinterher. Den Weg zum Dorf legten sie schweigend zurück. Nur das Rascheln von Barneys Wachsjacke und ein gelegentliches Schnauben von Gin waren zu hören.

Das Pub war ein ausladendes, lang gestrecktes Gebäude, erbaut aus einem Stein, der vom Alter schwarz geworden war. Ein verwittertes Metallschild über der Tür verkündete, dass es sich um »The House with No Name« handelte. Barney führte Cassie in einen großen Raum, in dessen Mitte ein Kaminfeuer brannte. Auf dem Steinboden waren nicht zueinanderpassende Stühle und Tische verteilt. Alle schienen sich zu kennen und unterhielten sich von Tisch zu Tisch. Das Lokal war besser besucht, als Cassie an einem Donnerstagabend erwartet hätte.

Das Stimmengewirr verstummte schlagartig, als die Tür hinter Barney zufiel. Cassie trat hinter ihn, um sich vor den Blicken aus scheinbar tausend Augen zu schützen.

»Was möchten Sie trinken?«, wandte sich Barney an die Lücke neben sich und runzelte die Stirn, weil er sich nach ihr umdrehen musste.

»Das ist doch nicht nötig …« Sein Blick brachte Cassie zum Verstummen. »Mineralwasser mit Kohlensäure, bitte.«

Sie entdeckte einen freien Tisch, der ein Stück abseitsstand, und steuerte darauf zu. Dabei spürte sie, obwohl sie entschlossen zu Boden starrte, dass alle sie neugierig beobachteten. Sie setzte sich auf die schmale, ins Fenster eingelassene Bank am Tisch und spähte hinüber zum Tresen. Barney stand neben einer attraktiven Blondine über vierzig und unterhielt sich angeregt mit ihr. Cassie beobachtete, wie er nach der Hand der blonden Frau griff und mit den Fingern über ihren Arm strich.

Etwa zehn Minuten später kam Barney zu Cassie und knallte ihr Wasserglas so heftig auf den Tisch, dass ein Teil überschwappte. Sein Bier stellte er etwas vorsichtiger ab und ließ sich auf einen Stuhl plumpsen, nachdem er das geblümte Kissen darauf mit angewiderter Miene zu Cassie hinübergeworfen hatte.

»Danke für das Wasser«, sagte Cassie, »aber ich bin sicher, dass wir nicht so weit gehen müssen, zusammen an einem Tisch zu sitzen. Stellen Sie sich ruhig wieder zu Ihrer Freundin.«

»Freundin?« Er wandte sich in die von Cassie angegebene Richtung und schnaubte dann so kräftig, dass seine Barthaare erbebten. »Machen Sie sich nicht lächerlich. Sie ist verheiratet. Ihr Mann sitzt an dem Tisch da drüben.«

Das Gespräch geriet ins Stocken, bis Cassie nach ihrem Glas griff.

»Sind Sie Alkoholikerin?«

»Natürlich nicht!« Cassie verschüttete noch mehr Wasser, als sie nun ihrerseits das Glas auf den Tisch knallte. »Wie kommen Sie denn auf diese Idee?«

»Wegen des Wassers. Niemand trinkt hier Wasser. Mel hat vermutlich seit Jahren keine Flasche mehr verkauft. Etwas ist eindeutig faul.« Barneys unverkennbar finsterer Blick wurde von einem langsamen Blinzeln abgelöst. »Sind Sie schwanger?«

»Nein.« Ausnahmsweise war es keine Erleichterung, eine absolut ehrliche Antwort geben zu können. Nicht auf diese Frage. Sie nahm ihr Glas und fing an, es auf dem Tisch hin und her zu drehen. Barney löste ihre Hand, packte sie grob und musterte den Ansatz ihres Daumens.

»Was haben Sie da gemacht? Ich habe Sie davor gewarnt, sich blutig zu kratzen.«

Er schob seinen Stuhl zurück, sodass die hölzernen Beine über den Steinboden scharrten, und marschierte durch die Menschenmenge und zur Tür hinaus. Am liebsten wäre Cassie mit dem Vorhang neben ihrem Kopf verschmolzen. Sie fragte sich, wo Barney hingegangen war und ob er wiederkommen würde. Womit hatte sie ihn jetzt schon wieder verärgert? Sie wollte bereits aufgeben und sich zu Fuß auf den Heimweg machen, als er in das Pub zurückkehrte. Gin tänzelte um seine Füße herum.

Er machte einige lange Schritte auf sie zu, wurde jedoch auf halbem Weg von einem älteren Herrn aufgehalten. Und dann – Cassie hätte es nie geglaubt, hätte sie es nicht mit eigenen Augen gesehen – lachte Barney, ein fröhliches Geräusch, das seinen ganzen Körper durchfuhr, ihn verwandelte und einen charmanten, warmherzigen und attraktiven Mann zutage förderte. Als er sich setzte, lag noch immer der Hauch eines Lächelns auf seinen Lippen.

Ein Blick auf Cassie – sie wusste, dass sie ihn anstarrte, aber sie konnte einfach nicht damit aufhören – genügte, um dieses Lächeln zu vertreiben.

»Geben Sie mir Ihre Hand.«

Sie gehorchte, zu benommen, um zu widersprechen. Barney holte eine kleine Tube mit Salbe aus seiner Tasche und drückte ein wenig davon auf ihren Daumen. Cassie schloss die Augen, als der Geruch des Desinfektionsmittels sie Jahre zurück in die glücklichen Jahre auf der Farm mit Vicky zurückkatapultierte. Sie waren herumgetollt und hatten sich ständig Abschürfungen oder Kratzer zugezogen. Tränen sammelten sich hinter ihren Augenlidern, und sie glaubte, die sanfte Berührung ihrer Mutter zu spüren, die eine Salbe einmassierte.

Cassie öffnete die Augen. Es war keine Einbildung, die

Berührung war echt. Barney rieb ihre Wunde vorsichtig mit Salbe ein. Dieser kurze zärtliche Moment, so unerwartet und alltäglich, löste in ihr eine Sehnsucht nach dem aus, was sie so sehr vermisste. Sein Blick traf ihren, und für eine Sekunde wich seine finstere Miene einem neugierigen Ausdruck, der jedoch schnell wieder verflog. Er zog seine Hand zurück.

»Hallo, was tut sich denn hier?« Ein beleibter Inder mit starkem Yorkshire-Akzent war an ihren Tisch getreten und schaute mit einem fröhlichen Grinsen zwischen Cassie und Barney hin und her.

»Nichts.« Eine schnellere und nachdrücklichere Antwort von Barney wäre wohl nicht möglich gewesen. »Deine Frau ist schuld. Sie hat uns dazu gezwungen.«

»Ay, wenn die sich erst einmal etwas in den Kopf gesetzt hat, hat man keine Chance.« Der Mann lächelte, offensichtlich stolz auf diese Feststellung. »Sie sind also Cassie? Ein Jammer. Ich hatte gehofft, dass Barney endlich eine richtige Freundin gefunden hat. Als ihr reingekommen seid, habt ihr ausgesehen wie ein schönes Paar. Aber man darf nichts überstürzen. Ihr habt ja genug Zeit, damit sich etwas entwickeln kann, oder?«

»Niemals.« Cassies heftige Antwort sorgte für verlegenes Schweigen. Wieder einmal meldete sich ihr Harmoniebedürfnis. »Entschuldigung, ich meinte …«

»Machen Sie sich um mich keine Sorgen«, unterbrach Barney. Mit einem weiteren ohrenbetäubenden Quietschen schob er seinen Stuhl zurück, streckte die langen Beine aus und überkreuzte sie an den Knöcheln. »Da bin ich voll und ganz Ihrer Ansicht.«

Das fröhliche Lächeln auf dem Gesicht des Inders verschwand, aber seine Miene hellte sich wieder auf, als Mel neben ihm erschien. Er legte rasch den Arm um sie, als wolle er verhindern, dass sie ohne ihn wieder verschwand.

»Hallo«, begrüßte Mel Cassie. »Schön, dass Sie es geschafft haben.«

»Als ob wir eine Wahl gehabt hätten«, murmelte Barney. Mel achtete nicht auf ihn.

»Wie ich sehe, haben Sie meinen Mann Akram bereits kennengelernt. Ein prächtiges Mannsbild, finden Sie nicht?« Lachend rieb sie Akrams Bauch. »Hoffentlich hast du Cassies Haar bewundert. Ich habe mich stundenlang damit abgemüht.«

»Sie ist wirklich ein hübsches Mädchen«, stimmte Akram zu. »Nach deiner Beschreibung hätte ich sie nie erkannt.«

Der Anflug eines Lächelns blitzte durch Barneys Bart auf, während Cassie dieses jämmerliche Lob hinunterschluckte.

»Kommst du zur Versammlung?«, wandte sich Mel an Barney.

»Was für eine Versammlung?«

»Wegen des Gemeindehauses. Das hast du doch nicht etwa vergessen? In ein paar Minuten fängt sie an. Deshalb sind ja auch alle hier.«

»Findet die heute Abend statt? Darum ist so viel los. Aber jetzt kann ich wohl kaum mitkommen, oder?« Er wedelte mit der Hand in Richtung Cassie und ließ sie das volle Ausmaß seiner Ungehaltenheit spüren.

»Schon gut. Ich gehe zu Fuß zurück.«

»In der Dunkelheit? Bei Ihrer Begabung im Straßenverkehr? Das würden Sie nicht überleben.« Barney trank einen großen Schluck Bier. »Wahrscheinlich reicht die Zeit noch, um Sie vorher zurückzufahren.«

»Cassie kann doch mit zur Versammlung kommen«, wandte Mel ein. »Sie kennt noch kaum jemanden und sollte sich beteiligen, wenn sie jetzt hier wohnt.«

»Es ist noch nicht entschieden, ob sie bleibt«, brummte Barney.

Aber für Mel war das Thema abgeschlossen. »Kümmern Sie sich nicht um diesen Stinkstiefel«, sagte sie zu Cassie. »Er mag ein reizendes Lächeln und ein Herz aus Gold haben, aber Gin hat die besseren Manieren.«

Obwohl Cassie fand, dass Gin vermutlich auch in Sachen Lächeln und Herz die Gewinnerin war, schwieg sie und ließ sich von Mel in den Mantel helfen. Sie verlor Barney aus den Augen, als Mel sie hinter den Tresen zog und dabei redete wie ein Wasserfall.

»Der Gemeindehaus steht nur ein paar hundert Meter die Straße hinunter neben der Kirche«, erklärte sie. »Wir versuchen, Spenden zu sammeln, um das Dach zu reparieren. Nun, wir sammeln ständig Geld für irgendwelche Reparaturen, doch seit dem Unwetter im November genießt das Dach absolute Priorität. Normalerweise sind die Versammlungen gut besucht.«

Das bemerkte Cassie selbst, als sie das Pub durch die Hintertür verließen und über den Parkplatz zur Straße gingen. Taschenlampen beschienen einen Zug von Dorfbewohnern, die aus allen Richtungen zu dem schlichten

Backsteingebäude strömten. Hell strahlende Lampen an der Fassade erinnerten an einen Leuchtturm.

»Die Scheinwerfer waren das große Projekt aus dem letzten Jahr«, meinte Mel, während sie sich um einige geparkte Autos herumschlängelten und sich zu der Menschenmenge gesellten, die sich durch die doppelflügelige Tür schob. »Das Haus wird von allen Vereinen im Dorf genutzt. Jetzt können die Selbsthilfegruppe für Scheidungskinder und die Pfadfinder sehen, wo sie bleiben. Nicht zu vergessen, die Senioren vom Bingo-Klub. Ich muss Sie hier verlassen, ich sitze auf dem Podium. Suchen Sie sich einen Platz, ich komme später wieder zu Ihnen.«

Cassie konnte weder Akram noch Ruth entdecken. Und da sie sonst niemanden kannte, kauerte sie sich auf einen Stuhl am Rand einer der hinteren Reihen und fragte sich, warum sie sich zu dieser Aktion hatte überreden lassen. Sie beobachtete, wie Mel zur Bühne am anderen Ende des Saals ging. Sie wurde von einem hochgewachsenen distinguierten Herrn über siebzig erwartet, der sich nun erhob und an die Anwesenden wandte.

»Darf ich um Ihre Aufmerksamkeit bitten!« Sein Tonfall und die Tatsache, dass sofort Stille einkehrte, bestätigten Cassies Eindruck, dass er früher beim Militär gewesen sein musste. »Willkommen zur ersten Versammlung des Ribblemill-Gemeindehaus-Komitees in diesem Jahr. Findet das Protokoll vom November allgemeine Zustimmung? Irgendwelche Einwände? Gut. Dann kommen wir zum Geschäftlichen.«

Es folgten ein gut gegliederter, jedoch langweiliger Kassenbericht aus dem letzten Jahr und die geschätzten Kosten der Dachreparatur. Für ein verhältnismäßig kleines Gebäude wie dieses klang die Summe astronomisch, was zu Aufstöhnen und Geraune im Publikum führte. Dann war Mel an der Reihe, die Bühne in ihrer Rolle als leitende Spendensammlerin zu übernehmen. Sie schien in ihrem Element zu sein, als sie alle in einer flammenden Rede um Geld anflehte.

»Alle Läden im Dorf waren einverstanden, eine Sammelbüchse auf der Theke aufzustellen. Wir im No Name werden auch eine haben. Da wir noch nie einen so hohen Betrag auftreiben mussten, zählt jeder Penny. Außerdem werden wir im Lauf des Jahres die üblichen Veranstaltungen abhalten: das Grillfest im Sommer, das Lagerfeuer und die Weihnachtsfeier. Allerdings glaube ich, dass wir vor dem Grillfest noch eine weitere Veranstaltung organisieren sollten. Hat jemand einen Vorschlag?«

Verlegenes Schweigen entstand, nur unterbrochen vom Rascheln von Kleidung, als die Leute auf ihren Sitzen herumrutschten und Mels Blick auswichen.

»Los«, rief Mel. »Uns muss doch etwas einfallen. Wir brauchen eine neue Idee, die wir noch nicht ausprobiert haben und die alle mitreißen wird.«

»Wie wäre es mit einem von Sponsoren unterstützten Strickwettbewerb?«, sagte eine alte Dame, die ziemlich weit vorn saß.

Mels Miene wirkte nicht sehr begeistert, doch zumindest löste dieser Vorschlag eine Reihe weiterer aus.

»Ein Flohmarkt?«

»Eine Volkstanzveranstaltung?«

»Wie wäre es mit einem Bierfestival?«

Dieser Einfall ließ zumindest die männlichen Zuhörer aufmerken.

»Tolle Ideen, Leute. Sonst noch jemand? Wir brauchen noch ein paar Einfälle, dann können wir abstimmen.« Mel wirkte zunehmend verzweifelt. Ihr Blick schweifte über das Publikum, als suche sie jemanden. Schließlich blieb er an Cassie hängen.

»Cassie!«, sagte Mel mit einem strahlenden Lächeln. »Sie sind neu im Dorf. Ich wette, Sie haben einen Vorschlag, den wir noch nicht ausprobiert haben.«

Mels Augen ruhten auf ihr wie der Lichtkegel eines Scheinwerfers. Selbst wenn Cassie einen Einfall gehabt hätte, hätte sie ihn nicht aussprechen können. Ihre Wangen glühten, und es schnürte ihr die Kehle zu, als sich alle neugierig nach ihr umdrehten.

»Sei nicht unfair, Mel.« Cassie erkannte Barneys Stimme, obwohl sie ihn nicht sehen konnte. »Was soll sie denn antworten? Vor zwanzig Minuten wusste sie noch nicht einmal, dass es dieses Dorf gibt. Such dir ein anderes Opfer.«

Cassie wartete darauf, dass er hinzufügte, sie werde nicht lange genug hier sein, um an irgendeiner Veranstaltung teilzunehmen – so eine wundervolle Gelegenheit würde er sich doch sicher nicht entgehen lassen –, aber nichts dergleichen geschah. Die Dorfbewohner vor ihr drehten sich um und wandten ihre Aufmerksamkeit Barney zu. Inzwischen bemerkte Cassie ihn in der Mitte der Sitzreihen gegenüber. Er starrte sie unverwandt an. In ihr riss eine Saite. Sie hatte es satt, unterschätzt und für zu dumm gehalten zu werden, um eine eigene Meinung zu haben. War sie etwa geflohen, um sich weiter wie ein Fußabtreter behandeln zu lassen?

»Ich war früher …« Ihre Kehle war so trocken, dass sie sich räuspern musste. »Wir haben früher Talente versteigert.« Sie geriet ins Stocken, als sich wieder Köpfe in ihre Richtung drehten. »Die Leute haben ihren Namen angegeben und eine Fähigkeit oder Dienstleistung angeboten, und andere haben sie ersteigert. Weil es fast nichts kostet, so etwas zu organisieren, müsste ein guter Erlös dabei herausspringen.«

»Welche Dienstleistungen meinen Sie genau?« Eine Dame vor Cassie warf ihr einen frostigen Blick zu. »Wir sind hier ein anständiges Dorf.«

»Es kann alles sein. Vom Rasenmähen bis zum Kochen einer Mahlzeit oder professionelleren Dienstleistungen.«

»Falls Sie mit dieser Stimme eine Gutenachtgeschichte vorlesen wollen, biete ich bestimmt mit.« Cassie konnte den Sprecher nicht ausmachen, doch alle lachten. Mel übernahm wieder das Ruder.

»Eine fantastische Idee. So etwas haben wir noch nie gemacht. Sollen wir über die Vorschläge abstimmen?«

Nach der Abstimmung durch Handaufheben hatte Cassies Vorschlag um Längen gesiegt.

»Das wäre also geregelt. Ich versuche, einen Termin im April oder Mai zu finden. Und Sie, Cassie, können mir und dem Colonel helfen, alles zu planen, da Sie ja Erfahrung darin haben.«

Sie gab Cassie keine Gelegenheit abzulehnen. Die restliche Versammlung war rasch vorbei. Cassie versuchte zwar, so schnell wie möglich die Flucht zu ergreifen, wurde aber sofort von Leuten umringt, die sich unbedingt vorstellen und sie im Dorf willkommen heißen wollten.

»Ich bin Ethel«, sagte eine kleine Frau mit stahlgrauem Topfhaarschnitt. Cassie erkannte sie aus dem Dorfladen wieder. »Ich habe gehört, dass Sie bei Barney eingezogen sind. Er hat Sie doch gestern hergefahren, oder?«

»Nein!«, erwiderte Cassie rasch. »Ich meine, ja, er hat mich mit dem Auto mitgenommen, aber ich wohne bei Frances in Ramblings.«

»Ausgezeichnet. Heutzutage leben viel zu viele Menschen in Sünde. Ich freue mich, dass es noch junge Leute gibt, die sich in Zurückhaltung üben.«

»Ich …« Cassie verstummte. Es erschien ihr unhöflich, die Frau darauf hinzuweisen, dass Zurückhaltung in diesem Fall überflüssig war. Außerdem war es nichts Persönliches. Barney war ein Mann, und sie wollte mit dieser Spezies nichts zu tun haben. »Frances hat mich als Gesellschafterin eingestellt.«

»Dafür gibt sie Geld aus? Sie könnte so viel Gesellschaft haben, wie sie möchte, wenn sie sich mehr bemühen würde, ihr Haus zu verlassen oder Leute dorthin einzuladen«, entgegnete Ethel. »Ich weiß, dass es zwischen ihrem Mann und dem Dorf jede Menge Schwierigkeiten gab, als er auf dem Grund von Ramblings Häuser bauen wollte. Doch das ist schon Jahre her. Wir alle wissen, dass sie keine Schuld trifft. Ich wette, sie ahnt gar nicht, was sie verpasst. Bestimmt hätte sie Spaß am Bingo mit den anderen Senioren. Das richten Sie ihr doch aus, oder?«

Cassie versprach es, machte sich aber keine großen Hoffnungen, Frances dazu überreden zu können.

»Wenn Sie bleiben, lege ich besser einen Vorrat an Gummibärchen an«, verkündete Ethel und lächelte einigen anderen zu, die sich genähert hatten. »Gestern hat sie sechs Tüten gekauft! Das Regal war leer.«

Während alle lachten, bemerkte Cassie Barney, der die Gruppe überragte. Seiner Miene war nichts zu entnehmen. Cassie entschuldigte sich und ging zur Tür.

»Ich fahre Sie zurück, wenn Sie möchten.«

Barney war neben ihr aufgetaucht.

»Nein, schon gut. Ich will Ihnen den Abend nicht verderben.«

»Dafür ist es zu spät«, entgegnete er barsch. »Mir reicht es. Ich hatte ganz vergessen, wie in diesem Nest getratscht wird.«

»Wenn wir zusammen aufbrechen, wäre das nicht sehr hilfreich.«

»Ich weiß. Doch getrennt zu gehen würde auch nichts nützen. Zumindest kann ich mich so vergewissern, dass Sie wohlbehalten ankommen, ohne vor irgendwelche Autos zu springen.«

Schweigend marschierte er voran zum Parkplatz des Pubs und hielt Cassie die Tür des Pick-ups auf.

»Sechs Tüten Gummibärchen«, stellte er fest. Seine Augen funkelten in dem gedämpften Licht, das durch die Fenster des Pubs nach draußen strömte. »Ich wusste gar nicht, dass es die jetzt auch mit Ibuprofen gibt.«

Ehe Cassie antworten konnte, knallte er die Tür zu und stolzierte zur Fahrerseite. Auf dem Weg nach Ramblings wechselten sie kein Wort. Barney hielt vor der Tür und schaltete den Motor ab.

»Kommen Sie mit rein?« Cassies Frage war der Überraschung geschuldet und nicht als Einladung gedacht. Schließlich hatten sie für einen Abend genug Zeit miteinander verbracht. Für ein ganzes Leben, dachte sie, als er die Tür öffnete, ohne sie eines Blicks zu würdigen.

»Ich schaue jeden Abend nach Frances und vergewissere mich, dass das Haus abgeschlossen ist.«

Cassie sprang aus dem Pick-up und hastete hinter ihm her in die Vorhalle.

»Das müssen Sie nicht. Jetzt bin ich ja hier.«

»Doch, muss ich.« Er drehte sich zu ihr um. »Sie mögen eine sehr sympathische Frau sein, aber das ist es nicht, was Frances braucht. Sie sind überfordert. Wenn sie auf einer Gesellschafterin beharrt, suche ich ihr eine, die richtig qualifiziert ist.«

»Ich bin qualifiziert«, protestierte Cassie, wobei sie hoffte, dass er sich nicht näher nach diesen Qualifikationen erkundigen würde. Was war eine Gesellschafterin denn anderes als eine bessere Dienstbotin? Und hatte sie die letzten Jahre nicht daran gearbeitet, diese Rolle zu perfektionieren? Auch wenn sie nie perfekt genug gewesen war.

»Wie denn? Welche Erfahrung haben Sie in der Versorgung älterer Menschen? Durch Besuche bei Ihren Eltern?«

»Sie sind tot.«

»Also keine sehr gute Referenz, was?«

Beklommenes Schweigen entstand zwischen ihnen.

»Sie sind vor zwölf Jahren bei einem Autounfall gestorben«, erklärte Cassie.

»Tut mir leid.« Barney kratzte sich den Bart. »Das war

unverschämt, und ich hätte es nicht sagen dürfen. Allerdings ändert das nichts an meiner Meinung. Sie ahnen nicht, worauf Sie sich hier einlassen.«

»Frances offenbar schon, und ich bleibe, solange sie das möchte. Außerdem schaue ich nach ihr. Sie können also nach Hause fahren.«

»Warum sagen Sie mir dann nicht, wo sie ist?«

»Was?«

»Sagen Sie mir, wo Sie nach ihr schauen wollen.«

»Im Frühstückszimmer.« Dort hatte Frances letzte Nacht gesessen, als sie Cassie ins Bett geschickt hatte. Doch das Zucken um Barneys Augenbrauen verriet ihr, dass das vermutlich die falsche Antwort war. Ohne auf ihn zu achten, machte Cassie kehrt und marschierte den Flur entlang zum Frühstückszimmer. Es war niemand dort.

»Es ist zehn Uhr«, stellte Barney fest, der ihr gefolgt war. »Sie sieht sich die Nachrichten an.«

»Natürlich.« Cassie spürte, wie sein Blick sich in ihren Rücken bohrte, während er auf die unvermeidliche Frage wartete. »Und wo tut sie das?«

»Dort, wo der Fernseher steht. Im Fernsehzimmer.«

Fernsehzimmer? Cassie hatte gar nicht gewusst, dass es so etwas überhaupt gab. Es klang nicht sehr gotisch.

»Kommen Sie mit.«

Ihr blieb nichts anderes übrig als zu gehorchen. Barney führte sie durch eine in der Wand verborgene Tür und einen mit Teppichfliesen bedeckten schmalen Flur entlang. Dieser mündete in einer innen gelegenen Halle, wo über einer schlichten, breiten Treppe einige Glocken zum

Herbeirufen der Dienerschaft hingen. Das Geländer war mit einem Treppenlift ausgestattet.

»Ist der für Frances?«

»Ja. Diese Treppe ist eine Abkürzung zu den Schlafzimmern. Da hinten finden Sie den Küchentrakt.« Er zeigte nach links. »Und hier«, fuhr er fort und öffnete eine Tür auf der rechten Seite, »hätten wir das Fernsehzimmer.«

Cassie trat in das am modernsten eingerichtete Zimmer, das sie bis jetzt im Haus gesehen hatte. Die Decke war niedrig, die Wände waren magnolienfarben, und der Teppich war beige. Geblümte Vorhänge verbargen die Fenster. Auf einer Kommode aus Mahagoni in der Ecke prangte ein großer Fernseher, die Nachrichten liefen gerade. Die Heizstäbe einer altmodischen Gasheizung glühten rot. Das Zimmer hätte in jedem x-beliebigen Haus sein können.

»Frances?« Cassie näherte sich dem Sessel vor dem Fernseher. Frances hatte die Augen geschlossen. Ihr Mund stand offen, und an ihrem Kinn trocknete ein Speichelfaden. Cassie wollte schon Frances' Hand berühren, als Barney den Arm ausstreckte, um sie daran zu hindern.

»Moment.« Er legte seine Hand auf die von Frances und fühlte ihr dann mit zwei Fingern den Puls am Hals.

»Ist sie …?« Cassie brachte es nicht über sich, die Frage auszusprechen.

»Nein.« Da Barney nicht hatte wissen können, ob sie tot oder lebendig meinte, war seine Antwort nicht sehr aufschlussreich. Frances schlug die Augen auf und zuckte zusammen, als sie sah, dass Barney sich über sie beugte.

»Barney«, schimpfte sie mit schlaftrunkener Stimme. »Was fummelst du da an mir herum? Finger weg.«

»Ich wollte mich nur vergewissern, dass du nicht tot bist.« Als er sich aufrichtete und einen Schritt rückwärts machte, prallte er mit Cassie zusammen, die besorgt hinter ihm verharrt hatte. Automatisch hielt er sie an den Armen fest, damit sie nicht stürzte.

»Von Cassie kannst du auch die Finger lassen«, befahl Frances. »Sie macht den Eindruck, als gefiele es ihr ebenso wenig wie mir. Du wirst sie nicht in deinen Harem eingliedern.«

»Ich habe keinen …« Barney blickte zwischen Frances und Cassie hin und her und seufzte entnervt auf. »Du hast geschlafen. Fühlst du dich nicht wohl?«

»Mach nicht so ein Tamtam. Mir geht es blendend. Ich war nur müde. Wie du weißt, war ich nie damit einverstanden, dass die BBC die Nachrichten auf zehn Uhr verlegt hat. Um neun hat es mir viel besser gepasst. Ich habe ihnen einen Brief geschrieben, um ihnen das mitzuteilen, aber sie haben nicht reagiert.«

»Sie haben doch sicher News 24.« Cassie machte einen großen Bogen um Barney, als sie auf Frances zutrat und nach der Fernbedienung griff. Sie drückte auf einige Knöpfe, worauf BBC News 24 auf dem Bildschirm erschien. »So können Sie sich die Nachrichten um jede beliebige Uhrzeit anschauen und brauchen nicht aufzubleiben. Hat Ihnen das niemand erklärt?«

»Nein. Als dieser Fernseher geliefert wurde, habe ich angenommen, dass die Sender noch genauso eingestellt sind wie früher. Kann ich auf diesem Sender also wieder die Neun-Uhr-Nachrichten sehen?«

»Sie können sich die Nachrichten ansehen, wann immer

Sie wollen«, bestätigte Cassie. »Sie laufen rund um die Uhr.« Sie betätigte einige weitere Knöpfe auf der Fernbedienung. »Ich habe ihn Ihnen als Favorit eingerichtet, damit Sie ihn immer finden. Sie brauchen nur noch auf diesen blauen Knopf zu drücken, dann haben Sie ihn.«

»Danke. Ein Jammer, dass niemand auf den Gedanken gekommen ist, mir das schon früher zu verraten.« Kurz glaubte Cassie, dass Frances' sonst so strenge Fassade für einen Moment ins Wanken geriet. Doch der Moment war rasch vorbei. »Siehst du, Barney, was Cassie bereits verändert hat. Kaum auszudenken, was ich ohne sie anfangen würde.«

Barneys einzige Antwort bestand aus einem zornigen Türenknallen, als er hinausstürmte.

# 5

Cassies erste Woche verlief reibungsloser, als sie zu hoffen gewagt hatte. Dennoch erschien es ihr nach einem arbeitsreichen Leben nicht richtig, nichts weiter zu tun zu haben, als stundenlang neben Frances zu sitzen und Radio zu hören, womit diese den Großteil ihrer Nachmittage verbrachte. Da Cassie kein Fan klassischer Musik war, schleppten sich diese Stunden dahin. Insbesondere, weil sie sich daran erinnerte, dass Frances Geschwätzigkeit ablehnte, und sie sich deshalb kaum traute, den Mund aufzumachen.

»Können Sie sich denn nicht beschäftigen?«, fragte Frances eines Nachmittags, als Cassie innerhalb einer Stunde zum wohl hundertsten Mal in ihrem Sessel herumgerutscht war. »Nähen oder stricken Sie nicht? Was tun Sie normalerweise zur Entspannung?«

Da »normal« und »Entspannung« schon seit einiger Zeit Fremdwörter für Cassie waren, musste sie eine Weile über eine Antwort nachgrübeln.

»Ich lese leidenschaftlich gern«, erwiderte sie schließlich. Es war fast zwei Wochen her, dass sie zuletzt ein Buch angefasst hatte, fühlte sich jedoch länger an.

»Haben Sie sich schon die Bibliothek angeschaut?«

»Ich glaube, laut Mel ist die nächste in Clitheroe.«

»Die in Clitheroe ist eine öffentliche Bibliothek.« Frances machte eine wegwerfende Handbewegung. »Ich meinte die hier im Haus.«

»Ich wusste gar nicht, dass es sie gibt!« Cassie versuchte, sich ihre Enttäuschung nicht anmerken zu lassen, weil Frances nicht daran gedacht hatte, sie bei ihrem Gespräch über Bibliotheken zu erwähnen. »Wo ist sie?«

»Im Nordflügel. Was lesen Sie denn am liebsten?«

»Alles, solange es Romane sind.« Alles, was ihr eine Möglichkeit bot, der Wirklichkeit zu entfliehen. Frances' forschender Blick ließ Cassie befürchten, dass sie das laut ausgesprochen hatte.

»Dann bezweifle ich, dass Sie in der Bibliothek etwas Passendes finden werden«, meinte Frances. »Die Sammlung wurde zu Bildungszwecken, nicht zur Unterhaltung zusammengestellt.« Als sie innehielt und Cassie betrachtete, war ihr Gesichtsausdruck so eindringlich und wach wie bei einer Frau, die halb so alt war wie sie. »Kommen Sie«, fuhr sie fort und erhob sich.

Cassie sprang auf.

»Soll ich Ihnen etwas holen?«

»Nein, ich möchte, dass Sie mich in meinen Salon begleiten.«

Salon? Davon hörte Cassie zum ersten Mal, auch wenn sie das nicht wunderte, weil sie große Bereiche des Hauses noch immer nicht erkundet hatte. Am ersten Tag hatte sie nur einen Bruchteil davon gesehen. Für dieses Haus brauchte man einen Touristenführer und eine Karte wie bei den denkmalgeschützten Anwesen, wo der National Trust Besichtigungstouren veranstaltete. Cassie war fest entschlossen, sich bei Frances zu erkundigen, ob so etwas hier existierte.

Frances ging zur Hintertreppe und glitt mit dem Treppenlift würdevoll, mit geradem Rücken und die Hände ordentlich auf dem Schoß gefaltet, nach oben. Sie nahm ihren Spazierstock – nachdem Cassie es ihr vorgeschlagen hatte, besaß sie nun einen für oben und einen für unten –, steuerte auf ihr Schlafzimmer zu und blieb vor einer unbeschrifteten Tür neben Ribblemill stehen.

Cassie, die noch nie hier und auch nicht in Frances' Schlafzimmer gewesen war, konnte ihre Neugier kaum verhehlen, als Frances die Tür öffnete und ein kleiner, gemütlicher, in Pastellgrün und Gold gehaltener Raum sich auftat. Für Möbel war hier nicht viel Platz. Nur zwei Lehnsessel vor dem Kamin und – Cassies Herz machte vor Freude einen Satz – ein vollgestopftes Bücherregal, das eine ganze Wand einnahm. Cassie studierte die Buchrücken: Elizabeth Taylor, Daphne du Maurier, die Mitfords, Elizabeth Bowen … Es war eine Sammlung der besten Autorinnen des letzten Jahrhunderts. Einige kannte Cassie, von anderen hatte sie noch nie gehört. Es juckte ihr in den Fingern, ein paar davon herauszunehmen.

»Sie werden hier nichts Modernes finden«, verkündete Frances. »Sehr wenig, was nach den Siebzigern verfasst wurde. Ich hatte weniger Zeit für Bücher, als mir lieb gewesen wäre.«

»Das ist wundervoll«, sagte Cassie. Ihre Finger strichen

ehrfürchtig über eine Reihe, bei der es sich offenbar um eine Hardcover-Gesamtausgabe der Werke von Georgette Heyer handelte. »Ich liebe Georgette Heyer. Ich habe die gesamte Reihe *Die Jungfernfalle* … Hatte«, verbesserte sie sich.

Wo mochten die Bücher jetzt wohl sein? Hatte Mike sie gemeinsam mit allem weggeworfen, was ihn an sie erinnerte? Böswillig genug dazu war er. Cassie warf einen Blick über die Schulter, um festzustellen, ob Frances ihr Versprecher aufgefallen war. Natürlich war er das. Ihr Körper mochte gebrechlich sein, doch ihr Verstand war noch so beweglich wie ein Profisportler.

»Die habe ich immer am liebsten gemocht«, sagte Frances. »Es ist schon eine Weile her, dass ich sie gelesen habe. Wegen meiner Arthritis ist es zu anstrengend, ein Buch zu halten, insbesondere die schweren Hardcover.«

Cassie holte *April Lady* heraus, wischte mit der Handkante den Staub ab und schlug das Buch vorsichtig auf.

»Wie wäre es, wenn ich es Ihnen vorlese?«, fragte sie. Als Frances nicht sofort antwortete, klappte sie das Buch wieder zu. »Verzeihung. Natürlich wäre es eine Zumutung für Sie, mir zuzuhören. Ich hätte nicht …«

»Eine ausgezeichnete Idee«, unterbrach Frances. »Nehmen Sie das Buch mit nach unten?«

»Wir könnten es auch hier lesen«, erwiderte Cassie. Sie fühlte sich in diesem Zimmer wohler als in den förmlich möblierten Räumen unten. Vielleicht auch deshalb, weil sie Zimmer von dieser Größe gewohnt war. »Falls Sie nichts dagegen haben.«

»Gut.«

Frances nahm in dem einen Sessel Platz und bedeutete Cassie, sich in den anderen zu setzen.

Cassie begann zu lesen. Sie verlor sich in den wunderschönen Worten und entschwebte in eine andere Welt. Sie hatte keine Ahnung, wie lange sie schon las, weil sie inzwischen in einer Ära von vor zweihundert Jahren versunken war, als sie spürte, dass Frances von etwas abgelenkt wurde. Als sie aufblickte, stand Barney in der Tür und starrte sie aus unerklärlichen Gründen erstaunt an. Cassies Stimme erstarb, und sie ließ das Buch sinken.

»Was machen Sie hier?«, fragte Barney. Er wandte sich an Frances. »Du gestattest sonst niemandem, dieses Zimmer zu betreten.«

»Du bist doch auch hier«, entgegnete Frances.

»Ich habe dich im ganzen Haus gesucht. Du hast eine Nachricht hinterlassen, dass du mich sprechen willst.«

»In der Tat, und zwar vor mehreren Stunden. Aber da du nun endlich da bist, kannst du dich nützlich machen. Du sollst dafür sorgen, dass Cassie in die Autoversicherung aufgenommen wird. Sie wird den Volvo doch bestimmt fahren dürfen.«

»Warum nicht, solange sie einen Führerschein hat.«

Als Cassie nickte, blieb Barneys Miene argwöhnisch.

»Wo wollen Sie hin?«

»Ich habe nicht die Absicht, irgendwohin zu fahren«, erwiderte Cassie. Sie hatte den Verdacht, dass Barney hoffte, es würde eine Reise ohne Wiederkehr sein.

»Ich möchte, dass Cassie mich herumfahren kann«, antwortete Frances. »So sparst du dir die Mühe.«

»Es ist keine Mühe.«

»Bis Sonntag musst du alles geregelt haben. Da kommt ein Gastprediger, den ich gerne hören möchte. Vermutlich wirst du erleichtert sein, dass dir nach deinen Umtrieben der letzten beiden Wochen Gottes Prüfung erspart bleibt.«

Und da war es wieder, das kurze Aufblitzen eines Lächelns, das der Bart nicht ganz verbergen konnte. Ein Zeichen der tiefen Zuneigung, die Barney für Frances empfand.

»Wenn ich mir nur wegen Gottes Prüfung Sorgen machen müsste, wäre es ja nicht so schlimm.« Als er sich Cassie zuwandte, war sein Lächeln wie weggeblasen. »Am besten nennen Sie mir Ihren vollen Namen und Ihr Geburtsdatum.«

»Cassandra Jane Bar–« Cassie verstummte, und die Panik verschlug ihr die Sprache. Sie hatte völlig automatisch und ohne nachzudenken geantwortet und sich verplappert. Sie versuchte, ihren Fehler hinter einem Hüsteln zu tarnen, was jedoch nichts gegen Barneys argwöhnische Miene ausrichten konnte. »Cassandra Jane Bancroft«, wiederholte sie mit Nachdruck und nannte ihm ihr Geburtsdatum.

Barney tippte die Informationen in sein iPhone ein, ein modernes Gerät, das so gar nicht zu einem zotteligen Waldschrat wie ihm zu passen schien.

»Sie sind dreiunddreißig?«

»Ja, ist das ein Problem?«

»Nein. Ich finde es nur seltsam, dass jemand in Ihrem Alter sein Leben hinwirft, um bei fremden Leuten zu wohnen, und nichts außer einem Rucksack mitbringt.«

Hätte er das Leben gekannt, das Cassie hingeworfen hatte, er hätte es überhaupt nicht seltsam gefunden. Eigentlich war es gar kein Leben gewesen, obwohl sie Tage, Monate, ja, Jahre gebraucht hatte, um das zu erkennen. Jahre, in denen sie erniedrigt worden war und man versucht hatte, ihr einzureden, dass sie nicht mehr verdiente als das. Barney konnte sie mit seinem starren Blick fixieren, solange er wollte; offenbar glaubte er, ihr auch gegen ihren Willen die Wahrheit entlocken zu können. Sie würde weder ihm noch sonst jemandem erzählen, welche Ereignisse sie hierhergeführt hatten.

Erst gute zwei Wochen später hatte Cassie das Gefühl, in ihre Rolle als Gesellschafterin hineingewachsen zu sein, und sie hoffte, dass sie Frances eine Hilfe war.

»Sie sieht besser aus, seit Sie hier sind«, merkte Ruth an, während Cassie den Nachmittagstee für Frances vorbereitete: Earl Grey, serviert in einer Teekanne aus Porzellan mit dazu passenden Tassen und Untertassen. »Sie übrigens auch. Sie wirken nicht mehr so verstört. Obwohl ich es schade finde, dass Mrs S auf diese Uniform besteht. Schwarz ist nicht Ihre Farbe.«

»Das ist keine Uniform.« Cassie blickte an sich hinunter: schwarze Hose, schwarzes Oberteil, schwarze Schuhe. Langweilig, aber genau darum ging es ja. Sie kleidete sich unauffällig, weil sie übersehen werden wollte. Außerdem hatte sich diese billige und pflegeleichte Kleidung in ihrer Zeit als Putzfrau als sehr praktisch erwiesen. Was den optischen Eindruck betraf, gab sie sich keinen Illusionen hin. »Das sind meine eigenen Sachen.«

»Sie haben sich niemals selbst diese Kleidung ausgesucht!« Ruth schaute von ihrer Bügelwäsche auf, Boxershorts baumelten in ihrer Hand. Cassie wollte lieber nicht daran denken, an wessen Hintern sie sich befunden hatten. »Sie müssen meine Tochter kennenlernen. Sie arbeitet in einem Bekleidungsgeschäft in Clitheroe und kann sicher etwas für Sie tun.«

»Ich kann mir keine neuen Kleider leisten.«

»Zerbrechen Sie sich nicht den Kopf darüber. Sie kriegt Personalrabatt. Sie können unmöglich in diesem Aufzug zur Party kommen. Sie sind ja angezogen wie für eine Beerdigung, nicht für eine Verlobungsfeier.«

»Was für eine Party?« Cassie spülte die Teekanne mit heißem Wasser aus, um sie anzuwärmen, und sah Ruth an.

»Habe ich es noch nicht erwähnt? In ein paar Wochen veranstaltet Becca eine Verlobungsfeier im Gemeindehaus. Das ganze Dorf ist eingeladen.«

Cassie löffelte Tee in die Kanne.

»Ich glaube nicht, dass ich damit auch gemeint bin.«

»Selbstverständlich sind Sie das. Sie gehören jetzt zu uns. Und es wird ein Céilí, ein Volkstanzabend. Das können Sie sich nicht entgehen lassen.«

Cassie fand, dass sie sich das durchaus entgehen lassen konnte, aber Ruth blieb hartnäckig, ganz gleich, wie oft sie auch ablehnte.

»Kommen Sie abends ins No Name. Dann stelle ich Ihnen Becca vor. Sie können Ihren Einkaufsbummel planen.« Als Ruth sich bückte, um das nächste Wäschestück aus dem Korb zu nehmen, zuckte sie zusammen und rieb sich den Rücken. »Hoffentlich ist das nicht wieder der Ischias. Ich muss zum Tanzen fit sein. Am besten rede ich mal mit Barney.«

»Barney? Was kann der denn tun?« Cassie drapierte verschiedene Kekse auf einem Teller. »Sie sollten zum Arzt gehen. Gibt es einen hier in der Nähe?«

Mit Ruths Lachanfall anstelle einer Antwort hatte sie nicht gerechnet.

»Den Flur runter, dritte Tür links. Näher ist wohl nicht möglich.«

»Dritte Tür links?«, wiederholte Cassie. Sie verstand den Witz nicht. »Aber das ist doch Barneys Büro?«

»Ja. Wussten Sie das nicht?« Ruth lächelte breit. »Er ist Doktor. Oder lautete der Titel vielleicht ›Mister‹? Ich werde nie begreifen, wo der Unterschied ist.«

»Barney ist Arzt?« Trotz ihrer Frage hatte Cassie nicht den geringsten Zweifel daran. Jetzt ergab so vieles an seinem Verhalten Sinn: sein merkwürdiges Interesse an ihren erfundenen Menstruationsbeschwerden bei ihrer ersten Begegnung, das Aufhebens um ihre Hand und seine offensichtliche Sorge um Frances. Seine fürsorgliche Seite war immer da gewesen, auch wenn er sie dahinter tarnte, dass er so ruppig mit seinen Patienten umging, wie sie es noch nie erlebt hatte.

»Bis vor einigen Jahren hat er in einem Krankenhaus gearbeitet«, fuhr Ruth fort, während der Bügeleisendampf um sie herum waberte. »Bis es da dieses kleine Problem gab. Natürlich haben wir nie geglaubt, dass er etwas falsch gemacht hat, ganz gleich, was auch in den Zeitungen stand. Und wenn Sie zehn Krankenhäuser aufsuchen, werden Sie keinen Arzt finden, der so einfühlsam und engagiert ist wie er. Mit unseren Wehwehchen wenden wir uns zuerst an ihn, und er sagt uns dann, ob es nötig ist, den Arzt im nächsten Dorf damit zu belästigen. Die Hälfte der Zeit bemerkt er, dass etwas nicht stimmt, bevor wir selbst es spüren.«

Wirklich? Cassie freute sich über die Warnung. Umso mehr Grund für sie, einen Bogen um ihn zu machen, bevor er durchschaute, was alles mit ihr nicht stimmte.

# 6

Während Cassie darauf wartete, dass Frances aus dem Bad kam, läutete das Telefon. Nach kurzem Zögern hob sie ab und meldete sich mit einem schüchternen »Hallo«.

»Hallo? Mutter? Mutter?« Darauf folgten ein Zungenschnalzen und ein Seufzer. »Mutter, du musst in die Muschel sprechen.«

»Ich glaube, Sie haben sich verwählt«, sagte Cassie.

»Das ist unmöglich. Die Nummer ist in mein Telefon eingespeichert. Wer sind Sie? Und wo ist meine Mutter? Ist ihr etwas zugestoßen? Warum erfahre ich es immer als Letzte? Sind Sie die Putzfrau? Sie klingen gar nicht wie sie.«

»Ich bin Cassie«, entschied Cassie sich für den einfachsten Ausweg aus diesem Fragenbombardement. »Wen möchten Sie bitte sprechen?«

»Meine Mutter Frances Smallwood. Was haben Sie mit ihr gemacht. Warum gehen Sie an ihr Telefon?«

Cassie traute ihren Ohren nicht. Frances hatte eine Tochter? Sie hatte sie seit Cassies Ankunft nicht erwähnt, und soweit sie feststellen konnte, gab es im Haus keine Fotos von ihr.

»Frances ist im Bad«, erklärte sie und beschloss, dass es besser war zu kooperieren, als noch ein Mitglied von Frances' Familie gegen sich aufzubringen. »Ich bin ihre Gesellschafterin.«

»Ihre was?« Der empörte Aufschrei verriet Cassie, dass ihr Beschwichtigungsversuch gescheitert war. »Heißt das, Sie arbeiten für sie? Sie bezahlt Sie? Wie viel?«

»Ich glaube nicht …«

»Das ist eine Schande! Wissen meine Brüder Bescheid? Richten Sie meiner Mutter aus, sie soll mich sofort zurückrufen.«

Sie hatte aufgelegt, als Frances gerade zurückkehrte. Heute stützte sie sich schwerer auf ihren Stock und wirkte erschöpft. Ihre Augenlider waren schwer, und um ihren Mund zuckte es unruhig, obwohl sie gar nicht zu sprechen versuchte. Sie ließ sich in einen Sessel sinken.

»Habe ich eben das Telefon gehört?«

»Ja.« Cassie setzte sich. »Es war Ihre Tochter.«

»Wirklich? Was wollte sie?«

»Nichts. Sie bittet Sie, sie zurückzurufen.«

»Oh, dann will sie sicher etwas.« Frances verschränkte die Hände auf dem Schoß und nestelte an ihrem dicken goldenen Ehering. »Diana meldet sich nur, wenn sie etwas will.«

»Ich wusste gar nicht, dass Sie Kinder haben«, wagte Cassie sich zögernd vor, nur für den Fall, dass Frances das als die ihr verhasste Geschwätzigkeit deuten könnte.

»Ich habe drei Kinder«, erwiderte Frances. »Hugh, Diana und Guy. Außerdem zwei Exschwiegertöchter, einen aktuellen Schwiegersohn und fünf Enkelkinder.«

Das war eine ziemlich große Familie, was regelrecht nach der Frage schrie, warum sich seit ihrer Ankunft niemand bei Frances gemeldet hatte, die verhältnismäßig reich war. Und wieso musste Frances jemanden dafür bezahlen, dass er ihr Gesellschaft leistete? Allerdings würde Cassie damit eindeutig eine Grenze überschreiten. Es ging sie nichts an.

»Soll ich Ihnen das Telefon bringen?«, erkundigte sie sich stattdessen.

»Nein. Diana muss lernen zu warten.« Frances sah Cassie an. »Haben Sie ihr gesagt, wer Sie sind?«

»Ja. Entschuldigung. Hätte ich das nicht tun sollen? Als sie sich als Ihre Tochter vorgestellt hat, dachte ich, dass sie es schon weiß.«

»Was auch so wäre, wenn sie sich seit Weihnachten die Mühe gemacht hätte, mich zu kontaktieren. Wie hat sie reagiert?«

»Nicht sehr gut«, gab Cassie zu. »Sie hat herumgekreischt. Verzeihung, ich …«

»Sie brauchen sich wirklich nicht zu entschuldigen. Irgendwann hätten Sie es ja doch herausgefunden.«

Interessanterweise lächelte Frances; sie hatte den ganzen Tag noch nicht so vergnügt gewirkt.

»Vermutlich werden wir bald von Diana und den anderen hören.«

Als wenige Stunden später erneut das Telefon läutete, war Cassie in der Vorhalle. Da sie annahm, dass es Diana war, ließ sie es klingeln, in der Hoffnung, dass Frances im Frühstückszimmer an den Apparat gehen würde. Doch als das Gerät nicht verstummte, gab sie es auf und meldete sich mit einem noch zögernderen »Hallo« als beim letzten Mal.

»Aha! Sie müssen Cassie sein, die hinterhältige Betrügerin, die versucht, uns um unser Erbe zu bringen.«

Cassie hatte weder mit so einer Begrüßung noch mit dieser Stimme gerechnet, die sich von Dianas Gekreische unterschied wie Tag und Nacht. Die Männerstimme klang kultiviert und belustigt.

»Ich bestätige nur, dass ich Cassie bin«, erwiderte sie.

»Ganz recht.« Der Mann am anderen Ende der Leitung lachte. »Offenbar haben Sie bereits gelernt, meiner Schwester in nichts zuzustimmen. Ich habe Jahre gebraucht, um das zu kapieren. Ich bin übrigens Guy Smallwood.«

»Soll ich Sie mit Frances verbinden? Wahrscheinlich ist es einfacher, wenn ich sie bitte, Sie zurückzurufen. Ich bin nicht sicher, wo sie ist.«

»Ist sie Ihnen abhandengekommen? Die wichtigste Pflicht einer Gesellschafterin ist es doch, ihren Schützling im Auge zu behalten.« Guy lachte. »Sollte ich besorgt sein, dass meine Mutter ihr Geld verschwendet?«

Das Lachen hörte nicht auf. Sofort bekam Cassie ein schlechtes Gewissen und versuchte rasch, ihn zu besänftigen.

»Es kostet nicht viel, dass ich im Haus bin, und ich verspreche Ihnen, dass das Geld gut angelegt ist.«

Barney suchte sich genau diesen Moment aus, um sich durch die Vorhalle zu schleichen. Dass er stehen blieb und sich den Bart kratzte, verriet ganz klar, dass er sich seinen eigenen Reim auf ihre Worte machte. Cassie setzte sich auf den harten Holzstuhl neben das Telefontischchen und blickte ihm nach, als er die schwere Eichentür aufriss und verschwand.

»Ganz gleich, wie viel sie Ihnen bezahlt, ist es sicher ein geringer Preis dafür, Ihre Stimme zu hören.« Guy hielt inne. Cassie fragte sich, ob sie sich von diesem Kompliment geschmeichelt fühlen sollte. Tat sie aber nicht. »Sie klingen auf keinen Fall wie eine hinterhältige … was auch immer. Ich werde Dianas Wortwahl nicht wiederholen. Sie hatte schon immer eine blühende Fantasie. Wie gefällt es Ihnen in Ramblings? Ein wunderschönes Haus, richtig?«

»Ja, das ist es.«

»Es war schon immer im Besitz der Smallwoods. Wir hatten großes Glück.«

»Soll ich Ihre Mum suchen gehen?«

»Nein, ich möchte Ihnen keine Schwierigkeiten machen. Falls sie beschäftigt ist, wird sie Ihnen die Störung bestimmt nicht danken. Ich kann mir nicht vorstellen, dass es leicht ist, für sie zu arbeiten. Verstehen Sie sich gut bis jetzt?«

»Ich denke schon.«

»Freut mich, das zu hören.« Behauptete er wenigstens. Doch etwas in Guys Tonfall weckte Cassies Argwohn. Obwohl er das Telefonat mit dem freundlichen Wunsch beendete, dass sie sich sicher bald begegnen würden, wusste sie, dass sie auf der Hut würde sein müssen, falls es wirklich zu dieser Begegnung kam. Charme war eine billige Fassade, mit der man die verschiedensten Probleme übertünchen konnte. Das brauchte ihr niemand zum zweiten Mal zu erklären.

Cassie arbeitete schon einen Monat in Ramblings, als Frances ihr sagte, sie solle doch einen Nachmittag freinehmen. Offenbar hatte sie die Arbeitnehmerrechte entdeckt und bestand darauf, dass Cassie von nun an zwei freie Stunden am Tag und einen ganzen Nachmittag pro Woche bekommen sollte. Ihren ersten freien Nachmittag verbrachte Cassie damit, mit dem Volvo herumzufahren, um die Umgebung besser kennenzulernen.

Danach kehrte sie im No Name ein. Da sie weder einen Laptop noch ein Smartphone besaß, hatte sie keinen Zugang zum Internet, und obwohl sie vermutete, dass jemand in Ramblings einen solchen hatte, hatte sie nicht die Absicht, diese Person darauf anzusprechen. Mel hatte ihr angeboten, ihr ihren Laptop zu leihen, und so setzte sich Cassie in eine Nische neben dem Tresen und fing an, etwas zu recherchieren, das ihr gestern eingefallen war, als sie Frances vorgelesen hatte. Für einen späten Nachmittag war das Lokal erstaunlich gut besucht, doch in der Nische, wo nur wenige Tische und ein alter Ohrensessel standen, war sie ungestört. Mel versicherte ihr, dass das auch so bleiben würde.

Cassie hatte ein neues E-Mail-Konto auf den Namen Cassie Bancroft eingerichtet und war gerade in eine Webseite vertieft, als schwere Schritte sie vor dem Eintreffen eines Menschen warnten. Barney ragte starr im Eingang zur Nische auf. Er hatte ein Bierglas in der einen und eine Zeitung in der anderen Hand.

Es war zu spät für ihn, einfach kehrtzumachen, ohne unhöflich zu erscheinen, und obwohl er in dieser Hinsicht bis jetzt keine Hemmungen gezeigt hatte, hatte er es sich diesmal offenbar anders überlegt. Als er einige Schritte vortrat, drehte Cassie den Bildschirm instinktiv von ihm weg, was sich als Fehler erwies.

»Was machen Sie mit dem Computer?« Barney setzte sein Glas ab und legte die Zeitung aus der Hand. »Hab ich es doch gewusst! Sie sind eine verdammte Journalistin, richtig? Ich fasse es nicht. Da bin ich tatsächlich auf dieses unschuldige Getue reingefallen. Und was haben Sie letztens am Telefon gemacht? Ihrem Chefredakteur eine gute Story versprochen? Was für einen Mist hecken Sie jetzt schon wieder aus?«

»Ich bin keine …«

Er ließ sie nicht zu Wort kommen.

»Wie können Sie es wagen, Frances da mit reinzuziehen? Welcher Artikel gibt Ihnen das Recht, sich in das Zuhause anderer Menschen zu drängen? Sie sind bis jetzt die Schlimmste. Wenn es nur um mich ginge, wäre es mir egal, aber ist Ihnen nicht klar, wie sehr das Frances verletzen wird? Sie hat Ihnen vertraut.«

»Ich habe keine Ahnung, wovon Sie reden.«

Doch Barney hörte ihr nicht zu.

»Was gibt es da noch zu schreiben? Passiert auf der Welt wirklich so wenig, dass Sie das wieder ausgraben müssen? Mein Gott, wann lasst ihr mich endlich in Ruhe?«

Obwohl er zornig klang, erkannte Cassie nur Schmerz und Enttäuschung in seinen Augen.

»Ich bin keine Journalistin«, erwiderte sie. »Schauen Sie.«

Sie schob den Laptop zu ihm hinüber, damit er einen Blick auf den Bildschirm werfen konnte. Dabei fiel etwas zu Boden. Barney bückte sich rasch und hob es auf.

»Was ist das?«

Die Frage war überflüssig, denn sie wussten beide, was er in der Hand hielt: Frances' Kreditkarte.

»Ich kann …«, begann Cassie sofort.

»Oh, da bin ich mir ganz sicher«, unterbrach Barney. »Bestimmt haben Sie jede Menge Erklärungen auf Lager und denken, dass Sie dank Ihrer Stimme und der großen Augen mit allem durchkommen. Aber nicht bei mir. Sie sind also eine Diebin? Und zwar eine von der übelsten Sorte, die sich hilflose alte Damen als Opfer aussucht? Sie widern mich an.« Er kramte sein Telefon aus der Tasche. »Das werden Sie niemals wieder jemandem antun. Ich rufe die Polizei.«

Als Cassie sich die Augen rieb, verschwamm Barneys zorniges Gesicht. Sie griff in ihre Handtasche, holte eine Handvoll Gummibärchen heraus und stopfte sie sich in den Mund.

»Hallo, schönes Mädchen, hast du Hunger?« Akram kam herein und schien den kleinen Raum komplett auszufüllen. »Ich habe doch gesagt, dass du zum Kaffee ein Stück Kuchen essen solltest. Du siehst ja richtig blass aus.«

Barneys Blick huschte zu Cassie hinüber. In dem kurzen Moment der Ablenkung nahm Akram ihm das Telefon aus der Hand, bevor er anrufen konnte.

»Das kannst du dir sparen, Barney, mein Junge. Wir

haben dich bis zum Tresen brüllen gehört. Du führst dich auf wie ein Idiot.«

»Halt dich da raus, Akram. Ich habe sie dabei ertappt, wie sie Frances' Kreditkarte benutzen wollte. Der Himmel weiß, wie viel sie bereits gestohlen hat. Ich muss die Polizei verständigen. Und sie isst seelenruhig Süßigkeiten. So etwas nenne ich abgebrüht.«

Cassie wischte sich die verschwitzten, klebrigen Finger am Bein ab. Das war doch albern. Sie hatte nichts verbrochen. Weshalb fühlte sie sich dann so schuldig? Das war schon in ihrer Kindheit so gewesen. Stets war sie stellvertretend errötet, wenn der Lehrer von einem unbekannten Übeltäter ein Geständnis eingefordert hatte. Kein Wunder, dass sie ein leichtes Opfer war. Der schreckliche Vorwurf verschlug ihr die Sprache und verhinderte, dass sie sich selbst verteidigte.

»Sie kauft für Frances ein«, fuhr Akram fort. »Sie hat es Mel erzählt. War die Webseite, die Mel vorgeschlagen hat, in Ordnung? Sie heißt ›Audible‹, richtig?«

Akrams aufmunterndes Lächeln löste Cassies Zunge, und sie wandte sich zu ihm um. »Ich glaube schon. Ich habe nur verschiedene Angebote verglichen, als ...«

Der Rest des Satzes sprach für sich. Barney drehte den Laptop ruckartig zu sich herum.

»Audible?«, fragte er und betrachtete den Bildschirm. »Was ist das?«

»Dort kann man Hörbücher kaufen.«

»Wozu braucht Frances so etwas? Ich dachte, Sie lesen ihr vor.«

»Ja, tagsüber. Sie wollte etwas haben, das sie sich nachts

im Bett anhören kann. Allerdings glaube ich, dass das da nicht das Richtige ist«, antwortete Cassie, ohne den Blick von Akram abzuwenden. »Hier muss man offenbar Bücher auf einen Computer oder ein Tablet herunterladen. Wir brauchen CDs.«

Barney starrte noch immer auf den Computer.

»Hier steht, man kann die Downloads auf CD brennen. Ich erledige das für Sie.« Cassie sah ihn erstaunt an. »Für Frances«, verbesserte er sich, stand auf und fuhr sich mit den Nägeln durch die Bartstoppeln am Kinn.

»Kann man euch beide jetzt bedenkenlos allein lassen?«, fragte Akram und klopfte Barney auf die Schulter. »Kein Wunder, dass wir Cassie nie lächeln sehen, wenn du sie immer so anschreist.«

»Ich schreie nicht.«

Akram schnaubte höhnisch. »Ich habe ein Pub voller Gäste, die dir da widersprechen würden, sofern du sie nicht schon vergrault hast. Also küsst und vertragt ihr euch jetzt?« Er lachte.

Cassie bemühte sich, Barney nicht anzusehen, überzeugt, dass sie sich vollkommen einig darüber waren, wie abstoßend dieser Vorschlag war. Und dennoch spürte sie ein Prickeln unter der Haut und fragte sich, ob er sie beobachtete.

Akram kehrte zum Tresen zurück, und bevor der Boden unter dem Gewicht des beklommenen Schweigens nachgeben konnte, kam Ethel hereingehastet.

»Ich habe euch hier drin gehört«, sagte sie und ging zu Cassie hinüber. Ihr missbilligendes Naserümpfen in Barneys Richtung wies darauf hin, dass sie alles belauscht hatte. »Ihre Bestellung ist da. Also dachte ich, ich bringe sie Ihnen gleich vorbei.«

Sie reichte Cassie eine große Einkaufstüte. Unter Barneys misstrauischem Blick holte Cassie eine Schachtel heraus.

»Upwords?« Barney runzelte die Stirn. »Was ist das?«

»Ein Brettspiel. So ähnlich wie Scrabble, aber man kann auf bereits bestehende Wörter aufbauen.«

Cassie hatte sich erinnert, dass sie es vor Jahren gespielt hatte. Sie hatte sich gedacht, dass Frances als Abwechslung zu Scrabble Spaß daran haben könnte. Sie hatten es bereits mit Kartenspielen versucht, doch manchmal hatte Frances Mühe, die Karten zu halten.

»Es war schwieriger aufzutreiben als erwartet«, fügte Ethel hinzu. »Und auch ein bisschen teurer. Sechsunddreißig Pfund. Ist das in Ordnung?«

»Ja, natürlich.« Cassie erbleichte. Sie konnte es unmöglich mit Frances' Kreditkarte bezahlen. Das Spiel war einzig und allein Cassies Idee gewesen und als Überraschung gedacht. Allerdings würde es ein recht tiefes Loch in ihre Brieftasche reißen. Sie holte ihr Portemonnaie aus der Handtasche.

»Ist das Ihr Geld?«, fragte Barney, als sie zwei Zwanzigpfundscheine herausnahm.

»Ja! Ich habe es nicht gestohlen, falls Sie das glauben.«

»Ist das Spiel für Frances?«

»Ja.«

»Dann sollten Sie es nicht bezahlen. Ich mache das.« Er griff in die Tasche, förderte eine Handvoll zerknitterter Banknoten zutage und hielt sie Ethel hin.

»Es ist ein Geschenk«, beharrte Cassie und streckte den Arm weiter in Ethels Richtung aus.

»Eines, das Sie ihr nicht zu machen brauchen.« Barney streckte ebenfalls den Arm aus, doch seine Augen waren auf Cassie gerichtet. Anstelle der erwarteten Kälte und Herrschsucht blickten seine braunen Augen warm und ... Mitfühlend war das erste Wort, das ihr dazu einfiel. Aber wie konnte das sein? Und warum erinnerte sie sich überhaupt daran, wie Mitgefühl aussah?

Ethel schaute zwischen den beiden hin und her.

»Ich nehme sein Geld, Liebes«, meinte sie zu Cassie und ließ sich von Barney die Banknoten geben. »Das ist das Mindeste, was er tun kann. Eine Diebin, dass ich nicht lache!« Sie schüttelte den Kopf. »Du solltest dich schämen, Barney Smallwood. Was würde deine Mutter dazu sagen. Sie hat dich nicht dazu erzogen, dich aufzuführen wie die Axt im Walde. Kein Wunder, dass Cassie nicht mit dir zusammenleben will!«

Mit diesem verwirrenden Schlusssatz marschierte Ethel hinaus. Das Schweigen, das hinter ihr zurückblieb, war noch bedrückender als zuvor. Cassie schaltete den Computer ab, sammelte ihre Habseligkeiten ein und schickte sich zum Gehen an. Sie war schon fast an der Tür, als Barney das Wort ergriff.

»Cassie?«

Sie konnte sich nicht entsinnen, dass er sie je mit ihrem Namen angesprochen hatte. Nach dem Gespräch von soeben und ihrem bisherigen Verhältnis klang es seltsam und zu vertraut. Sie blieb stehen, drehte sich jedoch nicht um, bis seine Hand ihren Arm berührte. Das war zu viel

Nähe für sie. Als sie zurückwich, stieß sie mit dem Oberschenkel schmerzhaft gegen einen Tisch. Sie bemerkte, dass ein fragender Ausdruck über Barneys Gesicht huschte. Er ließ sie los und trat ein paar Schritte in die Nische, um ihr Raum zu geben.

»Es tut mir leid«, sagte er und zupfte an seinem Bart.

Cassie zweifelte nicht daran, dass es sein Ernst war. Im Lauf der Jahre war sie zur Meisterin in der Kunst der Entschuldigung geworden und wusste, wann eine echt war und wann nicht. Dass sich jemand bei ihr entschuldigte, war eine völlig neue Erfahrung.

»Ich war ein Idiot und habe überreagiert. Die letzten Jahre waren nicht leicht. Ich habe die schlechte Angewohnheit, allen böse Absichten zu unterstellen.«

»Sie sind nicht der Einzige mit einer schwierigen Vergangenheit«, entgegnete sie. »Das ist kein Grund, unverschämt zu werden. Aber wie Sie mich nennen, ist mir egal. Ich habe von Menschen, die mir viel mehr bedeuten, schon Schlimmeres zu hören bekommen. Ihre Meinung ist mir völlig gleichgültig.«

# 7

Wie vorausgesagt kündigten Frances' Kinder ihren Besuch an. Cassie war diese Nachricht in vielerlei Hinsicht unwillkommen und stellte sie vor ein praktisches Problem.

»Möchten Sie, dass ich übers Wochenende wegfahre?«, fragte sie, als Frances ihr mitteilte, sie würden am Samstag – also bereits in zwei Tagen – eintreffen und über Nacht bleiben. Cassie hatte keine Ahnung, was sie tun sollte, wenn Frances ja sagte. Wo sollte sie unterkommen? Falls es im No Name keine Fremdenzimmer gab, würde sie vielleicht unter einer Hecke im Garten landen, was angesichts der klirrenden Märzkälte, die sie derzeit durchmachten, keine sehr angenehme Vorstellung war.

»Werden Sie irgendwo erwartet?«

Als Cassie den Kopf schüttelte, wurde sie von Frances eindringlich gemustert.

»Dann müssen Sie natürlich bleiben. Sie sind hier zu Hause. Außerdem würde ich mich freuen, wenn Sie am Samstag das Abendessen kochen könnten. Ich hatte an Ihren Schweinefleischauflauf mit Cider gedacht. Vielleicht könnten Sie Ruth bitten, einen warmen Pudding mit Sirup zu machen. Den mochte Guy immer am liebsten.«

Ruth war nur zu gerne dazu bereit.

»Das ist eine willkommene Abwechslung für sie, oder?«, stellte sie fest, als Cassie berichtete, wie sehr Frances sich auf den Besuch freute. »Ich kann mich nicht erinnern, wann sie alle zusammen das letzte Mal hier waren. Oder einzeln, um genau zu sein.«

»Nicht einmal zu Weihnachten?«

»Nein. Mrs S und Barney haben am Weihnachtstag gemeinsam Brathähnchen gegessen. Er ist geblieben, anstatt seine Eltern zu besuchen, damit sie nicht allein ist. Guy hat am Neujahrstag auf dem Heimweg von einer Party kurz vorbeigeschaut, aber seitdem war monatelang niemand hier.«

Das klang zwar besser als Cassies Weihnachtsfest, doch sie hatte Mitleid mit Frances, weil keines ihrer Kinder sich die Mühe gemacht hatte, ihr an einem so besonderen Tag Gesellschaft zu leisten.

»Und warum stürmen sie jetzt plötzlich das Haus?«

»Keine Ahnung. Offenbar tut sich da etwas. Warum fragen Sie nicht Barney? Der weiß sicher mehr.«

Cassie hatte nicht die geringste Absicht, das zu tun. Seit dem Zwischenfall im Pub machte sie so gut wie möglich einen Bogen um ihn. Eines Tages hatte er ihr durch Ruth ausrichten lassen, er werde unterwegs sein, weshalb sie seinen Computer im Büro benutzen könne. Sie war hineingegangen, hatte sich bei Audible eingeloggt und die ersten Downloads für Frances ausgesucht. Es war seltsam gewesen, an seinem Schreibtisch zu sitzen. Das Büro verbreitete eine andere Atmosphäre als der Rest des Hauses. Es war ein männlicher Raum, in dem gelebt und gearbeitet wurde und der Individualität ausstrahlte, obwohl auf dem Schreibtisch nur ein Hochschulabschlussfoto stand: ein attraktiver junger Mann, eingezwängt zwischen andere, deren Stolz beinahe den Bilderrahmen sprengte. Als Cassie am nächsten Tag zum Frühstück herunterkam, fand sie auf dem Küchentisch eine CD des Hörbuchs vor. Doch Barney hatte sie seitdem nicht mehr gesehen.

Das bevorstehende Eintreffen der Familie bedeutete, dass weitere Zimmer zum Einsatz kommen würden. Im Esszimmer war Cassie bis jetzt nur einmal gewesen. Es war prunkvoll eingerichtet, allerdings verwahrlost, und sie hatte den Verdacht, dass es mit den Schlafzimmern genauso sein würde. Da Ruth unmöglich rechtzeitig fertig werden würde, bot Cassie ihr ihre Hilfe beim Putzen an. Ruth lieh ihr eine ausladende rosafarbene Kittelschürze, um »ihre Kleider zu schützen«, so als ob sie nicht Primark, sondern Prada tragen würde. Dann teilten sie sich auf, wobei Cassie das Erdgeschoss übernahm.

Als sie mit ihrem Putzeimer ins Esszimmer trat, wurde sie von Verzweiflung ergriffen. Der Raum war riesig. Die holzgetäfelten Wände verfügten über Hohlräume und Erhebungen, in denen sich Staub wunderbar sammeln konnte. Und der kunstvolle Stuck an der Decke und rings um den Kamin war ein idealer Tummelplatz für Spinnen, die mit ihren Netzen alles miteinander verwoben hatten. Allein diesen Raum zu reinigen würde Stunden dauern.

Da die Stühle rings um den Esstisch viel zu wertvoll wirkten, um sich darauf zu stellen, machte sich Cassie auf die Suche nach einer Trittleiter und einem Staubwedel mit langem Stiel. Nachdem sie alles mühsam ins Esszimmer geschleppt hatte und überlegte, wo sie anfangen sollte, hörte sie auf dem Flur eine höchst unwillkommene Stimme, die nach Ruth rief. Im nächsten Moment knallte ihr die Esszimmertür in den Rücken. Sie taumelte vorwärts und stieß sich das Gesicht so schwungvoll an der Metallkante der Leiter, dass ihr Tränen in die Augen traten.

»Cassie?« Barney nahm ihr die Leiter aus der Hand, lehnte sie an die Wand und rückte Cassie dann einen Stuhl zurecht, damit sie sich setzen konnte. Sanft fasste er ihr mit den Fingern unters Kinn und hob es an, um es zu mustern. So nah war sie seinem Gesicht noch nie gewesen. Sie konnte jede einzelne seiner erstaunlich dichten und seidigen Wimpern und die kleine Grübelfalte zwischen seinen Brauen erkennen. Er roch nach Seife und frischer Luft. Seine Finger betasteten ihre Wange so zärtlich, dass sie sich nach mehr sehnte. Sie hatte sich geirrt. Er war ja gar nicht grob zu seinen Patienten.

»Sie werden einen Bluterguss kriegen«, stellte er fest und nahm die Finger weg. »Aber gebrochen ist nichts. Tut mir leid. Ich habe den rosafarbenen Kittel gesehen und gedacht, Ruth sei hier drin.«

»Wollten Sie etwa Ruth verletzen?«

Cassie berührte ihre Wange. Ob sie den Schaden untersuchen oder nur die Stelle anfassen wollte, wo gerade noch Barneys Hand gewesen war, konnte sie nicht sagen.

»Nein, ich …« Er hielt inne, und ihre Blicke trafen sich. Seine Augen weiteten sich ein wenig und wurden an den Rändern weicher, als sich ein Hauch von Belustigung darin abzeichnete. Doch er verschwand so schnell, wie er gekommen war. Barney wich zurück und entfernte sich einige Schritte von Cassie. »Was wollen Sie mit der Trittleiter?«

»Ich putze das Zimmer.«

»Putzen? Wozu? Hier kommt nie jemand rein.«

»Ich dachte, es würde am Wochenende benutzt werden, wenn Frances' Kinder hier sind.«

»Frances' Kinder? Sie kommen her? Alle?«

Cassie nickte. Nach Barneys Miene zu urteilen war er darüber ebenso wenig erfreut wie sie.

»Was wollen sie denn?«

»Keine Ahnung. Mit mir hat es nichts zu tun.«

»Da wäre ich nicht so sicher. Am besten spreche ich mit Frances.«

Er war schon halb zur Tür hinaus, als er sich noch einmal umdrehte.

»Brauchen Sie Hilfe?«, fragte er. »Es ist ein riesiges Zimmer, und die Spinnen da oben passen in der Größe dazu.«

»Das ist mir auch schon aufgefallen.«

Die Spinnen störten Cassie weniger als die Aussicht, mehrere Stunden mit Barney verbringen zu müssen. Ihre Wange pochte und schmerzte beim Sprechen, aber sie dachte nur daran, wie sanft Barney sie untersucht hatte. Gewiss lag das lediglich am Schock nach dem Unfall, doch ihr wäre es lieber gewesen, wenn er sie allein gelassen hätte, damit sie sich in die Arbeit stürzen konnte.

»Ich habe keine Angst vor Spinnen«, fügte sie hinzu. »Was können die mir schon tun? Mir über die Haut krabbeln? Probleme verursachen nur Dinge, die mir unter die Haut gehen.«

Barney öffnete den Mund, als wolle er etwas erwidern. Aber offenbar überlegte er es sich anders, denn er verschwand ohne ein weiteres Wort.

Hugh traf als Erster ein. Er war hochgewachsen und sonnengebräunt und trug eine dunkelblaue Jeans, eine schwarze Lederjacke und braune Schuhe. Alles an ihm wirkte ein wenig zu geschniegelt und hätte außerdem besser zu einem Mann gepasst, der nur halb so alt war wie er.

Die blasse Blondine an seiner Seite war jünger als Cassie. Als Nächstes erschien Diana, die aussah, als habe sie sich für den Rest ihres Lebens als Endvierzigerin eingerichtet und die Absicht, nie wieder etwas daran zu ändern. Sie verströmte Gereiztheit und einen Hauch von Pferdegeruch. Sie hatte ihren Mann James im Schlepptau, der entweder zu sehr Pantoffelheld oder zu dumm war, um etwas anderes zu tun, als alle nichtssagend anzulächeln.

Cassie hatte sich erboten, zu kochen und zu servieren, in der Hoffnung, sich so den Großteil des Tages in der Küche verschanzen zu können. Als sie ins Esszimmer trat, saß die Familie bereits am Tisch, und es waren zwei weitere Personen hinzugekommen: Barney und ein attraktiver Mann Ende dreißig mit dichtem goldblondem Haar. Als sie den Raum betrat, lächelte er sie freundlich an. Sie stellte die klappernden Teller etwas unbeholfen ab, und Barney stand auf und reichte sie herum.

»Cassie, meine Liebe, es fehlt noch ein Gedeck«, meinte

Frances, während Barney den letzten Teller an seinen Platz schob.

»Wirklich?« Cassie schaute sich um, konnte jedoch nicht feststellen, wer fehlte. Ob Guy eine Freundin mitgebracht hatte? Oder gar Barney, obwohl dieser, wie Cassie bemerkte, eindeutig keinen Wert darauf legte, mit seiner Kleidung Eindruck zu schinden. Sie sah, dass seine Jeans am Saum, wo er draufgetreten war, ausgefranst war. Dazu trug er einen schlabberigen Rollkragenpullover. Als er ihren Blick auffing, wandte sie sich wieder an Frances. »Kommt sonst noch jemand?«

»Nein. Sie haben nicht für sich selbst gedeckt, Cassie.«

»Ich esse etwas in der Küche«, erwiderte Cassie, obwohl sie versucht war, sich zu setzen, nur um zu sehen, ob Diana eine noch empörtere Miene zustande bringen konnte.

»Sie verstecken sich nicht in der Küche. Ich bin sicher, dass alle Sie gern kennenlernen würden.«

»Mutter, du weißt doch, dass das Personal nicht bei uns am Tisch sitzt. Das gehört sich nicht«, wandte Hugh betont langsam ein.

»Woher willst du wissen, was sich hier gehört? Cassie ist kein Dienstbote. Sie gehört sozusagen zur Familie.«

Wie sich herausstellte, war Diana tatsächlich fähig, ein noch empörteres Gesicht zu machen. Cassie blieb neben der Anrichte stehen und fragte sich, was Frances im Schilde führte. Ihre Augen funkelten unverkennbar spitzbübisch.

Seufzend beugte sich Hugh über seine Freundin zu Barney hinüber.

»Wie lange ist sie schon so?«

»Was soll das heißen?«, erwiderte Barney.

»Senil.«

»Ich bin weder senil noch taub.«

»Aber Mutter«, protestierte Hugh, wieder sehr langsam. »Denk nur daran, was Vater sagen würde. Er würde so etwas niemals dulden.«

Frances betrachtete Hugh.

»Da hast du völlig recht«, antwortete sie.

Mit einem selbstzufriedenen Grinsen auf den Lippen lehnte Hugh sich zurück.

»Es würde ihm überhaupt nicht gefallen.« Frances winkte Cassie zu. »Beeilen Sie sich und holen Sie sich ein Gedeck, Cassie. Unsere Teller werden kalt.«

Ein Geräusch, das verdächtig nach einem leisen Lachen klang, drang aus Barneys Kehle. Er ging zur Anrichte und holte eine weitere Besteckgarnitur heraus. Als Cassie die Hand danach ausstreckte, schob er sie beiseite und legte Messer und Gabel neben seinen Platz.

»Brauchen Sie Hilfe beim Servieren?«, fragte er.

Cassie nickte, doch als sie auf die Tür zusteuerten, schob Guy seinen Stuhl zurück.

»Ich helfe. Du bist Gast in diesem Haus, Barney.« Er baute sich vor Cassie auf und streckte die Hand aus. »Guy Smallwood. Schön, jetzt auch das Gesicht zu der Stimme zu kennen.« Sein freundlicher Händedruck wurde von einem strahlenden Lächeln begleitet. Cassie wich zurück. »Sie sind also die berühmte Cassie. Sagen Sie nicht, Sie seien nicht nur Gesellschafterin, sondern auch Boxerin.« Er wies auf ihr Gesicht.

»Ich hatte einen Unfall«, erwiderte Cassie. Ihr Blick huschte unwillkürlich zu Barney hinüber, was Guy nicht entging.

»Ach ja?« Sein Lächeln wurde breiter. »Was hast du in letzter Zeit so getrieben, Barney? Musst du inzwischen zu brutaler Gewalt greifen, um eine Frau abzukriegen?«

»Darum ging es nicht«, protestierte Cassie, aber die beiden Männer hörten ihr gar nicht zu. Sie führten eine interne Auseinandersetzung in Körpersprache, Barney unterstrich seine Worte mit finsteren Blicken, Guy seine mit einem hämischen Grinsen.

»Ist das ein weiterer Grund, warum Nessa abgehauen ist?« Guy lachte, aber Barney fand das ganz eindeutig nicht lustig. »Hatte sie Angst, als verprügelte Ehefrau zu enden?«

Barney war verheiratet? Cassie konnte sich nicht erklären, weshalb sie das so wunderte. Allerdings wiesen seine Frisur, der Bart, die Kleidung und seine abweisende Art ganz klar auf einen alleinstehenden Mann hin. Dann fiel ihr ein, wie er ihr die Hand mit Salbe eingerieben und wie er mit den Fingern über ihre Wange gestrichen hatte. Hitze stieg in ihrer Brust auf, und sie schlüpfte aus dem Esszimmer.

»Cassie!« Mit wenigen langen Schritten hatte Guy sie eingeholt. »Vermutlich sind Sie daran gewöhnt, die Augen vor Familiengezänk zu verschließen. Sind Sie in Ihren früheren Stellungen je einer Familie begegnet, die so schlimm war wie wir?«

»Keine Familie ist vollkommen«, erwiderte Cassie, schob die Küchentür auf und ging nicht weiter auf seine

Anspielung auf frühere Stellungen ein. Während ihr Kummer die Kehle zuschnürte, fragte sie sich, ob sie wohl je ihr unkompliziertes und von Ehrlichkeit geprägtes Leben zurückbekommen würde.

»Eine bemerkenswert taktvolle Antwort.« Guy lächelte. »Ich verstehe, warum Sie so gut in Ihrem Job sind. Mum scheint eine sehr hohe Meinung von Ihnen zu haben.«

»Das hoffe ich.«

Sie hoffte auch, dass sie sich als unentbehrlich erweisen würde, denn sie wollte nicht schon wieder weiterziehen. Je mehr Zeit sie hier verbrachte, umso stärker wurde ihr Wunsch, Ramblings nie mehr verlassen zu müssen. Cassie hatte sich angewöhnt, in ihrer Freizeit durch den Garten und die umliegenden Felder zu spazieren. Seit ihrem Abschied von der Farm in Devon hatte sie sich nicht mehr so zu Hause gefühlt.

»Ich bin froh, dass sich jemand um sie kümmert«, sagte Guy und beobachtete, wie Cassie einige große Platten aus dem Backrohr nahm. Er öffnete einen Schrank und förderte einen alten, aber funktionstüchtigen Servierwagen zutage. »Ich mache mir oft Sorgen, weil sie hier allein ist. Hugh wohnt zu weit weg, und Diana interessiert sich offen gestanden nur für Vierbeiner. Mein Beruf hindert mich daran, so häufig herzukommen, wie ich gerne möchte.«

»Was machen Sie denn beruflich?«, fragte Cassie und belud den Servierwagen.

»Gutsverwalter.«

»Wie Barney?« Ihr war gar nicht bewusst gewesen, was Barney leistete, bis sie die Bücher und Papiere in seinem

Büro gesehen hatte. »Er verwaltet das Anwesen hier, richtig?«

»So weit würde ich nicht gehen. Meiner Ansicht nach tut er nicht viel.« Guy schob den Servierwagen hinaus in den Flur und in Richtung Esszimmer. »Mum hat ihn aufgenommen, nachdem er als Arzt gescheitert ist und nirgendwohin konnte. Einen richtigen Job wird er wohl nie wieder kriegen. Einen Patienten umgebracht zu haben macht sich nicht gut im Lebenslauf.«

Er hatte einen Patienten umgebracht? Cassie starrte Guy entsetzt an. Er lachte und drängte sich an ihr vorbei ins Esszimmer, bevor sie nachhaken konnte, was er damit meinte. Barney hob den Kopf und sah sie an. Sie wich seinem Blick sofort aus, überzeugt, dass er genau wusste, worüber sie gesprochen hatten. Sie bekam ein schlechtes Gewissen. Allerdings wollten ihr Guys Worte nicht mehr aus dem Kopf. Wie hatte Barney einen Patienten umbringen können? Sie hatte die Sanftheit in seinen Augen und in seinen Berührungen deutlich erkannt. Das konnte doch nicht wahr sein, oder?

Während der Mahlzeit hielt Cassie den Kopf gesenkt, selbst als Hugh sich über das Essen beschwerte. Kritik prallte inzwischen an ihr ab.

»Ich finde es köstlich«, sagte Frances. »Um einiges leichter zu essen als ein zäher Braten.«

Barney beugte sich vor. »Wird deine Arthritis schlimmer? Hast du Schwierigkeiten beim Essen? Ich könnte …«

»Du brauchst kein Tamtam zu veranstalten. Cassie hat sich sehr leckere Gerichte ausgedacht, sodass die Mahlzeiten jetzt viel weniger mühsam sind. Sie ist einfach ein Schatz.«

Cassie fand, dass sie ein so hohes Lob nicht verdient hatte. Doch ehe sie etwas einwenden konnte, wandte Barney sich zu ihr um, und zwar mit einem Gesichtsausdruck, der auf verblüffende Weise wie ein Lächeln aussah. Als sie auf die Tischplatte starrte, fiel ihr Blick auf seine linke Hand. Kein Ring an seinem Finger. Aber sie wusste sehr wohl, wie wenig das bedeutete. Als sie wieder aufschaute, stellte sie fest, dass Diana sie eisig musterte.

»Vermisst Ihre Familie Sie denn nicht, wenn Sie so ein Schatz sind?«, fragte sie. »Haben Sie überhaupt ein Zuhause?«

»Ich habe gemeinsam mit meiner Schwester ein Haus geerbt. Sie wohnt dort mit ihrer Familie.« Nach den monatelangen Lügen und Täuschungsmanövern floss ihr dieses kleine Tröpfchen Wahrheit wie Honig von der Zunge.

»Es ist schwierig, wenn es nur ein Haus und mehrere Kinder gibt«, verkündete Frances und legte ihr Besteck weg. Cassie erschien die Bemerkung zusammenhanglos, doch Hugh, Diana und Guy erstarrten und drehten sich zu ihrer Mutter um. Selbst Barney blickte Frances an.

»Zum Glück müssen wir uns darüber nicht den Kopf zerbrechen«, stellte Hugh fest. »Das Haus wurde stets an den erstgeborenen Sohn vererbt. Vater hätte es so gewollt.«

»Davon bin ich überzeugt. Zum Glück ist er nicht mehr hier, um derart altmodische Ansichten zu vertreten. Selbst die königliche Familie hat sich weiterentwickelt.

Ich könnte das gesamte Anwesen morgen verkaufen oder es dem Tierheim – oder sogar Cassie – vermachen, wenn das mein Wunsch wäre.«

Frances lächelte als Einzige am Tisch.

»Allerdings wäre es spannend zu erfahren, wie jeder von euch das Anwesen nutzen würde, falls er es erben sollte. Schauen wir mal, ob jemandem eine optimale Lösung einfällt, von der ihr alle profitieren würdet.«

# 8

Draußen war ein Unwetter aufgezogen, wie Cassie noch nie eines erlebt hatte. Der Wind pfiff heulend durch unsichtbare Ritzen in den Fenstern und in den Kamin, sodass die Asche auf den Teppich wehte. Immer wieder änderte er die Richtung und ließ Regentropfen wie Kugeln gegen die Fensterscheiben prasseln. Rings um das Haus war es stockfinster, bis ein Blitzstrahl, für Cassies Geschmack viel zu nah am Haus, den Garten erhellte und Büsche und Bäume sichtbar machte, die sich krümmten wie im Todeskampf. Cassie verspürte ein inneres Frösteln, gegen das auch Schichten von Pullovern und die unmittelbare Nähe des Heizstrahlers nichts ausrichten konnten. Das ganze Haus knarzte und klapperte. Wie hatte Frances hier allein leben können?

Als wieder ein Regenschauer gegen das Fenster peitschte, schrie Cassie auf. Das reichte. Ganz gleich, wie spät es war, sie würde Frances' Beispiel folgen, sich ins Bett flüchten, die Decke über die Ohren ziehen und sich nicht von der Stelle rühren, bis es vorbei war. Sie stand schon an der Tür, als das Telefon läutete, ein gellendes Geräusch, das den Lärm im Haus übertönte.

»Hallo?«

»Cassie? Ist im Haus alles in Ordnung?«

Barney, der Höflichkeitsfloskeln offenbar für überflüssig hielt.

»Bestens.« Wieder eine Lüge in ihrem Sündenregister. Sie hatte Todesangst, doch das würde sie nie zugeben.

»Laut Radio beträgt die Windgeschwindigkeit durchschnittlich hundertfünfzig Stundenkilometer, und es könnte noch stundenlang so weiterregnen. Einige Häuser im Dorf haben schon Stromausfall.«

»Wirklich? Die Lichter haben ein paarmal geflackert, aber sie brennen noch.«

Natürlich flackerten die Lichter wieder, gerade als sie diese Worte aussprach, und im selben Moment schleuderte der Wind einen abgebrochenen Ast oder Zweig gegen das Fenster. Cassie hatte gehofft, dass es ihr gelungen war, lautlos nach Luft zu schnappen, doch Barneys Ohren waren genauso scharf wie seine Augen.

»Ich komme vorbei.«

»Das brauchen Sie nicht.«

»Sie liegen sowieso auf meinem Weg. Einige Bäume im Dorf schwanken, und einer wird die Stromleitung treffen, wenn er umstürzt. Wir wollen versuchen, ihn zu sichern. Haben Sie die Notfall-Taschenlampen gefunden, für den Fall, dass das Licht ausgeht?«

»Nein, ich weiß nicht, wo sie sind.«

»Frances hätte es Ihnen sagen können. In jedem Zimmer gibt es eine kleine Taschenlampe, aber die großen sind im Lagerraum neben meinem Büro. Holen Sie zwei, damit Sie beide eine haben. Wie geht es Frances?«

»Sie liegt im Bett.«

»Was?«

»Sie liegt im Bett«, rief Cassie. Sie konnte das entnervte Aufseufzen am Telefon gleichzeitig hören und spüren.

»Ich hatte Sie schon beim ersten Mal verstanden. Warum haben Sie mich nicht angerufen? Fühlt sie sich nicht wohl?«

»Doch. Sie hat nur gefroren, war müde und wollte ins Bett.«

»Haben Sie ihr eine zusätzliche Decke gegeben?«

»Ja.«

»Und eine Wärmflasche. Da liegt ein Stapel in …«

»Ich weiß. Ich habe ihr schon eine zurechtgemacht.« Cassie war versucht, sich Frances' Spruch zu borgen, er solle nicht so ein Tamtam veranstalten.

»Wie atmet sie?«

»Gut. Normal. Warum auch nicht?«

»Kein bestimmter Grund. Ausgezeichnet. Behalten Sie sie bitte im Auge.«

»Klar, dafür werde ich schließlich bezahlt.«

Jetzt aber mal halblang, dachte Cassie, als sie auflegte. Wie launisch konnte ein Mann denn sein? Zuerst war er dagegen gewesen, dass sie eingestellt wurde. Und nun verlangte er von ihr, dass sie Aufgaben erledigte, die sie seiner Ansicht nach gar nicht hätte bekommen dürfen. Außerdem war er inzwischen auf dem Weg hierher, um sie zu kontrollieren und sich einzumischen. Er durfte auf keinen Fall einen Grund zur Kritik finden. Sie hastete zum Lagerraum, holte die Taschenlampen und ging dann nach oben zu Frances.

Zehn Minuten später eilte Cassie, mit einem geliehenen Mantel und Gummistiefeln ausstaffiert, unter dem schützenden Baldachin über der Tür hervor und leuchtete mit der Taschenlampe Barneys Pick-up an, der gerade vor dem Haus hielt. Das Fenster öffnete sich, und er beugte sich hinaus.

»Himmelkreuzdonnerwetter!«, brüllte Barney und zog den Kopf ein, als ein Schwall Regenwasser seine Wange traf. »Könnten Sie vielleicht auf besseres Wetter warten, um herumzuhüpfen wie ein Hase?«

Cassie ignorierte seine Bemerkung, öffnete die Beifahrertür und stieg ein. Gin kletterte auf Barneys Knie, um ihr Platz zu machen.

»Was soll das?«, fragte Barney.

»Ich komme mit ins Dorf, um zu helfen«, erwiderte sie und schob ihre Kapuze zurück. Sie hatte nicht viel genützt, denn das Haar klebte ihr an Stirn und Wangen. Vermutlich sah sie eher wie ein Tier als wie ein Mensch aus. Nicht, dass Barney das Recht hatte, den Mund aufzureißen. Wenn sie ein Hase war, war er eindeutig wie immer der wilde Bär.

»Wir versuchen, einen Baum zu sichern«, sagte er langsam und in einem ähnlichen Tonfall, wie Hugh ihn gegenüber Frances angeschlagen hatte. »Wie wollen Sie da helfen?«

»Ich habe Thermosflaschen mit Tee dabei.« Cassie wies auf die Einkaufstüte von Tesco, die sie gerade im Fußraum verstaut hatte. Obwohl die Innenbeleuchtung erlosch, konnte Cassie Barneys heißen, durchdringenden Blick spüren. Etwas krachte gegen die Windschutzscheibe. Cassie hörte Gin wimmern – das Geräusch klang, als käme es von einem Menschen und nicht von einem Tier. Es klang, als käme es von ihr. Barney machte wieder Licht.

»Haben Sie Angst vor der Dunkelheit?«

»Nein, ich habe Angst, wenn ich nichts sehen kann.«

Er runzelte die Stirn, als dächte er über den Unterschied nach, verfolgte das Thema jedoch nicht weiter.

»Sie sollten besser bei Frances bleiben.«

»Ich weiß. Aber als sie gehört hat, dass es im Dorf Schwierigkeiten gibt, hat sie beschlossen, es sei ihre Pflicht zu helfen. Und das hieß, mich zu schicken. Sie sagte, wenn ich ein Tamtam veranstalten wolle, solle ich es lieber dort tun. Frances geht es gut«, fügte sie hinzu. »Ich habe ihr eine Taschenlampe gegeben, und das Telefon steht neben dem Bett.«

Cassie glaubte, ein schicksalsergebenes Aufseufzen wahrzunehmen. Mehr Aufforderung hatte sie nicht nötig. Sie schnallte sich an.

»Da habe ich wohl keine andere Wahl«, brummte Barney. Er schob Gin zu Cassie hinüber und fuhr los. Über das Steuer gebeugt, um besser sehen zu können, kroch er die Auffahrt entlang. Obwohl die Scheibenwischer auf höchster Stufe liefen, war die Windschutzscheibe so mit Wasser überströmt, als kippe jemand nach jeder Wischbewegung einen Eimer darüber aus. Im grellen Scheinwerferlicht waren die sich biegenden Bäume am Rand des Wegs zu erkennen. Cassie klammerte sich an Gin. Sie konnte nicht feststellen, ob es ihre Arme oder die Hündin waren, die da so zitterten.

»Gott sei Dank«, murmelte sie und lehnte sich in ihrem

Sitz zurück, als sie vor dem Pub hielten. Die Fenster waren hell erleuchtet, und einige mit Taschenlampen und Laternen bewaffnete Gestalten eilten hin und her.

»Ich habe doch gesagt, dass Sie zu Hause bleiben sollen«, meinte Barney, der allerdings auch erleichtert schien. Er zog eine Mütze aus der Jackentasche und setzte sie auf. »Warten Sie hier. Ich möchte nicht, dass ihr beide uns im Weg herumsteht. Wenn jemand Tee will, schicke ich ihn her.« Als er die Tür öffnete und ausstieg, wehten Regen und Wind in den Wagen. Cassie kuschelte sich in ihren Mantel und hielt Gin gut fest.

Es dauerte eine Minute – eine dunkle, beängstigende Minute, die sich anfühlte wie ein Jahr –, bis Cassie klar wurde, dass sie nicht im Pick-up warten wollte. Da die Scheibenwischer nicht mehr liefen, strömte der Regen über sämtliche Fenster, sodass sie nichts sehen konnte außer ab und zu die verschwommenen Lichtkegel eines Scheinwerferpaars. Sie kam sich vor wie eine menschliche Zielscheibe und rechnete damit, dass jeden Moment eine starke Bö den Pick-up umwerfen oder ihn in die Luft schleudern und wieder fallen lassen würde. Je länger sie darüber nachdachte, desto mehr wuchs ihre Überzeugung, dass der Pick-up der gefährlichste Ort im ganzen Dorf war. Dicht neben ihr befand sich das warme, wetterfeste Pub. Dort konnte ihr sicherlich weniger geschehen. Zumindest würde sie mit anderen Menschen zusammen sein, anstatt allein in der Dunkelheit zu sitzen. Noch nie hatte sie sich so nach Gesellschaft gesehnt.

Einige Sekunden später schob Cassie, die Tüte mit den Thermosflaschen in der einen und Gins Halsband in der anderen Hand, mit dem Körper die Tür des Pubs auf. Als sie sich umschaute, war viel weniger los als erwartet. Es waren nur drei Personen anwesend: Mel und Ethel am Tresen und ein älterer Mann, der an einem Tisch saß. Sein Kopf sackte immer wieder ruckartig vornüber und fuhr dann hoch, als versuche er, sich wach zu halten.

»Cassie?« Mel klang, als traute sie ihren Augen nicht. »Was machst du denn hier?«

»Ich bin mit Barney gekommen.«

»Ach ja?« Mel grinste. »Das musst du mir später genauer erzählen.«

»Wo sind denn die anderen?«, fragte Cassie, ohne auf Mels sensationslüsterne Miene zu achten. Als sie Gins Halsband losließ, lief die Hündin sofort zum Kamin und schüttelte sich. Cassie folgte ihr. »Ich dachte, hier gäbe es einen Notfall, und ihr bräuchtet Hilfe.«

»Akram hat Barney wegen des wackeligen Baums neben dem Gemeindehaus angerufen. Wir haben befürchtet, dass er auf die Stromleitung fallen könnte. Deshalb sind alle dort und versuchen, ihn zu sichern, bis er gefällt werden kann. Allerdings haben wir jetzt ein neues Problem. Das alte Buswartehäuschen ist eingestürzt. Nun liegen die Steine überall auf der Straße, und niemand kann ins Dorf hinein oder hinaus.«

»Kann man die Steine nicht wegräumen?«

»Darüber haben wir schon geredet. Doch die Steine sind schwer, und es sind eine ganze Menge. Wahrscheinlich würden wir nur einen auf einmal schaffen. Bei diesem Wetter würde es Stunden dauern.«

»Wir brauchen einen Bagger mit Schaufel oder einen

Traktor«, erwiderte Cassie. »Hier in der Nähe gibt es doch sicher eine Farm.«

»In der Green Farm meldet sich niemand«, antwortete Ethel. »Und unser zweiter Farmer sitzt hier.« Sie stupste den Mann auf dem Stuhl an. »Sternhagelvoll. Sein Traktor steht zwar auf dem Parkplatz, aber ohne Fahrer nützt er uns nichts.«

»Kann ihn sonst niemand fahren?«, fragte Cassie. Ihrem Gewissen waren Füße gewachsen, und sie spürte, wie diese sie in den Hintern treten wollten.

»Barney, aber der wird bei der Baumsicherung gebraucht.« Mel seufzte. »Da bleibt uns wohl nichts anderes übrig. Wir müssen anfangen, die Steine per Hand zu beseitigen. Du nicht, Ethel. Nimm's nicht persönlich, doch in deinem Alter kannst du keine Steine mehr schleppen.«

»Natürlich kann ich!« Ethel sah sich bereits nach ihrem Mantel um. »Noch bin ich nicht tot. Wir halten zusammen. So haben wir es in diesem Dorf schon immer gemacht.«

Es war zwecklos. Cassie wollte nur ungern die Aufmerksamkeit auf sich lenken, aber als sie Ethel mit ihrem neonfarbenen Südwester und den orthopädischen Schuhen betrachtete, wurde ihr klar, dass sie keine andere Wahl hatte. Sie durfte nicht zulassen, dass eine alte Frau bei diesem Wetter schwere Steine trug.

»Ich könnte den Traktor fahren«, sagte sie.

Mel lachte. »Frances' Volvo mag sich ja anfühlen wie ein klapperiger alter Traktor, doch einen echten zu fahren ist etwas anderes. Sonst würde ich es ja selbst versuchen.«

»Ich bin schon früher Traktor gefahren. Ich bin auf

einer Farm aufgewachsen. Meine Schwester lebt noch dort. Es ist ein paar Jahre her, aber ...«

Mel wartete kein »aber« ab. Sie schüttelte den schlafenden Mann heftig.

»Joe, wo sind deine Schlüssel?«

»Was?« Joe war zwar schlagartig wach, doch seine Augen waren noch immer halb geschlossen. »Welche Schlüssel?«

»Die Traktorschlüssel. Los, her damit.«

Joe klopfte seine Taschen ab und legte einen Schlüsselbund und ein schmutziges Papiertaschentuch in Mels ausgestreckte Hand.

»Hatte nicht mehr vor zu fahren«, murmelte er. »Brauchst mir nicht die Schlüssel abzunehmen.«

»Ich nehme sie dir nicht ab. Du kriegst sie später zurück. Cassie muss sich kurz deinen Traktor ausleihen.«

Vergeblich versuchte der Betrunkene, seinen Blick auf Cassie zu richten.

»Das ist ja ein Mädchen.«

»Gut erkannt. Aber um einen Traktor zu fahren braucht man keinen Pimmel, oder?« Mel gab Cassie die Schlüssel. »Bist du sicher? Wir könnten auch sehen, ob die Männer Barney entbehren können.«

Cassie war sich ganz und gar nicht sicher, denn immerhin war sie bei ihrer letzten Traktorfahrt in einem Graben gelandet. Doch die Anspielung auf Barney steigerte ihre Entschlossenheit. Sie hatte nicht vor, sich von ihm retten zu lassen. Also nickte sie Mel zu, setzte ihre Kapuze auf und ging wieder nach draußen.

Während der wenigen Minuten im Pub hatte sich das Wetter nicht gebessert. Sobald Cassie ins Freie trat, peitschte ihr der Regen ins Gesicht. Der Wind umtoste sie, fegte unter ihre zu weite Kleidung und blähte ihren Mantel auf, sodass sie schon glaubte, jeden Moment abzuheben. Zu einem torkelnden Laufschritt gezwungen, steuerte sie auf den Traktor am anderen Ende des Parkplatzes zu. Sie hörte die Rufe der Männer, die auf der Straße arbeiteten, und sah die zuckenden Lichtkegel von Taschenlampen einen Baum erhellen, doch sie achtete nicht auf das Treiben und konzentrierte sich. Der Traktor war ein John Deere, zumindest den kannte sie, obwohl er älter war als der, den sie damals gefahren hatte. Das Führerhaus war zwar geschlossen, doch eine der Türen fehlte, weshalb der Fahrersitz nass war. Cassie stieg ein und zog den Mantel herunter, um ihren Po zu schützen.

Sie sah sich im Führerhaus um, rückte den Sitz zurecht und machte sich mit den Bedienungshebeln vertraut. Nachdem sie tief Luft geholt hatte, trat sie mit dem linken Fuß auf die Kupplung und mit dem rechten auf die Bremse. Als der Motor dröhnend ansprang, ließ sie den Schalthebel los. Der Traktor erschauderte und starb ab.

Cassie lehnte sich zurück. Sie spürte, wie die Kälte an der Unterseite ihrer Schenkel prickelte und wie Feuchtigkeit ihre Hose durchdrang. Was hatte sie sich nur dabei gedacht, sich vorzudrängen und sich freiwillig für diese Aufgabe zu melden? *Weder nützlich noch schön:* Mikes Stimme in dem ganz besonders hämischen Ton, der allein für sie reserviert war, hallte ihr durch den Kopf und ließ nur Verzweiflung zurück. Am besten ging sie wieder in das Pub, gab zu, dass sie gescheitert war, und verkroch sich in Ramblings.

Doch als sie hinaus in den Regen spähte und sich anschicken wollte, zum Pub zu rennen, weckten das Gefühl des Lenkrads unter ihrer Hand und der erdige Geruch im Führerhaus glücklichere Erinnerungen an die Vergangenheit. Sie dachte an den letzten Sommer, den sie mit Vicky verbracht hatte. Sie hatte ihre Neffen herumkutschiert, in einer Zeit, in der sie sich noch immer an die Hoffnung geklammert hatte, dass eines Tages ihr eigenes Kind neben ihr sitzen würde. Diese Gedanken kämpften gegen die Verzweiflung an. Das hier war ihre Chance, Heimlichtuerei und Lügen abzuschütteln. Ihr wahres Ich befand sich hier in diesem Traktor und wollte sich an die Arbeit machen. Sie würde es schaffen.

Cassie versuchte es noch einmal, den Traktor zu starten. Dieses Mal sprang der Motor an und lief weiter. Jedes Ruckeln verlieh ihr mehr Selbstbewusstsein. Vorsichtig ließ sie die Kupplung kommen und nahm den Fuß von der Bremse, bis der Traktor gemächlich über den Parkplatz rollte. Anfangs verlief die Fahrt langsam und holperig, doch als sie in die leere Straße einbog und schneller wurde, siegte ein Hochgefühl über den letzten Rest von Nervosität. Sie sah, dass Mel und Ethel ihr von der Tür des No Name aus begeistert zuwinkten. Rasch erwiderte sie die Geste und machte sich auf den Weg zum Dorfanger, wo die Straße blockiert war.

Es dauerte eine Weile, bis sie die Schaufel richtig bedienen konnte, und Cassies Zuversicht geriet erneut ins Wanken, als sie vorwärts- und rückwärtskroch und den richtigen Winkel zum Aufnehmen der ersten Ladung suchte. Die nächste Straßenlaterne stand ein gutes Stück entfernt, und selbst die Scheinwerfer des Traktors nützten nicht viel, da der Regen vorn gegen das Führerhaus und hinein zur offenen Tür peitschte. Doch endlich hatte sie Erfolg. Die erste Ladung Steine lag in der Schaufel, und nach einigen weiteren Manövern kippte sie sie auf den Dorfanger.

Cassie hatte keine Ahnung, wie lange es gedauert hatte, den gesamten Haufen zu beseitigen. Vermutlich nicht mehr als zwanzig Minuten, obwohl es sich wie Stunden anfühlte. Von der Anstrengung, den Traktor zu lenken, taten ihr Arme, Rücken und Schultern weh. Außerdem war sie von Kopf bis Fuß von Schweiß und Regen durchweicht. Sie stieg aus, um die Straße zu überprüfen, wobei sie sich die Mühe mit der Kapuze sparte. Es war angenehm, das Wasser zu spüren, das ihr über Gesicht und Hals strömte. Sie hob ein paar Steine auf, die der Traktor verfehlt hatte, stieß kleinere Geröllstücke an den Straßenrand und fuhr dann zurück zum Pub.

»Oh, mein Gott, du hast es wirklich geschafft! Du bist ein Engel.« Mel fiel Cassie um den Hals, sobald diese in das Pub taumelte. »Huch, du bist ja klatschnass. Setz dich ans Feuer, ich hol dir ein Handtuch.«

Ethel hatte sich einen Stuhl an den Kamin gerückt, stand jedoch auf, als Cassie näher kam. Sie umfasste Cassies Hand mit beiden Händen und schüttelte sie.

»Wir haben dich vom Fenster aus beobachtet. Du warst wie eine dieser Erntehelferinnen im Krieg. Ich hätte nicht geglaubt, dass ein zierliches Persönchen wie du mit Joes altem Traktor zurechtkommt. Ständig jammert er, dass das Ding Mucken hat. Tja, heute Nacht haben wir den Männern gezeigt, aus welchem Holz wir geschnitzt sind.«

»Sind sie schon zurück?« Cassie schob sich das nasse Haar aus dem Gesicht und sah sich um. Die Vorstellung, dass das ganze Dorf am Fenster gestanden und zugeschaut haben könnte, wie sie sich abmühte, war ihr entsetzlich peinlich.

»Nein, die plagen sich noch mit dem Baum ab, falls inzwischen kein anderes Problem aufgetaucht ist.«

»Wo ist Gin?« Cassies Rundumblick durch den Pub verriet ihr, dass nicht nur die Männer fehlten. Auch der Hund war spurlos verschwunden. Sie umrundete den Kamin und spähte in die Nische. Keine Gin. »Ethel, hast du Gin gesehen?« Cassie stockte die Stimme. Sie hastete hinter den Tresen. Nichts. »Wo ist Gin?«, wiederholte sie.

»Cassie?« Mel kehrte zurück. »Was ist los?«

»Ich habe Gin verloren.« Sie achtete nicht auf das Handtuch, das Mel ihr in die Hand drücken wollte. »Er hat gesagt, ich soll mit Gin im Pick-up warten. Jetzt habe ich sie verloren. Wo ist sie hin? Sie wird doch nicht etwa rausgelaufen sein?«

»Nein«, erwiderte Mel. »Seit du weg warst, ist niemand gekommen oder gegangen.«

»Nun«, gab Ethel zu. »Vor fünf Minuten war ich kurz draußen, um zu sehen, was sich auf der Straße tut …«

Vor fünf Minuten? Wie weit konnte Gin in fünf Minuten kommen? Sie konnte überall sein. Im nächsten Moment wurde Cassie klar, dass das nicht stimmte. Sie himmelte Barney an. Sicher suchte sie ihn. Cassie zog den

Reißverschluss ihres Mantels wieder zu und marschierte trotz Mels Protesten hinaus.

Rings um das Gemeindehaus war alles grell erleuchtet, und die Lichtkegel der Taschenlampen bestätigten ihr, dass es dort noch immer hoch herging. Cassie hastete in diese Richtung, suchte den Straßenrand ab und rief dabei nach Gin, obwohl der Wind ihre Stimme sofort verwehte. Als sie das Gemeindehaus erreichte, hatte sie den Hund noch immer nicht gefunden. Zu ihrem Entsetzen war der erste Mensch, dem sie begegnete, Barney. Er stand an der offenen Tür.

»Im Lagerraum sind mehr Seile«, hörte sie ihn schreien. »Ich hole sie.«

Er verschwand im Gebäude. Wenige Sekunden später erklang Gebell, und eine pelzige Gestalt schlüpfte hinter ihm durch die Tür.

»Gin!«, rief sie. »Gin! Komm zurück!«

Doch ihre Worte wurden von einem gewaltigen Krachen übertönt, das sie nie wieder vergessen sollte. Hilflos und erfüllt von Grauen sah sie zu, wie ein Baum das Dach des Gemeindehauses durchschlug.

# 9

Nur am Rande nahm Cassie das Gewimmel um sie herum wahr, die Schreie, die zuckenden Lichter und die rennenden Menschen. Ihre Augen und Ohren speicherten das Tohuwabohu und gaben ihrem Gehirn die Information weiter, dass Hilfe unterwegs war. Allerdings erreichte die Botschaft ihre Beine nicht. Sie setzten sich wie von selbst in Bewegung und trugen sie hastig durch die Tür in den Saal.

Der Baum hatte die gesamte Beleuchtung verlöschen lassen. Aber durch die Fenster strömte genug Licht herein, und Cassie stellte fest, dass einige gewaltige Äste Dach und Balken zerstört hatten und nun in den Saal ragten. Der Baumstamm klemmte an der Seitenwand. Schutt rieselte herab wie Schnee. Auch der Wind hatte einen Weg ins Gebäude gefunden, erkundete seinen neuen Spielplatz und rüttelte an den herunterhängenden Zweigen. Die Stille war unheimlich. Bis auf Cassies stoßweisen Atem war kein Lebenszeichen zu hören. Weder von einem Hund noch von einem Mann.

Ein unheilverkündendes Knarzen von oben durchbrach das Schweigen. Der Baum sackte einige Zentimeter weiter ab, riss eine Kaskade aus Dachziegeln mit und holte Cassie aus ihrer Erstarrung.

»Gin!«, kreischte sie. Sie erkannte die schrille Stimme kaum als ihre eigene, als sie vorsichtig weiterging. »Gin! Barney! Wo seid ihr?«

Beinahe wäre Cassie in Tränen ausgebrochen, als plötzlich Gebell ertönte. Es schien ganz aus der Nähe zu kommen. Also zwängte sie sich an einem Ast vorbei. Gin kauerte, unverletzt, soweit Cassie feststellen konnte, im Dämmerlicht. Als sie die Hündin umarmte, spürte sie Staub und Schmutz in ihrem Fell.

Wieder knarzte es über ihren Köpfen.

»Gin, wo ist Barney?«, fragte Cassie und hakte den Finger unter Gins Halsband. »Zeig mir, wo Barney ist.«

Gin zog sie weiter zu einer offenen Tür am Ende des Raums. Cassie bemerkte, dass der dickste Ast – er hatte etwa den Umfang ihrer Taille – hier durch die Decke ragte. Es krampfte ihr den Magen zusammen, als sie sah, dass Barney, mit dem Rücken zur Wand, auf dem Boden zusammengesackt war. Neben ihm lag eine Taschenlampe. Cassie hob sie auf, schaltete sie an und richtete sie auf Barney. In ihrer zitternden Hand schwankte der Lichtstrahl auf und nieder, verharrte jedoch lange genug auf seinem Gesicht, um zu erkennen, dass seine offenen Augen ins Leere starrten.

Die Taschenlampe fiel zu Boden. Cassie wich einen Schritt zurück. War er tot? Wie konnte er tot sein? Erst vor wenigen Minuten hatte sie ihn ins Gebäude eilen sehen. So viel Lebenskraft und Energie konnten doch nicht einfach so ausgelöscht werden. Was würde Frances ohne ihn tun? Was würde aus Gin werden? Das konnte sie nicht zulassen.

»Barney!« Sie beugte sich vor und verpasste ihm eine Ohrfeige. Sein Bart fühlte sich unter ihrer Hand rau an. Seine Wange war noch warm. »Barney!«, schrie sie und schlug ihn erneut. »Barney, wach auf!«

Ihre Hand bewegte sich wie ferngesteuert hin und her, um ihn wieder und wieder zu schlagen. Sie war machtlos dagegen. Ihr einziger Gedanke war, dass sie ihn ins Leben zurückholen musste.

Als sie das nächste Mal ausholte, schloss sich eine Hand um ihr Handgelenk. Gin bellte.

»Verdammte Scheiße!«, schimpfte Barney. »Hörst du jetzt auf, mich zu verprügeln? Bist du verrückt geworden?«

Verrückt nicht, aber stinksauer. Sie kochte regelrecht vor Wut. Was hatte er sich dabei gedacht, sich einfach tot zu stellen? Cassie schlug mit der freien Hand noch einmal zu.

»Ich dachte, du wärst tot«, rief sie und zuckte zusammen, als das letzte Wort mit einem Schluchzen endete.

»Das habe ich im ersten Moment auch geglaubt«, erwiderte er. In seiner rauen Stimme schwang eine Verletzlichkeit mit, die sie noch nicht kannte. »Und warum schlägst du mich dann? Stehst du auf Leichenschändung?«

Wie konnte er in einer solchen Situation Witze machen? Am liebsten hätte Cassie ihm noch eine runtergehauen. Er umklammerte weiter ihren Arm, als könne er die Finger nicht mehr davon lösen. Das Dach ächzte, und immer dickere Regentropfen fielen auf Cassies Gesicht.

»Wir müssen hier raus«, sagte sie. »Bist du verletzt? Kannst du gehen?«

»Wahrscheinlich schon. Aber ich kann mich nicht bewegen.«

Als Cassie die Taschenlampe nahm und Barney damit anleuchtete, verstand sie, was er meinte. Ein Teil eines Deckenbalkens war auf ihn gefallen. Ein Stuhl hatte den Sturz gebremst, sodass der Balken nun gefährlich nah über Barneys Beinen schwebte. Allerdings klemmte er an der Wand. Wenn er versuchen würde, sich darunter hervorzuwinden, bestand die Gefahr, dass der Balken auf seinen Beinen landete. Aber die Alternative wäre gewesen, ihn hier liegen zu lassen, wo ihm sicher das ganze Dach auf den Kopf stürzen würde. Also hatte sie keine andere Wahl.

Sie legte die Taschenlampe so hin, dass sie in die richtige Richtung zeigte. Der Balken war etwa so dick wie ein Telegrafenmast. Sie schlang die Arme darum und versuchte, ihn anzuheben, doch nichts geschah. Cassie stemmte die Füße in den Boden, holte tief Luft und bemühte sich erneut. Der Balken rührte sich nicht.

»Lass es, er ist zu schwer für dich.«

»Nein, ist er nicht.«

Wieder ein Windstoß. Der Baum sackte einen weiteren halben Meter ab. Cassie schrie auf, als ein Zweig ihre Wange zerkratzte.

»Cassie, nimm Gin und verschwinde. Die Wand hält nicht mehr lange durch.«

»Ich schaffe das.«

»Lass es!«, brüllte Barney. »Hau sofort ab.«

Aber da stieß er bei Cassie auf taube Ohren. Sie hatte

ihn nicht zurück ins Leben geohrfeigt, damit er jetzt zermalmt wurde.

»Wir müssen uns gemeinsam anstrengen«, entgegnete sie. »Doch wir haben nur eine einzige Chance. Wenn ich ›los‹ rufe, ziehe ich. Du drückst und nimmst gleichzeitig die Beine weg. Bist du bereit?«

Sie starrten einander an, ohne auf den Sturm zu achten, der rings um sie tobte. Wenn sie es nicht schafften … wenn Barney sich nicht schnell genug bewegte … In diesem wortlosen Moment war ihnen beiden klar, wie diese Sätze enden konnten.

»Bereit.« Barneys Stimme war ruhig. Aber Cassie war so auf ihn konzentriert, dass sie sicher war zu hören, wie seine Wimpern seine Wangen streiften, als er blinzelte.

Sie wischte sich die Hände an der Hose ab und fasste mit beiden Armen unter den Balken.

»Drei, zwei, eins … los!«

Cassie zerrte, bis ihr in Armen, Schultern und Nacken die Muskeln brannten. Mit geschlossenen Augen und zusammengebissenen Zähnen zog sie aus Leibeskräften. Sie spürte, dass Barney auf seiner Seite dagegendrückte. Eine Sekunde lang schien das ganze Gewicht des Balkens auf ihren Armen zu ruhen, bis sie ihn nicht mehr halten konnte und er krachend zu Boden fiel.

Cassie blickte auf. Barney stand, lebendig und mit unverletzten Beinen, vor ihr. Sie hatten es geschafft, auch wenn sie noch nicht in Sicherheit waren. Sie bückte sich und griff nach Gins Halsband.

»Komm«, rief sie. »Wir müssen hier raus.«

Doch Barney rührte sich nicht. Wie gebannt starrte er

auf den Baum, der durch die Decke ragte. Cassie fragte sich, ob er sich den Kopf gestoßen und eine Gehirnerschütterung oder noch Schlimmeres davongetragen hatte. Mit der freien Hand packte sie ihn am Ärmel und blieb erst stehen, als sie durch die Tür des Gemeindehauses gestolpert waren.

Regen, Wind und die Dorfbewohner stürmten auf sie ein, sobald sie den ersten Fuß nach draußen setzten.

»Barney!« Akram erreichte sie als Erster und umarmte Barney. »Ich dachte schon, es ist aus und vorbei mit dir, alter Junge. Als der Baum umgekippt ist …«

Seine Worte gingen im Lärm unter, als der Baum seinen Kampf mit der Wand endlich gewann und die Seite des Saals eindrückte, sodass das Gebäude in sich zusammenstürzte. Cassie wurde von der Erkenntnis ergriffen, was alles hätte geschehen können. Die Beine gaben ihr nach. Sie sank auf den Gehweg und verbarg den Kopf zwischen den Knien. In ihrem Kopf drehte sich alles, als habe sie einen üblen Kater, doch sie hörte mit halbem Ohr, dass sich Männer neben ihr unterhielten. Barneys Stimme drang am besten zu ihr durch. Sie spürte, dass eine warme Zunge ihre Wange leckte. Gin kuschelte sich an sie und begann zu bellen.

»Cassie? Was ist? Bist du verletzt?« Barney sprach dicht an ihrem Ohr. Als Cassie den Kopf schüttelte, wurde der Schwindel schlimmer.

»Sie sieht ja aus wie eine ertrunkene Ratte.« Akrams Worte brandeten über Cassie hinweg. »Komm, Schätzchen, wir bringen dich ins Trockene.«

Akram schlang den Arm um sie und zog sie hoch.

Doch ihre Beine fühlten sich an, als hätten sie keine Knochen. Sie sackte wieder zusammen und hing wie eine übergroße Handtasche an Akrams Arm. Ehe sie noch einmal auf dem Boden landen konnte, hob Barney sie in seine Arme. Wortlos starrte er geradeaus, als er in Richtung Pub marschierte. Cassie war zu erschöpft, um sich zu wehren.

Als Barney sich dem Pub näherte, öffnete sich die Tür, und Mel spähte mit schreckgeweiteten Augen hinaus.

»Was ist passiert? Was war das für ein Krach?« Sie sah Cassie an. »Was hast du mit Cassie gemacht?«

»Nichts.«

»Mir geht es gut.« Als Cassie zappelte, ließ Barney sie herunter. Sie lehnte sich an die Wand und fühlte sich alles andere als gut. Ihr Herz spielte verrückt und hämmerte wild, aber das würde hoffentlich gleich besser werden, jetzt, wo sie festen Boden unter den Füßen hatte und nicht mehr in Barneys Armen lag.

»Sie steht unter Schock«, verkündete Barney. »Der Baum ist auf das Gemeindehaus gestürzt. Eine Wand und das Dach wurden zerstört.«

»Zerstört?« Auf Mels Gesicht zeichneten sich in kurzer Abfolge Ungläubigkeit und Entsetzen ab, bis sie schließlich vor Angst erstarrte. »Akram? Wo ist er?«

Sie wollte sich an Barney vorbeidrängen, aber er hielt sie zurück.

»Ihm fehlt nichts. Er ist gleich hier.«

Die Tür ging auf, und Akram kam, begleitet von den anderen Helfern, herein. Mel warf sich in seine Arme, obwohl er klatschnass war, und küsste ihn auf eine Weise, die sich in der Öffentlichkeit eigentlich nicht gehörte. Ihre unverblümte Leidenschaft sorgte dafür, dass Cassies Herz einen Satz machte. Sie tastete sich an der Wand entlang zum Kamin.

»Ich glaube, heute Nacht bin ich schon vergeben, Leute«, sagte Akram, nachdem Mel seine Lippen freigegeben hatte.

»Jede Nacht«, erklärte sie und nahm seine Hand. »Als wir den Knall gehört haben …« Sie erschauderte. »Ich dachte, du steckst bestimmt mittendrin in diesem Chaos.«

»Um mich hättest du dir keine Sorgen zu machen brauchen.« Akram klopfte sich auf den Bauch. »Der Baum wäre wahrscheinlich an mir abgeprallt. Um die beiden da hättest du Angst haben sollen.« Er wies auf Barney und Cassie, die inzwischen den Kamin erreicht hatte. »Fast hätten wir sie alle zwei verloren. Wir können ja Wetten abschließen, wer von ihnen der größere Idiot ist. Er, weil er überhaupt ins Gebäude reingegangen ist, oder sie, weil sie ihm unbedingt zu Hilfe eilen musste.«

»Sie wollte nicht *ihn* retten«, meinte einer der Männer. »Sie hat nach dem Hund gerufen.«

Alle drehten sich zu Cassie um und schlossen sie in ihr Gelächter ein. Die Wärme, die sie ausstrahlten, war stärker als die des Feuers hinter ihr. Sie hatte ganz vergessen, wie schön es war, dazuzugehören und gemeinsam zu lachen, anstatt ausgelacht zu werden. Sie wollte mehr davon. Sie brauchte das so sehr.

»Hier habt ihr den Beweis, dass sie keine Idiotin ist«, stellte Barney fest. »Sie wusste genau, wer es wert war, gerettet zu werden.« Dabei lächelte er Cassie zu. Selbst quer durch das Pub sah sie die Fältchen um seine Augen und wusste, dass dieses Lächeln echt war. Hoffnung stieg in ihr auf. Vielleicht konnte sie ja hierbleiben, ein Teil der Gemeinschaft werden und glücklich sein.

»Ach, lass den Unsinn«, wandte sich Mel an Barney. »Wenn sich das herumspricht, werden die Frauen Schlange stehen, um sich bei ihr zu bedanken. Dieser Yeti-Look ist erstaunlich beliebt.«

»Stehen du und Ethel ganz vorn in der Schlange?«

»Das hättest du wohl gern. Träum weiter.«

»Ich habe dir ganz im Vertrauen von diesem Traum erzählt, nicht damit du ihn im Pub ausposaunst.«

Mel prustete und umarmte ihn.

»Du Blödmann«, meinte sie. »Mach so was nie wieder. Du weißt, dass ich dich als Zweitmann in Reserve halte, für den Fall, dass ich Akram überfordere.«

Barney lachte, während Mel losging, um Handtücher zu holen, und Akram Gläser mit Whisky verteilte. Cassie lehnte ihres ab, beobachtete jedoch, wie Barney seines hinunterkippte. Sie fragte sich, ob er schon vor dem Betreten des Gemeindehauses einen Schlag auf den Kopf abgekriegt hatte. *Irgendetwas* stimmte nicht mit ihm. Wo kam plötzlich dieser gelöste Barney her? Er lachte, lächelte, riss Witze und wirkte völlig verändert. Vielleicht zeigte sich der wahre Charakter eines Menschen nur in Extremsituationen. Und sein wahrer Charakter war … nun, damit hatte sie nicht gerechnet.

»Der Whisky wäre zum Aufwärmen besser gewesen«, sagte Mel, als sie Cassie den Orangensaft reichte, um den sie gebeten hatte. »Du zitterst ja schon, seit du hier bist.

Zieh den nassen Mantel aus, dann hast du mehr vom Feuer.«

Cassie gehorchte und streifte sich die durchweichten Ärmel von den Armen. Ihr dünnes Oberteil war ebenfalls nass und klebte ihr an der Haut. Sie hielt es sich von der Brust ab und erschauderte, als Luft unter den Stoff drang.

»Hier, nimm das da.« Barney kam auf Cassie zu und zog seine Jacke aus. Cassie dachte, dass er sie ihr geben wollte, doch er warf sie auf den Tisch und schlüpfte aus dem Pulli, den er darunter trug. Als er ihn über den Kopf zerrte, wanderte auch sein T-Shirt nach oben und gab einen straffen Bauch frei. In der Mitte verlief ein dunkler Haarstreifen, der wie ein Pfeil unter seinen Gürtel zeigte.

Cassie wurde von einem Lustgefühl durchströmt, das von den Zehen aus in ihr aufstieg. Damit hatte sie nicht gerechnet. Sie konnte ihn nicht leiden und hätte sich lieber mit einem stumpfen Messer die Gliedmaßen abgesägt, als sich wieder auf einen Mann einzulassen. Doch ihre Empfindungen waren nicht abzustreiten.

Es war wundervoll. Mike hatte sich geirrt. Sie war weder kaputt noch beschädigte Ware, frigide oder eines der anderen Dinge, die er ihr so genüsslich an den Kopf geworfen hatte. Es war, als habe jemand in der Dunkelheit ihres Herzens ein Streichholz angezündet. Und wenn Mike in dieser Sache falschgelegen hatte, wie viele andere Unwahrheiten hatte er wohl sonst noch verbreitet? Sie sah Barney wieder an und erhaschte noch einen Blick auf seine nackte Haut, bevor sich das T-Shirt senkte.

Als Barney ihr den Pullover hinhielt, zog Cassie ihn an. Die Wolle war so weich, dass sie sich am liebsten die Arme um den Leib geschlungen hätte, um mehr zu spüren. Barneys Wärme haftete ihm an. Der Pullover roch nach frischer Luft, Holzrauch und eindeutig männlich. Die Lust regte sich erneut. Cassie atmete tief durch und genoss jeden Anflug von Begierde, der bewies, dass sie normal war.

»Was machen wir jetzt mit dem Gemeindehaus?«, fragte Mel, als alle mit einem Handtuch versorgt waren. »Müssen wir das melden?«

»Ich rufe morgen früh den Colonel an«, erwiderte Barney. »Er muss die Versicherung informieren und sich erkundigen, ob eine Chance besteht, dass sie bezahlt.«

»Und wenn nicht? Verdoppeln wir unsere Spendensammelaktion? Wie schlimm ist der Schaden?«

»Das wissen wir erst, wenn das Unwetter vorbei ist und wir uns die Sache bei Tageslicht anschauen können. Doch meiner Ansicht nach könnten wir die nächsten zehn Jahre lang Spenden sammeln, ohne dass es für die Reparaturen reichen würde. Es ist zu viel kaputtgegangen. Und vergesst nicht, dass wir den Saal nicht für Veranstaltungen nutzen können, selbst wenn die etwas bringen würden.«

»Daran habe ich noch gar nicht gedacht.« Mel sank auf einen Stuhl. »Was sollen wir tun? So viele Vereine treffen sich im Gemeindehaus. Es ist das Herz unseres Dorfes.«

Barney zuckte die Achseln. »Ich weiß. Aber jetzt ist das Wichtigste, alles abzusichern.« Er wandte sich an Akram. »Hast du die Feuerwehr verständigt?«

»Ja, doch die haben heute Nacht genug um die Ohren. Es könnte Stunden dauern, bis sie hier sind.«

»Wenigstens können sie kommen«, meinte Mel. »Ohne Cassie könnten sie das Dorf gar nicht erreichen.« Sie lächelte Cassie zu. »Du bist unsere Heldin. Gott sei Dank, dass Barney dich mitgebracht hat.«

»Was hast du sonst noch getrieben, Schätzchen?«, fragte Akram. »War es nicht genug Aufregung für eine Nacht, einem Mann das Leben zu retten?«

»Mel übertreibt – so viel habe ich gar nicht getan.« Cassie verkroch sich in Barneys Pullover, als alle Blicke im Pub sich auf sie richteten.

»Sei nicht so bescheiden, nach allem, was du heute geleistet hast.« Mel drehte sich zu den Männern um. »Während ihr an dem Baum gearbeitet habt, ist das Buswartehäuschen eingestürzt und hat die Straße blockiert.«

Akram lachte trotz des allgemeinen Aufstöhnens.

»Hoffentlich saßen da keine Turteltäubchen drin. Bei Dunkelheit ist es nämlich ein beliebter Treffpunkt.« Er versetzte Barney einen Rippenstoß. »Ich wette, du kannst uns einige hübsche Geschichten über deine Abenteuer dort aus deinen Glanzzeiten erzählen.«

»Vergiss meine Glanzzeiten. Inzwischen muss ich mir schon Sorgen machen, ob ich morgen Abend noch ein Date abkriege.«

Immer noch lachend wandte er sich zu Cassie um.

»Was hattest du im Buswartehäuschen zu suchen? Als ich dich im Pick-up zurückgelassen habe, konnte dir nichts passieren.«

»Oh, doch«, entgegnete Cassie. »Das Auto hat gewackelt, und es war dunkel.«

»Wie konntest du sie im Pick-up sitzen lassen?«, tadelte Mel. »Sie ist eine Frau und kein Tier, wie dir sicher bereits aufgefallen ist.«

Barney achtete nicht auf sie und griff nach seiner Jacke.

»Ist die Straße komplett blockiert? Wir sollten hingehen und sie räumen.«

»Nein!« Mel wedelte mit der Hand vor seinem Gesicht herum. »Hörst du endlich mal zu? Genau das versuche ich dir ja die ganze Zeit zu erklären. Cassie hat die Straße geräumt.«

»Allein?« Akram lachte auf. »Hast du unter dem Pulli einen Wonder-Woman-Anzug an?«

»Ich hätte nichts dagegen, das rauszufinden …« Es war sicher als Flüstern gedacht gewesen, doch die Männer am Tresen hatten sich der Whiskyflasche bemächtigt und ihre Stimmen nicht mehr im Griff. Cassie verschränkte die Arme. Es gefiel ihr gar nicht, so im Mittelpunkt zu stehen.

»Wie hast du das geschafft?«, fragte Barney.

»Mit dem Traktor.«

»Traktor? Mit welchem Traktor? Wir haben Joe mit seinem Traktor gesehen. Ein anderer war nicht da.«

»Du stehst wirklich auf der Leitung, Barney. Schau dir Joe an. Er ist schon seit einer Stunde in diesem Zustand.« Mel wies auf Joe, der schnarchend auf seinem Stuhl hing. »Cassie hat den Traktor gefahren.«

»Es war wie im Krieg!«, ergänzte Ethel und nahm das Sherryglas lange genug vom Mund, um etwas zu sagen. »Mädchenpower!«

»Woher weißt du, wie man einen Traktor fährt?«, erkundigte sich Barney bei Cassie.

»Ich bin auf einer Farm aufgewachsen. Mein Dad hat es mir beigebracht.«

»Aber Joes alte Bertha? Die fährt sich wie ein Panzer. Ich habe mich schon häufig mit ihr abgemüht.«

»Es gab keine andere Lösung. Die Straße musste geräumt werden.«

»Gut gemacht, Schätzchen.« Akram beugte sich vor und küsste Cassie auf die Wange. »Jetzt bist du eine von uns, eine echte Ribblemillerin. Willkommen im Klub.«

Am Tresen wurde gepfiffen und gedämpft applaudiert. Barney zog seine Jacke an und nahm Cassies Mantel.

»Du bist sicher völlig erledigt. Ich fahre dich mal nach Hause.« Er hielt ihr den Mantel hin. »Du solltest heiß baden und dann zu Bett gehen.«

»Ach, wirklich? Du hast wohl vor, dich selbst auf die Suche nach dem Wonder-Woman-Kostüm zu machen, was?« Akram zwinkerte Barney zu.

»Ganz bestimmt nicht. Ich möchte nur nicht, dass sie sich erkältet und Frances ansteckt.«

Der Wind blies so heftig wie zuvor, doch der Regen hatte nachgelassen, als Cassie Barney aus dem Pub folgte und mit ihm nach Ramblings fuhr. Er hielt den Wagen direkt vor der Tür an, ließ den Motor laufen und schaltete die Innenbeleuchtung an. Cassie blinzelte, zum Teil wegen der plötzlichen Helligkeit, zum Teil, weil Barney sie anstarrte. Allerdings war sein Blick anders als sonst: weniger feindselig, dafür neugierig.

»Du bist ganz anders, als es den Anschein hat«, sagte er.

»Was?« Cassie war mit einem Mal noch kälter als während des ganzen Abends. Was wusste er?

»Frances meinte, du seist härter im Nehmen, als man denkt. Bis heute Nacht habe ich ihr nicht geglaubt.«

Frances und Barney hatten über sie gesprochen? Sie fragte sich, was sie wohl gesagt hatten und ob Barney Frances noch immer überreden wollte, sie zu feuern. Heute hatte sie doch sicher genug beigetragen, um sich ein paar Lorbeeren zu verdienen. Er hatte Ramblings als ihr Zuhause bezeichnet, und als solches betrachtete sie es auch, obwohl sie erst so kurze Zeit hier wohnte. Von der Vorstellung, fortgehen zu müssen, wurde ihr übel. Sie öffnete die Tür des Pick-ups, um auszusteigen.

»Cassie.« Barney wollte sie zurückhalten, doch weil sie sich im Sitz umdrehte, verfehlte er ihren Arm und bekam stattdessen ihre Hand zu fassen. Sie spürte jeden seiner warmen Finger auf ihrer Haut. Als sie seine Hand ansah, bemerkte sie eine Risswunde auf dem Handrücken. Obwohl er sie nicht festhielt, konnte sie sich nicht befreien. »Danke für das, was du heute getan hast.«

»Das war doch nichts.«

»Für dich vielleicht nicht, aber mir bedeutet es sehr viel, dass du mir das Leben gerettet hast. Ich bin dir etwas schuldig.«

»Das hätte doch jeder getan.«

»Nein, dazu muss man ein ziemlich bemerkenswerter Mensch sein.«

Er lächelte nicht. Offenbar überraschte es ihn ebenso, dass er diese Worte aussprach, wie es Cassie erstaunte, sie zu hören. Sein Verhalten war so völlig anders als vorhin im Pub. Obwohl er weder flirtete noch ihr Komplimente machte, war die Stimmung im Pick-up aufgeladen. Gleichzeitig zogen sie ihre Hände zurück.

»Ich schaue besser nach Frances«, sagte Cassie, schlüpfte

aus dem Wagen und rannte ins Haus. Erst als sie die Tür hinter sich geschlossen und die Riegel vorgeschoben hatte, hörte sie das Knirschen von Kies. Barney fuhr davon.

# 10

Cassie zog die Vorhänge zur Seite, spähte durch die Bleiglasscheibe und betrachtete die Verheerung, die das Unwetter im Garten angerichtet hatte. Zweige und Äste waren auf den Rasenflächen verstreut, die Blumenbeete waren verwüstet, und Tausende von Blättern lagen überall herum, sodass es eher nach Herbst als nach Frühling aussah. Sie fragte sich, wie das Haus den Sturm wohl überstanden hatte. Sicher waren die vielen Schornsteine und die kunstvollen Steinverzierungen recht empfindlich. Sie machte das Fenster auf und lehnte sich hinaus, um festzustellen, ob Mauerwerk heruntergefallen war.

Eine Gestalt raste wie von wilden Furien gehetzt um die Ecke. Schweiß verfärbte das graue Unterhemd des Mannes dunkel und ließ es an seinem durchtrainierten Oberkörper kleben, der sonst immer unter einem Wollpullover verborgen war. Cassie wich zurück, aber Barney schaute nicht nach oben und rannte in atemberaubender Geschwindigkeit weiter.

Als Cassie zum Frühstück nach unten kam, räumte Ruth gerade die Küche auf.

»Warum bist du denn schon auf den Beinen?«, fragte

sie bei Cassies Anblick. »Ich war sicher, dass du nach dem, was du letzte Nacht getrieben hast, ausschlafen möchtest.«

Bei ihr klang es, als habe Cassie eine rauschende Ballnacht hinter sich. Als sie sich an einige ihrer gestrigen Gedanken erinnerte, errötete sie.

»Es war Gemeinschaftsarbeit«, erwiderte sie. »Die Männer haben eine Ewigkeit versucht, den Baum zu sichern.«

»Ein Jammer, dass es nicht geklappt hat.« Ruth umarmte Cassie. »Dank sei Gott dem Herrn, dass du dort warst. Barney mag manchmal ein schrecklicher Griesgram sein, aber wir würden ihn alle sehr vermissen.«

»Hat er dir erzählt, was passiert ist?« Cassie konnte sich nur schwer vorstellen, dass er die Geschichte seiner Rettung herumposaunte.

»Kein Wort. Ethel hat den Laden früher geöffnet, für den Fall, dass jemand einen Notvorrat braucht. Inzwischen weiß sicher das ganze Dorf Bescheid.« Ruth schenkte zwei Tassen Tee ein. »Wie fühlst du dich? Ein Wunder, dass du dir da draußen bei diesem Wetter keine Lungenentzündung geholt hast.«

»Mir tun die Arme weh, sonst ist nichts.«

Jede Bewegung löste stechende Schmerzen in Muskeln aus, die bis letzte Nacht kaum beansprucht worden waren.

»Ein Glück, dass heute Morgen der Arzt da war.« Ruth reichte Cassie eine schmale Schachtel. »Barney meinte, du könntest Schmerzen haben. Du sollst diese Wärmesalbe zweimal täglich auftragen. Ich habe geantwortet, das selbst zu übernehmen sei doch das Mindeste, was er tun könnte. Man hätte glauben können, ich hätte ihn gebeten, mich einzucremen, so schnell hat er die Flucht ergriffen.«

Lachend brachte Ruth die Teetassen zum Tisch. Cassie folgte ihr mit einem Teller mit Toast.

»Wie ist die Situation im Dorf?«, fragte sie. »Wurde viel beschädigt?«

»Weniger, als ich erwartet hätte. So einen Sturm habe ich noch nie erlebt. Ich dachte schon, mein Haus würde bis nach Oz gepustet. Hast du dir heute Morgen die Nachrichten angeschaut? Der halbe Landkreis ist überschwemmt. Wir sind noch glimpflich davongekommen. Mit Ausnahme des Gemeindehauses. Aber das war, abgesehen von Todesfällen, das Schlimmste, was uns passieren konnte.«

»Ich habe letzte Nacht nicht mehr hingesehen. Wie schwer ist der Schaden?«

»So schwer, dass es mich wundern würde, wenn man ihn reparieren könnte. Es wäre das Beste, alles abzureißen und wieder neu aufzubauen. Der Saal wird monatelang nicht benutzbar sein. Das ist der Tod des Dorfes. Die Menschen wohnen gern hier, weil sie auf dem Land wohnen und an einem aktiven Gemeindeleben teilnehmen können. Viele Vereine, die sich im Gemeindehaus getroffen haben, werden aufgeben müssen.« Ruth trank einen großen Schluck Tee. »Unsere Becca ist völlig verzweifelt.«

»War sie auch in einem der Vereine?«

»Sie hat bei den Jungpfadfinderinnen ausgeholfen. Aber ich meinte, wegen der Party.«

»Der Party? Oh, ihrer Verlobungsfeier. Dem Céilí.« Cassie hatte das ganz vergessen und trotz Ruths Einladung sowieso nicht vorgehabt hinzugehen. »Wann findet sie statt? Kann sie keinen anderen Veranstaltungsort auftreiben?«

Ruth schüttelte den Kopf.

»Es ist schon am Samstag in einer Woche. Außerdem ist es der Samstag vor Ostern. Also sind die Chancen sehr gering, so kurzfristig etwas zu finden, selbst wenn sie sich ein teures Lokal leisten könnte. Sie wollte im Gemeindehaus feiern, damit es ein richtiges Dorffest wird. Jetzt glaubt sie, ihre ganze Ehe stünde unter einem schlechten Stern.«

Ruths Worte wollten Cassie für den Rest des Vormittags nicht mehr aus dem Kopf gehen. Sie war Becca zweimal begegnet und hatte sie gemocht, obwohl sie versucht hatte, Cassie zu überreden, doch zu ihr in den Laden zu kommen und neue Kleider zu kaufen. Becca platzte fast vor Aufregung wegen ihrer Verlobung. Auch wenn Cassie den Glauben an Romantik und Happy Ends verloren hatte, wollte sie nicht, dass andere Menschen enttäuscht wurden. Aber was sollte sie tun? Falls es im Dorf einen anderen Veranstaltungsort gegeben hätte, würde Ruth davon sicher etwas wissen.

Frances riss sie aus ihren Gedanken. »Cassie! Sie haben diesen Absatz schon zum zweiten Mal gelesen. Brauchen Sie eine Pause? Barney meinte, ich solle Ihnen einen Tag freigeben, aber ich habe angenommen, dass er wie immer ein Tamtam macht.«

Cassie legte das Buch weg. Normalerweise schlug Elizabeth Taylor sie stets in ihren Bann, doch heute konnte sie sich nicht konzentrieren. Sie stand auf. »Tut mir leid. Ich brauche keinen freien Tag. Soll ich uns Tee kochen?«

»Es ist ein bisschen zu früh nach dem Mittagessen«, entgegnete Frances mit einem Blick auf die Uhr. »Was ist denn das für ein schauderhafter Geruch? Als Sie sich bewegt haben, ist etwas ziemlich Scheußliches zu mir herübergeweht.«

»Eine Muskelsalbe.« Cassie setzte sich wieder und bemühte sich, möglichst wenig Luftzug zu verursachen. »Barney hat sie mir mitgebracht. Ich kann aufhören, sie zu benutzen ...«

»Nein, wenn er denkt, dass Sie sie brauchen, müssen Sie sie auch verwenden. Trotz seines Tamtams gibt es niemanden, dem ich in Gesundheitsfragen mehr traue. Außerdem wird er es rauskriegen, falls Sie damit aufhören. Das tut er nämlich immer.« Trotz Frances' schicksalsergebenen Tonfalls zitterte ihre Stimme zu Cassies Erstaunen. »Vielleicht hätte ich schon früher und im Namen der Familie sagen sollen, wie dankbar wir sind ...«

»Das ist nicht nötig.« Verlegen rutschte Cassie in ihrem Sessel herum. Die große Aufmerksamkeit löste in ihr beinahe Bedauern aus, dass sie Barney nicht dem Baum überlassen hatte.

»Doch, ist es. Er bedeutet seinen Eltern alles, und ich wäre ohne ihn hilflos. Vermutlich ist er nicht auf die gute Idee gekommen, sich selbst zu bedanken.«

»Doch.«

»Er war nicht immer so muffig«, fuhr Frances fort, als habe Cassie nichts erwidert. »Er hat einige schwierige Jahre hinter sich. Es ist nicht leicht, sich umzustellen, wenn die Träume, die man ein Leben lang gehegt hat, auf so grausame Weise zerstört werden.«

Aus dem Zusammenhang hätte man schließen können, dass Frances von Barney sprach. Aber ihre Miene verriet, dass es auch um etwas Persönliches ging. Cassie hatte den Eindruck, dass Frances ihr ein Stück weit ihr Herz geöffnet hatte. Allerdings hütete sie sich, sofort nachzuhaken. Sie durfte nicht riskieren, dass man ihr Gegenfragen stellte.

»Gibt es auf dem Grundstück wasserfeste Scheunen oder Nebengebäude?«, erkundigte sie sich stattdessen. Frances' Bemerkung hatte sie an Beccas missliche Lage und weitere möglicherweise zerstörte Träume erinnert.

»Da müssen Sie sich an Barney wenden«, antwortete Frances. »Er ist für das Anwesen zuständig. Ach, übrigens, er hat Sonderschichten für die Gärtner angeordnet, damit sie alles aufräumen. Außerdem hat er einen Baumchirurgen bestellt, der sich vergewissern soll, dass von den Bäumen keine Gefahr droht. Also erschrecken Sie nicht, wenn Sie fremden Männern auf dem Grundstück begegnen.« Cassie schlug die Beine übereinander, pflückte sich einen imaginären Fussel von der Hose und fragte sich, warum Frances sie so gut kannte. »Wozu brauchen Sie eine Scheune?«

»Ruths Tochter Becca wollte im Gemeindesaal einen Céilí anlässlich ihrer Verlobung veranstalten. Am Samstag in einer Woche. So kurzfristig findet sie nichts anderes mehr. Deshalb habe ich mir überlegt, ob es hier vielleicht eine leer stehende Scheune gibt, die sie benutzen könnte.«

»Einen Céilí?« Frances beugte sich vor. »Eine wundervolle Idee. Als ich ein Mädchen war, hatte ich großen Spaß bei einem Céilí, bevor …« Sie verstummte und lehnte sich zurück. »Tja, das ist lange her. Natürlich müssen wir Ruths Tochter helfen. Ruth ist eine unersetzliche Mitarbeiterin. Ich sehe keinen Grund, warum der Céilí nicht hier stattfinden sollte.«

»Hier? Sie meinen im Haus?« Cassie hatte diese Idee auch schon gehabt, sie aber sofort wieder verworfen. Soweit sie feststellen konnte, kamen die Dorfbewohner nicht nach Ramblings, und Frances ging nicht ins Dorf. Nie hätte sie gedacht, dass Frances einen solchen Vorschlag machen würde. »Die Vorhalle würde sich eignen«, meinte sie. »Sie ist nur ein bisschen kleiner als der Gemeindesaal. Die Teppiche könnte man ja wegräumen.«

»Nein, das kommt überhaupt nicht infrage.« Frances' herrische Antwort fühlte sich für Cassie an, als habe man ihr einen nassen Schwamm ins Gesicht geworfen. »Warum die Vorhalle nehmen, wo wir doch einen ausgezeichneten Ballsaal haben?«

Natürlich gab es hier einen Ballsaal. Cassie hätte nicht so verwundert sein dürfen. Manchmal hatte sie das Gefühl, dass dieses Haus verzaubert war und je nach den Bedürfnissen seiner Bewohner schrumpfte und wuchs. Als sie auf ihrem späteren Streifzug auf den Ballsaal stieß, war sie sicher, den Mittelpunkt dieses Zaubers entdeckt zu haben. Er war eine Pracht, ein anderes Wort fiel ihr dazu nicht ein, und stellte sämtliche Räume in den Schatten, die sie bis jetzt gesehen hatte. Der Saal war etwa dreißig Meter lang, verfügte über zwei gewaltige Kamine an der Innenwand und eine Reihe anmutig geschwungener Fenster an der äußeren Wand. Der durch diese Fenster hereinströmende Sonnenschein fing sich in dem samtig glänzenden Parkettboden und betonte die von tanzenden hohen Absätzen hinterlassenen Kratzer so sehr, dass Cassie schon glaubte, den Luftzug von ausgelassen vorbeiwirbelnden Paaren zu spüren. An der Gewölbedecke hingen Kronleuchter aus Glas. Die Decke war blau gestrichen, jedoch mit Hunderten silbernen Sternchen verziert, die sicher funkeln würden, sobald man die Glühbirnen einschaltete. Am liebsten hätte Cassie ihr Bett hier hineingestellt und den Raum nie wieder verlassen.

Ruth verschlug es vor Überraschung die Sprache, was nur selten vorkam, als Cassie ihr mitteilte, Frances habe ihnen den Ballsaal für Beccas Party angeboten. Am nächsten Tag, als Becca bei der Arbeit war, kehrte sie nach Ramblings zurück, um alles zu planen.

»Holen Sie Stift und Papier, Cassie«, wies Frances sie an, als sie zu dritt im Frühstückszimmer beim Kaffee saßen. »Wir müssen eine Liste aufstellen.«

Da kaum ein Tag verging, an dem nicht wegen der einen oder anderen Sache eine Liste gemacht wurde, war Cassie vorbereitet.

»Setzen Sie zuerst einen Großputz auf die Liste. Wir haben den Raum schon seit einer Weile nicht benutzt. Wie viele Leute brauchen wir? Sie beide und Becca und außerdem Mel und ihre Tochter. Ich rufe sie später an und bitte sie herzukommen. Was ist mit dem Essen?«

»Wir hatten ein kaltes Büfett geplant. Also gibt es da keine Probleme. Das No Name übernimmt die Bar.«

Cassie zögerte, kritzelte auf ihrem Block herum und blickte schließlich auf. »Ich glaube, wir dürfen hier keinen Alkohol verkaufen. Dafür braucht man doch eine Genehmigung, oder?«

»Einen Céilí ohne Alkohol gibt es nicht«, widersprach Ruth. »Es werden Gäste aus Schottland anreisen, und die erwarten einen Drink.«

»Kann man die Leute nicht bitten, selbst etwas mitzubringen?«, schlug Cassie vor. »Angesichts der Umstände hätten sie sicher nichts dagegen.«

»Mel bestimmt schon. Sie hat Unmengen von Whisky bestellt. Den wird sie in ihrem Pub niemals los.«

»Wir dürfen nicht zulassen, dass das No Name keinen Gewinn macht«, sagte Frances. »Ribblemill kann es sich nicht leisten, nach dem Gemeindehaus auch noch das Pub zu verlieren. Ich bezahle die Getränke. Betrachten Sie es als mein Verlobungsgeschenk.«

Ruth protestierte halbherzig, Cassie mit mehr Nachdruck, doch Frances setzte sich durch und arbeitete weiter an der Liste, ohne auf die beiden zu achten. Während sich das Blatt Papier füllte, staunte Cassie darüber, dass Frances wirklich an alles gedacht hatte, obwohl der Plan erst seit gestern feststand. Noch nie hatte Cassie sie so aufgeregt erlebt. Sie brauchte offenbar ein Projekt, das ihren Verstand beanspruchte. Cassie fragte sich, was sie sich einfallen lassen konnte, um sie zu beschäftigen, wenn die Party vorbei war. Sie war so in ihre Gedanken vertieft, dass sie kaum wahrnahm, wie Frances ihren Namen rief.

»In letzter Zeit tagträumt sie ständig«, hörte sie Ruth sagen. »Wahrscheinlich liegt es daran, dass dauernd über die Hochzeit gesprochen wird. Vermutlich fragt sie sich, wann für sie der große Tag kommt.«

Nichts lag Cassie ferner, und sie wollte dieses Thema unter keinen Umständen erörtern.

»Haben Sie noch einen Punkt für die Liste?« Sie drehte die Seite um. Bereits jetzt erschien es ihr unmöglich, all das in einer guten Woche zu bewerkstelligen.

»Ich habe die Kamine vergessen«, erwiderte Frances. »Wir müssen die Kaminfeuer anzünden, weshalb die Kamine zuvor gereinigt werden sollten. Barney hat die Nummer des Kaminkehrers.«

»Muss ich zu ihm gehen und ihn fragen?« Es gelang Cassie nicht, ihr Widerstreben zu verbergen. Die Nacht des Unwetters war zu seltsam gewesen und hatte sie in vielerlei Hinsicht erschüttert. Sie hatte gehofft, von nun an einen Bogen um Barney machen zu können. Heute Morgen hatte sie sich vor seiner Ankunft in sein Büro geschlichen, um seinen Pullover dort zu hinterlegen.

»Ha! Du hast wohl Lust auf eine Reise nach Malta, was?« Ruth lachte. »Das kann ich dir nicht verübeln. Wahrscheinlich ist es dort doppelt so warm wie hier. Ich hätte nichts dagegen gehabt mitzufahren.«

»Malta?«, wiederholte Cassie. »Wer ist auf Malta?«

»Barney. Hat er dich nichts davon erzählt?«

»Nein.« Aber warum auch? Sie hatten kaum ein Wort miteinander gewechselt. »Ist er heute abgereist?«

»Gestern. Richtig, Mrs S?«

»Er hat gestern Nachmittag einen Flieger genommen.« Also war das mit dem Date ein Witz gewesen, dachte Cassie. Es ging sie nichts an. Allerdings war es ein seltsamer Zeitpunkt für einen Urlaub, da das Anwesen nach dem Unwetter in Ordnung gebracht werden musste und das Dorf in einer Krise steckte. Merkwürdigerweise war sie enttäuscht von ihm.

»Er wollte absagen, aber das habe ich ihm nicht erlaubt«, fuhr Frances fort, worauf Cassie wieder von ihrem Notizblock aufschaute. »Seine Mutter wäre schrecklich enttäuscht gewesen, wenn er ihren Geburtstag verpasst hätte. Er fliegt jedes Jahr hin. So einen Familienzusammenhalt findet man heutzutage nur noch selten.«

Da es das Sinnvollste war, erst die Kamine und dann den Ballsaal selbst zu säubern, gingen Cassie und Ruth in Barneys Büro, um die Telefonnummer des Kaminkehrers zu suchen. Barneys Pullover hing noch über der Lehne des Stuhls, wo sie ihn hingelegt hatte.

»Wie lange bleibt er denn weg?«, erkundigte sie sich. Falls es für länger war, würde sie sich den Pullover vielleicht noch einmal ausleihen. In einigen Teilen des Hauses funktionierte die Zentralheizung ausgezeichnet, doch in anderen war sie ausgeschaltet. Man öffnete eine Tür und trat von den Bahamas in die Arktis.

»Bis nach dem Osterwochenende.« Ruth unterzog den Raum einer gnadenlosen Musterung. »Während er weg ist, mache ich hier sauber. Überall liegen Krümel.«

»Er hat die Nummer des Kaminkehrers sicher in sein Telefon eingespeichert. Hier finden wir bestimmt nichts.«

»Schokolade!« Lachend wies Ruth auf die Schreibtischschublade, die sie bereits geöffnet hatte. Cassie umrundete den Schreibtisch. Die Schublade war mit Schokoriegeln vollgestopft. Mars schien seine Lieblingssorte zu sein. Früher war es auch die von Cassie gewesen, und als sie sich an die klebrige Karamellschicht unter dem Schokoladenüberzug erinnerte, lief ihr das Wasser im Munde zusammen.

»Was ist denn das?« Ruth kramte zwischen den Schokoriegeln und förderte ein abgewetztes rotes Buch zutage, in dem Unmengen von losen Zetteln steckten. Sie schlug es auf. »Ach, nur sein Terminkalender. Ich hatte auf etwas Pikanteres gehofft.«

Seite um Seite war mit Terminen und Listen mit zu erledigenden Dingen gefüllt, und zwar in derselben Handschrift in schwarzer Tinte, die sich auch über Ruths Einkaufsliste geschlängelt hatte.

»Macht er das wirklich alles selbst?«

»Das und noch viel mehr. In der guten alten Zeit haben zwei oder drei Leute dieses Anwesen verwaltet. Jetzt haben wir Barney. Was dachtest du denn, was er hier tut?«

»Keine Ahnung.« Es war das Beste, gar nicht an ihn zu denken. »Aber Guy hat gesagt …«

Ruth gab ein Geräusch von sich, das klang, als habe sie bei Barney Unterricht im Schnauben genommen. Dass sie verärgert war, war nicht zu überhören.

»Guy Smallwood? Ich wusste gar nicht, dass du mit ihm angebandelt hast. Sag bloß nicht, dass du seinetwegen tagträumst. Tja, die Menschen sind schon seltsam …«

# 11

Die Putzkolonne versammelte sich am Samstag, nachdem der Kaminkehrer, dem Lockruf des Geldes folgend, noch am Tag von Cassies Telefonat Ramblings einen Besuch abgestattet hatte. Zur allgemeinen Überraschung erschien Mel in Begleitung von Gin anstatt mit ihrer Tochter Lydia.

»Wenigstens glotzt Gin nicht alle paar Sekunden auf ihr Telefon«, verkündete Mel, während sie haufenweise Hundezubehör in der Vorhalle stapelte. Gin bellte, als sie ihren Namen hörte. »Vermutlich ist sie auch gesprächiger.«

»Braucht sie das alles für einen einzigen Tag?«, fragte Cassie und wies auf den Korb, die Näpfe und die Futterdosen. »Man möchte ja meinen, dass sie hier einzieht.«

»Spannend, dass du es ansprichst.« Mel fuhr sich mit der Hand durchs Haar, bis es ihr zu Berge stand. Keine gute Werbung für ihre Fähigkeiten als Friseurin. »Um eine lange und traurige Geschichte abzukürzen: Der Idiot, der Lydias Vater ist – in Gedanken schwebte mir eine üblere Beschimpfung vor –, hat sie über die Osterferien nach Teneriffa entführt.«

»Akram?«

»Akram ist nicht Lydias Dad!« Mel lachte. »Ist dir noch nicht aufgefallen, dass sie sich gar nicht ähnlich sehen? Lydia ist das einzig Gute, was mir aus Ehe Nummer eins geblieben ist.« Mel betrachtete Cassie, die Gins Ohren kraulte. »Du nimmst sie doch auf, oder?«

»Wen?« Allmählich begriff sie, was der Stapel Hundezubehör zu bedeuten hatte. »Gin?«

»Lydia wollte für Barney auf sie aufpassen. Aber zwei Wochen in der Sonne waren verlockender als Hundehüten in Ribblemill. Ist das zu fassen? Sie ist ein lieber Hund, aber im Pub steht sie mir im Weg herum, und ich habe keine Zeit, jeden Tag mit ihr Gassi zu gehen. Also dachte ich, dass es sinnvoller ist, wenn sie herkommt und du dich um sie kümmerst.«

Cassie fand das überhaupt nicht sinnvoll. Sie konnte sich nicht vorstellen, dass Barney sehr erfreut sein würde, wenn sie seinen Hund versorgte. Bereits bei seiner Tante hatte er sich ja schon gesträubt. Doch ehe ihr eine glaubhafte Ausrede einfiel, erschien Frances an der Tür.

»Natürlich nehmen Sie sie, Cassie. Ich begreife nicht, warum Barney nicht zuerst Sie gefragt hat. Diese Woche können Sie mit ihr spazieren gehen, anstatt mir vorzulesen. Sie sind noch immer zu blass. Die frische Luft wird Ihnen guttun.«

»Und hier sind seine Schlüssel«, verkündete Mel und reichte ihr einen schweren Schlüsselbund. Der Anhänger war ein Herz aus gehämmertem Kupfer mit dem eingravierten Buchstaben B. Zweifellos das Geschenk einer Frau.

»Wozu brauche ich seine Schlüssel?«

»Um nach seinem Haus zu sehen. Du brauchst nur jeden zweiten Tag hin. Ich war heute Morgen schon dort.«

»Ich weiß nicht, wo er wohnt.« Noch während sie das aussprach, war ihr klar, dass sie mit diesem Einwand niemals durchkommen würde.

»Ihr beide verbringt so viel Zeit im selben Haus, ohne miteinander zu reden. Da könntet ihr genauso gut verheiratet sein!«, entgegnete Ruth. »Er wohnt unten auf der Ramblings Farm. Wenn du den Pfad hinter dem Haus nimmst, kannst du es nicht verfehlen.«

Cassie folgte den anderen in den Ballsaal, um mit dem Putzen anzufangen. Dabei fragte sie sich, warum Barney nicht erwähnt hatte, dass er auf einer Farm wohnte, obwohl sie ihm gesagt hatte, sie sei auf einer aufgewachsen. Vielleicht war es ja gar keine richtige Farm, sondern hatte nur den Namen beibehalten. Durchaus möglich, dass man das Gebäude modernisiert hatte, sodass es dem Bild eines romantischen Farmhauses entsprach, ohne seinen ursprünglichen Zweck zu erfüllen. Aber als sie zwei Tage später mit Gin spazieren ging und Ramblings Farm zum ersten Mal sah, war sie hingerissen.

Es war nicht nur das Haus, das sie begeisterte, obwohl es traumhaft war. Es bestand aus großen, dunklen Steinen und verfügte über Koppelfenster und eine massive Veranda genau in der Mitte. Auch die gesamte Umgebung machte sie so froh, als sei sie gerade nach Hause gekommen und habe sich, Pantoffeln an den Füßen, in ihrem Lieblingssessel niedergelassen. Es gab hier einen richtigen Hof, kopfsteingepflastert und mit Moos und Heu in den Ritzen zwischen den Steinen. Außerdem eine Scheune mit Wellblechdach. Der Misthaufen daneben war mit einer mit alten Reifen beschwerten Plastikplane abgedeckt. Alles wies darauf hin, dass auf dieser Farm Landwirtschaft betrieben wurde, wenn auch in kleinerem Rahmen, als Cassie es gewohnt war. Sofort wurde die Farm zu ihrem Lieblingsplatz in Ribblemill. Ein Jammer nur, dass sie ausgerechnet von dem Menschen bewohnt wurde, den sie in Ribblemill am wenigsten mochte.

Gin, die ihr Zuhause erkannte, zog Cassie zur Tür und bellte, weil sie hereingelassen werden wollte. Von innen war das Farmhaus ebenso stilecht. Es war überhaupt nicht aufgemöbelt worden, alles war schlicht, praktisch und abgenutzt. Cassie sammelte die Post hinter der Tür ein, legte sie zu dem Stapel auf dem langen Tisch, strich mit der Hand über das Holz und spürte die tiefen Kerben alter Messerstiche rau unter ihren Fingern. Die Küche ging ins Wohnzimmer über, ebenfalls mit Steinboden und von einem gewaltigen offenen Kamin beherrscht. Neben dem Kamin stand ein Ohrensessel aus Leder. Auf dem Beistelltisch lag eine aufgeschlagene Ausgabe von *Eine Geschichte aus zwei Städten*. Da Cassie den Anblick des verbogenen Buchrückens nicht ertragen konnte, markierte sie die Stelle mit einem Zettel und klappte das Buch zu.

Sie nahm das ganze Erdgeschoss in Augenschein, scheute sich jedoch, nach oben zu gehen, obwohl sie sich zu gerne dort umgesehen hätte. Da es unten überhaupt keine persönlichen Gegenstände gab, kam sie sich nicht so sehr wie ein Eindringling vor. Mit den Schlafzimmern war es sicher eine andere Sache. In dem Moment, als er sie am Tag ihrer Ankunft angeschrien hatte, hatte sie beschlossen, niemals einen Fuß in Barney Smallwoods Schlafzimmer zu setzen, und wenn es auf der Welt der letzte Zufluchtsort im Fall eines Atomkriegs sein sollte.

Sie hatten eine anstrengende Woche hinter sich, doch am Samstag hatten sie den Ballsaal so verwandelt, dass er nun aussah, als gehöre er in ein schottisches Schloss, nicht in ein Landhaus in Lancashire. Das ganze Dorf packte mit an. Während der Woche waren ständig Tische und Stühle angeliefert worden, die nun in den Ecken des Raums verteilt waren, damit in der Mitte Platz zum Tanzen blieb. Weiße Tischdecken mit karierten Tischläufern tarnten die Tatsache, dass nichts zusammenpasste. Im weichen Licht der Kronleuchter würde abends alles vollkommen aussehen.

Luftballons und karierte Girlanden zierten die Wände. Doch als Frances am Vormittag den Saal inspizierte, verkündete sie, das schottische Thema stünde zu sehr im Vordergrund, während die Verlobung unterginge. Sie schickte Cassie in den Keller, wo sich inmitten von Kartons mit der Aufschrift »Weihnachten« und »Geburtstag« auch einige befanden, auf denen »Hochzeit« stand. Unter Frances' Anleitung kramte Cassie darin herum und förderte ein ein Meter breites glänzendes Spruchband mit dem Text »Herzlichen Glückwunsch« zutage, das nun über der improvisierten Bar am anderen Ende des Raums hing. Ein Karton enthielt ordentlich verpackte wunderhübsche Teelichthalter aus Glas, dekoriert mit dem Wort »Liebe« in zarter Metallschrift. Cassie stellte einen auf jeden Tisch, verstreute silbernes Konfetti rings herum und trat dann zurück, um ihr Werk zu bewundern. Eindeutig ein Fortschritt, verglichen mit Würstchen im Schlafrock und Chips im Gemeindesaal. Becca hatte die ganze Woche Besuchsverbot gehabt, weil Ruth sie hatte überraschen wollen. Doch sie würde sicher begeistert sein.

»Gut gemacht, Cassie«, sagte Frances und erhob sich aus ihrem Sessel hinten im Raum, wo sie beobachtet hatte, wie letzte Hand angelegt wurde. »Genau so sollte es sein.«

»Hallo, was ist denn hier los?«

Als Cassie herumwirbelte, sah sie Guy hereinschlendern. Soweit sie wusste, wurde er nicht erwartet. Allerdings hätte es sie nicht gewundert, wenn Frances im Bilde gewesen wäre, ohne ihr etwas zu verraten. Sie neigte eindeutig zur Heimlichtuerei.

»Ich habe das ganze Haus nach dir abgesucht. Hier hätte ich zuletzt mit dir gerechnet. Dein Glück, dass ich kein Einbrecher bin.«

Sein ausdrucksloses Lächeln verbarg seine wahren Gefühle, weshalb Cassie nicht feststellen konnte, ob die Bemerkung als Kritik gemeint war. Sie hätte sich ohrfeigen können, weil sie nicht abgeschlossen hatte, als Ruth gegangen war. Zum Glück war es nicht Barney gewesen, der die Tür offen vorgefunden hatte, denn der hätte aus seinem Herzen sicher keine Mördergrube gemacht.

»Guy! Du hast uns ja gar nicht gesagt, dass du kommst!« Frances wirkte erfreut. »Bleibst du über Nacht?«

»Ja, aber nur heute.« Er bückte sich, um Frances zu küssen, drehte sich in einer fließenden Bewegung um und küsste Cassie ebenfalls. Ein Hauch von Vanille stieg Cassie in die Nase. Sie krampfte die Hände ineinander und kämpfte gegen den Drang an, sich das Gesicht abzuwischen. »Störe ich? Der Raum ist seit mindestens fünf Jahren nicht benutzt worden. Heiratet jemand?«

»Ruths Tochter Becca feiert heute hier ihre Verlobung. Ist es nicht wundervoll, dass Ramblings wieder zum Leben erwacht?«

»Bist du dir sicher, Mum? Wir haben die Leute nie dazu ermutigt hierherzukommen.«

»Dein Vater hat sie nie ermutigt«, verbesserte ihn Frances. »Er hat sämtliche Verbindungen zu den Dorfbewohnern gekappt, als sie sich gegen seinen schändlichen Plan gewehrt haben, die Felder im Westen zu bebauen. Zu meinem Bedauern habe ich ihn unterstützt. Es ist höchste Zeit, dass ich meine eigenen Entscheidungen fälle.«

»Und was sagt Barney zu dem, was du hier veranstaltest?«

»Barney ist verreist. Er besucht seine Eltern.«

»Das habe ich mir fast gedacht.« Guy lachte. »Darf ich mich selbst zur Party einladen? Es herrscht doch kein Kiltzwang, oder?«

»Nicht für die englischen Gäste.« Frances drehte sich um und musterte Cassie von Kopf bis Fuß, was ihrer Ansicht nach nichts Gutes verhieß. »Cassie, könnten Sie mich in einer Stunde in Rom treffen? Vielleicht könnten Sie Guy in der Zwischenzeit ein Sandwich machen. Eine ausgezeichnete Gelegenheit für euch zwei, einander besser kennenzulernen.«

Eine Stunde später flüchtete Cassie sich erleichtert nach Rom. Guy war kein unangenehmer Zeitgenosse, und sie war sicher, dass viele Frauen sich gefreut hätten, von einem der Erben von Ramblings pausenlos angelächelt zu werden. Sie jedoch nicht. Er war schlagfertig und charmant, aber so absolut undurchschaubar, dass sie sich überraschenderweise nach Barneys unverblümter Art sehnte.

Cassie war noch nie im Rom gewesen. Es entpuppte sich als seltsamer Raum voller Kleiderschränke. Als sie eintrat, wehten ihr Staubwolken entgegen.

»Kommen Sie, Cassie, und lungern Sie nicht an der Tür herum«, sagte Frances. »Wir müssen über Ihre Kleidung sprechen. Seit Sie hier sind, habe ich Sie immer nur in Schwarz gesehen. Besitzen Sie denn nichts Farbenfroheres?«

»Ich habe eine blaue Strickjacke.«

Es war das einzige, nicht praktische Kleidungsstück, das sie sich gestattet hatte: eine wunderschöne, taillierte Strickjacke aus Kaschmir, so blau wie die Vergissmeinnicht, die unter den Bäumen am Rand des Gartens wuchsen, wo sie und Vicky als Kinder gespielt hatten. Vicky hatte sie ihr im vorletzten Jahr zu Weihnachten geschenkt. Sie lag in der Schublade von Cassies Nachttisch. Manchmal nahm sie sie heraus, streichelte sie und schwelgte in Erinnerungen.

»Eine Strickjacke?«, wiederholte Frances. »Vermutlich schon einmal ein Anfang. Haben Sie kein Kleid oder einen Rock?«

»Nicht dabei. Ich brauche so etwas nicht.«

»Natürlich tun Sie das. Sie können wohl kaum so angezogen bei einer Party erscheinen. Sie werden den anderen Gästen die Stimmung verderben.«

Cassie fand, dass ihr das auch in einem Kleid gelingen würde.

»Ich komme nicht zur Party«, erwiderte sie. »Ich halte mich im Hintergrund, falls etwas erledigt werden muss.«

Der Blick, den Frances Cassie zuwarf, hätte wohl auch ein Heer von Invasoren in die Flucht geschlagen.

»Muss ich Ihnen erklären, Cassie, dass ich Sie als meine Gesellschafterin bezahle. Und wenn ich zu der Party gehe, gehen Sie auch. Und ich lasse mich nicht von Ihnen in diesem Aufzug begleiten.«

»Dann muss ich mir etwas kaufen.« Das hatte Cassie gerade noch gefehlt. Wie viel von ihren kostbaren Ersparnissen würde sie für ein Kleid für einen Abend verschwenden müssen, das sie wahrscheinlich nie wieder tragen würde? Wie hoch standen die Chancen, etwas in einem Sozialkaufhaus zu finden, das passte und vor dem Anziehen nicht gewaschen werden musste?

»Das Einkaufen erübrigt sich. Schauen Sie!« Frances öffnete die Tür des nächstbesten Schranks. Auf der Kleiderstange drängten sich bunte Kleider, die einen Süßwarenladen hätten langweilig wirken lassen. Als Frances über den Rock eines saphirblauen Satinkleids strich, hatte Cassie plötzlich vor Augen, wie sie das schon früher getan hatte. Allerdings mit einer Hand ohne Runzeln, geschwollene Gelenke und Altersflecken.

»Die sind wunderschön.« Cassie gesellte sich zu Frances an den Schrank. Bei den Kleidern handelte es sich durchweg um Abendkleider aus den Fünfzigern, stark tailliert und mit ausgestelltem Rock. »Ich kann mir unmöglich eines davon ausleihen. Sicher hängen für Sie so viele Erinnerungen daran. Außerdem sind sie zu förmlich für einen Céilí.«

»Es sind alles glückliche Erinnerungen. Diese Kleider habe ich getragen, bevor ich geheiratet habe. Aber vielleicht sind sie für heute Abend wirklich übertrieben. Ich vergesse immer, dass Partys heutzutage anders sind als früher.« Sie schloss den Schrank und ging zum nächsten. »Das sind meine Tageskleider. Möglicherweise finden Sie hier etwas Passendes.«

»Ich bin nicht sicher …«

»Cassie.« Frances' Augen wirkten groß hinter den Brillengläsern, und ihr Ausdruck war weicher als je zuvor. »Jahrelang habe ich hier allein gelebt und niemanden gesehen. Für meine Kinder bin ich eine Last oder bedeute ihnen nichts. Ich habe keine Freunde und kenne meine Nachbarn nicht. Und jetzt stelle ich zu spät fest, dass ich mir ein anderes Leben gewünscht habe. Ich möchte mich gerne nützlich machen. Becca ihre Party hier feiern zu lassen bereitet mir mehr Freude, als ich mir hätte vorstellen können. Ihnen mit einem Kleid auszuhelfen, so winzig die Geste auch sein mag, wird noch zu dieser Freude beitragen. Ein Kleid für einen Abend. So unwichtig für Sie, so wichtig für mich. Erlauben Sie mir, Ihnen ein Kleid zu leihen. Gehen Sie zur Party. Amüsieren Sie sich. Glauben Sie mir, wenn Sie erst einmal in meinem Alter sind, bereuen Sie jede ungenutzte Gelegenheit, Spaß zu haben.«

Cassie konnte nicht ablehnen. Nicht, weil sie unbedingt zu der Party wollte – sie hätte sich viel lieber im Hintergrund gehalten –, sondern weil Frances helfen wollte. Sie konnte sie nicht wegstoßen. Gebraucht zu werden und andere zu unterstützen war ein grundlegendes menschliches Bedürfnis, genau wie Wasser oder Luft. Sie wusste nur zu gut, wie grausam jede Zurückweisung war. Sie drückte einen zu Boden, bis man glaubte, dass man nichts mehr zu bieten hatte. Also ging sie zum Schrank und begann, die Kleider durchzusehen.

»Was ist mit dem da?« Frances holte ein mit einer durchsichtigen Plastikhülle geschütztes Kleid heraus. Es war schlicht, aber wunderschön, blau wie der Sommerhimmel, mit Blümchen gemustert, ärmellos und hochgeschlossen, mit einer schmalen Taille und einem bauschigen Rock. »Vielleicht passt es zu Ihrer Strickjacke.«

»Es ist traumhaft. Aber es sieht aus, als sei es nagelneu.«

»Ist es auch. Ich habe es anfertigen lassen, als wir zu einer Gartenparty im Buckingham Palace eingeladen waren.«

»Haben Sie beschlossen, stattdessen etwas anderes anzuziehen?« Cassie nahm das Kleid von Frances entgegen und konnte der Versuchung nicht widerstehen, es sich anzuhalten. Der Saum endete knapp über dem Knie. Vermutlich würde es perfekt sitzen.

»Wir sind nicht hingegangen. Mein Mann war dagegen, und allein zu erscheinen kam nicht infrage.«

Cassie schaute von dem Kleid auf. Frances' Tonfall spiegelte einen Cocktail aus Gefühlen wider: zwei Quäntchen Enttäuschung, eine Prise Schicksalsergebenheit und ein Schuss Wut, das Ganze garniert mit Trauer. Cassie kannte den Geschmack nur allzu gut.

»Es gibt Männer«, fuhr Frances fort und hielt Cassies Blick stand, »die immer und ganz gleich mit welchen Mitteln ihren Willen durchsetzen müssen, richtig?«

»Ja.« Die Plastikhülle in Cassies Händen fühlte sich klebrig an. Was wusste Frances? Wie konnte sie überhaupt etwas wissen, obwohl Cassie sich so bemüht hatte, nichts preiszugeben? Doch als sie einander betrachteten, erkannte Cassie Verständnis in Frances' verblassten blauen Augen, und ihr wurde klar, dass Worte manchmal überflüssig waren. Manche Menschen trugen solche Narben aus ihrer Vergangenheit mit sich herum, dass die Wahrheit mit jedem Atemzug und jedem Blinzeln zutage trat, ganz gleich, was sie auch machten, um sie zu verbergen. Für jeden, der wusste, wonach er suchen musste, waren sie so sichtbar wie die Haare auf dem Kopf.

»Gehen Sie und probieren Sie es an«, schlug Frances vor. »Meiner Ansicht nach ist es Zeit, dass dieses Kleid aus seinem Versteck kommt und bei einer Party glänzt. Wir werden einen gemeinsamen Auftritt haben.«

Beim Anblick des Ballsaals brach Becca in Tränen aus. Vor einer guten Woche hatte sie mit ansehen müssen, wie ein gewaltiger Baum ihre Pläne für eine Verlobungsfeier unter sich begrub. Und jetzt hatten sich ihre Familie und ihre Freunde in einem Raum versammelt, der mit seinen Kronleuchtern und Teelichtern, die alles in ihr weiches Licht tauchten, einfach magisch aussah. Cassie, die neben Frances stand, beobachtete alles; selbst ihr verdorrtes Herz geriet ins Flattern, und sie seufzte, weil es so romantisch war.

Frances' Einmischung hatte ihr Vorhaben durchkreuzt, sich im Hintergrund zu halten. Das Kleid war ja schon schlimm genug: Es schmiegte sich wie Frischhaltefolie an ihre Brust, und dank des geschickten Schnitts, schien ihr Taillenumfang auf wundersame Weise geschrumpft zu sein. Zum ersten Mal seit Monaten waren ihre Beine der frischen Luft ausgesetzt. Doch selbst damit war Frances noch nicht zufrieden gewesen. Sie hatte Mel gebeten, früher zu kommen, um Cassie zu schminken und zu frisieren, sodass ihr das Haar nun in wilden Wellen über die Schultern fiel. Cassie hätte sich selbst nicht im Spiegel wiedererkannt, wären da nicht die ängstlichen Augen gewesen, die ihr entgegenblickten. An denen konnte nichts aus Mels Trickkiste etwas ändern.

»Kopf hoch, Schätzchen«, raunte Akram, der sich von hinten an sie angeschlichen hatte, ihr ins Ohr. »Du machst ein Gesicht wie beim Zahnarzt im Wartezimmer, nicht wie auf einer Party.«

»Zahnarzt wäre mir um einiges lieber.«

Akram grinste. »Warte, bis wir dich zum Tanzen bringen. Dann wirst du dich amüsieren. Was hältst du davon, später mit mir einen Gay Gordons aufs Parkett zu legen?«

»Ich tanze nicht.«

»Wie kannst du mir einen Korb geben?« Als Akram herumtänzelte, wackelte sein Bauch wie Götterspeise. Er sah Cassie an. »Komm schon, dafür habe ich doch ein Lächeln verdient.« Er beugte sich vor. »Du musst mir helfen. Ich habe mit Mel gewettet. Wenn du heute Abend lächelst, muss sie wegen der nächsten Frühlieferung aufstehen.«

»Wie kommst du darauf, dass ich für dich und gegen Mel Partei ergreife?«

»Charme, gutes Aussehen und so viel Naan, wie du willst, wenn du das nächste Mal im Pub isst.«

Vielleicht hätte er die Wette gewonnen, doch Frances drehte sich zu ihm um und neigte in einer beeindruckend majestätischen Geste den Kopf.

»Akram, wären Sie so nett, mir ein kleines Glas Sherry an den Tisch zu bringen? Melanie müsste eine Flasche dabeihaben. Was möchten Sie, Cassie?«

»Ein Glas Wasser, danke. Ich hole die Gläser. An der Bar scheint viel los zu sein.«

Als sie mit den Getränken zurückkehrte, hatte sich der Colonel zu Frances gesetzt. Cassie stellte fest, dass Frances bald nicht mehr so steif war. Sie plauderte angeregt mit dem Colonel und nahm ihre Anwesenheit kaum noch zur Kenntnis. Das war Cassie sehr recht. Sie saß entspannt im Dämmerlicht und genoss die Musik und die Bemühungen der Gäste, sich an schottischen Reels und englischen ländlichen Tänzen zu erproben. Trotz ihrer Erwartungen und der Tatsache, dass sie nur Zaungast war, amüsierte sie sich. Das hieß, bis Guy erschien.

»Ich kann es nicht mehr mit ansehen, dass Sie hier als Mauerblümchen herumsitzen«, sagte er und schwenkte sein Whiskyglas in Cassies Richtung. Sie wich zurück, als ihr der verhasste Geruch in die Nase stieg. »Sie verpassen den ganzen Spaß. Kommen Sie, schenken Sie mir den nächsten Tanz.«

»Ich tanze nicht. Ich muss bei Frances bleiben.«

»Nein, müssen Sie nicht.« Lächelnd unterbrach Guy

seine Mutter, indem er sie am Arm berührte. »Mum, du kannst deine reizende Gesellschafterin doch eine Weile entbehren, oder? Ich habe sie zum Tanzen aufgefordert, aber sie will nicht von deiner Seite weichen.«

»Natürlich müssen Sie tanzen, Cassie.« Es war nur schwer festzustellen, ob es sich um eine Erlaubnis oder einen Befehl handelte. »Ich habe nie von Ihnen erwartet, dass Sie mich den ganzen Abend bewachen. Junge Leute wie Sie sollten Spaß haben. Der Colonel wird mir Gesellschaft leisten. Es wird mir ein Vergnügen sein, euch beiden beim Tanzen zuzuschauen.«

Cassie folgte Guy in die Mitte des Raums, überzeugt, dass Frances die Einzige sein würde, die sich in den nächsten Minuten amüsierte. Doch dann setzte die Musik ein und fuhr ihr in die Glieder. Der Ansager rief die Schritte aus, und sie sprangen umher und drehten sich, wechselten Partner, wandten sich nach links und rechts und traten vor und zurück, bis Cassie plötzlich alles bis auf den Tanz und die unerwartete Freude vergaß, die sie empfand. Sie hakte Guy unter, wirbelte immer wieder im Kreis. Und dann – sie war machtlos dagegen – lachte sie, einfach weil es so albern war, was sie da trieben. So leicht hatte sie sich seit Monaten nicht mehr gefühlt.

Und während sie noch in Erinnerung an vergangenes Glück lachte, trat ein Mann in den Ballsaal. Er trug ein perfekt sitzendes Hemd und hatte kastanienbraunes Haar, ein markantes, leicht mit Stoppeln bedecktes Kinn und so makellose Wangenknochen, dass Rodin ihn sicher gerne hätte Modell sitzen lassen. Lange starrte er Cassie an, ohne mit der Wimper zu zucken. Und ihr wurde klar, dass dieser Mann, der ihr den Atem raubte und dafür sorgte, dass ihre inneren Organe sich schneller drehten als der Tanz, nicht wie zunächst angenommen ein Fremder war. Der Mann, von dem sie die Augen nicht mehr abwenden konnte, war kein anderer als Barney Smallwood.

# 12

Jetzt gibt's Ärger«, sagte Guy und zog Cassie wieder hinein in den Reigen. »Schauen Sie mal, wer da ist. Noch ein Überraschungsgast.«

»Ärger?«, wiederholte Cassie. Ihr Herz flatterte wie ein verletzter Vogel. »Weshalb sollte es Ärger geben?«

»Wie ich annehme, war Barney nicht informiert.«

Cassie schüttelte den Kopf, und als die Tanzschritte sie von Guy trennten, beobachtete sie, wie Barney an der Tür verharrte und den Raum betrachtete.

»Warum hätte er informiert werden müssen?«, fragte sie Guy, als sie sich wieder trafen. »Es ist nicht sein Haus. Sie hatten ja auch nichts gegen die Feier.«

»Stimmt. Aber das wäre vielleicht anders gewesen, wenn meine Hochzeitsfeier die letzte gewesen wäre, die hier stattgefunden hat, und wenn man die Dekoration von damals wieder benutzt hätte. Ich glaube, das Spruchband hängt an genau derselben Stelle.« Guy grinste. »Bestimmt war es ein ziemlich heftiges Déjà-vu, hier hereinzuspazieren. Trotz der Schottenkaros.«

Cassie zog Guy von der Tanzfläche. Eine unheilvolle Vorahnung sorgte dafür, dass ihr der Schweiß ausbrach.

»Ist er noch verheiratet?«

»Nein, es hat kaum drei Jahre gehalten. Nessa war immer zu gut für ihn, und als er seine Karriere als Arzt in den Sand gesetzt hat, ist sie endlich zur Vernunft gekommen.«

Also war Barney heute Abend zurückgekehrt, um Frances einen ruhigen Besuch abzustatten, und wurde nun mit einer Erinnerung an die wohl unglücklichste Zeit seines Lebens verhöhnt. Cassies Magen krampfte sich zusammen. Warum hatte Frances nicht erwähnt, woher die Dekorationen stammten? Selbst wenn es nicht um Barney gegangen wäre, hätte Cassie sie niemals benutzt. Es war einfach unpassend, eine Verlobung mit den übrig gebliebenen Dekorationen einer gescheiterten Ehe zu feiern. Als Cassie sich im Raum umschaute, schienen sich die hübschen Teelichter zu verdunkeln und düstere Schatten krochen in die Zimmerecken, um die Romantik zu vertreiben.

Sie bemerkte, dass Barney sich durch die Tanzenden drängte und zur Bar marschierte. Immer wieder wurde er von Leuten aufgehalten, die ihn zum Mittanzen überreden wollten. Nach den Bemerkungen über sein ungewohnt glatt rasiertes Gesicht, dem Lächeln und den vielen Malen zu urteilen, die seine Wange gestreichelt wurde, konnten einige Damen offenbar nicht widerstehen. Er lächelte und lachte zwar, doch seine Bewegungen waren steif und seine Schultern angespannt. Sie kratzte sich unten am Daumen und fragte sich, wie verärgert er war und was sie jetzt tun sollte. Wenn er wütend war, war es ihr Fehler. Wenn er bestürzt war, ebenfalls. Sie musste sich entschuldigen.

Etwas anderes blieb ihr nicht übrig. Der Satz »Tut mir leid« kam ihr leicht über die Lippen, denn schließlich hatte sie ja jahrelange Übung.

Cassie hastete zur Bar und holte Barney mit knapper Not ein. Als sie ihm auf die Schulter tippte, war sie in Gedanken zu sehr bei dem, was sie sagen wollte, um die kräftigen Muskeln unter ihrer Hand zur Kenntnis zu nehmen.

»Es tut mir leid«, sprudelte sie hervor, ehe er Gelegenheit gehabt hatte, sich umzudrehen. »Ich hatte keine Ahnung, dass deine Hochzeitsfeier hier stattgefunden hat und dass es deine Dekorationen waren. Sonst hätte ich sie nie benutzt. Das Spruchband kann ich nicht abnehmen, aber ich kann die Teelichter wegräumen. Ich habe den Karton mit den Hochzeitsdekorationen geholt, weil Frances wollte, dass es romantischer aussieht. Doch dein Name stand nicht drauf, und Frances hat mir nicht verraten, woher sie stammen …«

Cassie verstummte, als Barney sie wortlos anstarrte. Dann zog er ihre Hände auseinander.

»Es spielt keine Rolle«, erwiderte er.

Schon nach einer Woche hatte Cassie nicht mehr genau gewusst, wie dunkel und erfüllt von Gefühlen seine Stimme auch bei nebensächlichen Bemerkungen klang.

»Es war nur ein Schock. Ich erinnere mich ungern an diesen Tag.« Er betrachtete das Spruchband über seinem Kopf. »Erstaunlich, dass die Dekorationen unbeschädigt überlebt haben. Im Gegensatz zu allem anderen.«

Cassie hatte sich geirrt. Sie war dem Fehler aufgesessen zu glauben, dass er ärgerlich sein würde. Daran war sie schließlich gewöhnt. Deshalb musterte sie sein Gesicht und suchte nach den keimenden Anzeichen von Wut, die sie an einem anderen Mann festzustellen gelernt hatte: die zusammengepressten Lippen, das Pulsieren in den Wangen, wenn er den Kiefer anspannte, der missbilligende Augenausdruck. Doch nichts davon war vorhanden. Stattdessen wich er ihrem Blick aus. Das war so ungewöhnlich, dass es ihr alles verriet, was sie wissen musste. Auch wenn er scheinbar gleichmütig über das Ende seiner Ehe sprach, konnte er sie damit nicht täuschen. Er war genauso verletzt worden wie sie.

»Vermutlich ist das Beccas Verlobungsfeier.« Sein Blick huschte noch immer überallhin, nur nicht in Cassies Richtung. Zwei leichte, aber eindeutige Grübelfalten vertieften sich. »Warum findet die hier statt?«

Für Cassie war die Antwort ziemlich offensichtlich. Oder hatte er vergessen, dass ein Baum auf das Gemeindehaus gestürzt war? Doch die Ankunft von Akram und Mel ersparte es ihr, etwas darauf erwidern zu müssen.

»Na, wen haben wir denn da!« Begleitet von dröhnendem Gelächter klopfte Akram Barney auf die Wangen. »Hattest du im Flieger Übergepäck und musstest deshalb Haare lassen?«

»Du bist ein gemeiner Kerl, Barney Smallwood«, fügte Mel hinzu und reckte sich, um ihn auf die Wange zu küssen. »Hmmm, das war viel weniger kratzig als sonst. Du weißt ja, dass ich dich schon seit Ewigkeiten in die Finger kriegen will. Sieht gar nicht so schlecht aus«, ergänzte sie widerstrebend, während sie seinen Kopf hin und her drehte. »Warum bist du plötzlich so schick? Bestimmt steckt eine Frau dahinter, was?«

»Du hast recht.« Barney lächelte. Es war ein schiefes Lächeln, auf der rechten Seite ein wenig höher als links. Das war Cassie wegen des Barts bis jetzt nicht aufgefallen. Auch nicht, dass er volle Lippen hatte, die gemeinsam einen makellos geformten Mund bildeten. »Meine Mum hat darauf bestanden, dass die Mähne wegmuss. Es stand ganz oben auf ihrer Liste von Geburtstagswünschen.«

»Ja, man sollte stets auf seine Mum hören«, stimmte Akram zu. »Warst du rechtzeitig hier, um die andere Verwandlung dieses Abends mitzuerleben? Unser Schätzchen hier wurde gerade beim Lachen beobachtet.«

»Ist mir aufgefallen.«

»Ich bin bestechlich«, meinte Cassie und versuchte es mit einem Lächeln. Da das Lachen so lange ungenutzte Muskeln aufgewärmt hatte, fiel es ihr leichter. »Sobald du mir von dem Naan erzählt hast, war es für mich abgemacht.«

»Ich hätte nie gewettet, wenn ich gewusst hätte, das Guy hier ist«, protestierte Mel. »Nur wenige Frauen können ihm widerstehen.«

»Über Barney sagst du das auch immer.« Akram klopfte Barney auf den Rücken. »Nimm's nicht persönlich, alter Junge, aber bis jetzt habe ich das immer für einen Scherz gehalten. Aber ohne das Gestrüpp im Gesicht siehst du gar nicht so übel aus. Was meinst du, Cassie? Bringt dieses Gesicht dich auch zum Lächeln?«

Wenn ein Verziehen ihrer Lippen die einzige Wirkung war, die dieses Gesicht auf sie hatte, hätte sie ewig lächelnd weiterleben können. Es war ungefährlich und berechenbar und konnte keine schlimmen Folgen haben. Von dem

Karussell, das ihre inneren Organe wild herumwirbeln ließ, sobald sie Barney ansah, konnte sie das leider nicht behaupten. Der Ansturm der Lust in der Nacht des Unwetters hatte sie auf wundervolle Art daran erinnert, dass ihr Körper noch reagierte. Weitere Beweise brauchte sie nicht. Cassie täuschte Interesse an irgendetwas hinter Akram vor und tat, als habe sie die Frage nicht gehört.

Sie spürte, dass Barney sich bewegte und in dieselbe Richtung schaute, als wolle er feststellen, was sie so faszinierte. Als sie in die Wirklichkeit zurückkehrte, wurde ihr klar, dass sie unabsichtlich Guy angestarrt hatte. Dieser hob lächelnd die Hand.

»Was macht Guy hier?«, erkundigte sich Barney. »War er eingeladen? Ich wusste gar nicht, dass Becca ihn kennt.«

»Ich glaube, das tut sie auch nicht«, antwortete Mel. »Aber es ist sein Zuhause. Außerdem hat er sicher mehr als einer Frau den Abend verschönert. Du weißt ja, wie er ist.«

»Nur allzu gut.«

Cassie bemerkte, dass Barneys Blick plötzlich auf sie gerichtet war.

»Er wollte Frances besuchen«, erklärte sie. »Heute Morgen ist er eingetroffen.«

»Schon wieder?« Sein Argwohn war nicht zu überhören. »Er muss etwas im Schilde führen. Normalerweise vergehen zwischen seinen Besuchen Monate, nicht Tage.«

Wieder sah er Cassie an. Sie rückte ihre Strickjacke zurecht, um ein wenig Zugluft zu erzeugen, denn ihr wurde am ganzen Körper heiß. Wahrscheinlich wirkte sie schuldbewusst, obwohl er ihr gar nichts vorgeworfen hatte.

»Wo ist Frances?«

»Sie sitzt in der Ecke und plaudert mit dem Colonel.« Nur, dass der Tisch, auf den Cassie zeigte, leer war. Keine Spur von Frances oder dem Colonel. »Gerade eben war sie noch da.«

»Wann war das?«

»Als ich zu tanzen angefangen habe.« Es wunderte sie nicht, dass Barney mit einem Schnauben reagierte. Wenn sie genauer darüber nachdachte, hatte sie keine Ahnung, wie lange sie getanzt hatte. Als sie den Colonel am anderen Ende des Raums entdeckte, steuerte sie auf ihn zu. Barney folgte ihr auf den Fersen.

»Colonel, wissen Sie, wo Frances ist?«

»Oh, ja. Ich soll Ihnen etwas von Mrs Smallwood ausrichten. Sie ist zu Bett gegangen, aber Sie sollen sich weiter amüsieren. Sie sieht Sie morgen früh.«

»Hat sie sich nicht wohlgefühlt?«, fragte Barney und trat einen Schritt vor. »Ich schaue besser nach ihr.«

»Ich gehe«, widersprach Cassie. »Sie rechnet nicht mit dir.«

»Ich kann mehr unternehmen, falls ihr etwas fehlt.«

»Ich glaube, sie braucht Sie beide nicht«, entgegnete der Colonel. »Sie war nur müde und wollte zu Bett. Ich breche jetzt auch auf. So lange aufzubleiben ist etwas für junge Leute. Warum tanzen Sie beide nicht?«

Ohne sich absprechen zu müssen, stolzierten Cassie und Barney in entgegengesetzte Richtungen davon.

Cassie wurde von einem warmen Atemhauch auf der Wange und zarten Fingern an ihrem Hals geweckt. Sie blickte in Augen, die die Farbe von Herbstlaub hatten. Es waren wunderschöne Augen. Sie lächelte. Im nächsten Moment war sie richtig wach und erkannte, wem diese Augen gehörten. Als sie zurückwich, protestierte ihr Nacken – sie hatte zu lange in einer unbequemen Stellung verharrt.

»Was ist los?« Barney rückte weg und setzte sich im Schneidersitz vor sie auf den Boden.

»Du hast mich angefasst!«

»Reg dich nicht gleich so auf. Ich habe dir nur den Puls gefühlt, um mich zu vergewissern, dass du nicht tot bist. Ich konnte nicht feststellen, ob du atmest.«

»Tut mir leid, dich enttäuschen zu müssen. So leicht wirst du mich nicht los.«

»Ist mir auch schon aufgefallen.« Er lächelte, und obwohl es nicht im mindesten komisch war, spürte Cassie, dass ihre Lippen die Geste nachahmten. »Was machst du hier unten?«

Cassies Lächeln verflog schlagartig.

»Entschuldige. Ich sollte nicht hier sein.«

Sie war in Barneys Büro. Eigentlich hatte sie nur rasch nach Gin sehen wollen und sich für ein paar Minuten neben ihr Körbchen gesetzt. Offenbar war sie eingeschlafen.

»Ich wollte nur sichergehen, dass der Partylärm Gin nicht stört.«

»Warum entschuldigst du dich ständig?«

»Tue ich doch gar nicht.«

Ohne den Bart wirkte Barneys Starren noch bohrender, und jeder Zentimeter seines Gesichts verriet die Intensität seiner Gedanken. Cassie beugte sich vor, um Gin zu streicheln. Die Hündin hatte sich aus dem Körbchen gestreckt, sodass ihr Kopf nun auf Barneys Oberschenkel und ihr Körper auf Cassies Schienbein ruhte. Sie wedelte zufrieden mit dem Schwanz.

»Ich glaube, ich muss mich schon wieder bei dir bedanken.« Barney kraulte Gin hinter dem Ohr. »Mel hat mir erzählt, dass du diese Woche auf Gin aufgepasst hast. Hoffentlich war sie nicht zu lästig.«

»Überhaupt nicht. Ich hatte großen Spaß mit ihr.«

Mehr als Spaß. In ihrer Freizeit hatte sie, um Abstand zu Frances und den Partyvorbereitungen zu gewinnen, mit Gin lange Spaziergänge durch die Gärten und die umliegende Landschaft unternommen. Jeder Kilometer war wieder ein gewaltiger Sprung weg von ihrer Vergangenheit gewesen. Frieden, Einsamkeit und Freiheit hatten begonnen, das Virus abzutöten, das sie so lange im Griff gehalten hatte, und sie spürte, dass sie allmählich wieder der Mensch wurde, der sie einmal gewesen war.

»Leih sie dir aus, wann immer du willst.«

»Wirklich?« Vielleicht hatte Cassie zu begeistert geklungen. Barneys Hand hielt auf Gins Ohr inne, und seine Aufmerksamkeit galt wieder Cassie.

»Natürlich. Sie braucht so viel Bewegung, wie sie kriegen kann. Fehlt es dir, einen Hund zu haben?«

»Mir fehlt alles.« Sein Blick war wie ein Blutegel, der die Wahrheit aus ihr heraussaugte.

»Du bist so blass. Hast du dich in der Nacht des Unwetters erkältet?«

»Nein.« Sanft schob Cassie Gin von ihrem Bein und rappelte sich auf. »Ich bin nicht krank. Alles bestens.«

»Okay.« Barney streckte seine Beine – lange Beine, was Cassie absichtlich ignoriert hatte, als er ihr gegenübersaß; der Jeansstoff spannte sich um seine Oberschenkel – und stand auf.

»Läuft die Party noch?« Sie hatte keine Ahnung, wie lange sie hier unten gewesen war.

»Ja, aber es sind nur noch die hartgesottenen Schotten da. Die meisten Gäste aus Ribblemill liegen schon in ihren Betten. Ich dachte, du wärst mit …« Er verstummte und steckte die Hände in die Hosentaschen.

»Dann gehe ich besser wieder hin. Ich muss abschließen, nachdem alle weg sind.«

»Wenn du möchtest, erledige ich das.«

Nach kurzem Zögern nahm Cassie sein Angebot an. Trotz des Nickerchens fühlte sie sich erschöpft und wollte nur noch ins Bett. Sie öffnete die Tür.

»Cassie?«

Sie drehte sich um. Ihre Hand umklammerte den Türgriff, als sie wieder dieses Lächeln sah.

»Meinst du, ich kriege irgendwann meinen Pullover zurück?«

Cassie schaute an sich hinunter. Sie hatte unten im Büro Barneys Pullover angezogen, weil es hier so viel kälter war, und ganz vergessen, dass sie ihn noch trug. Sie unterdrückte ein verlegenes Aufstöhnen, nickte und ging hinaus.

Am nächsten Tag schlenderte Cassie zu einem ihrer Lieblingsplätze auf dem Grundstück, wo ein breiter Fluss zwischen Bäumen dahinströmte und alte Steinstufen zu einem Pfad in Richtung Dorf führten. Dort setzte sie sich auf einen Felsen mit Blick aufs Wasser und rief Vicky an.

»Cassie? Bist du das? Was ist los?«

»Nichts. Ich wollte nur deine Stimme hören und dir frohe Ostern wünschen.«

Beim Mittagessen hatte sie an fast nichts anderes gedacht. Die Mahlzeit war in angespannter Atmosphäre verlaufen. Die Feindseligkeit zwischen Guy und Barney war so präsent, dass sie für sie genauso gut ein fünftes Gedeck hätte auflegen können. Doch der Braten und Gin, die unter dem Tisch auf ihren Füßen lag, hatten in ihr ein solches Heimweh nach der Farm ausgelöst, dass nichts sie an diesem Anruf hätte hindern können.

»Frohe Ostern!«, rief Vicky mit vergnügter Stimme ins Telefon. »Hier steppt der Bär. Die Jungen haben zu viel Schokolade gegessen, wobei ich Stu nicht ausnehme. Stanley!«, brüllte Vicky. »Komm und bedank dich bei Tante Cassie!«

»Nein, Vicky, ich …«

Aber es war zu spät. Cassie hörte Getuschel. Dann drang die piepsige Stimme ihres Neffen an ihr Ohr.

»Danke für die Ostereier, Tante Cassie.«

»Gern geschehen«, erwiderte Cassie und dankte Vicky lautlos dafür, dass sie in ihrem Namen Ostereier gekauft hatte. »Habt ihr schon Eier gesucht?«

»Ja. Ich habe achtzehn winzige Eier gefunden. Und zwei mittelgroße. Alfie hat nur sechzehn kleine, weil er ein paar auf dem Weg zum Haus fallen gelassen hat. Die zählen doch nicht, oder? Also habe ich gewonnen. Wann besuchst du uns, Tante Cassie? Normalerweise bist du an Ostern immer hier.«

»Ich weiß, und ich wäre in diesem Jahr auch gerne bei euch. Aber ich muss zu viel arbeiten.« Cassie bohrte sich die Fingernägel in die Handflächen, um ein Weinen zu unterdrücken. Er sollte nicht bemerken, wie elend sie sich fühlte, weil sie nicht bei ihrer Familie sein konnte. »Habt ihr auch daran gedacht, in der Höhle im Apfelbaum hinten im Garten nach Eiern zu suchen? Da sind immer …«

Stanley ließ sie nicht ausreden.

»Haben wir nicht!«, erwiderte er, und Cassie hörte ein Scheppern, als das Telefon auf die Arbeitsfläche in der Küche geworfen wurde. Dann ertönte der Ruf »Alfie!«, und seine Stimme verhallte. Sie hatte so deutlich vor Augen, wie die beiden in den Garten rannten, als sei sie selbst dabei. Ihr Herz krampfte sich so fest zusammen, dass ihr die zurückgehaltenen Tränen in die Augen traten.

»Du hast ihm vom Apfelbaum erzählt, richtig?« Vickys Vorwurf wurde von einem liebevollen Unterton abgemildert. »Vielen Dank auch. Als ob sie von den Zuckermassen nicht schon aufgedreht genug wären … Cass? Weinst du?«

»Nein«, log Cassie, während eine Träne aufs Telefon tropfte. »Ich vermisse euch einfach nur. Erzähl mir, was sich bei euch tut.«

Vicky berichtete Cassie, wie es mit dem Lammen voranging und was die Jungen in der Schule angestellt hatten. Cassie wusste, dass sie alles so lustig wie möglich schilderte, um sie aufzuheitern. Und es klappte. Cassie begann zu lachen, und als sie erst einmal damit angefangen hatte, war es so unwiderstehlich, dass sie nicht mehr aufhören konnte. Wahrscheinlich wirkte sie völlig wahnsinnig, wie sie so allein auf einem Felsen am Fluss saß und lachte. Doch mit jedem Lachanfall fühlte sie sich leichter, bis sie glaubte, dass sie beim nächsten Mal abheben und durch die Luft den ganzen Weg nach Devon fliegen würde. Aber als sie es versuchte, befand sie sich noch immer am Fluss, und die Kälte vom Felsen drang immer noch durch ihre Hose.

»Ich habe dich seit Monaten nicht mehr lachen gehört«, sagte Vicky. »Anscheinend geht es dir besser. Fühlst du dich glücklich, dort, wo du bist?«

Glücklich? Cassie erwartete nicht, dass sie glücklich werden würde. Nicht mehr. Doch als der Fluss ihr tröstende Worte zuflüsterte, sie über das Wasser hinweg auf die Weiden voller Lämmer und die Dächer des Dorfs schaute und ihr der Geruch nach Frühling in die Nase stieg, wusste sie, dass sie in all den Jahren, seit sie die Farm verlassen hatte, nicht mehr so glücklich gewesen war. Es war besser, allein am richtigen Ort zu sein, als mit jemandem am falschen. Insbesondere, wenn es sich um den falschen Jemand handelte.

»Ich finde es wunderschön hier«, antwortete Cassie, und es überraschte sie, wie leicht ihr die Worte über die Lippen kamen.

»Das freut mich so sehr«, sagte Vicky, aber ehe Cassie sich fragen konnte, ob ihre Schwester möglicherweise zu erleichtert geklungen hatte, sprach Vicky weiter. »Die Unwetter letzte Woche haben euch doch hoffentlich nicht zu schlimm erwischt? Wir hier unten sind größtenteils verschont geblieben.«

»Wir hatten eine üble Nacht. Einige Bäume sind umgestürzt, einer davon mitten auf das Gemeindehaus.«

Cassie erinnerte sich an jene Nacht: das Glücksgefühl, als sie den Traktor gefahren hatte; das Krachen, als der Baum das Dach durchschlug; Barney, wie er sie in das Pub trug; die Begierde, die sie ergriffen hatte, als er seinen Pullover auszog. Sie beschloss, Vicky nichts davon zu verraten.

»Wie entsetzlich. Das Wichtigste ist, dass so bald wie möglich wieder Normalität einkehrt. Weißt du noch, als wir Kinder waren und unser Gemeindehaus überflutet wurde, sodass wir es zwei Monate lang nicht benutzen konnten? Dad hat in der Scheune eine Heizung und Beleuchtung installiert, damit die Treffen dort stattfinden konnten. Es war toll.«

Cassie hatte es ganz vergessen, doch Vickys Worte weckten in ihr die Erinnerung, wie sie sich hinter einem Heuballen versteckt und die Jungs aus der Schule beim Treffen der Jungpfadfinder beobachtet hatte. Wie gerne wäre sie dort beigetreten, anstatt zur Mädchenabteilung zu gehen. In Cassies Kopf nahm eine Idee Gestalt an, die so offensichtlich war, dass es sie wunderte, warum noch niemand diesen Vorschlag gemacht hatte.

»Wir hatten letzte Nacht eine Verlobungsfeier im Ballsaal, nicht im Gemeindesaal«, sagte sie. »Es war ein Wunder, wie alle an einem Strang gezogen haben, damit es klappt.«

»Im Ballsaal?« Vicky lachte, und Cassie fiel ein, dass sie

ihr noch gar nichts von Ramblings erzählt hatte. »Wo wohnst du denn? Im Buckingham Palace? Verbringst du deine Tage damit, in Kutschen herumzufahren und Gartenpartys zu besuchen?«

Wieder sauste eine Idee durch Cassies Kopf, sprang in die Höhe, überschlug sich und läutete Glocken wie ein geistiger Moriskentänzer.

»Vicky, du bist ein Genie«, erwiderte sie. »Ich vermisse dich ja so.«

Als Vicky schwieg, bekam Cassie eine Gänsehaut, die nicht mit dem Aprilwetter zusammenhing. Es war der Moment, in dem Vicky sie normalerweise drängte, sie auf der Farm zu besuchen. Das sagte sie bei jedem ihrer Gespräche. Und dass sie es diesmal nicht tat, konnte nur einen Grund haben.

»Mike hat sich gemeldet, richtig?«

»Ja.« Vicky klang, als habe man ihr das Wort unter Folter abgepresst. »Er hat am Freitag angerufen.«

»Warum?«

»Um zu schauen, ob du hier bist. Normalerweise kommst du zu Ostern.«

»Und was hat er gesagt?«

»Dass alles nur ein Missverständnis gewesen sei und dass er alles tun würde, um dich zurückzuholen.«

Als Cassie den Fluss betrachtete, verwandelte sich das beruhigende Plätschern des Flusses in ein bösartiges, höhnisches Raunen. Mike würde alles tun, um sie zurückzuholen. Das war kein Versprechen, sondern eine Drohung.

»Ich kann noch nicht zu euch kommen.«

»Nein.« Cassie hörte, dass in Vickys Antwort ein Aufschluchzen mitschwang. »Du musst dich von uns fernhalten. Nur noch eine kleine Weile, bis er entweder aufgibt oder du stark genug bist, um ihm zu widerstehen. Du bist auf dem besten Weg dorthin. Heute klingst du viel besser. So ein langes Gespräch haben wir schon seit Monaten nicht geführt. Cassie, du bist fantastisch. Wir alle lieben dich sehr. Lass dich von ihm nicht mehr runterziehen.«

Aber es war zu spät. Das Glücksgefühl, das zum Greifen nah gewesen schien, war vom Wind verweht worden. Cassie nahm den längsten Umweg zurück zum Haus, um Zeit zu haben, sich wieder zu fassen, bevor sie Frances gegenübertrat. Sie sah Guy, der die Felder und Barneys Farm fotografierte, und schlich sich vorbei, damit er sie nicht bemerkte. Vor dem Haus blieb sie auf der Kiesauffahrt stehen und blickte hinauf zu dem kunstvoll verzierten Mauerwerk und den architektonischen Kapriolen, die sie inzwischen liebte. Nur, dass sie in diesem Moment kein Zuhause, sondern ein prunkvolles Gefängnis sah.

# 13

Cassie wartete, bis Guy nach Hause gegangen und von Barney nichts mehr zu sehen und zu hören war, bevor sie Frances ihre Idee unterbreitete. Sie brachte den Tee in das Frühstückszimmer – mit passenden Tassen und Untertellern und einer vorgewärmten Teekanne, so wie Frances es mochte – und stellte das Tablett auf den Tisch. Frances hatte die Augen geschlossen, aber sie schlug sie auf, als sie hörte, dass Cassie den Tee einschenkte. Sie sah müde aus, fand Cassie und musterte sie zum ersten Mal an diesem Tag aufmerksam. Ihre Haut schien straff über die Wangenknochen gespannt, und sie atmete langsam und hörbar.

»Geht es Ihnen gut?«, fragte Cassie. »Sie hatten gestern einen langen Tag.«

»Er war genauso lang wie Ihrer, nehme ich an«, erwiderte Frances. »So einen Unsinn will ich von Ihnen nicht hören. Ein Barney ist schlimm genug – Sie müssen sich nicht auch noch so verhalten wie er.«

Cassie wechselte rasch das Thema und erkundigte sich nach Guy, denn sie wusste, dass Frances sich über seinen Besuch gefreut hatte.

»Ich habe vorhin gesehen, dass er draußen Fotos machte«, fügte sie hinzu. »In der Nähe von Barneys Farm.«

»Ja, er hat auch im Haus fotografiert. Er hat diesen Besitz schon immer sehr gemocht. Ach, das erinnert mich an etwas: Hugh hat vorhin angerufen. Ein Freund von ihm kommt am Freitag, um sich das Haus anzuschauen. Würde es Ihnen etwas ausmachen, ihn herumzuführen?«

»Durchaus nicht. Kommt Hugh auch?«

»Nein, er muss arbeiten. Anscheinend ist sein Freund ein großer Bewunderer der neugotischen Architektur aus dem Viktorianischen Zeitalter und möchte sich das ganze Haus ansehen. Sie können ihm alles zeigen, bis auf meine Privaträume im oberen Stockwerk. Ob Sie ihm Ihr Zimmer zeigen möchten, bleibt Ihnen überlassen.«

Diese Frage ließ sich leicht beantworten. Cassie hatte nicht vor, jemals wieder einen Mann in ihr Schlafzimmer zu lassen, selbst wenn er nur an der kunstvollen Gestaltung interessiert war.

»Möchte er etwas über die Geschichte des Hauses wissen?«, fragte Cassie. »Gibt es darüber ein Buch in der Bibliothek?«

»Nein, und das habe ich immer sehr bedauert. Im Lauf der Jahre haben hier einige wunderbar exzentrische Smallwoods gelebt und für etliche Skandale gesorgt. Der Smallwood, der das Haus gebaut hat, erwarb sein Vermögen mit Gebäck. Sicher kennen Sie die Marke Woods? Die Vorsilbe hat er hinzugefügt, als er hier eingezogen ist, um die Verbindung zu seinem Geschäft zu verbergen. Small war der Mädchenname seiner Frau. Seine Entscheidung erwies sich als unklug, denn sie brannte ein knappes Jahr nach der Fertigstellung des Baus mit dem Butler durch. Danach heiratete er Amelia, deren Porträt über dem Kamin hängt. Er hatte sich auf den ersten Blick in sie verliebt und sie aus einer von ihrem Vater arrangierten, unglücklichen Verlobung gerettet. Er schenkte ihr das Armband, das man auf dem Gemälde sieht. Es sollte ein Symbol dafür sein, dass sie nicht nur seine zweite Frau, sondern seine einzige Frau für immer und ewig war. Wie man hört, waren sie unzertrennlich und starben innerhalb weniger Stunden nacheinander.«

Cassie richtete den Blick auf das Porträt, sah sich das wunderschöne Armband und das strahlende, zufriedene Lächeln auf Amelias Gesicht an und fragte sich, wie es sich wohl anfühlte, wenn man so sehr geliebt wurde. Sie wartete, bis Frances ein paar Schlucke Tee getrunken hatte und wieder ruhig atmete.

»Sie sollten das alles aufschreiben«, schlug sie vor. »Die Schönheit des Hauses fällt jedem sofort ins Auge, aber das ist nur die Hälfte seiner Geschichte. Ohne seine Bewohner wäre Ramblings ein Museum und kein Heim.«

Frances starrte sie so lange an, dass Cassie befürchtete, sie beleidigt zu haben.

»Sie haben in wenigen Wochen erkannt, wofür ich dreißig Jahre gebraucht habe. Erst vor Kurzem ist mir bewusst geworden, dass dieses Haus allmählich stirbt. Es ist niemand mehr da, der es mit abenteuerlichen Erlebnissen und Geschichten am Leben erhält. Das Haus braucht Menschen.«

Cassie stellte ihre Tasse ab und beugte sich zu Frances vor. Einen besseren Einstieg für ihre Idee, die am Fluss in ihren Gedanken Gestalt angenommen hatte, konnte es kaum geben. Nun musste sie nur noch Frances davon überzeugen, dass sie funktionieren würde. Sie hatte keine Ausweichmöglichkeiten mehr. Ihre Zukunft lag in Ramblings, also musste sie hier erfolgreich sein. Und sich unentbehrlich machen.

»Es gibt eine Möglichkeit, mehr Menschen Zutritt zum Haus zu gewähren«, begann sie. »Ich habe vorhin darüber nachgedacht. Mir ist bewusst, dass Beccas Party nur eine Gefälligkeit für Ruth war, aber das Fest zeigte, wie großartig sich der Ballsaal als Ersatz für den Gemeindesaal eignet. Mel hat mir erzählt, dass sich einige der Gruppen, deren Treffpunkt er war, aufgelöst haben, weil sie nicht wissen, wohin. Würden Sie der Gemeinde erlauben, denn Ballsaal für ihre Treffen zu nutzen?«

Frances schwieg.

»Das wäre wahrscheinlich nur eine vorübergehende Lösung«, fügte Cassie rasch hinzu. Ihr Herz klopfte heftig, und sie fragte sich, ob sie nun alles verdorben hatte. »Nur, bis der Gemeindesaal saniert oder neu errichtet werden kann.« Falls das möglich war. Sie hatte sich nicht danach erkundigt. Möglicherweise gab sie ein Versprechen, das nicht zu halten war. »Niemand würde den von Ihnen genutzten Teil des Hauses betreten. Und wenn Sie möchten, könnten Sie die Gruppen auswählen, die sich hier treffen dürften. Oder Sie versuchen es zuerst mit ein paar, um zu sehen, wie es läuft. Ich würde alle Vorbereitungen übernehmen – Sie müssten sich um nichts kümmern.«

»Nein«, erwiderte Frances, und Cassie sank in sich

zusammen. »Ich möchte daran beteiligt sein und nicht in der Abgeschiedenheit meiner Räume zuhören, wie anderswo das Leben weitergeht. Das habe ich lange genug getan. Ich werde keine bestimmten Gruppen aussuchen. Alle, die sich bisher im Gemeindesaal getroffen haben, sollen herkommen. Ramblings war früher einmal das Zentrum des Dorfs, und es ist an der Zeit, dass es das wieder wird. Ich nehme an, der Colonel leitet die Angelegenheiten im Gemeindesaal. Rufen Sie ihn an, Cassie, und bitten Sie ihn zum Tee. Wir haben einiges zu tun.«

Der Colonel kam am Donnerstag zum Nachmittagstee, und Cassie schilderte ihm ihren Plan.

»Das ist ein großzügiges Angebot, Mrs Smallwood.« Er runzelte leicht verwundert die Stirn und nahm sich eines der randlosen Gurkensandwiches. Frances hatte sorgfältig ausgewählt, was zum Tee gereicht wurde. »Aber bevor Sie sich zu etwas verpflichten, sollte ich Ihnen vielleicht etwas über den Zweck einiger dieser Gruppen erzählen, die sich bisher im Gemeindesaal getroffen haben.«

»Über den Zweck?«, wiederholte Frances, und auf ihrem Gesicht zeichnete sich so großes Entsetzen ab, dass Cassie rasch ihre Teetasse hob, um ihr Lächeln dahinter zu verbergen. »Was meinen Sie damit, Colonel? Es finden doch wohl keine illegalen Aktivitäten statt, oder?«

»Meine Güte, nein, das wollte ich damit nicht sagen«, erwiderte der Colonel. »Ich dachte nur an die jüngeren Leute. Die Mütter mit ihren kleinen Kindern treffen sich am Mittwochvormittag, die Pfadfinder und Pfadfinderinnen aller Altersklassen während der Woche und der

Jugendklub am Freitagabend. Da geht es manchmal recht wild und laut zu. Der Lärm könnte Sie stören.«

»In meinem Grab wird es noch still genug sein, Colonel. Kinder sind genau das, was dieses Haus braucht. Wenn das Wetter besser wird, können sie vielleicht auch die Gärten nutzen.«

»Ich muss noch die Versicherungen überprüfen – Haftpflicht und dergleichen –, aber sollte es da keine Probleme geben, nehmen wir das Angebot mit Freuden an. Allerdings sollte ich Sie warnen: Es kann Monate dauern, bis der Gemeindesaal wieder zur Verfügung steht, vielleicht sogar ein Jahr. Sie würden uns also eine ganze Weile ertragen müssen.«

»Das bereitet mir keine Sorgen, Colonel.«

Frances leicht schwankende Stimme ließ ein wenig Zweifel an ihren Worten aufkommen, und ihr Mund öffnete und schloss sich einige Male, als überlegte sie, ob sie noch etwas dazu sagen sollte.

»Warum dauert es so lange?«, fragte Cassie schließlich, als Frances schwieg. »Deckt die Versicherung den Schaden nicht ab?«

»Prinzipiell sind wir gegen Unwetterschäden versichert, aber die Versicherung hat Wind davon bekommen, dass unser Dach bereits vorher in keinem guten Zustand war. Das muss erst geklärt werden, bevor wir an einen Wiederaufbau denken können.« Der Colonel griff nach einem Keks. »Ich habe Barney beauftragt, mit der Versicherung zu verhandeln. Er weiß, wie man mit diesen Leuten reden muss.«

Und dass man sie anschreien musste, dachte Cassie.

Wahrscheinlich hatte der Colonel das gemeint. Doch sofort meldete sich ihr schlechtes Gewissen und mahnte sie, fair zu sein. Tatsächlich hatte Barney sie seit einigen Wochen nicht mehr angeschrien. Vielleicht hatte er sich inzwischen mit ihrer Gegenwart abgefunden. Sie hoffte es. Wenn sie sich möglichst aus dem Weg gehen und sich dabei gegenseitig tolerieren könnten, würde das ihr Leben in Ramblings wesentlich erleichtern.

»Sie müssen Cassie anrufen und ihr eine Liste aller Gruppen durchgeben, damit wir uns darauf vorbereiten können. Gibt es sonst noch etwas, was wir im Moment besprechen müssten, Cassie?«

»Ich glaube nicht. Aber ich habe noch eine Idee.« Cassie deutete Frances' leicht geneigten Kopf als Einverständnis und fuhr fort: »Wir könnten eine Gemeindebücherei einrichten. Vielleicht am Samstagvormittag, falls da noch nichts anderes stattfinden soll.«

»Gute Idee«, meinte der Colonel. »Aber ich glaube nicht, dass Mrs Smallwood ihre Bücher ausleihen möchte. Und wir haben kein Geld, um neue zu kaufen.«

»Ich habe dabei nicht an die Bücher in Ramblings gedacht. Wir könnten um Spenden bitten. Wenn uns jeder im Dorf ein oder zwei gebrauchte Bücher überlassen würde, hätten wir für den Anfang bereits eine annehmbare Sammlung.«

»Das könnte funktionieren«, sagte der Colonel zu Frances. Cassie fühlte sich, als warte sie auf die Erlaubnis ihrer Eltern.

»Ich halte das für eine großartige Idee. Vielleicht können wir Tee und Kaffee gegen eine geringe Gebühr zur

Verfügung stellen. Aber wie werden wir das Ausleihen der Bücher verwalten?«

»Ich könnte mir Mels Computer borgen und eine entsprechende Tabelle erstellen«, schlug Cassie vor. Sie konnte kaum fassen, dass ihre Idee so gut angekommen war. Frances wirkte ebenso lebhaft wie bei der Planung von Beccas Party.

»Verstehen Sie etwas davon?«

»Ja.« Cassie zögerte. »Ich habe als PA gearbeitet.«

Dass sie so viel von ihrer Vergangenheit verraten hatte – auch wenn es nur eine flüchtige Bemerkung gewesen war –, verursachte ihr sofort Übelkeit. Frances warf dem Colonel einen fragenden Blick zu.

»Ich nehme an, das bedeutet persönliche Assistentin und ist der moderne Ausdruck für eine Sekretärin«, erklärte er.

»Jetzt begreife ich, warum Sie so gut mit Listen umgehen können«, sagte Frances, und so aufmerksam, wie sie Cassie nun musterte, dachte sie sich wohl noch einiges mehr dabei.

Am späten Nachmittag verabschiedete sich der Colonel. Als Cassie die Eingangstür hinter ihm verriegelte, hörte sie schwere, zielstrebige Schritte, die eindeutig von Barney stammten.

»War das der Colonel?«, fragte er. Er trug den Pullover, den sie ihm zurückgegeben hatte, obwohl es nicht kalt war.

»Ja.«

»Wollte er zu mir?«

»Nein.« Barneys Blick zeigte, dass er sich nicht ohne

Erklärung würde abspeisen lassen, also gab Cassie nach. »Er hat Frances einen Besuch abgestattet.«

»Frances? Seit wann empfängt Frances Besucher?«

»Sie hat ihn bei der Party getroffen und ihn zum Nachmittagstee eingeladen.«

Barney schien so verblüfft zu sein, dass ihm die Worte fehlten – das würde sich Cassie für zukünftige Begegnungen merken. Aber eigentlich war es sehr traurig, dass ihn das so sehr überraschte. Hatte Frances tatsächlich nie Besucher, die weder zur Familie gehörten noch dafür bezahlt wurden? Was war das für ein Leben?

»Und das war alles? Tee und ein Schwätzchen über die guten alten Zeiten?«

»Es gab Kekse und Gurkensandwiches.«

Das war nicht, was er hatte hören wollen, und er setzte ein schiefes Lächeln auf. Cassie zögerte, ob sie ihm den wahren Grund für den Besuch des Colonels verraten sollte. Er würde es früher oder später ohnehin herausfinden – es wurde immer offenkundiger, dass er im Dorf eine wichtige Rolle spielte und dass niemand dort etwas unternahm, ohne ihn vorher um Rat zu fragen –, aber sie würde es vorziehen, wenn er es erst später erfuhr, und möglichst von jemand anderem. Sie hatte das ungute Gefühl, dass es Ärger geben würde, wenn er es herausfand. Und das Leben in Ramblings war sehr viel angenehmer, wenn er lächelte, als wenn er die Stirn runzelte.

# 14

Die nächsten Wochen vergingen wie im Flug, während sie den Ballsaal in einen vorübergehenden Treffpunkt für die Gemeindemitglieder umgestalteten. Cassie fiel jeden Abend völlig erschöpft ins Bett und fragte sich, wie aus ihrem leichten Job als Gesellschafterin plötzlich die anstrengende Aufgabe als Mädchen für alles hatte werden können. Aber sie beklagte sich nicht, denn es machte ihr großen Spaß. Sie konnte sich nützlich machen und etwas bewirken. Frances und der Colonel hatten ihr versichert, dass sie ohne sie nicht zurechtkommen würden. Sie hatte dieses Kompliment angenommen und sich daran erfreut. Ihr Selbstvertrauen wuchs ein kleines Stück – noch war es schwach und zerbrechlich, aber es war eindeutig wieder da.

Die Idee, eine Gemeindebibliothek einzurichten, war sehr gut aufgenommen worden. Mels Tochter Lydia hatte ein Plakat entworfen, auf dem dafür geworben wurde, Spenden im Pub abzugeben. Die Reaktion darauf war so überwältigend, dass Cassie schon zum zweiten Mal in dieser Woche ihre Mittagspause – im Augenblick nur eine theoretische Sache – nutzte, um im No Name Bücher abzuholen. Als sie eine Kiste zum Ballsaal trug, stieß sie mit Barney zusammen. Er fluchte laut.

»Tut mir leid.« Cassie hielt die Kiste wie einen Schutzschild vor sich. »Habe ich dir wehgetan?«

»Wahrscheinlich sind ein paar Rippen gebrochen, und die Lunge hat einen Riss, aber ich werde es wohl überleben.«

Es war zwar kaum zu glauben, aber er schien tatsächlich zu scherzen.

»Entschuldigung, ich habe nicht aufgepasst, wohin ich gehe.«

»Das habe ich bemerkt.«

Barney rieb sich die Brust. Sein Hemd saß sehr eng, und Cassie richtete den Blick rasch wieder auf sein Gesicht.

»Du siehst sehr zufrieden aus«, meinte er. »Was ist in der Kiste?«

»Bücher für die Bibliothek.«

»Für die Bibliothek?« Barney lachte. »Ist das dein Ernst? Du könntest sogar hundert Bücher wegnehmen, und keiner würde es bemerken. Hat Frances noch weitere bestellt?«

»Nein, sie sind für die Gemeindebibliothek«, erklärte Cassie und ärgerte sich sofort darüber – sie hatte nicht diejenige sein wollen, von der er es erfuhr. Seine finstere Miene verriet ihr, dass er bis jetzt noch nichts davon gehört hatte.

»Ich habe dieses Plakat im Pub gesehen. Aber was sollen die Bücher *hier*?« Er reimte sich die Antwort zusammen, bevor Cassie sich dazu äußern konnte. »Die Bücherei soll hier eröffnet werden? In Ramblings? Weiß Frances Bescheid?«

»Selbstverständlich.«

»Aber sie möchte keine Leute in ihrem Haus haben. Ich dachte, Beccas Party sei eine Ausnahme gewesen. Ist sie sicher, dass sie das will?«

Cassie nickte. Aus seiner Frage schloss sie, dass er nichts über die anderen Pläne für den Ballsaal wusste. Sie würde den Mund halten und sich auch von seinem durchdringenden Blick nicht dazu bringen lassen, ihm etwas zu verraten.

»Du solltest darauf achten, dass sie es nicht übertreibt. Ich weiß, wie sie sich verhält, wenn sie sich etwas in den Kopf gesetzt hat. Sie sieht dann ihre Grenzen nicht mehr.«

Seine Stimme klang liebevoll, aber Cassie ärgerte sich ein wenig – für Frances. Natürlich war sie alt, aber deshalb noch lange nicht unfähig. Ihre Kinder mochten sie dafür halten, aber von Barney hätte Cassie das nicht erwartet. Er hielt inne und wartete auf ihre Reaktion, also nickte sie wieder.

»Die Idee ist großartig. Ich habe einige Bücher zu Hause, die ich spenden könnte. Soll ich sie hierher bringen?«

Cassie nickte zum dritten Mal und hastete den Flur entlang zum Ballsaal. Sie spürte förmlich, dass Barneys misstrauischer Blick sie den ganzen Weg verfolgte.

Nach der Menschenmenge und dem Lärm zu schließen hatte sich das ganze Dorf auf den Weg gemacht, um die Eröffnung der Bücherei zu feiern. In einer Ecke des Ballsaals spielten Kinder, die Besucher tranken Kaffee und Tee und plauderten miteinander, und die Bücher fanden reißenden Absatz. Frances war in ihrem Element. Sie saß auf einem thronähnlichen Sessel, auf dem sie bestanden hatte, und tauschte mit jedem, der an ihr vorüberging, ein paar Worte – zurückhaltend, aber mit offensichtlichem Vergnügen. Als sie Cassies Blick bemerkte, lächelte sie und neigte leicht den Kopf. Cassie verstand, was sie meinte. Das war ein Erfolg, und sie konnten davon ausgehen, dass es bei den Treffen der verschiedenen Gruppen, die in der folgenden Woche beginnen sollten, ebenso ablaufen würde. Ramblings war zu neuem Leben erwacht.

Fünfzehn Minuten vor zwölf, kurz bevor die Bücherei schloss, wurde die friedliche Stimmung von einem zänkischen Schrei zerstört.

»Mutter! Mutter!« Ihre Stimme schallte bereits durch den Korridor, bevor Diana am Eingang des Ballsaals auftauchte. Sie trug eine makellos saubere Reithose, kniehohe Reitstiefel und eine Steppweste. Diese Kleidung brachte ihre Figur nicht sehr vorteilhaft zur Geltung.

In dem mittlerweile stillen Raum hallten ihre Schritte, als sie zu Frances' Thron marschierte.

»Was ist hier los, Mutter? Ich wurde soeben in meinem eigenen Heim von einem Fremden begrüßt.«

»Ich nehme an, das war der Colonel«, erwiderte Frances. »Er ist ein reizender Mann und keineswegs ein Fremder, Diana.«

»Aber was tut er hier? Und was wollen all diese Leute in unserem Ballsaal?«

»Heute ist es kein Ballsaal, sondern die Gemeindebücherei.« Frances warf einen Blick auf ihre Armbanduhr. »Du hast noch zehn Minuten Zeit, um dir ein Buch auszusuchen. Wenn du dir eines ausleihen möchtest, bring es Cassie, damit sie es entsprechend eintragen kann. Ich nehme an, ich kann dich ehrenhalber zu unseren Dorfbewohnern zählen.«

Cassie konzentrierte sich auf ihren Bildschirm und tippte etwas in ihre Tabelle ein, aber Dianas Missfallen war zu spüren und auch nicht zu überhören.

»Warum eröffnest du hier eine Bücherei? Wissen Hugh und Guy darüber Bescheid? Ich dachte, es gäbe ein Gemeindezentrum im Dorf?«

»Das gab es, aber es wurde vor einigen Wochen bei diesem schrecklichen Unwetter zerstört.«

»Ach ja? Eine unserer Zaunlatten wurde dabei beschädigt. Es kostete uns einige Mühe, sie zu ersetzen.«

Das meinte sie tatsächlich ernst. Cassie warf rasch einen Blick über den Tisch. Diana verglich ernsthaft den Schaden einer einzigen Zaunlatte mit der Zerstörung des Gemeindesaals im Dorf. Ethel knallte einen Roman von Maeve Binchy auf den Tisch.

»Ein grässliches Weib«, flüsterte sie Cassie zu und beugte sich dabei über den Computer, um sicherzugehen, dass der Colonel im Gang sie nicht hören würde. »Sie war schon als Kind kaum zu ertragen. Wenn ich ihr nicht erlaubte, sich in der Schlange im Laden vorzudrängen, hat sie Rabatz gemacht.«

Cassie lächelte, und als sie noch einmal verstohlen zu Diana hinüberschaute, funkelten deren Augen hasserfüllt; nur gut, dass Blicke nicht töten konnten.

»Musste das heute sein, Mutter? Du hast doch gewusst, dass ich komme.«

»Ich glaube nicht«, behauptete Frances, aber Cassie hörte den leisen Zweifel in ihrer Stimme. »Wann hast du mir gesagt, dass du kommst?«

»Ich habe dir eine Nachricht hinterlassen.«

»Bei Cassie?« Frances sah Cassie fragend an, die jedoch den Kopf schüttelte.

»Auf dem Telefon. Du hast einen Anrufbeantworter, Mutter. Ich habe dir eine Nachricht hinterlassen und dir mitgeteilt, dass wir heute kommen, um hier zu reiten.«

»Ist Grace bei euch?« Frances spähte an Diana vorbei, und ihre Miene erhellte sich in Vorfreude auf ihre Enkelin.

»Nein, Grace muss heute in den Ställen helfen.« Diana steckte die Hände in die Taschen ihrer Weste und straffte die Schultern. »Ich bin mit einem Freund hier.«

Ihre Stimme klang irgendwie merkwürdig, als sie das sagte, und Cassie bemerkte, dass sie auffallend häufig blinzelte.

»Wo ist Barney? Ich möchte wissen, wo man sicher reiten kann. Ich nehme an, die Reitwege sind schon seit Jahren nicht mehr benutzt worden, und außerdem könnte das Unwetter Schäden verursacht haben.«

»Wahrscheinlich ist er im Büro oder auf der Farm. Cassie, hat er Ihnen gesagt, was er vorhat? Sie haben doch heute Vormittag mit ihm gesprochen.«

»Er hat mir nichts über seine Pläne verraten.«

Cassie beteiligte sich zögernd an der Unterhaltung. Dianas schrille Stimme hatte die letzten Besucher verscheucht. Nur Ruth war noch da; sie stellte geräuschvoll die Tassen und Untertassen auf der anderen Seite des Raums zusammen und tat so, als würde sie nicht lauschen.

»Er hat nur ein paar Bücher vorbeigebracht«, fügte sie hinzu.

Sie hatten kaum miteinander geredet. Er hatte sie gefragt, ob diese Bücher nützlich wären, und sie hatte es bestätigt. Dann hatte er lächelnd erklärt, dass die Bücherei großartig aussehe. Cassie konnte sich nicht mehr daran erinnern, ob sie danach noch ein paar Worte gewechselt hatten.

Diana versuchte, Barney im Büro anzurufen, doch er meldete sich nicht.

»Sie müssen ihn suchen«, erklärte sie und deutete mit ihrem Telefon auf Cassie, als wäre es eine Fernbedienung, mit der sie Cassie ihren Willen aufzwingen konnte.

»Ich?« Cassie war nicht der Meinung, dass das zu ihren Aufgaben gehörte. »Ich muss die Bücherei aufräumen.«

»Das kann warten.« Diana fuhr mit ihrem Telefon vor Cassies Nase durch die Luft. »Es dauert nicht lange, zur Farm zu gehen und ihn zu holen. Wenn Sie bereits den ganzen Vormittag am Schreibtisch gesessen haben, wird Ihnen ein wenig Bewegung nicht schaden.«

Das traf noch mehr auf Diana zu, und Cassie schloss aus dem drückenden Schweigen, dass sie nicht die Einzige war, die so dachte.

Frances räusperte sich. »Sie sind blass, Cassie. Sie waren zu lange hier eingesperrt«, sagte sie. »Würde es Ihnen etwas ausmachen nachzuschauen, ob Barney Zeit für uns hat? Ich bin sicher, dass Ihnen ein Spaziergang in der Sonne gefallen wird.«

Cassie würde sich auf einen Spaziergang freuen, wenn sie sich den Weg selbst aussuchen könnte und er sie nicht zu Barneys Farm führen würde, sondern in die entgegengesetzte Richtung. Das war der einzige Teil des Grundstücks, das sie zu meiden versuchte, und nicht nur wegen Barney. Dort war ihr Heimweh stärker als an allen anderen Orten, aber sie konnte Frances diese Bitte nicht abschlagen. Also marschierte sie los und nahm den Feldweg nach Norden, den einzigen befahrbaren Weg zur Ramblings Farm.

Cassie hatte sich erst zwanzig Meter vom Haus entfernt, als ein Mann mit einem großen rotbraunen Pferd am Zügel auf sie zukam. Sie trat zur Seite, um ihn vorbeizulassen. Das musste Dianas geheimnisvoller Freund sein. Er war fast genauso gekleidet wie sie – Reitkappe, Stiefel, Reithose. Während diese Kleidung bei Diana alle falschen Stellen betonte, hob sie bei ihm all die richtigen hervor. Cassie stellte fest, dass er ein ausgesprochen attraktiver Mann war und sie trotzdem keinerlei Anzeichen von Begierde empfand. Anscheinend war sie, nach einem letzten kurzen Aufflackern ihrer Lust, wieder vollkommen normal. Sie empfand es als Erleichterung, nicht mehr von Gefühlen belästigt zu werden, die sie nicht spüren und auch nie wieder ausleben wollte. Sie hatte Höhen und Tiefen erlebt – wenn ihre Emotionen sich für den Rest ihres Lebens nicht mehr regen würden, konnte ihr das nur recht sein.

Sie schlenderte den Pfad entlang und genoss die warmen Sonnenstrahlen auf ihrer Haut. Als sie um die Ecke bog, sah sie das Farmhaus mit den in der Sonne blitzenden Fenstern vor sich. Und dann entdeckte sie Barney.

Er rammte einen Holzpflock in den Boden; hinter ihm lag eine Reihe weitere Pfähle bereit, mit denen er offensichtlich einen Zaun um ein Feld bauen wollte. Er war vollkommen auf seine Arbeit konzentriert und ließ dabei seine Muskeln in einem hypnotisierenden Rhythmus spielen. Zwischen seinen Schulterblättern bildete sich ein dunkler Schweißfleck auf seinem T-Shirt. Plötzlich wurde Cassie von einem Gefühl der Begierde ergriffen, das sie in dieser Intensität noch nie gespürt hatte.

Sie hatte keinen Laut von sich gegeben – zumindest hoffte sie das –, aber Barney drehte sich unvermittelt um und sah sie an. Er ließ den Hammer fallen und wischte sich das Gesicht am Ärmel seines T-Shirts ab.

»Hallo.« Er lächelte, und das half Cassie keineswegs, ihre Lust zu unterdrücken. »Was machst du hier?«

»Man hat mich geschickt, um dich zu holen.«

»Was ist passiert?« Er trat einen Schritt auf sie zu. »Geht es um Frances? Warum hast du mich nicht angerufen?«

»Du bist nicht ans Telefon gegangen.«

Barney klopfte seine Taschen ab, aber Cassie hätte ihm sagen können, dass er sein Telefon nicht bei sich hatte.

»Ich muss es im Haus vergessen haben. Was ist los? Geht es ihr nicht gut?«

»Mit Frances ist alles in Ordnung. Diana möchte dich sehen.«

»Diana? Sie ist hier? Ist sie krank?«

»Niemand ist krank«, erwiderte Cassie scharf. Er machte sie wütend. Wenn er nicht so viele Fragen stellte, wäre sie schon längst auf halbem Weg zurück nach Ramblings. »Diana ist gekommen, um auf dem Grundstück zu reiten, und sie möchte gern wissen, welche Wege sicher sind.«

»Sie hat ihr Pferd den weiten Weg hierhergebracht? Sie hätte vorher anrufen sollen.«

Cassie hatte den gleichen Gedanken gehabt, ihn aber nicht ausgesprochen – schließlich ging sie das nichts an. Sie hatte die Nachricht überbracht und wandte sich nun zum Gehen, aber Barney hielt sie zurück.

»Muss ich mitkommen? Ich wollte diese Seite des Felds heute noch fertig machen.«

»Möchtest du dir irgendwelche Tiere anschaffen?« Cassie drehte sich wieder um. Eigentlich wollte sie sich nicht mit ihm unterhalten, aber bei diesem Thema konnte sie nicht widerstehen.

»Ja, endlich. Ich möchte mit einer kleinen Schafherde beginnen. Joe bringt mir alles bei, was er darüber weiß.«

»Welche Rasse? Lonk-Schafe sind hier heimisch, richtig?«

»Ja. Woher weißt du das? Ich lege mir zuerst einige Herdwick-Schafe zu, und wenn ich mehr Erfahrung habe, möchte ich mich auf seltene Rassen spezialisieren.«

»Wie viel Land gehört zu der Farm?« Cassie schaute auf das bereits eingezäunte Feld. Auf der anderen Seite lag ein mit Gestrüpp bewachsenes Stück Land, und dahinter erstreckte sich ein weiteres großes Feld. »Hört das Grundstück am Zaun auf?«

»Ja, im Augenblick schon. Die Felder auf der anderen Seite gehören zu Joes Farm, aber ich werde sie übernehmen, wenn er sich zur Ruhe setzt. Nur der Landstrich in der Mitte bereitet mir Probleme.« Er kratzte sich am Kinn; anscheinend hatte er vergessen, dass er keinen Bart mehr trug. »Der ursprüngliche Besitzer der Ramblings-Farm überwarf sich mit dem ersten Smallwood und behielt diesen Streifen, als er das Land verkaufte, um sich das Haus zu bauen. Daher führt der einzige Weg zur Farm über Ramblings. Anscheinend machte es ihm großen Spaß, dort seine Tiere laufen zu lassen, vor allem, wenn die Smallwoods Besucher hatten. Würde mir dieses Land gehören, hätte ich einen direkten Zugang zur Straße und könnte die Felder miteinander verbinden.«

»Kannst du es nicht kaufen?«

»Möglicherweise.« Barney zupfte an seinem feuchten T-Shirt und verschaffte Cassie einen überraschenden und unwillkommenen Blick auf seine Brust. »Der Besitzer ist vor einer Weile gestorben, und ich habe gehört, dass das Land demnächst versteigert werden soll. Ich kann mir kaum vorstellen, dass es außer mir weitere Interessenten dafür gibt.«

Cassie lehnte sich an den Pfosten, den Barney soeben in die Erde geschlagen hatte, und ließ den Blick über das Grundstück schweifen.

»Wie wäre es mit Schweinen?«, schlug sie vor. »Es gibt einige wunderbare, seltene Rassen, die infrage kämen. Mein Bruder hält Berkshire-Schweine. Wenn du dort drüben einen Zaun errichtest, könnten sie auch im Wald umherlaufen.« Sie deutete auf den Bereich hinter der Farm.

»Das ist eine gute Idee.«

Barney stellte sich neben sie und folgte Cassies Blick.

Sie war sich seiner Gegenwart mit einem Mal überdeutlich bewusst. Ihr Körper schien sich auf seinen eingestellt zu haben – sie nahm jeden Atemzug, jeden Lidschlag und jedes Muskelzucken wahr.

»Glaubst du, dass …« Er schaute sie an und hielt inne. Rasch trat er einen Schritt zurück und verschränkte die Arme vor der Brust. »Es tut mir leid«, fuhr er fort. »Ich habe vergessen, dass ich mich nicht mit Joe unterhalte.«

»Danke.«

Er hatte sie mit einem faltigen alten Mann verwechselt? Zumindest war er ehrlich und bestätigte, dass er ihre begehrlichen Gefühle nicht erwiderte. Das hätte verheerende Folgen haben können.

Er grinste. »Ich habe damit nicht gemeint, dass …«

»Schon gut.«

Cassie war sich bewusst, dass er sie anstarrte. Sie hätte schwören können, dass sie seinen Blick auf ihrer Haut förmlich spürte.

»Warum bist du hier?«

»Ich habe dir doch gesagt, dass Diana …«

»Nein«, unterbrach er sie. »Warum bist du in Ribblemill? Warum führst du keine eigene Farm oder bist die Frau eines Farmers und ziehst eine Schar rotbackiger Kinder groß? Was hat dich dazu bewogen, ein so eingeschränktes Leben zu wählen, das weit entfernt von dem ist, das du dir wünschst?«

Sie sah ihm an, dass er an ihrer Antwort ehrlich interessiert war – er runzelte frustriert die Stirn, weil er es nicht wusste. Sie fragte sich, wie er wohl reagieren würde, wenn sie ihm die Wahrheit sagte? Auf welcher Seite würde er stehen? Würde er ihr glauben? Auch für sie klang es weit hergeholt, obwohl sie es selbst erlebt hatte. Mit einem Mal verspürte sie einen unerklärlichen Drang, ihm alles zu erzählen, doch sie zwang sich dazu, ohne eine Antwort davonzugehen.

Frances hätte am liebsten sofort alle Aktivitäten der Dorfbewohner in den Ballsaal verlegt, doch der Colonel und Cassie überzeugten sie davon, dass es besser wäre, langsam damit zu beginnen. Sie würden mit einigen kleineren Treffen beginnen – Computerkurs, Bingo für Senioren und die Strick- und Plaudergruppe – und nur weitermachen, wenn Frances sich damit wohl und nicht gestört fühlte. Innerhalb einer Woche hatte Frances ihre sorgfältigen Pläne über den Haufen geworfen. Sie wollte endlich wieder Kinderstimmen im Haus hören. Ruth und Cassie hatten auf Frances Befehl hin eine Stunde mit dem Backen einer ganzen Armee von Lebkuchenmännchen für die Müttergruppe mit den Kleinkindern verbracht und warteten darauf, dass das letzte Blech fertig wurde, als die Küchentür aufgestoßen wurde.

Cassie hatte Barney seit den ersten Tagen in Ramblings nicht mehr so wütend erlebt. Es war interessant zu sehen, dass er auch ohne Bart eine zornige Miene aufsetzen konnte. Dummerweise sah er sie dabei an.

»Was ist hier los?«, fragte er scharf. »Ich habe Frances dabei erwischt, wie sie eine Kiste mit Büchern in den Ballsaal tragen wollte. Ich dachte, du würdest dich um die Bücherei kümmern.«

»Bücher?«, wiederholte Cassie. »Wir haben keine weiteren Bücher für die Bücherei bekommen.« Sie seufzte und wandte sich an Ruth. »Sie hat allerdings erwähnt, dass sich im Keller noch einige Kinderbücher befänden. Ich habe ihr gesagt, dass die Mütter mit den Kleinkindern alles mitbringen würden, was sie brauchen. Sie muss in den Keller gegangen sein, während wir hier waren.«

»Wenn sie sich einmal etwas in den Kopf gesetzt hat, ist sie nicht mehr aufzuhalten«, meinte Ruth. »Sie ist so stur wie ein Esel. Aber wenn ich einmal so alt bin wie sie, werde ich mir auch nichts mehr vorschreiben lassen. Warum auch?«

»Es ist deine Aufgabe, dafür zu sorgen, dass sie tut, was man ihr sagt.« Barney starrte Cassie zornig an.

»Ich glaube nicht, dass …«

»Und was tun diese Mütter mit ihren Kindern hier?«, unterbrach er sie. »Warum sind sie hergekommen?«

»Sie treffen sich jeden Mittwochvormittag.«

»Aber nicht in diesem Haus.«

»Doch, weil sie im Augenblick nicht ins Gemeindehaus gehen können.«

Cassie hatte das Gefühl, unter Barneys Blick zu schrumpfen.

»Willst du mir damit sagen, dass der Ballsaal jetzt als Ersatz für den Gemeindesaal dient? Für sämtliche Gruppen, die sich treffen wollen? An jedem Tag der Woche?«

Sie wollte ihm gar nichts sagen. Auf allen Listen, die sie angefertigt hatte, fehlte aus gutem Grund der Punkt »Barney informieren«. Sie hatte so viel zu tun, da war es sicher nicht zu viel verlangt, dass ein anderer diese gefürchtete Aufgabe übernahm, oder?

»Hast du das denn nicht gewusst, mein Lieber?«, fragte Ruth und sprach geschickt das Offenkundige an. »Ich dachte, jemand hätte es dir inzwischen erzählt. Eine großartige Idee, findest du nicht?«

»Es hätte mir wirklich jemand sagen sollen.« Sein Blick war immer noch auf Cassie gerichtet, und es bestand kein Zweifel daran, wen er damit meinte. »Können wir uns unterhalten? In meinem Büro.«

Die Küchentür schlug hinter ihm ins Schloss.

Ruth stupste Cassie an. »Ich glaube, er meint dich. Heute ist er mal wieder ziemlich schlecht gelaunt. Hier, bring ihm einen Lebkuchen.« Sie drückte Cassie ein Lebkuchenmännchen in einer Serviette in die Hand. Der lächelnde Mund aus rotem Zuckerguss schien vollkommen fehl am Platz zu sein. »Vielleicht heitert ihn das auf. Wahrscheinlich hat er heute Morgen seine Zuckerration noch nicht zu sich genommen.«

Cassie schlurfte den Gang zu Barneys Büro so zögerlich entlang wie ein Schulkind, das in das Büro des Direktors bestellt worden war. Vor der Tür blieb sie eine Weile stehen und hoffte, dass er gerade telefonierte und sie eine Entschuldigung hatte, sich davonzustehlen, aber in dem Zimmer war alles ruhig. In der vagen Hoffnung, er sei nicht da, klopfte sie und schob die Tür auf. Barney stand am Fenster, die Hände in den Hosentaschen vergraben. Als Cassie das Zimmer betrat, drehte er sich um.

»Es wird nicht lange dauern. Du hättest keinen Snack mitbringen müssen.«

»Das schickt dir Ruth.« Cassie legte das Gebäck auf den Schreibtisch, auf die einzige freie Stelle zwischen den vielen Papierstapeln. Sie beschloss, Ruths Kommentar darüber, ihn damit aufheitern zu können, nicht zu wiederholen. Er sah nicht so aus, als würde er sich darüber amüsieren.

»Sag mir, was genau im Ballsaal los ist.«

»Die Mütter-Kleinkind-Gruppe trifft sich dort.«

Er wartete.

Cassie hätte sich am liebsten in Luft aufgelöst. »Frances hat sich damit einverstanden erklärt, dass sich alle Organisationen, die bisher das Gemeindehaus nutzten, vorübergehend im Ballsaal treffen können. Nur so lange, bis der Gemeindesaal wieder aufgebaut ist.« Diese Information schien ihn nicht zu beruhigen.

»Das wird erst in einigen Monaten so weit sein. Weiß sie überhaupt, um wie viele Gruppen es sich handelt?«

»Ja. Wir haben einen Terminplan erstellt.«

»Und weiß sie auch, worum es sich bei all diesen Gruppen handelt? Will sie wirklich, dass sich liebestolle Teenager in irgendwelchen dunklen Ecken des Hauses herumdrücken und dort wer weiß was tun? Was hat sie nur auf diese Idee gebracht?«

Wahrscheinlich war das nur eine rhetorische Frage, aber Cassies Miene lieferte ihm die Antwort, und das Schuldbewusstsein, das sich auf ihrem Gesicht abzeichnete, war ausnahmsweise gerechtfertigt.

»Du? Du hast ihr das eingeredet?«

»Ich habe ihr nichts eingeredet – ich habe nur einige Vorschläge gemacht, die sie mit Begeisterung angenommen hat.«

»Was zum Teufel hast du dir dabei gedacht? Das ist zu viel für sie. Sie ist …« Er zögerte. »Sie ist eine alte Dame.«

»Du bist genauso schlimm wie ihre Kinder. Sie ist alt, aber nicht senil. Und sie ist durchaus noch in der Lage zu entscheiden, was in ihrem eigenen Heim geschehen soll. Ich habe geglaubt, dass du das auch so siehst.«

»Ich sehe viel mehr als du. Du hast keine Ahnung davon, was hier abläuft. Du wirst dafür bezahlt, dich um sie zu kümmern und Schaden von ihr abzuwenden. Und nun bringst du sie in Gefahr. Das muss sofort aufhören, dafür wirst du sorgen.«

War das tatsächlich so? Cassie hatte das Gefühl, schon wieder einem Mann gegenüberzustehen, der sie für untauglich hielt, sie enttäuscht und vorwurfsvoll ansah und ihr vorschreiben wollte, was sie zu tun hatte. Sie sah nicht Barney vor sich, sondern einen Tyrannen. Noch einen. Plötzlich konnte sie das nicht mehr ertragen – nicht hier, nicht jetzt und nicht von ihm. Sie atmete tief durch. Sie musste sich zur Wehr setzen – für sich selbst und für Frances.

»Das werde ich nicht tun. Frances möchte es so, und ich werde ihr dabei helfen. Wie kommst du auf den Gedanken, dass ich sie damit in Gefahr bringen könnte? Hast du dich in den letzten Wochen einmal mit ihr unterhalten? Frances ist heiter und fröhlich und freut sich, dass sie gebraucht wird. Sie lernt neue Leute kennen. Ihr Leben ist erfüllt, und das war nicht so, als ich hier angekommen bin. Willst du denn, dass sie langsam verschimmelt und vermodert?«

»Ich will nur das Beste für sie. Mir geht es mehr um ihre Gesundheit als um ihre Unterhaltung.«

»Versuchst du etwa, deine Autorität als Arzt spielen zu

lassen? Aber du bist kein Arzt mehr, richtig? Genauso wenig wie ich es bin. Wie ich gehört habe, hast du deinen letzten Patienten ums Leben gebracht, also warum sollte jemand von dir Ratschläge entgegennehmen, was der Gesundheit zuträglich ist?«

Noch bevor Cassie sah, wie ein Ausdruck der Verzweiflung über Barneys Gesicht huschte und er dann blass wurde und wie versteinert wirkte, bereute sie ihre Worte. Sie wusste, wie es sich anfühlte, wenn man durch seine Gefühle zu Boden gedrückt wurde. Rasch trat sie einen Schritt nach vorn, doch er trat im selben Moment einen Schritt zurück, sodass es aussah, als würden sie miteinander tanzen.

»Lass mich raten«, sagte er tonlos. »Diese wertvolle Information stammt von Guy, richtig?«

Cassie nickte; ihre Angriffslust war verflogen. Was hatte sie getan? Sie hatte diese Worte hervorgestoßen, ohne darüber nachzudenken, und sie hatte ihn damit verletzt. Und gerade sie wusste mehr als die meisten Menschen, welche verheerenden Auswirkungen Worte haben konnten. Nun stellte sie fest, dass es tausendmal schlimmer war, jemandem Schmerz zuzufügen, als ihn selbst erleiden zu müssen. Sie würde sich gern stundenlang Beschimpfungen von Mike anhören, wenn sie dadurch die letzten Minuten ungeschehen machen könnte. Wie konnte jemand bewusst einen anderen Menschen verletzen und dabei Vergnügen empfinden? Jetzt wurde es ihr endlich klar – kein normaler Mensch konnte das. Nur eine grausame, unnormale Person war dazu fähig, Befriedigung zu erlangen, indem sie einen anderen Menschen zerstörte.

Was ihr passiert war, war nicht ihre Schuld. Sie war nicht diejenige, die sich anormal verhalten hatte, auch wenn sie das lange Zeit geglaubt hatte. Diese Erkenntnis rückte Cassies Welt ein kleines Stück zurecht und holte sie aus der Dunkelheit ins Licht.

# 15

Bezahle ich Ihnen nicht genug, Cassie? Wenn das so ist, müssen Sie mir das sagen.«

»Wie bitte?« Cassie wollte diesen Satz soeben aufschreiben, als sie bemerkte, dass es sich um eine Frage handelte und nichts mit der Geschichte von Ramblings zu tun hatte, mit deren Niederschrift sie inzwischen begonnen hatten. »Sie zahlen mir genug. Ich habe mich nicht beschwert.«

»Ich weiß. Sie beschweren sich nie über etwas. Aber Ihre Kleidung …« Frances musterte Cassie und schüttelte den Kopf. »Dieses ständige Schwarz sieht so aus, als würden Sie sich schon auf meine Beerdigung vorbereiten. Sie tragen noch die gleichen Sachen wie im Februar, und die sind nun sicher zu warm. Schauen Sie hinaus – wir haben herrliches Wetter! Einen wolkenlosen Himmel!« Sie seufzte. »An solchen Tagen bekommt man Lust, noch ein Mal die Meeresbrise zu spüren und zu riechen.«

»Tatsächlich?« Cassie legte den Stift beiseite und drehte sich in ihrem Stuhl herum. »Möchten Sie ans Meer fahren? Wie weit ist es zur Küste? Ich könnte Sie dorthin bringen.«

»Die Tage, an denen ich verreist bin, sind vorbei. Seit zehn Jahren bin ich nicht weiter gekommen als bis zur Kirche.«

»Das heißt nicht, dass Sie es nicht tun könnten.«

Cassie glaubte eher, dass niemand Frances gefragt hatte, ob sie einen Ausflug machen wollte. Für ihre Familie war es sehr bequem, wenn sie Frances in Ramblings gut aufgehoben wussten – dort, wo es keine Risiken für sie gab, wie Barney sagen würde –, aber damit blieben ihr auch viele Vergnügungen versagt.

»Wir könnten einen Tagesausflug machen, gemütlich mit dem Volvo durch die Gegend fahren und halten, wann immer Sie möchten. Sie müssten nicht einmal aussteigen, wenn Ihnen nicht danach zumute ist. Wir könnten uns eine Thermoskanne mitnehmen und einen Tee mit Ausblick auf das Meer trinken.«

»Würden *Sie* gern fahren, Cassie?« Frances lächelte. »Sie verlassen an Ihrem freien Tag nur selten das Haus oder den Garten. Sie sollten öfter etwas unternehmen. Der Volvo steht jederzeit zu Ihrer Verfügung.«

»Ich? Nein, ich habe nur daran gedacht, dass es Ihnen Freude bereiten könnte.« Das entsprach nicht ganz der Wahrheit. In dem Moment, in dem Frances vom Meer gesprochen hatte, hatte Cassie sich vorgestellt, wie ihr der Wind im Norden von Devon durch das Haar fuhr, und sie hatte sich danach gesehnt, wieder einmal an der Landspitze spazieren zu gehen.

Frances musterte Cassie.

»Das klingt verlockend«, sagte sie, und Cassie lächelte. »Aber ich werde nicht mit Ihnen wegfahren, wenn Sie nichts anderes anziehen. Das würde alles ruinieren. Können Sie sich nicht etwas Farbenfroheres zulegen?«

»Ich kann meinen Lohn nicht für Kleidung verschwenden«, erklärte Cassie.

Das Geld war viel zu kostbar, um es dafür zu verprassen. Und da sie sich jahrelang so gekleidet hatte, wie es einem anderen gefiel, war die Freiheit, sich nun nur nach ihrem eigenen Geschmack zu richten, sogar noch wertvoller.

»Natürlich können Sie das tun. Mir ist es gleichgültig, wofür Sie ihn ausgeben.« Frances sah Cassie scharfsinnig an. »Oder wollen Sie dafür kein Geld ausgeben? Sparen Sie für etwas Bestimmtes? Wenn ich Ihnen helfen kann, dann sagen Sie es mir.«

Meinte sie das ernst? Cassie legte die Finger um die Spindeln ihrer Rückenlehne und umklammerte sie so fest, als müsse sie sich davon abhalten, die Hände in einer bittenden Geste auszustrecken. Würde Frances ihr tatsächlich das Geld leihen, das sie brauchte? Es war verlockend, aber sie würde es nie über sich bringen, sie zu fragen. Sie brauchte zu viel, und außerdem wollte sie Frances auf keinen Fall ausnutzen.

»Cassie?«

»Eines Tages möchte ich ein eigenes Haus haben«, erwiderte Cassie. Diesen Teil der Wahrheit konnte sie unbesorgt verraten. »Oder eine eigene Wohnung. Irgendwo. Hauptsache, ich kann die Tür hinter mir abschließen und den Rest der Welt aussperren.«

»Oh, Cassie«, sagte Frances. »Dieses Gefühl kenne ich besser, als Sie sich vorstellen können. Was glauben Sie, was ich all die Jahre getan habe? Aber wenn Sie einmal ein eigenes Heim haben, dann achten Sie darauf, dass es ein Rückzugsort ist und nicht zum Gefängnis wird. Denn sonst wird Ihr Gesicht eines Tages so aussehen wie meines. Das Schloss an der Tür wird einrosten und sich von Ihren nutzlos gewordenen Fingern nicht mehr öffnen lassen. So schlecht ist die Welt nicht. Irgendwann wird es jemanden geben, dem Sie einen Schlüssel zu Ihrer Tür anvertrauen können. Danach sollten Sie Ausschau halten.«

Cassie drehte sich wieder zum Schreibtisch um und kritzelte etwas auf ihren Notizblock. Manchmal konnte Frances ihre Gedanken so gut lesen, dass es beinahe unheimlich war, aber dieses Mal lag sie gründlich daneben. Cassie war nicht auf der Suche nach jemandem und würde es auch nie wieder sein. Sie hörte ein Klirren, als Frances ihre Teetasse auf den Unterteller stellte.

»Ich mache Ihnen einen Vorschlag. Wenn Sie sich bereit erklären, ein paar meiner alten Kleidungsstücke auszuleihen – natürlich nur die nicht allzu altmodischen –, dann lasse ich mich von Ihnen an die Küste fahren.«

»Versuchen Sie etwa, mich zu bestechen?«

»So etwas Vulgäres würde ich nie tun.« Frances lächelte, und Cassie nahm lachend ihren Stift wieder in die Hand. »Können wir weitermachen?«

Sie hatten vor einer Woche damit angefangen. Cassie hatte Frances vorgeschlagen, alles aufzuschreiben, was sie über die Smallwoods wusste, und Frances hatte sofort damit beginnen wollen. Da sie dabei nur in ihrem Sessel sitzen und erzählen musste und dabei hin und wieder eine Tasse Tee trank, ging Cassie davon aus, dass niemand sie beschuldigen konnte, Frances damit zu überanstrengen.

»Warum notieren Sie heute alles mit der Hand? Ich dachte, Melanie hätte Ihnen ihren Computer geliehen.«

»Das stimmt, aber sie braucht ihn selbst, weil sie die Buchhaltung erledigen muss. Es macht mir nichts aus, mit der Hand zu schreiben.«

»Aber Sie tippen bemerkenswert schnell. Warum fragen Sie nicht Barney, ob Sie sich seinen Computer ausleihen können?«

»Das ist nicht nötig.«

»Unsinn. Rufen Sie ihn an. Er soll ihn sofort hierherbringen.«

»Sicher braucht er ihn selbst. Wir sollten ihn deswegen nicht belästigen.«

Cassie hoffte, dass Frances das Thema fallen lassen würde, erntete aber einen listigen Blick.

»Barney ist in letzter Zeit sehr gereizt. Hattet ihr beiden einen Streit?«

Cassie fühlte sich zu schuldbewusst, um es abzustreiten. Frances hatte die Situation gut erfasst. Sie hatten tatsächlich eine Auseinandersetzung gehabt, bei der Cassie ein paar hässliche Sachen gesagt hatte.

»Ja. Ich sollte dafür sorgen, dass keine weiteren Veranstaltungen mehr im Ballsaal stattfinden.«

»Er hat Sie gebeten, die Treffen abzusagen? Um meinetwillen, wie ich annehme …«

»Ja.«

»Und Sie haben sich geweigert?«

Cassie nickte. Sie war nicht in der Lage, Frances' Gedanken zu lesen, und sie wusste nicht, ob sie das Richtige getan hatte, aber sie konnte die alte Dame nicht anlügen.

»Danke«, sagte Frances. »Ich weiß Ihre Unterstützung sehr zu schätzen. Wenn man mir jetzt nicht erlaubt, meinen eigenen Weg zu gehen, dann …« Sie hielt inne, ohne den Satz zu beenden. »Seien Sie nicht zu streng mit Barney. Er spricht zwar nie darüber, aber diese Zeit des Jahres ist besonders schwer für ihn.«

»Ach ja? Auf der Farm?« Cassie fragte sich, wie er das mit einem Tierbestand schaffen wollte, wenn ihm jetzt schon alles zu schwerfiel.

»Mit den Angelegenheiten auf der Farm kenne ich mich nicht aus, das ist ganz allein Barneys Sache. Ich meinte damit, dass um diese Zeit des Jahres die Schwierigkeiten im Krankenhaus begannen.«

»Als sein Patient starb?« Die Worte rutschten Cassie heraus, bevor sie sich eines Besseren besinnen konnte.

»Es war nicht sein Patient. Sie sollten nicht alles glauben, was in der Zeitung steht. Ich würde einem Journalisten nicht einmal glauben, wenn er mir das richtige Datum von Weihnachten sagen würde.«

Frances kniff ihre Lippen so fest zusammen, dass sie kaum noch zu sehen waren.

»Es war alles so ungerecht. Sie hätten ihn als Kind sehen sollen! Er war ein reizender Junge. Wir alle vergötterten ihn. Er wollte schon immer Arzt werden und anderen Menschen helfen. Nachdem er zu Weihnachten einen Arztkoffer aus Plastik bekommen hatte, sah man ihn ständig mit einem Stethoskop um den Hals und einer Mullbinde in der Hand.« Frances lächelte. »Er lief durch das Dorf und fragte überall herum, ob jemand Doktor Barneys Hilfe brauche. Das bedeutete alles für ihn.« Frances' Lächeln verschwand. »Ich werde es dieser Frau nie verzeihen, dass sie seinen Rücktritt zugelassen hat.«

Cassie verstand kaum etwas von dem, was Frances sagte. Ihr lagen tausende Fragen auf der Zunge, aber Frances hatte die Augen geschlossen, und ein trockener Husten schüttelte sie. Cassie legte ihren Stift beiseite und ging zu ihr hinüber.

»Frances.« Sie griff nach ihrer Hand. Sie fühlte sich kühl an, und die weiche, faltige Haut rutschte bei Cassies Berührung über die Knochen. »Sollen wir für heute aufhören? Möchten Sie nach oben gehen und sich ausruhen?«

»Ja, das wäre wohl besser.«

Ihre Stimme klang schwach. Die Vitalität und die Charakterstärke, die Frances in letzter Zeit gezeigt hatte, waren plötzlich verflogen, und auf ihrem Stuhl saß eine müde alte Frau.

»Sie brauchen mir nicht zu helfen, Cassie. Vielleicht könnten Sie mir in ein paar Stunden Tee bringen. Sie sollten sich selbst etwas ausruhen – Sie sehen wieder ziemlich blass aus. Hoffentlich brüten Sie keine Krankheit aus.«

Es lag nicht an einer Krankheit, dass Cassies Wangen so blass waren und dass sie nachts nicht schlafen konnte. Der Grund dafür waren ihre Schuldgefühle. In ihrem ganzen Leben hatte sie noch nie etwas so sehr bereut wie ihre Worte, mit denen sie Barney angeklagt hatte, einen Patienten getötet zu haben. Und das, obwohl sie einiges in ihrem Leben bereute. Was Frances ihr erzählt hatte, machte die Sache noch schlimmer. Das Bild des süßen kleinen Jungen mit dem Plastikstethoskop um den Hals ging ihr nicht mehr aus dem Kopf, und sie fragte sich, was wohl diesen Mann aus ihm gemacht hatte, der so wütend durchs Leben stampfte. Was hatte diese Verwandlung verursacht? Das musste sie herausfinden.

Zwei Tage später hatte Cassie Frances mit den Fernbedienungen für den Fernseher und das Radio versorgt und sich den Abend freigenommen. Sie fuhr zum No Name, schlüpfte durch die Küchentür hinein und traf dort auf Mel.

»Der Laptop ist oben im Wohnzimmer«, sagte Mel. »Zweite Tür links. Du kannst ihn nach unten bringen, wenn du möchtest. Das Nebenzimmer ist frei.«

»Nein, ich bleibe lieber oben«, erwiderte Cassie. Sie war schon einmal im Nebenzimmer überrascht worden – das wollte sie nicht noch einmal erleben.

Mel grinste. »Du willst ungestört sein, richtig? Das klingt, als würdest du gleich viel Spaß haben. Aber lösche anschließend das Verlaufsprotokoll, okay?« Sie lachte. »Lydia benutzt den Laptop manchmal, wenn ihrer nicht funktioniert, und ich möchte nicht, dass sie etwas sieht, was sie nicht sehen sollte.«

»Um so etwas geht es nicht!«, protestierte Cassie. »Ich möchte nur etwas bei Google nachschlagen.«

»Das macht die Sache noch interessanter. Falls du nachschauen möchtest, wie man sich einen heißen russischen Ehemann im Netz bestellen kann, dann setze bitte ein Lesezeichen für die Website. Man kann nie wissen …«

Cassie lief lachend die Treppe hinauf, während Mel an die Bar zurückkehrte. Sie schaltete den Laptop an, öffnete die Google-Seite und tippte »Barney Smallwood« in das Suchfeld ein. Nachdem sie einen Blick über die Schulter geworfen und sich versichert hatte, dass die Tür geschlossen war, beschleunigte sich ihr Atem. Nach kurzem Zögern drückte sie auf die Eingabetaste.

Eine knappe Sekunde später tauchte auf dem Bildschirm eine Seite mit etlichen Links zu Artikeln auf, die sich eindeutig um den Barney Smallwood drehten, den sie kannte, und auf weiteren Seiten schienen noch tausende zu folgen. Sie klickte auf die erste Überschrift – »Attraktiver Todesdoktor« – und wich ruckartig auf ihrem Stuhl zurück, als ein großes Porträtfoto von Barney auf dem Bildschirm erschien. Sie erkannte ihn sofort, obwohl sein Gesicht viel glatter und strahlender aussah. Er lächelte breit, seine Augen funkelten, und er trug einen gepflegten Haarschnitt. Alle Ecken und Kanten, die ihn jetzt auszeichneten, fehlten auf diesem Bild.

Sie überflog die Geschichte dazu. Wenn sie das richtig verstand, war Barney damals Oberarzt gewesen und hatte Nachtschicht gehabt, als eine Patientin an einer Lungenembolie gestorben war. Wie kurz angesprochen wurde, hatte die Patientin bereits seit vierzehn Tagen ausreichende Medikamente zur Blutverdünnung bekommen, doch der Fokus des Berichts lag auf der Nacht, in der sie gestorben war, und vor allem auf der Frage, warum sie nicht schneller behandelt worden war. Die Familie der Verstorbenen hatte sich beschwert und an die Presse gewandt. Cassie begriff sofort, dass die Boulevardpresse wohl keine anderen Neuigkeiten zur Verfügung gehabt und sich nach einem Blick auf Barney sofort auf die Geschichte gestürzt hatte. In jedem Artikel waren etliche Fotos von ihm abgebildet, einige davon sogar aus seiner Studienzeit. »Arzt betrunken« lautete die Überschrift eines Bilds, auf dem er ein Glas Wein in der Hand hielt.

Die ersten Artikel waren schon schlimm genug. Barney wurde als Schürzenjäger hingestellt – ein Arzt, der wie in den alten *Carry-on*-Filmen auf den Stationen gut gebauten Krankenschwestern nachstellte und kaum Interesse an seinen Patienten zeigte. Doch dann hatte die Geschichte eine andere Wendung genommen. Irgendjemand hatte herausgefunden, dass in dieser verhängnisvollen Nacht zwei Smallwoods Dienst gehabt hatten – Barney und seine Frau. Daraufhin erschienen Fotos von den beiden, ein glamouröses, attraktives Paar, das alles zu haben schien. Cassie betrachtete ein Bild von ihrer Hochzeit, das auf dem Rasen vor Ramblings aufgenommen worden war. Barneys Frau Nessa lächelte kühl in die Kamera. Barney legte einen Arm um ihre Taille und hielt ihre Hand in seiner. Er sah seine Braut an, und der Ausdruck von Bewunderung und Glück auf seinem Gesicht zerriss Cassie beinahe das Herz. Noch nie hatte sie jemand so angesehen.

In weiteren Artikeln wurde den Smallwoods vorgeworfen, dass sie sich ihren eigenen Belangen gewidmet hatten, während die Patientin um ihr Leben gekämpft hatte. Einige Zeitungen hatten es wesentlich drastischer formuliert. Der Nationale Gesundheitsdienst hatte diese Vorwürfe zurückgewiesen. Es war die Rede von Personalmangel und defekten Geräten. Die Familie hatte eine Entschädigung erhalten, und Dr. Barney Smallwood war aus persönlichen Gründen von seinem Posten zurückgetreten. Und das war alles, bis auf ein undeutliches Foto von einem bärtigen Mann, der Barney sein konnte oder auch nicht, und einem Artikel über das Schicksal der Menschen, über die im Jahr zuvor in den Nachrichten berichtet worden war. Man hatte ihn zerstört und dann vergessen.

Cassie löschte den Verlauf ihrer Suche und fuhr mit zitternden Händen den Computer herunter. Sie wünschte, sie hätte tatsächlich nach einem heißen russischen Ehemann gegoogelt. Nachdem sie die Fakten und die schrecklichen Spekulationen gelesen hatte, war ihr klar, dass man Barney vor allem wegen seines guten Aussehens, seines Hintergrunds und seines privilegierten Lebens verurteilt hatte, und nicht wegen dem, was er getan oder nicht getan hatte. Der kleine Doktor Barney hatte es nicht verdient, das erleben zu müssen. Cassies Herz schmerzte bei dem Gedanken an den kleinen Jungen, dessen Träume allesamt zerstört worden waren. Und ebenso, wenn sie an den Mann dachte, der versuchte, sich aus den verbliebenen Trümmern ein neues Leben aufzubauen. Sie wusste sehr gut, wie sich das anfühlte.

Cassie schob die Tür zu Frances' Wohnzimmer auf, ein Tablett mit Teegeschirr in den Händen, als sie ein vertrautes Lachen hörte – so vertraut, dass ihr der Atem stockte und sich ihr Magen zusammenzog, obwohl sie es noch nicht sehr oft gehört hatte. Als sie den Raum betrat, sah sie Barney auf ihrem Stuhl gegenüber von Frances sitzen. Er hatte seine langen Beine ausgestreckt und über den Fußknöcheln überkreuzt, sodass sie beinahe in den Kamin ragten, und wirkte sehr entspannt.

Als er Cassie sah, zog er seine Beine zurück, richtete sich in seinem Stuhl auf und versteifte sich. Cassie tat der Anblick in der Seele weh. Sie hatte noch kein Wort gesagt, war ihm noch nicht einmal vor die Augen getreten und hatte ihn trotzdem aus seiner friedlichen Stimmung gerissen. Ihre bloße Anwesenheit verursachte ihm Unbehagen – er fühlte sich unglücklich in ihrer Gegenwart. Wie sollte sie damit umgehen? Ramblings war schließlich schon ein Zufluchtsort für ihn gewesen, bevor es das auch für sie geworden war.

Die Teetassen klapperten auf den Untertellern. Cassie stellte das Tablett auf dem Tisch zwischen den Stühlen ab.

»Es tut mir leid, ich wusste nicht, dass du hier bist«, sagte sie zu Barney. »Ich hole eine weitere Tasse.«

Sie warf ihm einen Blick zu, bereit dazu, ihm ein Lächeln zu schenken, aber er starrte ins Kaminfeuer. Cassie hatte ihn seit dem Tag, an dem sie die Zeitungsartikel über ihn gelesen und sich die alten Fotos von ihm im Internet angeschaut hatte, nicht mehr gesehen. Der Unterschied war verblüffend. Er war immer noch sehr attraktiv, daran hatte sich nichts geändert, aber die Hoffnung und die Begeisterung auf seinem Gesicht aus den jungen Jahren waren verschwunden. Nun trugen seine Augen einen Ausdruck der Resignation, und auf seiner Stirn zeichneten sich Falten ab. Hatte sie dazu beigetragen? Waren die Sorgenfalten tiefer als vor dem Zeitpunkt, an dem sie ihm diese Beschuldigungen an den Kopf geworfen hatte? Sie war beinahe davon überzeugt, und das quälte sie.

Barney sprang auf. »Mach dir keine Umstände. Ich muss zurück an meine Arbeit.«

Er ging um Cassie herum, vermied dabei sorgfältig, ihr zu nahe zu kommen, und stellte sich ans Fenster. So verhielt er sich seit dem Tag, an dem sie die Auseinandersetzung gehabt hatten. Er sprach nur mit ihr, wenn es unbedingt nötig war. Manchmal sah er sie dabei kurz an. Er hatte ihr eine CD von einem Hörbuch gebrannt, als sie ihn darum gebeten hatte, und sie ihr in der Küche hinterlegt. Er war niemals unhöflich, aber er wahrte Distanz. Eigentlich war das genau das, was sie wollte. Warum also vermisste sie seine schroffen Bemerkungen, seine starrenden Blicke und all die anderen Marotten, die ihn ausmachten?

»Setzen Sie sich, Cassie. Sie wissen doch, dass ich es nicht leiden kann, wenn Sie um mich herumschleichen.«

Frances verhielt sich unverkennbar wie immer, und Cassie ließ sich gehorsam auf dem Stuhl nieder, auf dem soeben noch Barney gesessen hatte. Er war noch warm. »Beinahe hätte ich es vergessen – ich gebe Ihnen am Donnerstag frei.«

»Ach ja?« Für Cassie spielte es keine Rolle, an welchem Tag sie nicht arbeiten musste. Sie hatte nichts Bestimmtes vor. Jetzt, wo das Wetter besser war, würde sie vielleicht die Umgebung weiter erkunden. »Mir ist es egal, an welchem Tag ich frei habe.«

»Sie haben mich missverstanden. Ich gebe Ihnen einen

zusätzlichen Tag frei. Guy hat vorhin angerufen – er wird am Donnerstag hierherkommen.«

Cassie sah, wie Barney sich umdrehte. Er musterte Frances, und sein Gesichtsausdruck verriet, dass er davon nichts gewusst hatte.

»Kein Problem«, erwiderte sie. »Ich werde mich dann zurückziehen.«

Frances lachte.

»Nun haben Sie mich schon wieder missverstanden. Sie sollen sich nicht von Guy fernhalten – Sie werden mit ihm einen Ausflug machen.«

Vom Fenster war ein tiefer Atemzug, beinahe ein Schnauben, zu hören. Cassie fühlte sich versucht, ebenfalls so zu reagieren.

»Wohin?« Sie versuchte, ruhig zu bleiben, bis sie mehr erfuhr. Möglicherweise hatte Frances sich missverständlich ausgedrückt, obwohl sie üblicherweise ihre Worte sehr sorgfältig wählte.

»Zu einem Herrenhaus. Ich glaube, er sagte, es liege an der Grenze zu Cumbria. Er wollte mir zeigen, wie man ein solches Anwesen als Familiensitz nutzen und gleichzeitig damit Geld durch Tourismus einnehmen kann, aber für mich ist das zu anstrengend. Da Sie großes Interesse an alten Häusern haben, könnte das ein schöner Ausflug für Sie sein.«

Allein hätte Cassie ihn sicher genossen, aber mit Guy als Begleitung war das eher zweifelhaft. Sie warf einen Blick zu Barney hinüber, der rasch zur Seite blickte.

»Am Donnerstag passt es nicht sehr gut.« Barney lehnte sich gegen den Fensterrahmen. »Am Vormittag trifft sich die Strick- und Plaudergruppe hier, und ich muss zu einer Auktion. Dann wärst du ganz allein.«

»Ist das die Auktion, bei der das Stück Land neben deiner Farm versteigert wird?«, fragte Cassie.

Barney sah sie eine Weile schweigend an und nickte dann.

»Viel Glück. Ich hoffe, du bekommst es.« Gerade als sie ihn anlächeln wollte, wandte er sich ab.

»Ruth wird im Haus sein«, entgegnete Frances und trank einen Schluck Tee. »Und vielleicht könnten wir den Colonel bitten vorbeizukommen. Er ist ein sehr interessanter Mann.«

Cassie sah, wie sich ein Lächeln auf Barneys Gesicht ausbreitete. Als er ihr einen Blick zuwarf, lächelte sie ihn an und zeigte ihm, dass sie seine liebevolle Belustigung teilte. Alles andere war vergessen. Frances und der Colonel. Die Vorstellung einer möglichen Romanze zwischen den beiden erwärmte Cassie das Herz.

»Ja, wir könnten den Colonel einladen«, sagte Barney. Trotz des strengen Blicks, den Frances ihm zuwarf, konnte er sein Grinsen nicht unterdrücken. »Aber weiß Guy Bescheid? Warum sollte er Cassie mitnehmen wollen?«

»Warum nicht? Wenn du dich nicht immer nur in deine Arbeit vergraben würdest, hättest du bemerkt, dass Cassie eine bezaubernde Frau ist.«

Cassie schloss verlegen die Augen, nachdem sie gesehen hatte, wie das Lächeln auf Barneys Gesicht erstarb.

»Dich hat sie ganz offensichtlich bezaubert«, murmelte er.

»Sie muss öfter ausgehen, und wer sonst sollte sie ausführen?«, fragte Frances. »Ich habe mir die Männer in den Klubs und Vereinen, die sich hier treffen, angeschaut, aber keinen passenden Begleiter entdecken können. Gibt es denn in diesem Dorf keine geeigneten jungen Männer mehr?«

Als Cassie die Augen wieder öffnete, sah sie, wie Barneys Lippen sich zu einem schiefen Lächeln verzogen.

»Einen oder zwei.« Er vermied es, in Cassies Richtung zu schauen. »Aber Guy würde ich nicht in diese Kategorie einordnen. Außerdem ist Cassie wohl kaum sein Typ.«

Das konnte man als Kompliment oder auch als Beleidigung auffassen, aber Cassie war so erleichtert, das zu hören, dass sie nicht weiter darüber nachdachte.

»Für ein hübsches Gesicht ist Guy ebenso empfänglich wie jeder andere Mann«, erwiderte Frances, und Cassie sehnte sich danach, ganz in dem Stuhl versinken zu können. »Du weißt doch, wie sehr ich mir wünsche, dass er sich endlich häuslich niederlässt.«

In der Stille, die Frances' Bemerkung folgte, hatte Cassie wie schon einmal das Gefühl, dass ihr etwas bei dieser Unterhaltung entging. Barney kam herüber und stellte sich hinter Frances' Stuhl.

»Ich weiß«, sagte er und legte ihr sanft eine Hand auf die Schulter.

Der Donnerstag fing nicht gut an. Frances rief zu einer Zeit nach Cassie, zu der sie normalerweise noch nicht wach war. Cassie hastete den Flur zu ihrem Schlafzimmer entlang, voll Sorge, was ihr fehlen könnte. Frances saß auf ihrem Bett, und neben ihr lag ein Kleidersack. In ihrem bestickten Morgenmantel wirkte sie ungewöhnlich zerbrechlich.

»Was ist los?« Cassie rang nach Luft. Sie war erleichtert, Frances so wohlbehalten vorzufinden, aber der Kleidersack flößte ihr Unbehagen ein.

»Guten Morgen, Cassie.« Frances schenkte ihr ein Lächeln. »Es geht um Ihre Kleidung. Ich nehme an, Sie haben nichts Passendes für den heutigen Tag, also habe ich etwas für Sie herausgesucht.«

»Ich trage ein T-Shirt«, protestierte Cassie. Sie fand es durchaus passend für einen warmen, sonnigen Tag. Gut, es war schwarz, aber ihre Arme und ihr Gesicht waren blass, also ergab das einen guten Kontrast.

»Das ist ein sehr hübsches Kleid.« Frances deutete auf den Kleidersack, ohne auf Cassies Bemerkung einzugehen. »Glücklicherweise tragen Sie die gleiche Größe wie ich früher. Diana war schon immer kräftiger gebaut, daher konnte sie meine Kleider nicht tragen.« Sie spielte ihre Trumpfkarte aus. »Es würde mir große Freude bereiten, Sie in diesem Kleid zu sehen.«

Cassie blieb also nichts anderes übrig, als das Kleid anzuziehen, und Frances hatte recht: Es war wunderschön. Der Rock schwang raschelnd um ihre Beine, als sie die Treppe zur Eingangshalle hinunterlief. Guy, dessen Stimme sie bereits gehört hatte, streckte ihr die Hand entgegen, um ihr über die untersten Stufen zu helfen. Das war eine unerwartete, altmodische Geste, die Cassie ein wenig verlegen annahm. Er zog sie an sich und küsste sie auf beide Wangen.

»Mum leiht mir für einen Tag ihre Gesellschafterin,

und dagegen habe ich nichts einzuwenden.« Er zwinkerte Cassie lächelnd zu. »Selbst das Wetter meint es gut mit uns. In diesem Kleid sehen Sie aus wie ein entzückender Strauß aus Frühlingsblumen.«

Cassie war peinlich berührt und wusste nicht, was sie auf diesen Unsinn erwidern sollte, also lächelte sie nur kurz.

»Sie müssen mich nicht mitnehmen«, sagte sie. »Ich weiß, dass Frances es vorgeschlagen hat, aber es macht mir nichts aus, wenn Sie lieber allein fahren wollen. Vielleicht könnten Sie Frances demnächst einmal zu einem kürzeren Ausflug mitnehmen. Heute haben Sie sicher etwas Besseres zu tun.«

»Was könnte es Besseres geben, als einen Tag bei Sonnenschein mit einer schönen Frau zu verbringen? Ist Mum in ihrem Zimmer? Ich werde rasch nach ihr sehen, bevor wir aufbrechen.«

Er lief die Treppe hinauf. Cassie fuhr zusammen, als Barney plötzlich vor ihr stand.

»Du hast mich erschreckt.« Sie griff sich an die Kehle und spürte ihren Puls rasen.

»Du hast dich ja richtig herausgeputzt.«

Barney musterte sie von Kopf bis Fuß und starrte sie dann einen Moment lang intensiv an. Es störte sie nicht – sein unverblümtes Verhalten war ihr lieber als Guys bedeutungslose Komplimente.

Sie lächelte. »Das habe ich Frances zu verdanken.«

»Verstehe.« Er wandte sich zum Gehen, drehte sich dann aber noch einmal um und seufzte. »Pass auf dich auf.«

Das Herrenhaus, das sie besichtigten, war ein rotes Ziegelgebäude, ein wenig größer als Ramblings, aber durchdachter gebaut. Wie eine ältere Schwester, auf die man sich verlassen konnte, wenn sich das lebhafte jüngere Kind auf Entdeckungsreise begab. Der Parkplatz war beinahe voll, als Guy den Wagen dort abstellte.

»Ziemlich gut besucht für einen Donnerstagvormittag, oder?«, meinte Cassie, als sie den anderen Besuchern zur Kasse folgten.

»Heute ist der erste Tag der Saison«, erklärte Guy. »Das Haus ist nur zehn Wochen im Jahr für die Öffentlichkeit zugänglich – jeweils von Donnerstag bis Samstag. Darüber hinaus finden hier besondere Veranstaltungen und Hochzeiten statt, aber sonst ist es ein reines Familiendomizil. Kein schlechter Kompromiss.« Guy bezahlte die Tickets. »Mum scheint jetzt eher als zuvor bereit zu sein, Leute in unser Haus zu lassen. Die Bücherei war bereits eine große Überraschung, und nun habe ich gehört, dass die gesamte Dorfbevölkerung Zutritt hat.«

»Ganz so ist es nicht«, erwiderte Cassie. Sie warf Guy einen Blick zu. Er lächelte, aber das bedeutete nichts. Kritik konnte sich in einem Lächeln ebenso gut verbergen wie in einem Stirnrunzeln. »Frances freut sich, dass das Haus wieder genutzt wird.«

»Genau deshalb wollte ich ihr zeigen, was hier abläuft – ein Gleichgewicht von Öffentlichkeit und Privatsphäre, kombiniert mit dem Bonus, damit ein bisschen Geld zu verdienen. Sie werden ihr das doch alles berichten, oder?«

»Natürlich, wenn sie daran interessiert ist.«

»Da bin ich sicher.« Guy trat zurück, um Cassie am

Eingang den Vortritt zu lassen. »Sie konnte es heute Morgen kaum erwarten zu hören, wie wir den Tag verbringen würden.«

Cassie war erleichtert, dass es in der Eingangshalle sehr kühl war – das rechtfertigte ihr plötzliches unbehagliches Erschauern. Guys Stimme klang beschwingt und belustigt und spiegelte das Gegenteil ihrer Stimmung wider. Was meinte er damit, dass sie den Tag miteinander verbringen würden? Sie war davon ausgegangen, dass sie zur Mittagszeit wieder in Ramblings sein würden. Plötzlich spürte sie hinter der Stirn Kopfschmerzen aufsteigen.

»Seit Sie hier sind, wirkt sie viel glücklicher«, fuhr Guy fort, als sie in ein Wohnzimmer mit einem riesigen Kamin traten. »Vielleicht hätten wir eher an eine solche Möglichkeit denken sollen, denn wir alle können sie nicht so oft besuchen, wie wir möchten. Waren Diana und Hugh in letzter Zeit öfter zu Besuch?«

»Diana war vor einigen Wochen da.« Cassie verstummte, als mit einem Mal ungefragt das Bild von Barney, der einen Pfosten in die Erde rammte, vor ihrem geistigen Auge auftauchte.

»Tatsächlich?« Guys Stimme klang misstrauisch, und Cassie hoffte, dass er ihre Gedanken nicht erraten konnte. »Was wollte sie?«

»Sie hatte ihr Pferd mitgebracht. Sie sind gemeinsam ausgeritten.«

»Sie?« Guy blieb stehen und sah Cassie an. »James reitet nicht.«

»Sie war nicht mit James da – sie war in Begleitung eines anderen Mannes.«

»Ach ja? Und Hugh? War er in der Zwischenzeit auch da?«

»Nein, aber einer seiner Freunde wollte sich das Haus anschauen. Ein Liebhaber von neogotischer Architektur.«

»Wie passend.« Guy grinste. »Ich frage mich, was diese beiden im Schilde führen.«

Sie gingen schweigend die Treppe nach oben zu der Gemäldegalerie, die sich beinahe über die gesamte Länge des Hauses erstreckte. Guy beschleunigte seinen Schritt und zeigte wenig Interesse an den Bildern. Vielleicht war das nichts Besonderes für jemanden, der in Ramblings aufgewachsen war. Cassie holte ihn ein, als er an einem der Fenster stehen blieb und hinausschaute.

»Schau dir diese vielen Besucher an! Wenn Barney nicht wäre, könnten wir das auch in Ramblings haben.« Guy schlug mit dem Handrücken gegen die Fensterscheibe. »Schlimm genug, dass Mum ihm die Farm vermietet hat und ihn dort wohnen lässt. Heute Morgen hat sie mir erzählt, dass er tatsächlich nun Tiere dort halten will. Wer will schon eine Hochzeit auf Ramblings feiern, wenn dort möglicherweise stinkende Schafe und Kühe vor dem Haus auftauchen und jedes Foto ruinieren?«

Cassie hätte nichts dagegen, aber sie hatte das Gefühl, dass es nichts helfen würde, ihm das zu sagen. Er schien überraschenderweise richtig verärgert zu sein, obwohl es dafür keinen Grund gab. Vielleicht konnte sie dagegen etwas unternehmen und Barney damit eine weitere Auseinandersetzung mit Guy ersparen. Das war das Mindeste, was sie für ihn tun konnte.

»Die Tiere werden sicher nicht vor dem Haus herumlaufen. Barney ist heute zu einer Auktion gefahren, um das Stück Land zu ersteigern, das ihm einen besseren Zugang zu seiner Farm ermöglicht.«

»Welches Stück Land? Gilvers Felder?« Guy drehte sich ruckartig herum, und Cassie wich einen Schritt zurück.

»Das weiß ich nicht. Es geht um das Land zwischen seiner Farm und der von Joe.«

»Ich wusste nicht, dass es zum Verkauf steht.« Guy lächelte. »Das ändert einiges. Gut, dass Sie es mir erzählt haben.«

Cassie entspannte sich. Es war nur eine Kleinigkeit, und Barney würde es nie erfahren, aber sie fühlte sich ein wenig besser, da sie ihm hatte helfen können.

»Angeblich gibt es hier ein frühes Porträt von George Stubbs, das entstand, bevor er sich ganz dem Malen von Tieren widmete«, sagte Guy und ließ den Blick über die riesige Galerie schweifen. »Wie wäre es, wenn wir die Suche danach aufteilen? Sie gehen die eine Seite ab, und ich die andere, und wer es findet, gibt dem anderen ein Zeichen.«

Cassie lief in die ihr zugeteilte Richtung und war fasziniert von den Bildern und den kurzen biografischen Informationen daneben. Guy hätte sie beinahe vergessen, bis sie ein Telefon klingeln hörte und ihn auf der anderen Seite der Galerie telefonieren sah. Dann beugte er sich über sein iPhone und war so vertieft darin, eine Nachricht zu schreiben, dass eine ältere Dame sich beschwerte, weil er ihr den Weg versperrte. Sie warf einen Blick auf ihre Armbanduhr. Sie waren zwar sehr früh losgefahren, aber der Besuch der Galerie hatte viel Zeit verschlungen. Wenn sie rechtzeitig zum Mittagessen wieder in Ramblings sein wollten, mussten sie sich beeilen. Sie wollte gerade zu Guy hinübergehen, als er sein Telefon einsteckte und sich auf den Weg zu ihr machte.

»Tut mir leid«, sagte er mit einem aufgesetzten Lächeln, das Cassie kaltließ. »Ohne mich läuft das Büro nicht einmal einen Tag lang.« Er verdrehte die Augen. »Gehen wir weiter?«

Cassie nickte und ließ sich von Guy aus der Galerie führen. Die Stubbs schienen vergessen zu sein, und sie liefen in einem Tempo durch die restlichen Räume des Hauses, bei dem selbst ein Leistungssportler ins Schwitzen geraten wäre. Ihr blieb nur Zeit, um den Zweck der jeweiligen Räume festzustellen – Schlafzimmer, Badezimmer, Musikzimmer –, bevor sie zum nächsten Zimmer hasteten. Als sie das Haus verließen, war Cassie in gleichem Maß erschöpft und verärgert.

Guy warf einen Blick auf seine Armbanduhr. »Die Gärten interessieren Sie nicht, oder? Wenn wir jetzt fahren, könnten wir auf dem Rückweg irgendwo eine Kleinigkeit essen. Falls Sie das möchten.«

»Das wird nicht nötig sein. Wir sind doch in zwanzig Minuten wieder in Ramblings, oder?«

Guy lachte. »Das schaffen wir nicht einmal mit meinem Auto. Eine Stunde wird es schon dauern. Aber mir soll es recht sein. Wir fahren zurück, und Sie können dafür sorgen, dass Mum etwas zu sich nimmt. Sie sieht so aus, als hätte sie abgenommen.«

Tatsächlich? Cassie war ein wenig verwirrt. Sie hatte an Frances keine Veränderung bemerkt. Vielleicht war sie ihr zu nahe – Frances war eben Frances. Aber Barney hätte doch sicher etwas gesagt, wenn sie nicht gut aussähe. Cassie nahm sich vor, besser darauf zu achten. Sie schaute auf ihre Armbanduhr. Ihr war nicht bewusst gewesen, dass sie so weit von zu Hause entfernt waren. Sie war sich nicht sicher, ob sie so lange auf etwas zu essen warten können würde. Nachdem Frances ihr das Kleid gegeben hatte, war kaum mehr Zeit für ein Frühstück gewesen, und ihre Kopfschmerzen, die sich bereits angekündigt hatten, wurden stärker.

»Eine Kleinigkeit zu essen wäre vielleicht eine gute Idee.« Sie ignorierte Guys Überraschung über ihren plötzlichen Sinneswandel und schaute sich um, bis ihr Blick auf ein Schild fiel, auf das sie gehofft hatte. »Hier gibt es ein Café. Wir haben doch Zeit für einen kleinen Imbiss, oder? Ich komme um vor Hunger.«

»Wenn Sie möchten.«

Cassie lief los, bevor er den Satz beendet hatte. Das Café lag auf der anderen Seite des Hauses, und sie hörte beim Laufen Guys Schritte auf dem Kiesweg hinter sich. Als sie die drei Stufen hinaufhastete, stolperte sie bei der letzten, und Guy legte ihr sofort einen Arm um die Taille, um sie zu stützen.

»Vorsicht!« Er lachte. »Wenn ich Sie nicht heil zurückbringe, wird Mum mir das niemals verzeihen.«

Cassie wollte ihm gerade antworten, als eine Bewegung hinter Guys Schulter sie ablenkte. Ein Paar mittleren Alters kam aus dem Garten, offensichtlich mit Fotoapparaten bewaffnete Touristen, die einen Tag in einem Herrenhaus genießen wollten. Aber das waren keine gewöhnlichen Besucher. Cassie verschlug es den Atem, und sie griff ohne nachzudenken nach Guys Arm und hielt ihn zurück.

Brendan und Gail. Mikes engste Freunde, die sich jedoch so gut mit seiner Exfrau verstanden hatten, dass sie nie wirklich ihre Freunde geworden waren. Sie hatte nicht damit gerechnet, sie jemals wiederzusehen – hatte gehofft, dass das nie der Fall sein würde. Was machten sie hier? Sie verwarf diese Frage sofort, denn es spielte keine Rolle. Es gab zwei andere Fragen, die zählten: Hatten sie sie gesehen? Und wenn ja, würden sie es Mike erzählen? Natürlich würden sie das tun, daran gab es keinen Zweifel. Cassies Kopfschmerzen wurden plötzlich erdrückend.

»Cassie?« Guys Stimme riss sie in die Realität zurück. »Gehen wir jetzt etwas essen oder nicht?«

Cassie zögerte. Sie sollte etwas zu sich nehmen, aber sie konnte das Risiko nicht eingehen, von Brendan und Gail entdeckt zu werden.

»Nein«, erwiderte sie und widerstand dem leichten Druck von Guys Hand, mit dem er versuchte, sie nach vorn zu schieben. »Sie haben recht. Ich sollte zu Frances zurückfahren und mich darum kümmern, dass sie etwas isst.«

»Ich dachte, Sie wären am Verhungern?« Guy lächelte, aber seine Stimme verriet seine Verärgerung, und diesen Tonfall kannte sie sehr gut. Cassie wich einen Schritt zurück. Ihre Entscheidung war gefallen. So etwas wollte sie nie wieder erleben. Sie musste zurück nach Ramblings und sich dort zurückziehen.

Rasch drehte sie sich um und ging zum Wagen. Guy

fuhr mit einer Geschwindigkeit, die darauf schließen ließ, dass er es kaum erwarten konnte, sie loszuwerden. Aber trotzdem ging es ihr nicht schnell genug. Ihr Magen krampfte sich vor Hunger zusammen, und ihr wurde schwindlig, als wäre sie betrunken. Als sie ihre Handtasche öffnen wollte, glitten ihre schweißnassen Finger vom Verschluss ab, und sie begriff, dass das nicht ihre Tasche war. Frances hatte ihr eine elegantere geliehen, aber Cassie hatte vergessen, ihre Dinge darin zu verstauen. Sie riss das Handschuhfach auf und warf den Inhalt auf den Boden, doch das war nicht Barneys Auto, also befanden sich auch keine Lebensmittel darin.

»Was tun Sie da?« Guy sah sie verblüfft an.

»Ich suche nach etwas Essbarem.«

»Ich habe nichts bei mir. Sie sagten doch, Sie könnten noch warten.«

»Nein, jetzt geht das nicht mehr. Können wir irgendwo anhalten?«

»Nein! Wir sind in zehn Minuten da. Bis dahin werden Sie es sicher noch aushalten.«

Cassie schloss die Augen, versuchte, den Schwindel zu unterdrücken, und zählte schweigend die Sekunden. Nach etwa acht Minuten spürte sie, dass Guy den Wagen anhielt. Als sie die Augen aufschlug, lag Ramblings vor ihr. So wunderschön hatte das Gebäude noch nie ausgesehen.

»Na bitte«, sagte Guy. »Ich habe Sie in Rekordzeit zurückgebracht. Ich werde Sie nicht hineinbegleiten. Grüßen Sie Mum von mir. Und vergessen Sie nicht, ihr zu erzählen, wie beeindruckend das Haus war, das wir heute Morgen besichtigt haben.«

»Danke.« Cassie stieg rasch aus. »Es tut mir leid, ich muss los.«

Sie rannte über die Auffahrt und durch die Eingangstür und wäre dabei beinahe mit einem Mann zusammengestoßen. In der Eingangshalle stolperte sie über einen Stuhl und trat fluchend mit dem Fuß dagegen. Auf dem Weg in die Küche stieß sie im Flur so heftig gegen einen Schrank, dass der Inhalt klapperte. Sie rieb sich die Augen und versuchte, wieder klar zu sehen. Vor ihr standen Mel und Barney und musterten sie.

»Hallo!« Mel lachte. »Wir haben erst in ein paar Stunden mit dir gerechnet. Was ist los? Du siehst ja schrecklich aus.«

»Ich brauche etwas zu essen.« Cassie versuchte, sich an den beiden vorbeizuschieben, prallte aber mit Mel zusammen, die sie rasch auffing.

»Hat er dich denn nicht zum Mittagessen eingeladen? Dieser Geizkragen!« Mel schnüffelte und riss die Augen auf. »Du hast doch nicht etwa getrunken? Das wäre nicht fair. Wenn du schon sündigen willst, dann solltest du das im No Name tun, damit ich auch etwas davon habe.«

»Ich bin nicht betrunken. Ich brauche etwas zu essen, weil ich …« Sie konnte den Satz nicht beenden.

»Na, sterben wirst du nicht. Du bist wohl wirklich blau.«

Cassie hörte, wie Mel lachte und Barney irgendetwas sagte, dann wurde es still um sie.

# 16

Cassie wachte in ihrem Bett auf, die Decke bis zum Kinn hochgezogen. Sie hörte einen Stuhl knarren, und als sie den Kopf drehte, sah sie Barney neben dem Bett sitzen. Er musterte sie mit dem für ihn typischen starren Blick. Cassie hob rasch die Bettdecke an und schaute nach unten. Ihre Schuhe fehlten, aber sonst war sie vollständig bekleidet. Sie wandte sich wieder Barney zu, und er schenkte ihr ein Lächeln.

»Du warst nur ein paar Minuten ohnmächtig. Ich hatte keine Zeit, dich auszuziehen und zu missbrauchen. Wie fühlst du dich?«

»Erschöpft. Als hätte mich ein Auto mehrmals überrollt.«

Cassie versuchte, sich aufzusetzen, aber eine Hand hielt sie zurück – die Hand einer Frau auf der anderen Seite.

»Bleib liegen«, befahl Mel. »Du bist immer noch sehr blass. Es tut mir leid, dass ich dich für betrunken gehalten habe. Du hast uns einen großen Schrecken eingejagt.«

»*Dir* hat sie einen großen Schrecken eingejagt«, betonte Barney. »Es überrascht mich, dass bei deinem lauten Geschrei nicht die gesamte Dorfbevölkerung hier aufgetaucht ist.«

»Ich habe gedacht, sie sei tot!«, verteidigte sich Mel. »Jeder hätte so reagiert – außer dir.« Sie stupste Cassie am Arm. »Barney war großartig – er wusste sofort, was mit dir nicht stimmte. Er hat dich hierhergetragen und in deiner Nachttischschublade die Spritze gefunden. Wenn ich nicht ohnehin schon ein wenig in ihn verliebt wäre, wäre es jetzt um mich geschehen.« Sie lachte Barney an. »Solltest du jemals den Wunsch nach einer älteren Frau verspüren, dann komm zu mir, versprochen?«

»Ich werde daran denken.«

Cassie schloss die Augen, aber die Dunkelheit konnte den Gedanken daran nicht vertreiben, wie Barney ihr Kleid angehoben und ihr die Spritze in den Oberschenkel gegeben hatte.

»Mel, könntest du dich nützlich machen? Geh bitte in die Küche und hol Cassie ein Glas Saft und ein wenig Käse und Cracker.«

Cassie spürte, wie sich die Decke bewegte, als Mel vom Bett aufstand. Dann hörte sie, wie die Tür hinter ihr ins Schloss fiel. Sie versuchte, die Augen weiter geschlossen zu halten, aber sie fühlte sich zu verletzlich und Barneys prüfendem Blick ausgesetzt, also schlug sie sie wieder auf.

»Wie lange leidest du schon an Diabetes?«

»Seit vier Jahren.«

»Typ 1?«

Cassie nickte.

»Ziemlich spät.«

Cassie nickte wieder. Genau das hatte Mike auch gesagt. Nur, dass es sich bei ihm wie ein Vorwurf angehört hatte. Er hatte ihr nicht geglaubt, dass die Krankheit ganz überraschend gekommen war, sondern angenommen, dass sie schon seit Monaten darüber Bescheid wusste und es ihm absichtlich verschwiegen hatte. Dass er ihr das zutraute und sie damit vollkommen falsch einschätzte, hatte sie fast genauso getroffen wie die Diagnose des Arztes.

»Wie oft hast du eine Unterzuckerung?«

»Nicht oft. Normalerweise habe ich alles gut unter Kontrolle. Ich hatte schon seit Monaten keinen kritischen Tiefpunkt mehr.« Sie drehte den Kopf auf dem Kissen zur Seite und kniff die Augen zusammen. Trotzdem rollte ihr eine Träne über die Wange und kitzelte sie. Rasch wischte sie sie mit dem Handrücken weg. Sie wollte nicht mehr an das letzte Mal denken – es hatte Monate gedauert, bis sie die Erinnerung daran hatte verdrängen können.

»Die Gummibärchen«, murmelte Barney. »Natürlich. Kein Alkohol, keine Schokolade … ich hätte es mir denken können. Wahrscheinlich wäre ich draufgekommen, wenn …« Er seufzte, und der Stuhl knarrte wieder, als er sich bewegte. »Warum hast du ein Geheimnis daraus gemacht? Warum hast du es uns nicht erzählt?«

Das war die erste Frage, mit der sie gerechnet hatte. War er wütend? Sie musste ihn anschauen, um das herauszufinden. Waren seine Augenbrauen nach unten gezogen, runzelte er die Stirn? Sie stützte sich auf einen Ellbogen und richtete sich auf. Barney sprang vom Stuhl und zog rasch ihr Kopfkissen zurecht, bevor sie sich ganz aufsetzen konnte. Nachdem er die Bettdecke unter ihre Achseln geschoben hatte, setzte er sich wieder.

Er sah sie gespannt an und wartete auf ihre Antwort. Cassie musterte gründlich sein Gesicht und konnte keine Anzeichen von Zorn, Verärgerung oder eine andere negative Reaktion erkennen. Seine Miene zeigte lediglich Besorgnis. Aber warum sollte er sich Sorgen um sie machen? Er konnte sie nicht leiden, und nach allem, was sie ihm vorgeworfen hatte, war es sein gutes Recht, sie zu hassen.

»Ich habe es nicht erwähnt, weil …« Ihre Stimme wurde leiser. »Weil es mir peinlich ist.«

»Peinlich?« Er beugte sich zu ihr vor und sah sie an, als könne er nicht glauben, was er gehört hatte. »Warum sollte dir das peinlich sein? Du kannst doch nichts dafür.«

Cassie berichtigte ihn nicht – eigentlich hatte sie damit nicht sagen wollen, dass es für *sie* peinlich war. Aber wie sollte sie ihm das erklären? Er war ein liebenswürdiger, anständiger Mann, wenn ihr Urteilsvermögen sie nicht im Stich ließ. Wahrscheinlich würde er ihr nicht glauben und es auch nicht verstehen.

»Du hättest es uns sagen sollen«, fuhr er fort, als Cassie ihm keine Antwort gab. »Wenn ich nun nicht hier gewesen wäre? Außerdem musst du deine Arbeitgeber informieren. Die Autoversicherung ist wahrscheinlich schon seit Monaten ungültig. Aber in erster Linie geht es um Frances' Sicherheit.«

Er würde sie feuern. Das hatte sie schon in dem Moment befürchtet, in dem sie die Augen aufgeschlagen hatte. Und so schlimm es auch war, sie konnte ihm deswegen keine Vorwürfe machen oder ihn beschuldigen, dass er sich unfair verhielt. Dafür war ihre Sorge um Frances viel zu groß. Wenn sie nun mit Frances unterwegs gewesen und zusammengebrochen wäre? Wenn sie am Steuer des Wagens gesessen hätte? Natürlich waren die Umstände außergewöhnlich gewesen. Normalerweise ließ sie keine Mahlzeit aus und hatte immer eine Kleinigkeit zu essen in ihrer Handtasche. Aber sie konnte keine hieb- und stichfeste Garantie für ihr Verhalten geben, die Frances eigentlich brauchte und die sie selbst auch fordern würde, wenn sie zu Frances' Familie gehörte. Barney konnte eigentlich gar nichts anderes tun, als sie zu feuern. Aber das Bewusstsein, dass das nur fair war, machte es für sie nicht leichter. Wieder liefen ihr Tränen über die Wangen.

»Was ist los?« Mel kam mit einem Tablett in der Hand herein, stellte es auf dem Boden ab und sah Cassie an. »Geht es ihr wieder schlechter? Braucht sie noch eine Spritze? Wir haben nur eine gefunden.«

»Ich weiß es nicht.« Barney stand auf. »Cassie? Was ist los?«

»Du wirst mich feuern.« Cassie atmete tief durch und versuchte, ihr Schluchzen zu unterdrücken. »Ich darf diesen Job nicht verlieren. Ich weiß nicht, wo ich dann hingehen soll.«

Mel klopfte Barney auf die Schulter. »Barney, du darfst Cassie deswegen nicht kündigen. Ich nehme alles zurück, was ich über meine Beinahe-Verliebtheit in dich gesagt habe. Mein Angebot, dass du jederzeit zu mir alten Frau kommen kannst, ist gestrichen!«

»Da bin ich aber erleichtert.«

Barney setzte sich auf das Bett. Cassie spürte seinen Po an ihrem Oberschenkel, und trotz der dicken Decke dazwischen und der dramatischen Ereignisse des Tages fühlte sie an dieser Stelle eine unpassende Wärme aufsteigen. Er zog ein Papiertaschentuch aus der Schachtel neben dem Bett und reichte es Cassie.

»Ich habe nie daran gedacht, dich zu feuern. Selbst wenn es legal wäre, jemandem wegen Diabetes zu kündigen, würde mir Frances das zweifellos verbieten. Wir müssen uns nur darum kümmern, dass du gut versorgt bist. Ich nehme an, du gehst regelmäßig zum Arzt oder in eine Klinik?«

Cassie nickte stumm. Sie traute ihrer Stimme nicht, da er »wir« gesagt hatte. Seit vier Jahren stand sie das alles allein durch, ohne jegliche Hilfe. Die Vorstellung, dass sich nun jemand um sie kümmerte und sich um sie sorgte, war zu viel für sie. Es zeigte ihr, wie sehr sie sich danach gesehnt hatte. Dann begriff sie, wie dumm sie sich verhielt, und ein Gefühl der Enttäuschung überfiel sie. Barney dachte wie ein Arzt, der sich um einen Patienten sorgte, nicht mehr. Wie konnte sie sich nur einbilden, dass dahinter noch etwas anderes steckte? Es musste an der unerwarteten Schwäche und ihrer Verletzlichkeit liegen, dass sie auf solche Gedanken kam. Das würde sicher bald vorübergehen. Sie umklammerte die Bettdecke.

»Cassie?« Barney legte eine Hand auf ihre, aber das half ihr nicht. »Hast du Schmerzen?«

»Nein, ich muss aufstehen.« Sie warf die Decke zurück. Ihr Kleid war bis zu ihrem Höschen hochgeschoben und gab den Blick auf ihre Beine frei. Noch bevor Cassie reagieren konnte, zog Barney die Bettdecke wieder zurück, sprang vom Bett auf und kratzte sich am bartlosen Kinn.

Cassie schaute zu Mel hinüber. Sie starrte Barney mit halb geöffnetem Mund an, und als sie Cassies Blick spürte, lächelte sie.

»Vielleicht solltest du mit Frances sprechen«, sagte sie zu Barney. »Sie hat mich unten mit dem Tablett gesehen und das Geschrei gehört. Sicher macht sie sich Sorgen.«

»Natürlich. Ich hätte vorher schon zu ihr gehen sollen.« Barney wandte sich wieder an Cassie. »Teste dein Blut jetzt und anschließend jede Stunde. Und wenn du heute noch einmal versuchst aufzustehen oder nicht alles aufisst, dann denke ich noch einmal über die Kündigung nach.«

Er war schon an der Tür, als Cassie ihn ansprach.

»Vielen Dank für alles, was du für mich getan hast, Barney.«

»Nichts zu danken. Wir sollten nur dafür sorgen, dass das nicht noch mal passiert, okay?« Er zögerte einen Moment. »Ich bin froh, dass ich es jetzt weiß. Mir war klar, dass du irgendein Geheimnis hast, und, ehrlich gesagt, habe ich mit etwas Schlimmerem gerechnet.«

Dann lächelte er – ein breites, strahlendes Lächeln, das er bis jetzt immer nur anderen Leute geschenkt hatte, niemals ihr –, und Cassie schloss rasch die Augen, als sich alles noch stärker als zuvor in ihrem Kopf zu drehen begann.

Mel wich ihr nicht von der Seite. Cassie hatte so getan, als würde sie schlafen, aber das hatte alles nur noch schlimmer gemacht. Mel hatte sie ständig angestupst und sich laut gefragt, ob Cassie wieder bewusstlos sei und ob sie

Barney zurückholen solle. Daraufhin hatte Cassie rasch die Augen wieder aufgeschlagen.

»Musst du nicht ins Pub zurück?«, fragte Cassie schließlich. »Du kannst doch Akram nicht allein lassen.«

»Er schafft das schon – schließlich ist er ein großer Junge.« Mel zwinkerte Cassie mit einem Gesichtsausdruck zu, den sie lieber nicht gesehen hätte. »Ich habe ihm eine SMS geschickt, damit er Bescheid weiß. Warte, ich lese dir seine Antwort vor.« Sie tippte auf ihr Telefon. »›Liebe Grüße an unser Schätzchen‹«, zitierte sie und imitierte dabei Akrams Yorkshire-Akzent. »›Sag ihr, sie soll die Anweisungen des Doktors befolgen. Bei ihm ist sie in den besten Händen.‹« Mel schaute auf und lächelte. »Es sind vielleicht nicht die besten Hände, aber du hättest es schlechter treffen können, stimmt's?«

»Was die Insulinspritze betrifft mit Sicherheit.«

»Das habe ich nicht gemeint, und das weißt du. Sag bloß nicht, du hättest seinen Blick nicht bemerkt, als du ihm dein Höschen gezeigt hast.«

Bevor Cassie darauf eine passende Antwort formulieren konnte, ging die Tür auf, und Frances kam herein. Sie war bisher noch nie in Cassies Zimmer gewesen, und es war beinahe so überraschend, als würde die Queen der königlichen Wäscherei einen Besuch abstatten.

Cassie bemühte sich, die Decke abzustreifen, um aufstehen zu können.

»Bleiben Sie, wo Sie sind«, befahl Frances und winkte ab. »Ich will Sie nicht stören. Falls Barney sich erkundigt, verraten Sie ihm nicht, dass ich hier war. Wenn es nach ihm ginge, dürften wir beide unser Bett nicht verlassen.«

Frances warf Mel einen Blick zu. »Was tun Sie hier, Melanie? Es ist schon Stunden her, dass Sie mir das Haar gerichtet haben. Wartet Ihre Familie nicht auf Sie?«

»Barney hat mich gebeten, Cassie nicht allein zu lassen.« Mel schenkte Cassie ein entschuldigendes Lächeln.

»Jetzt bin ich ja hier, also können Sie sich unbesorgt auf den Weg machen.«

»Cassie?«

»Selbstverständlich kannst du gehen. Das habe ich dir bereits den ganzen Nachmittag begreiflich machen wollen, aber du warst verdächtig hartnäckig.«

»Barney hat darauf bestanden, dass sich jemand um dich kümmert.«

»Er ist ein guter Arzt.«

»Er ist ein guter Mensch.« Mel küsste Cassie auf die Wange und verließ das Zimmer.

»Es tut mir leid.« Cassie deutete auf ihr Bett. »Ich sollte wirklich aufstehen. Es ist sicher schon längst Zeit für Ihren Nachmittagstee.«

»Barney hat sich darum gekümmert.« Frances ließ sich auf dem Stuhl nieder, auf dem Mel gesessen hatte. »Allerdings nicht sehr gut. Er hat mir den Tee in einem Becher gebracht. Ich habe ein paar Schlucke getrunken, weil er es sicher gut gemeint hat.«

»Das tut mir leid«, wiederholte Cassie, musste aber unwillkürlich lächeln. Sie konnte sich gut vorstellen, dass der angewiderte Ausdruck auf Frances' Gesicht sich nicht mit dem Blick vergleichen ließ, den sie mit Sicherheit Barney zugeworfen hatte. »Ich fühle mich schon viel besser. Ab morgen nehme ich meinen Dienst wieder auf, und dann gibt es wieder Tee in Tassen, so wie es sich gehört.«

»Nehmen Sie sich so viel Zeit, wie Sie brauchen«, erwiderte Frances. »Natürlich wünsche ich Ihnen, dass Sie so schnell wie möglich wieder fit werden, aber einen Vorteil hatte Ihre Schwäche. Barney hat heute Nachmittag kein Tamtam um mich gemacht – ich bin jetzt nicht mehr so interessant.«

Cassie lachte, und Frances beugte sich auf ihrem Stuhl nach vorn und legte eine Hand auf Cassies. Der breite Ehering stieß gegen ihre Fingerknöchel.

»Ich wünschte, Sie hätten es mir gesagt, Cassie. Ich habe Ihnen viel zu viel zugemutet – Sie haben das Haus geputzt, sich um mich gekümmert, die Veranstaltungen im Ballsaal organisiert … Ab sofort werden Sie es viel ruhiger angehen lassen.«

»Ist das eine weitere Anweisung von Barney?« Cassies Freude, dass er sich um sie kümmerte, war mit einem Mal verflogen. Wie hielt Frances es nur seit so langer Zeit mit ihm aus? »Ich muss mich nicht schonen. Das ist der leichteste Job, den ich jemals hatte.«

Vielleicht hätte sie das nicht sagen sollen. Sie war immer noch der Meinung, dass ihr Gehalt für die wenige Arbeit viel zu hoch war, vor allem, weil ihr der Job so großen Spaß machte.

Frances lächelte. »Dann sind Sie glücklich hier?«

»Glücklicher, als ich es seit Jahren war.«

»Mir geht es genauso.« Frances drückte Cassies Hand und lehnte sich zurück. »Ich dachte, Sie würden den Tag mit Guy verbringen. Ist etwas schiefgelaufen?«

Die Wärme der Bettdecke konnte nicht verhindern, dass Cassie plötzlich ein eiskalter Schauer überlief. Durch die Ereignisse nach ihrer Rückkehr nach Ramblings hatte sie vollkommen vergessen, warum sie so schnell nach Hause gerannt war. Wie war das möglich? Vielleicht bahnte sich im Augenblick eine Katastrophe an. Mike könnte herausfinden, wo sie sich aufhielt. Was sollte sie jetzt tun? Cassie warf einen Blick auf Frances und sah an jeder Falte in ihrem Gesicht, dass sie müde, besorgt und ihr zugetan war. Sofort wusste sie, was sie tun würde – nichts. Sie würde nicht noch einmal davonlaufen. Sie war an dem Ort angelangt, an den sie gehörte, das spürte sie mit jeder Faser ihres Körpers. Also würde sie bleiben und es darauf ankommen lassen. In dem Moment, in dem sie diese Entscheidung getroffen hatte, spürte sie, wie ihre ständigen Sorgen von ihr abfielen und sich Zufriedenheit in ihrem ganzen Körper ausbreitete.

»Nichts ist schiefgelaufen«, antwortete sie. »Ich habe mich nur plötzlich schlecht gefühlt. Wahrscheinlich hat Guy mein Verhalten ziemlich merkwürdig gefunden. Wenn er sich wieder meldet, werde ich mich bei ihm entschuldigen.«

»Mit Krankheiten konnte er noch nie gut umgehen. Beim Anblick von Spritzen fällt er sofort in Ohnmacht. Er ist wohl nicht der richtige Mann für Sie, Cassie, obwohl mir diese Vorstellung recht gut gefallen hätte.« Frances stand auf. »Ich werde mich wohl wieder an Barney wenden müssen.«

»Er ist ganz sicher nicht der richtige Mann für mich!«

»Barney?« Frances lachte. »Was für eine Idee! Diese

Frau, mit der er verheiratet war, hat nicht viel für andere Frauen übrig gelassen. Ich meinte damit, dass ich mich bei Barney über die Männer im Dorf erkundigen werde.«

»Bitte nicht. Ich bin nicht an einer Beziehung mit einem Mann aus dem Dorf interessiert. Auch nicht mit einem Mann aus irgendeiner anderen Gegend.« Frances stand bereits an der Tür, als Cassie plötzlich eine andere Erinnerung durch den Kopf schoss. »Frances? Hatten Sie heute Nachmittag Besuch? Ich sah einen Mann das Haus verlassen, als ich zurückkam.«

»Ich nehme an, das war mein Arzt.«

»Ihr Arzt? Ich dachte, Barney …«

Schuldbewusst fiel ihr ein, dass Barney kein zugelassener Arzt mehr war, wie sie ihm vor Kurzem erst an den Kopf geworfen hatte. Sie setzte sich auf und musterte Frances sorgfältig. Stützte sie sich stärker auf ihren Stock als üblich? Ihre Wangen waren blass, aber das hatte Cassie der Sorge über ihren Gesundheitszustand zugeschrieben. Hatte Barney recht, wenn er davor warnte, dass Frances sich zu viel zumutete?

»Warum haben Sie den Arzt gerufen?«

»Nur eine Routineuntersuchung. In meinem Alter ist das leider notwendig. Und ich habe etwas Besseres zu tun, als mich dafür stundenlang in eine Arztpraxis zu setzen.« Diese Bemerkung war so typisch für Frances, dass Cassie den Verdacht, ihre Stimme habe merkwürdig geklungen, als Einbildung abtat. »Wie wäre es mit einer Vereinbarung? Ich mache kein Tamtam über Ihr Befinden, wenn Sie keins über meines machen. Wir sind beide alt genug, um zu wissen, was das Beste für uns ist.«

»Damit bin ich einverstanden«, erwiderte Cassie.

»Gut.« Frances lächelte. »Ich finde es interessant, dass Ihnen der Arzt aufgefallen ist. Er ist ein attraktiver Mann. Ich werde mich erkundigen, ob er verheiratet ist.«

Cassie hatte befürchtet, dass Barney sich zur Plage entwickeln würde, und war überrascht – und auf eine dumme und irrationale Weise enttäuscht –, als er am nächsten Tag kein großes Theater machte. Er tauchte kurz in der Küche auf, während sie frühstückte, fragte sie nach ihren Zuckerwerten und ging wieder. In den Stunden danach und am folgenden Tag war keine Spur von ihm zu sehen.

Am Sonntag suchte Cassie in der Eingangshalle nach dem Schlüssel für den Volvo, um Frances zur Kirche zu fahren, als plötzlich Barney vor ihr stand. Cassie nahm an, dass er sich auf dem Weg zu seinem Büro befand, doch dann fielen ihr seine feinen Schuhe auf – keine festen Stiefel oder Wandersocken, mit denen er sonst herumlief, wenn er arbeitete.

»Weißt du, wo die Schlüssel vom Volvo sind?«, fragte Cassie. »Sie hängen nicht an dem Haken in der Küche. Vielleicht habe ich sie hier irgendwo liegen gelassen.«

»Ich habe sie.« Barney zog die Schlüssel aus seiner Tasche und hielt sie hoch. Cassie trat einen Schritt vor und streckte ihre Hand danach aus, doch er schloss rasch die Finger darum.

»Gibst du sie mir?«

»Nein.«

Cassie seufzte. Er wollte sie anscheinend ein wenig ärgern, und sie musste darauf eingehen. »Bitte!«

»Wofür willst du sie haben?«

»Ich muss Frances zur Kirche fahren.«

»Deshalb bin ich hier. Ich werde euch beide hinbringen.«

Nachdem sie noch einmal einen Blick auf seine Schuhe geworfen hatte, fiel ihr auf, dass Barney generell gepflegter aussah als sonst. Er hatte sich rasiert, und seine Wangenknochen traten über dem glatten Kinn ohne jegliche Bartstoppeln noch deutlicher hervor. Sie schnüffelte. Und er trug ein unaufdringliches, fruchtiges Rasierwasser.

»Bist du erkältet?«

»Nein.« Cassie warf einen Blick auf ihre Armbanduhr, obwohl das überflüssig war, da sie sich direkt neben einer Standuhr befand. Barney brachte sie zur Weißglut. Wie konnte es jemand nur mit ihm aushalten? Ihm entging wirklich nichts. »Es geht mir ausgezeichnet.« Als sie ihm ins Gesicht sah, entdeckte sie ein Lächeln. Vielleicht war das der Grund, warum man es doch mit ihm aushalten konnte. »Ich bin sicher, dass ich es schaffe, ein paar Meilen zu fahren.«

»Deine Versicherung ist nicht gültig. Du darfst nicht mehr fahren, bis ich ihnen mitgeteilt habe, dass du Diabetikerin bist.«

»Kannst du sie nicht anrufen?«

»Das werde ich tun, sobald ich mir sicher sein kann, dass du alles unter Kontrolle hast. Ich möchte nicht, dass Frances in Gefahr ist.«

Cassie seufzte. Frances hatte Glück, dass sie jemanden hatte, der sich so sehr um sie sorgte. Cassie hatte natürlich Vicky, aber sie war Hunderte von Meilen entfernt von ihr. Es war nicht dasselbe, wie jemanden um sich zu haben, der sich jeden Tag darüber Gedanken machte, wie er einen glücklich machen und behüten konnte.

»Also bin ich ans Haus gefesselt?«

»Du kannst gehen, wohin du willst, oder mit dem Bus oder einem Taxi fahren. Aber vergiss nicht, dir einen Snack mitzunehmen. Und speichere meine Nummer in dein Telefon ein.«

»Ich kann nicht mit dem Taxi zu meiner Klinik fahren. Das würde ein Vermögen kosten.«

»Lass mich wissen, wann du den nächsten Termin hast, dann fahre ich dich dorthin.«

»Aber …«

Alle Einwände, die Cassie noch einfielen, schienen ihr im Hals stecken zu bleiben. Es war ein verlockender Gedanke, nicht mehr alles allein durchmachen zu müssen. Jemanden bei sich zu haben, der einem die Hand hielt, wenn auch nur bildlich gesprochen. Bisher war sie bei jedem Termin allein gewesen, auch an dem Tag, an dem man ihr die Diagnose mitgeteilt und ihr erklärt hatte, wie ihr Leben von nun an ablaufen würde. Wie mochte es wohl sein, wenn man wie normale Leute zu solchen Terminen als Paar erschien?

»Warum solltest du das tun?«

»Weil es dir vielleicht helfen könnte.« Aus seinem Mund klang das ganz einfach – so einleuchtend, dass sie sich fragte, warum sie diese Frage überhaupt gestellt hatte.

»Ich habe das bisher immer allein gemacht.«

»Klar, weil du es geheim gehalten hast. Daher hattest du keine Begleitung. Das ist jetzt anders.«

Nach dem Gottesdienst griff Barney nach Frances' Arm und wollte sie zum Wagen zurückführen.

»Hör auf, an mir herumzuzerren, Barney. Du gehst in die falsche Richtung«, beschwerte sich Frances. »Das Pfarrhaus ist dort drüben.«

»Was willst du denn im Pfarrhaus?«

»Tee und Kekse natürlich.«

Barney drehte sich nach einer Erklärung suchend zu Cassie um. Sie lächelte über seine verwirrte Miene.

»Die Frau des Gemeindepfarrers lädt dort nach der Messe zum Tee ein«, erklärte sie.

»Und Frances geht dorthin? Seit wann?«

»Seit Cassie mir angeboten hat, mich dorthin zu begleiten«, warf Frances ein. »Vielleicht ist dir auch aufgefallen, dass sie während des Gottesdienstes nicht mürrisch auf das Ende wartet. Der Sonntagvormittag verläuft jetzt ganz anders!«

Cassie lachte, obwohl sie nicht weiter über die heutige Messe nachdenken wollte. Barney hatte zwischen ihr und Frances gesessen, und falls er unwillig geschnaubt hatte, war ihr das nicht aufgefallen. Sie hatte seiner klangvollen Baritonstimme gelauscht, als er die Kirchenlieder mitgesungen hatte, und hatte, nur wenige Zentimeter auf der Bank von ihm entfernt, die Wärme seines Körpers gespürt. Die Gedanken, die ihr dabei durch den Kopf gegangen waren, gehörten mit Sicherheit nicht in eine Kirche. Manchmal fiel es ihr schwer, in ihm nur Barney und nicht auch einen attraktiven Mann zu sehen.

Sie trafen als Letzte im Pfarrhaus ein, aber wie immer hatte man den Sessel neben dem Fenster für Frances freigehalten. Das Wohnzimmer war vollgestellt mit einer Sammlung von Stühlen aus dem Rest des Hauses, aber sie reichten nicht für alle aus. Cassie, als eine der jüngsten Anwesenden, blieb normalerweise stehen, aber nicht an diesem Sonntag. Ethel verpasste ihrem Mann einen Schlag auf den Arm, als Cassie das Zimmer betrat.

»Steh auf!«, befahl sie ihm. »Überlass Cassie deinen Stuhl.«

Er stellte seine Teetasse ab, stand rasch auf und trat zur Seite.

»Ich brauche keinen Stuhl«, wehrte Cassie ab. »Es macht mir nichts aus zu stehen.«

»Kommt nicht infrage.« Ethel warf einen Blick durch den Raum, und alle Senioren erhoben sich wie bei einer La-Ola-Welle; nur Frances blieb sitzen. Cassie schaute sich um, beschämt, dass Menschen, die doppelt so alt waren wie sie und sich auf einen Stock stützen mussten, ihr einen Sitzplatz anboten.

»Setz dich«, flüsterte Barney ihr ins Ohr. Sein Atem strich ihr durchs Haar. Seine Lippen waren so nahe, dass sie in ihrer wilden Fantasie beinahe das Gefühl hatte, von ihm geküsst zu werden. »Sie werden alle stehen bleiben, bis du es tust.«

Cassie nahm rasch Platz, und alle folgten ihrem Beispiel. Barney half dabei, alle Sitzgelegenheiten gerecht zu verteilen, bis alle gut untergebracht waren. Ethel rückte ihren Stuhl näher an Cassie heran.

»Keine Sorge.« Sie legte kurz eine Hand auf Cassies Arm, öffnete ihre Handtasche und ließ Cassie einen Blick hineinwerfen. »Ich habe für alle Fälle Gummibärchen dabei. Und ich habe eine zusätzliche Bestellung für den Laden aufgegeben, damit sie uns nicht ausgehen. Lass es mich wissen, wenn ich noch etwas anderes für dich ins Sortiment nehmen soll. Ein Glück, dass du Barney hast, richtig?«

»Ich bin kein Spezialist auf diesem Gebiet«, erklärte Barney. Er wanderte immer noch durch das Zimmer und lauschte ungeniert der einen oder anderen Unterhaltung. »Aber ich habe mich gestern mit einem alten Studienkollegen getroffen, der inzwischen Endokrinologe ist, und mich von ihm auf den neuesten Stand bringen lassen.«

»Ihr habt über mich gesprochen?«

»Natürlich nicht. Er arbeitet in Birmingham, weit weg von hier. Ich habe mich bei ihm über neue Erkenntnisse erkundigt. Jeder verantwortungsvolle Arbeitgeber würde das tun.«

Tatsächlich? Cassie fragte sich, ob sie protestieren sollte. Schließlich ging es um ihre Gesundheit, um ihren Körper und um ihre Angelegenheiten, oder? Doch dann begriff sie, was er soeben gesagt hatte. Er hatte den Samstag damit verbracht, nach Birmingham zu fahren, um sich wegen ihr alles über Diabetes berichten zu lassen, was er noch nicht wusste. Welcher Mann, der eigentlich ein Fremder für sie war, würde das für sie tun? Sie schaute auf, und der freundliche Ausdruck in seinen Augen gab ihr die Antwort. Barney würde das für sie tun.

»Ich habe die Kekse sortiert.« Die Frau des Pfarrers stellte einen Teller mit Keksen vor Cassie auf den Kaffeetisch. »Alle mit Schokolade stehen auf der anderen Seite des Tisches. Ich habe im Internet nachgeschaut und herausgefunden, dass Sie Rich Tea und einfache Vollkornkekse essen dürfen, also habe ich ein paar besorgt. Und es gibt auch Obst, falls Ihnen das lieber ist.« Sie stellte eine randvoll mit Obst gefüllte Schale von der Größe einer Bowleschüssel auf den Tisch.

»Es gibt auch Käse mit Cracker, oder ich kann Ihnen rasch eine Scheibe Toast machen, Weizen oder Vollkorn«, fügte die Pfarrersfrau hinzu. Cassie begriff, dass sie nicht eher ruhen und ihr notfalls den gesamten Inhalt ihres Küchenschranks aufzählen würde, bis sie etwas aß, also nahm sie sich ein paar Trauben aus der Schale. Sie sah, dass Barney amüsiert grinste, während er auf die andere Seite des Zimmers spazierte – er wollte sich offensichtlich nicht mit den Keksen ohne Schokolade zufriedengeben –, und er war nicht der Einzige, der lächelte. Es schien, als hätten alle innegehalten und darauf gewartet, dass sie etwas aß, und nun entspannten sie sich und tauschten zufriedene Blicke.

Erst jetzt fielen Cassie zwei Dinge auf. Alle hier wussten offensichtlich bereits über ihren Diabetes Bescheid, und alle waren besorgt um sie. Sie wusste nicht, womit sie das verdiente, aber die Einwohner von Ribblemill hatten ihren engen Kreis geöffnet und sie hineingelassen. Cassie schob sich ein paar weitere Trauben in den Mund und stellte fest, dass sie noch nie etwas so Köstliches gegessen hatte.

Der Colonel nahm seinen üblichen Platz neben Frances ein, und Cassie hörte, wie er das Gemeindehaus erwähnte.

»Geht es bald los mit den Reparaturarbeiten?«, fragte

sie. Soweit sie gesehen hatte, war seit dem Unwetter noch nichts geschehen.

»Ich habe soeben Mrs Smallwood berichtet, dass es Schwierigkeiten mit der Versicherung gibt. Sie weigern sich, die komplette Summe zu erstatten, da das Dach schon vorher beschädigt war. Wir verhandeln noch über den Betrag. Barney hilft uns dabei, also bin ich zuversichtlich, dass wir schon bald anfangen können.«

Cassies Blick schweifte zu Barney hinüber. Er saß neben Ada, der ältesten Ribblemillerin, auf der Sofalehne und hielt ihre Hand. Um jedes ihrer Worte zu verstehen, beugte er sich zu ihr vor, obwohl er ihre Geschichten mit Sicherheit schon so oft gehört hatte, dass er sie auswendig kannte.

»Wir müssen also noch für die Reparatur sammeln?«, fragte Cassie und versuchte, ihre Aufmerksamkeit ganz auf den Colonel zu richten.

»Nicht so viel wie befürchtet, aber ein wenig Geld brauchen wir noch. Barney ist der Meinung, dass wir eine Vereinbarung aushandeln können, die es uns ermöglicht, mit den Geldern aus den üblichen Veranstaltungen zurechtzukommen. Die Auktion war aber eine großartige Idee, und wir werden sie wahrscheinlich nächstes Jahr in die Tat umsetzen.«

»Oh, das wäre schön.« Cassie hatte ganz vergessen, dass sie diesen Vorschlag gemacht hatte. Seit dem Treffen der Dorfbewohner war so viel geschehen; ihre Meinung über alle Beteiligten hatte sich grundlegend geändert. »Was ist die nächste Veranstaltung? Das Sommergrillfest? Wo soll es stattfinden?«

»Nun, das ist noch nicht ganz geklärt.« Der Colonel strich sich mit einem Finger über seinen Schnurrbart. »Üblicherweise findet es auf dem Feld hinter dem Gemeindehaus statt. Das wäre zwar auch jetzt möglich, aber nur in begrenztem Umfang. Wir haben keinen Strom und keine überdachten Plätze, für den Fall, dass es regnet.«

Cassie schaute vom Colonel zu Frances. Die Antwort darauf war für Frances doch sicher ebenso klar wie für sie. Also warum sagte sie nichts? Frances war so erpicht darauf gewesen, dass Ramblings für alle Aktivitäten genutzt wurde, die derzeit nicht im Gemeindehaus stattfinden konnten. Zog sie hier etwa eine Grenze, obwohl das Fest für einen so wichtigen Zweck veranstaltet wurde?

»Frances«, begann Cassie, aber die alte Dame hob ihre Hand, um sie zu unterbrechen.

»Nein, Cassie, das möchte ich nicht.«

Cassie ließ sich auf ihrem Stuhl zurücksinken. Frances vermied den Blickkontakt zu ihr, und der Colonel hüstelte und griff nach einem Keks. Cassie schaute sich um und fragte sich, wie viele der anderen diese Zurückweisung mitbekommen hatten. In diesem Augenblick wandte sich Barney ihr zu und lächelte sie an. Irgendetwas an seinem Lächeln spornte sie an, es noch einmal zu versuchen. Frances glaubte wahrscheinlich, dass bei einem Grillfest nach Hotdogs und Zwiebel riechende Rauchschwaden durch Ramblings ziehen würden. Cassie war jedoch etwas viel Besseres eingefallen.

»Frances?«, begann sie wieder und ignorierte dieses Mal die erhobene Hand. Sie würde sich nicht davon abhalten lassen, ihre Idee auszusprechen. »Sie erinnern sich doch sicher daran, wie Sie mir von Ihrer Einladung zu dieser königlichen Gartenparty erzählt haben?« Frances ließ ihre Hand sinken. »Wenn wir nun statt einer Grillparty ein Gartenfest auf Ramblings veranstalten würden? Mit einem richtigen Nachmittagstee und Spielen für die Kinder auf dem Rasen – falls der Colonel damit einverstanden ist.«

»Das klingt ausgezeichnet«, sagte der Colonel. »Vorausgesetzt Mrs Smallwood hat nichts dagegen, dass die Leute auf ihrem Rasen herumtrampeln.«

Cassie wünschte, er hätte nicht das Wort »herumtrampeln« verwendet; es klang nicht sehr ermutigend. Und tatsächlich war Frances ungewöhnlich still.

»Ich habe viele Jahre damit verbracht, meinen perfekten Rasen zu betrachten, ohne dabei Vergnügen zu empfinden«, sagte Frances schließlich. Cassie beugte sich hoffnungsvoll zu ihr vor. »Aber obwohl das ein guter Vorschlag ist, lautet meine Antwort nein.«

»Warum?« Cassie konnte sich nicht zurückhalten. »Ich weiß, dass es Ihnen gefallen würde. Ich würde alles organisieren. Sie bräuchten nur zu erscheinen – als Königin des Tages.«

Frances lächelte und griff nach Cassies Hand.

»Ich weiß, dass Sie die gesamte Organisation übernehmen würden. Und das ist genau der Grund, warum ich das nicht erlauben werde. Nicht nach letzter Woche.«

»Kein Tamtam«, sagte Cassie leise und drückte Frances' Finger. »Wir waren uns einig.«

»Und sie muss auch nicht alles allein organisieren«, warf Ethel ein. »Mel wird es sich nicht entgehen lassen, dabei zu sein, und wir alle werden ihr helfen, nicht wahr?«

Die Senioren neben Cassie nickten. Sie hatte nicht bemerkt, dass alle zuhörten, aber Frances schien die Anzahl der Befürworter zu überzeugen.

»Also gut«, sagte sie. »Wir werden eine Gartenparty auf Ramblings veranstalten … Oh!«, keuchte sie, und Cassie hatte sofort ihre Vereinbarung vergessen.

»Was ist los?«, fragte sie. »Haben Sie Schmerzen? Soll ich Barney holen?«

Sie sah sich nach ihm um. Während sie über das Fest gesprochen hatten, war noch ein Pärchen Anfang dreißig mit einem Kleinkind eingetroffen. Barney saß bei ihnen, und Cassie beobachtete, wie er das Kind in seine Arme nahm. Die Kleine streckte ihm ihre pummelige Hand entgegen und legte sie auf sein Kinn. Er tat so, als würde er hineinbeißen und ihren Arm bis zum Ellbogen verschlingen, und das Mädchen kicherte begeistert. Cassie konnte ihren Blick nicht abwenden – sie konnte kaum glauben, dass das der Mann war, den sie seit vier Monaten kannte. Sein Stirnrunzeln war verschwunden, und er wirkte nicht mehr abgespannt, sondern glücklich.

»Das hätte aus ihm werden können«, flüsterte Frances ihr zu, so als hätte sie Cassies Gedanken gelesen.

»Wer ist das?«

»Das ist die Tochter des Gemeindepfarrers. Sie war seine Jugendliebe, bevor er die Frau traf, die er dann heiratete. Sie lebt in Wales. Ich habe sie schon seit Jahren nicht mehr zusammen gesehen.«

Falls Frances noch mehr sagte, hörte es Cassie nicht. Ihre Aufmerksamkeit war auf Barney gerichtet. Er unterhielt sich mit dem Pärchen, lachte und schaukelte das

Kind. Cassie erkannte, dass sie nicht den Mann vor sich sah, der er hätte sein können – das war der Mann, der er wirklich war. Sein Vergnügen war selbstlos. Er freute sich darüber, dass jemand, der ihm einmal viel bedeutet hatte, glücklich war. Ohne Bedauern oder Verbitterung darüber, dass sein eigenes Leben weniger glücklich verlaufen war. Cassie würde diesen Moment nie vergessen: der Duft nach Lavendel aus dem Duftstecker hinter dem Sofa, das Summen der Unterhaltung, unterbrochen von Kinderlachen, die unbequeme Lehne des Stuhls, der sich gegen ihren Rücken drückte, und ihr ungehorsames Herz, das dabei war, sich in Barney Smallwood zu verlieben.

# 17

Eines wusste Cassie ganz genau: Liebe war nicht gut oder erstrebenswert für sie und würde sie nicht glücklich machen. Sie hatte sich nicht gewünscht, sie noch einmal zu erleben, und würde alles tun, um sie unter Kontrolle zu halten. Zuerst war es nicht schwer, Barney aus dem Weg zu gehen. Er war ein Gewohnheitsmensch und kam jeden Tag um die gleiche Zeit in die Küche, um etwas zu trinken oder eine Kleinigkeit zu essen. Cassie vergewisserte sich, dass sie sich dann am anderen Ende des Hauses aufhielt. Sie konnte seine Schritte von allen anderen unterscheiden und erkannte sofort seine Stimme; so konnte sie sich rechtzeitig davonschleichen, wenn er sich ihr näherte. Das wäre wochen-, wenn nicht sogar monatelang gut gegangen, wenn Frances sie nicht an ihren versprochenen Ausflug an die Küste erinnert hätte. Dafür brauchte sie den Wagen, und wenn sie ihn haben wollte, musste sie sich an Barney wenden.

Cassie machte sich am späten Vormittag auf den Weg zu seinem Büro. Inzwischen dürfte er seine Teepause hinter sich haben und so beschäftigt sein, dass er sich nicht lange würde stören lassen. Kurz und bündig, das war am besten. Sie würde ins Büro marschieren, ihn um die Wagenschlüssel bitten und schnell wieder verschwinden. Das konnte doch nicht so schwer sein, oder?

Die Tür wurde mit einem Stück Holz offen gehalten. Gin entdeckte sie sofort, lief schwanzwedelnd auf sie zu und rieb sich an ihren Beinen. Cassie ging in die Hocke, um sie zu streicheln.

»Wenn du versuchen willst, meinen Hund zu stehlen, musst du dich leiser anschleichen.«

Cassie ließ den Blick nach oben über seine alte Jeans und ein gut sitzendes T-Shirt gleiten, bis sie Barneys lächelndes Gesicht sah. Sie stand auf, aber die Nähe zu seinem Lächeln war nur schwer zu ertragen. Nun sah sie auch das Leuchten in seinen Augen, und ihr Herz schlug plötzlich ein paarmal so heftig und unregelmäßig, dass sie befürchtete, seinem geschulten Auge würde das nicht entgehen. Rasch konzentrierte sie sich auf ein paar Krümel, die in den Falten seines T-Shirts hingen, dachte dabei aber sofort daran, wie es wäre, wenn sie sie wegwischen und dabei seine muskulöse Brust berühren könnte. Das half nicht gerade dabei, ihren Puls wieder zu normalisieren.

»Bist du gekommen, um Gin zu einem Spaziergang abzuholen? Das wäre großartig. Ich muss auf einen Anruf warten. Was sagst du dazu, Gin? Möchtest du mit Cassie spazieren gehen?« Er bückte sich und klopfte der Hündin auf die Flanke; sie revanchierte sich mit begeistertem Schwanzwedeln. Er schenkte Cassie wieder ein Lächeln. »Ich glaube, das bedeutet ja. Sie hat dich vermisst. In letzter Zeit musste sie sich mit meiner Gesellschaft zufriedengeben.«

»Tut mir leid, aber ich hatte so viel zu tun …« Sie hatte Frances vorgelesen, mit ihr Radio gehört, die Geschichte von Ramblings fortgesetzt und über die Organisation der Gartenparty nachgedacht. Für einen Mann, der früher Leben gerettet hatte und nun ganz allein ein riesiges Landgut führte, war das sicher lächerlich. Kein Wunder, dass er nun wieder die Stirn runzelte.

»Du hast aber genügend Zeit für ein wenig Bewegung, oder? Ich habe Frances gesagt, dass du am Vormittag und am Nachmittag eine Pause brauchst, damit du vor allem bei gutem Wetter einen Spaziergang machen kannst. Da fällt mir ein, dass ich etwas für dich habe.« Er ging zurück in sein Büro, gefolgt von Gin und Cassie, und holte ein schmales Büchlein aus dem Regal hinter seinem Schreibtisch. »Das ist ein Führer über zwanzig Rundwanderwege, die im Dorf beginnen. Keiner ist länger als sechs Meilen. Er wurde bereits vor zwanzig Jahren geschrieben, um Geld für das Gemeindehaus zu sammeln, aber ich bin alle Wege abgegangen und habe Notizen eingefügt, wenn sich die Sehenswürdigkeiten geändert haben.« Er hielt ihr das Büchlein hin, aber sie nahm es nicht. Barney kratzte sich mit der freien Hand am Kinn. »Du musst es nicht benutzen, falls du lieber im Garten bleibst. Ich dachte nur, dass dir ein wenig Abwechslung gefallen könnte.«

»Natürlich.« Cassie nahm ihm das Buch aus der Hand. »Ich bin nur …« Was sollte sie nun sagen? Dass sie es nicht gewohnt war, dass andere Menschen freundlich zu ihr waren und sich Gedanken um sie machten? Dass es ihr schwerfiel, nicht daran zu denken, dass sie verliebt in ihn war, wenn er so etwas für sie machte? »Danke.«

»Lass es mich wissen, wenn du noch weitere Anregungen brauchst. Ich bin im Lauf der Jahre mit Sicherheit jeden Pfad in einem Radius von zehn Meilen mehr als einmal entlanggelaufen.«

Cassie konnte sich gut vorstellen, wie Barney als energiegeladener und von Hormonen angetriebener Teenager durch die Landschaft gestreift war und wie er später als hart arbeitender Arzt seine Lieblingsorte immer wieder aufgesucht hatte, um sich vom Stress zu erholen. Sie fragte sich, wer ihn auf seinen Wanderungen begleitet hatte – die Tochter des Pfarrers oder seine Frau oder beide? Wie wäre es wohl, mit Barney an ihrer Seite all die Felder und Pfade zu erkunden und sich von ihm all die Dinge zeigen zu lassen, die nur ein Einheimischer kannte, während er sie so anlächelte wie jetzt? Aber er hatte ihr seine Begleitung nicht angeboten, und sie würde ihn mit Sicherheit nicht darum bitten.

Kurz und bündig, rief sie sich ins Gedächtnis. Er hatte sie von dem eigentlichen Zweck ihres Besuchs abgelenkt, aber ihr gleichzeitig eine gute Vorlage geboten.

»Ich könnte noch viel mehr unternehmen, wenn ich das Dorf verlassen könnte. Kann ich also den Volvo haben?«

Barney lachte, und die Krümel fielen von seinem T-Shirt.

»Ich habe mich schon gefragt, wann du mich darauf ansprechen würdest. Und ich dachte, du wolltest mich testen, wie viele Predigten und Teestunden im Pfarrhaus ich noch durchhalten würde, bevor ich nachgebe.«

»So viele kann es gar nicht geben, um etwas anderes aus dir zu machen als einen mürrischen Heiden.«

»Glaubst du?« Er lachte wieder. »Und ich nehme an, Frances hält dich für ihren barmherzigen Engel.«

»Woher weißt du das? Schleichst du etwa durchs Haus und lauschst an den Türen?«

»Nur, wenn ich mir erhoffe, etwas Interessantes zu hören oder zu sehen.«

Wieder schenkte er ihr ein Lächeln, und dieses Mal wirkte es auf Cassie so verführerisch, dass sie sich rasch am Schreibtisch festhielt, um den Bezug zur Realität nicht zu verlieren. Es war kaum zu glauben – ein einziges Lächeln löste wahnhafte Gedanken in ihr aus. Sie musste versuchen, sich besser zu beherrschen. Sie trat ein paar Schritte zurück.

»Heißt das ja? Kann ich die Schlüssel jetzt haben?«

»Wie fühlst du dich? Hast du alles wieder unter Kontrolle?«

»Ja, es gab keine weiteren Probleme.« Zumindest nicht, was ihre Diabetes-Erkrankung anbelangte. In diesem Augenblick stellte er das größte Risiko für ihr Wohlbefinden dar.

»Okay, ich werde nachher die Versicherungsgesellschaft anrufen und mich erkundigen, wie es aussieht. Wohin willst du denn so dringend fahren?«

Cassie zögerte. Sie befürchtete, dass er nicht damit einverstanden sein würde. Aber eigentlich wäre das gut, oder? Wenn er sich wieder in den alten Brummbären verwandeln würde, den sie bei ihrer Ankunft kennengelernt hatte, würde sie vielleicht den Unfug vergessen, dass sie sich in ihn verliebt hatte.

»Ich habe Frances versprochen, sie zur Küste zu fahren.«

Es funktionierte besser, als Cassie gehofft hatte. Sofort verschwand das Lächeln von seinem Gesicht und wurde von einem Stirnrunzeln abgelöst.

»War das deine Idee?«

Es war verlockend, die Frage mit ja zu beantworten – das würde ihn noch wütender machen –, aber wie immer gelang es ihr nicht, ihn bei diesem forschenden Blick anzuschwindeln.

»Frances hat erwähnt, dass sie gerne ans Meer fahren würde, und ich sehe keinen Grund, warum wir das nicht tun sollten. Sag jetzt bloß nicht, sie sei schon zu alt dafür.«

»Ihr Alter ist nicht das Problem.« Er seufzte und schob einige Papiere auf seinem Schreibtisch zur Seite. »Wohin wollt ihr fahren?«

»Nach Southport.«

»Warst du schon einmal in Southport?«

Cassie schüttelte den Kopf.

»Es ist nicht so, wie du dir es vielleicht vorstellst.«

»Ich gehe nicht davon aus, dass es irgendwo so schön ist wie an der Küste von Devon.«

Das war die falsche Antwort gewesen. Barney lächelte wieder.

»Und Frances war von der Idee angetan? Es ist eine lange Fahrt, vor allem an einem heißen Tag. Der Volvo hat keine Klimaanlage.«

»Frances war begeistert. Sie glaubt, dass es vielleicht ihre letzte Reise zum Meer sein könnte, aber wenn alles gut läuft, könnten wir noch öfter fahren. Wir sollten uns vielleicht einen kühleren Tag aussuchen, oder sogar bis September warten, wenn die Schulferien vorüber sind.«

»Nein, so lange solltest du nicht warten.« Barney blätterte in seinem Kalender. »Wie wäre es mit Ende des Monats? Ich werde euch fahren.«

»Das kannst du nicht machen!«

»Natürlich. Frances wird sich nicht beschweren, dass ich mir freinehme, wenn ich die Zeit mit ihr verbringe.«

Das war nicht der Grund für Cassies Einwand gewesen – sie hatte Angst davor, einen ganzen Tag mit Barney zu verbringen. Das beunruhigte sie mehr als die Tatsache, dass er sie wohl nicht für fit genug hielt, um einen solchen Ausflug zu unternehmen.

»Mach kein solches Theater. Ich habe dir gesagt, dass es mir wieder gut geht. Ich werde mir ein paar Snacks mitnehmen. Die Fahrt wird mir keine Probleme bereiten.«

»Weißt du überhaupt, wo Southport liegt?«

»Ja, an der Küste. So schwer ist es wohl nicht zu finden. Immer weiter, bis das Land endet.«

»Wenn das dein Plan ist, dann sollte wirklich lieber ich fahren. Ich mache auch kein Theater wegen dir – ich möchte Frances im Auge behalten.«

»Gut, du hast gewonnen. Fahr uns, wenn du unbedingt willst.«

»Hier geht es nicht ums Gewinnen. Wir befinden uns nicht in einem Krieg.«

Sie nickte und wandte sich zur Tür.

»Cassie? Hast du Gin vergessen?«

Das hatte sie tatsächlich. Es kostete sie große Mühe, nicht auf sein Lächeln zu reagieren. Sie rief rasch nach Gin, die sofort zu ihr kam und ihre Schnauze in Cassies Hand drückte. Wieder wandte sie sich zum Gehen.

»Cassie?«

Was noch? So viel zu kurz und bündig. Das artete in eine schreckliche, quälend langsame Folter aus.

»Könntest du dich am Freitagabend um Gin kümmern? Ich könnte Lydia darum bitten, aber ich möchte ihre Wochenendpläne nicht stören.«

»Natürlich, sehr gern.« Sie fragte sich, was Barney an einem Freitagabend vorhatte. Vielleicht hatte er ein Date und lächelte deshalb so strahlend. »Bist du die ganze Nacht weg?«, platzte sie heraus, ohne darüber nachzudenken. »Hast du eine Verabredung?«

Er lachte, als hätte sie etwas Groteskes gesagt, dabei war daran nur verwunderlich, dass er nicht jeden Abend ein Date hatte.

»Ich treffe mich mit ein paar alten Freunden von der Universität. Ist das in Ordnung? Du bist inzwischen wirklich ein richtiges Mitglied unserer Dorfgemeinschaft geworden – nun hörst du dich schon an wie Mel. Keine Sorge. Sollte ich jemals wieder anfangen, mich zu verabreden, wirst du die Erste sein, die davon erfährt.«

Natürlich bestand Frances darauf, dass Cassie ein Kleid trug – vor allem, da der Tag, den Barney für ihren Ausflug ausgesucht hatte, trocken und sonnig war.

»Sie sehen bezaubernd aus, Cassie«, sagte Frances, als Cassie in dem von ihr ausgesuchten rot gepunkteten Kleid ihr Schlafzimmer betrat. Dazu trug sie ein Paar Sandalen mit Keilabsatz, die sie sich von Becca geborgt hatte.

»Nicht übertrieben schick?«

»Zu schick kann man sich nie kleiden.«

Frances befolgte heute selbst ihre eigene Regel: Sie trug ein Tweedkostüm, eine Seidenbluse, eine Perlenkette und einen Hut. Nur die mit Pelz besetzten Hausschuhe aus Paisleystoff passten nicht dazu.

»Sind Ihre Schuhe unten?«

»Ich glaube, ich werde heute diese tragen.« Frances deutete auf ein Paar braune Halbschuhe mit Schnürsenkeln und einem zweieinhalb Zentimeter hohen Blockabsatz – ganz anders als die Slipper mit Gummisohle, die sie üblicherweise trug. »Ich werde sie unten anziehen.«

Kurz darauf trafen sie sich in der Eingangshalle, um dort auf Barney zu warten. Sofort wurde klar, dass Frances sich die Schuhe nicht selbst zubinden konnte, selbst wenn sie auf einem Stuhl saß. Und es war ebenso klar, dass sie Cassie nicht um Hilfe dabei bitten würde. Es gab eine stillschweigende Übereinkunft über Cassies Pflichten, und Hilfe bei Frances' Körperpflege gehörte nicht dazu. Das war das erste Mal, dass Cassie das bewusst wurde.

»Vielleicht ist es doch vernünftiger, wenn ich meine normalen Schuhe trage«, meinte Frances und versuchte, die Schuhe wieder abzustreifen, die sie sich in minutenlanger Anstrengung angezogen hatte. Cassie hörte an ihrer Stimme, dass sie stolz versuchte, sich ihre Enttäuschung nicht anmerken zu lassen, und das konnte sie kaum ertragen.

»Auf keinen Fall. Sie haben mich dazu überredet, dieses Kleid anzuziehen, also helfe ich Ihnen jetzt bei den Schuhen, okay?«

Frances nickte gnädig, und Cassie bückte sich, um die Schnürsenkel zu binden. Als sie sich wieder erhob, stand

Barney an der offenen Tür. Die Sonnenstrahlen hinter ihm verwandelten seinen Körper in eine verführerische Silhouette. Cassie hielt sich rasch an der Rückenlehne von Frances' Stuhl fest.

»Der Wagen steht bereit.« Barney trat ein paar Schritte nach vorn, und aus der Silhouette wurde ein realer Mann. Er lächelte. »Du siehst sehr elegant aus, Frances. Hätte ich mir mehr Mühe geben sollen?«

»Allerdings, aber dafür ist es nun zu spät.«

Barney trug eine Jeans und ein kariertes Hemd, das die Farbe seiner Augen betonte. Cassie konnte sich nicht vorstellen, dass irgendeine andere Frau daran etwas auszusetzen hätte.

»Wie du siehst, habe ich Cassie sogar davon überzeugen können, ein Kleid zu tragen. Sieht sie damit nicht großartig aus?«

Cassie nahm den Picknickkorb in die Hand und verschloss die Ohren vor seiner unvermeidlichen, sicher schroffen Bemerkung. Ruth hatte den traditionellen Weidenkorb mit Tassen, Tellern und Besteck gefunden. Nun war er beladen mit Köstlichkeiten und wog eine Tonne. Sie schwankte unter dem Gewicht und verzog das Gesicht, als er ihr gegen das Bein schlug. Sofort wurde ihr der Korb aus der Hand gerissen.

»Von blauen Flecken übersäte Beine würden den Anblick komplett ruinieren«, meinte Barney und ging zur Tür.

Barney fuhr in einem so gemächlichen Tempo nach Southport, als würden sie an einer königlichen Prozession teilnehmen. Schließlich bogen sie auf eine holprige Landstraße ein, und Cassie konnte einen ersten Blick auf den Sand werfen. Sie setzte sich auf, presste die Stirn gegen die Scheibe und wartete darauf, dass das Meer auftauchte … und wartete und wartete. Der Sand erstreckte sich meilenweit. Barney steuerte den Wagen eine Rampe hinunter und parkte ihn am Strand, aber vom Meer war immer noch keine Spur zu sehen. Cassie stieg aus, hob eine Hand, um die Augen vor der Sonne abzuschirmen, und blinzelte in die Ferne. Sie hörte Barney lachen und drehte sich um.

»Es ist dort draußen. Du musst nur gründlich hinsehen.«

»Wenn ich das gewusst hätte, hätte ich ein Fernglas mitgenommen. Ist gerade Ebbe, oder ist das Wasser in der Sonne verdunstet?«

»Das Land ist so flach, dass es weit draußen liegt. Ich habe dich gewarnt, dass es möglicherweise nicht deinen Vorstellungen entspricht.«

Das war die reinste Untertreibung. Cassie hatte auf Klippen gehofft, auf hohe Wellen und eine salzige Brise, die ihr das Haar zerzausen würde – in etwa so wie zu Hause. Hier gab es zwar eine Menge Sand, und am Himmel kreisten Seemöwen, aber die Erinnerungen, die sie an diesem Ort zum Leben hatte erwecken wollen, blieben nur zweidimensionale Bilder in ihrem Kopf.

»Ich dachte, du seist ein Mädchen vom Land.«

»Das bin ich auch, aber unsere Farm liegt nur drei Meilen vom Meer entfernt. Wir sind zu Fuß dort hingegangen, wann immer wir Zeit dafür hatten.«

»Komm.« Barney legte ihr eine Hand auf den Arm. »Wir gehen zum Ende der Seebrücke, dort bist du dem Meer ein wenig näher. Diesen enttäuschten Ausdruck in deinen Augen kann ich nicht ertragen.«

Barney ging auf die andere Seite des Wagens, während Cassie auf ihren Arm starrte. Sie war verblüfft, dass er immer noch aussah wie vorher, obwohl er sich viel heißer anfühlte als der Rest ihres Körpers.

»Frances? Möchtest du zum Ende der Seebrücke? Wir können mit der Tram fahren.«

»Mit der Tram?«

Cassie wünschte, sie könnte Frances' empörte Miene auf einem Foto festhalten. Sie schaute Barney an, als hätte er ihr vorgeschlagen, auf einem Müllwagen mitzufahren.

»Ich bin in meinem ganzen Leben noch nie mit dieser Tram die Seebrücke entlanggefahren, und ich habe nicht vor, damit jetzt zu beginnen.«

»Frances …«

»Wenn du wieder ein Tamtam machen willst, Barney, dann wirst du im Wagen warten, und Cassie und ich werden allein gehen.«

Frances und Barney schauten Cassie an. Offensichtlich erwarteten sie beide Unterstützung von ihr, aber sie musste nicht lange überlegen, wem sie zustimmen sollte. Ein Lächeln von Frances war wesentlich sicherer als ein Lächeln von Barney, also stellte sich Cassie auf Frances' Seite.

»Es tut uns sicher gut, wenn wir uns nach der Fahrt die Beine vertreten«, erklärte sie. Bildete sie es sich nur ein, dass Barney kurz den Blick über ihre Beine gleiten ließ, als sie das sagte? »Wenn es uns zu viel wird, legen wir eine kleine Pause ein, okay?«

Cassie hatte zumindest ein verärgertes Schnauben erwartet, aber Barney sah sie nur amüsiert an und schien beinahe zu lächeln. Ohne ein Wort zu sagen, folgte er Frances und Cassie auf die Seebrücke. Obwohl Cassie ganz langsam ging, immer wieder stehen blieb, um die Esel und den Ausblick auf den Blackpool Tower zu bewundern, und sich noch weitere Gründe für eine Pause einfallen ließ, war Frances sichtlich erschöpft, noch bevor sie die Mitte der Brücke erreicht hatten. Sie würden es niemals bis zum Ende schaffen. Und wie sollten sie nun wieder zurück zum Ausgangspunkt gelangen?

»Wartet hier«, befahl Barney, obwohl sie ihn nicht um Hilfe gebeten hatte. »Ich bin gleich wieder da.«

Er lief davon. Zehn Minuten später tauchte er mit einem leeren Rollstuhl wieder auf.

»Wo kommt der Rollstuhl her?«, fragte Cassie. »Hast du jemanden überfallen?«

»Ich habe ihn mitgebracht.«

»Ich habe dir gesagt, dass du das nicht tun sollst«, warf Frances ein. »Ich bin nicht behindert.«

Cassie drehte sich zu ihr um und fragte sich, wann diese Diskussion stattgefunden hatte. Sie wusste nichts davon.

»Das hat auch niemand behauptet. Du bist weiter gegangen, als ich es für möglich gehalten habe. Aber wir können dieses langsame Tempo nicht beibehalten. Cassie braucht schon bald ihr Mittagessen.«

Das hörte sich an, als sei sie ein Baby – oder noch

schlimmer, ebenso behindert wie Frances. Mit leidvoller Miene ließ Frances sich auf den Rollstuhl sinken.

»Ich frage mich, warum du nicht zwei Rollstühle mitgebracht hast, um uns beide zu schieben«, murrte Cassie. Sie war nicht sicher, was sie mehr erboste: die Tatsache, dass Barney sich benahm, als wäre sie ein schwaches, krankes Wesen, oder dass er in weiser Voraussicht einen Rollstuhl mitgebracht hatte. Was hätte sie getan, wenn er sie nicht begleitet hätte? Sie hätte mehr an Frances denken und weniger darüber nachgrübeln sollen, wie sie ihn verärgern konnte, damit er nicht lächelte. Und in diesem Moment schenkte er ihr ein strahlendes Lächeln, als würde er sie damit absichtlich provozieren wollen.

»Wer sagt denn, dass ich den Rollstuhl schieben werde?«

Er ging weiter und lachte so herzhaft, dass seine Schultern zuckten.

Es war ein herrlicher, entspannender und aufbauender Tag. Sie gingen bis zum Ende der Seebrücke, das immer noch ein gutes Stück vom Meer entfernt war, und Frances stieg aus ihrem Rollstuhl, um das letzte Stück zu Fuß zu gehen. Sie picknickten am Strand, und Barney machte mit ihnen eine Fahrt in einem Motorboot auf dem Meer. Gekonnt steuerte er das Boot unter der Seebrücke hindurch und um die Enten herum, während Frances wie eine Königin im hinteren Teil saß.

Zurück am Strand ließ Frances sich auf einem Liegestuhl nieder, und Barney und Cassie breiteten eine Decke aus und teilten sich die Reste vom Nachmittagstee. Cassie rutschte zum Rand der Decke, streifte ihre Schuhe ab und grub die Zehen in den Sand. Unter der obersten

Schicht fühlte er sich kalt an, und wenn sie die Zehen krümmte, bildete er Klumpen, anstatt zwischen ihnen hindurchzurieseln. Sie stemmte ihre Fersen in den Sand und streckte die Beine aus, sodass sich zwei Furchen bildeten. Das Gefühl des kiesigen Sands auf ihrer Haut war so angenehm, dass sie das gleich noch einmal machte.

»Falls du nach einem vergrabenen Schatz suchst, muss ich dich enttäuschen. Diese Küste ist nicht für Schmuggler und Piraten bekannt.«

Cassie lächelte, drehte sich aber erst um, als sie eine Bewegung hinter sich wahrnahm. Barney war aufgestanden und kramte im Picknickkorb. Frances war eingeschlafen.

»Schläft sie öfter tagsüber?«, wollte Barney wissen.

»In letzter Zeit schon. Meistens etwa eine Stunde lang.«

»Sagst du es mir bitte, wenn du weitere Veränderungen an ihr bemerkst?«

Cassie nickte. Sie musste ihm jetzt entgegenkommen – schließlich hatte er ihnen mit dem Rollstuhl den Tag gerettet. Er setzte sich und streckte seine langen Beine hinter Cassie auf der Decke aus. In seiner Hand hielt er eine teuer aussehende Tafel Schokolade in einem dunklen Einwickelpapier.

»Das ist eine ziemliche Verbesserung zu deinen sonst üblichen billigen Schokoriegeln. Hast du im Lotto gewonnen?«

»Leider nicht.« Er riss die Folie auf. »Diese Schokolade besteht zu fünfundachtzig Prozent aus Kakao. Wenn du Schokolade essen möchtest, solltest du es damit versuchen.«

»Wer hat dir das gesagt?«

»Philip, der Endokrinologe, den ich erwähnt habe.«

»Hast du sie etwa für mich gekauft?«

»Ich würde jetzt gerne ja sagen, aber das stimmt nicht. Denn dann würde ich sie dir geben und darauf verzichten müssen. Aber ich habe sie gekauft, um dich probieren zu lassen.« Er hielt ihr die Schokolade entgegen. »Führt dich das in Versuchung?«

Oh ja, das führte sie in Versuchung – mehr als er jemals erfahren durfte. Aber es ging nicht um die dunkle Schokolade, auch wenn sie mit der glänzenden Glasur und dem bitteren Aroma sehr verführerisch auf ihre Sinne wirkte. Sie wurde durch die Hand in Verlockung gebracht, in der sich die Schokolade befand. Blaue Venen traten durch die Hitze leicht hervor, die langen, geschickten Finger hatten früher Leben gerettet – sie fragte sich, welche anderen Fähigkeiten sie noch besaßen. Auch der gebräunte, leicht behaarte Unterarm unter seinem aufgerollten Ärmel verlockte sie. Eigentlich reizte sie alles an dem Mann, der sich auf der Decke neben ihr ausstreckte. Vor allem sein gutes Herz, das ihn dazu gebracht hatte, daran zu denken, was sie mögen könnte. Wie könnte sie in einen solchen Mann nicht verliebt sein?

»Ich kann nicht«, erwiderte sie und beantwortete damit ihre eigene Frage und auch seine.

»Wie schade.« Barney brach ein Stück von der Tafel ab und steckte es sich in den Mund. Cassie beobachtete, wie er seine Augen schloss, und stellte sich vor, wie die Schokolade auf seiner Zunge schmolz und die Schärfe seinen Gaumen kitzelte. Sie grub die Zehen tief in den Sand, um sich abzukühlen.

»Das schmeckt unglaublich gut.« Barney schlug die Augen auf und ertappte sie dabei, wie sie ihn anstarrte. Er lächelte. »Du bist konsequenter als die meisten Diabetiker, denen ich bisher begegnet bin. Hast du nach der Diagnose sofort komplett auf alles verzichtet, was nicht gut für dich ist?«

Die Erinnerung an ihre Erkrankung wirkte wie eine kalte Dusche. Genau wie Mike schien er sie nun darauf zu reduzieren. Zumindest zeigte Barney Mitgefühl, so wie er es in seinem Beruf wohl gelernt hatte. Mike hingegen ... Cassie schauderte. Sie wollte sich durch den Gedanken an ihn nicht diesen Tag verderben lassen.

»Wenn man erkennt, dass etwas nicht gut für einen ist, dann ist es manchmal besser, ganz darauf zu verzichten«, erklärte sie und starrte auf den Sand. Sie spürte, wie sich die Decke bewegte, als Barney sich aufsetzte und ihr näher kam.

»Geht es dabei um mehr als um Schokolade?«

»Nein.«

»Cassie ...«

Cassie sprang auf, zog eine weitere Decke aus ihrer Tasche und legte sie Frances auf die Beine. Einige Zeit zog und zupfte sie sie zurecht, während sie versuchte, ihre Gefühle zu ordnen. Barney hatte sich auf die Seite gelegt und seinen Kopf auf eine Hand gestützt, als sie sich wieder neben ihn setzte. »Ich bin sicher, du hast wichtigere Dinge zu tun. Es tut mir leid, dass du uns herumfahren musstest, weil ich ...« Sie hätte diesen Satz auf tausend verschiedene Arten beenden können, aber Mike war noch stärker in ihren Gedanken präsent, als sie geglaubt hatte.

»Weil ich diesen Defekt habe«, sagte sie schließlich und wischte ein wenig Sand von ihrem Bein.

»Einen Defekt? Warum nennst du das so?« Cassie sah Mitleid in Barneys Augen. Diesen Ausdruck wollte man auf keinen Fall bei einem Mann sehen, in den man sich verliebt hatte. »Der Diabetes ist nicht deine Schuld, und du musst dich nicht dafür schämen. Ich kann dir zeigen, was ein richtiger Defekt ist.«

Er setzte sich auf und zog sein T-Shirt auf der rechten Seite nach oben. Zuerst sah sie nur goldbraune Haut, so als hätte er ohne Hemd im Freien gearbeitet, doch als er das T-Shirt noch höher schob, wurde eine blasse, gezackte Narbe sichtbar, die etliche Zentimeter quer über seine unteren Rippen verlief. Sie war offensichtlich schon älter und sah aus wie ein glänzender rosafarbener Wurm, der über seine Haut kroch. Aber sie betrachtete diese Narbe nicht als Defekt. Sie gehörte zu ihm wie seine schönen mandelförmigen Augen, sein schiefes Lächeln und sein unbeirrbarer Blick – es war unmöglich für sie, einen Teil seines Körpers als unschön zu empfinden. Sie lehnte sich zurück, stützte sich auf die Hände und verhinderte damit, dass sie sie instinktiv ausstreckte und ihn berührte.

»Wie ist das passiert?«

»Ein Betrunkener hat mich bei einer meiner ersten Schichten in der Notaufnahme mit einem Messer angegriffen. Damals dachte ich noch, ich müsse den Helden spielen. Und es stellte sich heraus, dass ein weißer Kittel nicht der unüberwindbare Schild war, für den ich ihn immer gehalten hatte.«

Er ließ das T-Shirt nach unten gleiten. Es war eine

Erleichterung – und gleichzeitig eine große Enttäuschung. Er legte sich auf den Rücken und beobachtete eine Seemöwe, die über ihren Köpfen kreiste.

»Fehlt dir diese Arbeit?«

Er schloss die Augen. »Ja, weil ich glaube, dass ich im Umgang mit den Patienten recht gut war. Ich hätte so viel mehr tun können.« Er rieb sich über das Kinn. »Aber andererseits auch nicht. Tiere und Ländereien sind leichter zu handhaben als Menschen. Ich arbeite gern selbstständig. Und ich möchte das, was ich mache, gut machen, egal, worum es sich handelt. Manchmal spürt man plötzlich wieder Zufriedenheit, wenn man damit schon lange nicht mehr gerechnet hat.«

Genau so empfand Cassie ihre Zeit auf Ramblings. Es war ein Haus, in dem man verlorene Zufriedenheit wiederfinden konnte. Alle Menschen dort schienen von dem Weg abgebracht worden zu sein, den sie eigentlich hatten gehen wollen, und trotzdem brachte ihnen Ramblings ihre Zufriedenheit zurück.

»Es tut mir leid, was ich damals gesagt habe«, erklärte Cassie. »Dass du kein richtiger Arzt bist.«

Barney öffnete die Augen.

»Ich dachte, wir seien uns einig, dass du dich nicht ständig entschuldigen musst.«

»Nur, wenn die Entschuldigungen unnötig sind.«

»Du hältst mich also nicht für einen Mörder?«

Cassie zuckte bei diesem Wort zusammen. »Natürlich nicht.«

»Was hat deinen Gesinnungswandel bewirkt?«

Was sollte sie darauf antworten? Dass sie sich in ihn

verliebt hatte? Sie zog die Beine an. Die Wahrheit war peinlich, aber besser als das.

»Ich habe dich gegoogelt.«

»Ah.« Barney setzte sich auf, nahm die Schokolade in die Hand und brach ein weiteres Stück ab. »Dann hast du also gesehen …«

Cassie nickte.

»Der Todesdoktor. Ich habe alles gelesen.«

Er kaute das Stück Schokolade, aber Cassie glaubte zu sehen, dass seine Schultern bei der Erwähnung des Wortes nach vorn sackten.

»Und du hast es vorher tatsächlich nicht gewusst? Als du hier angekommen bist, dachte ich zuerst …«

»Was?«

»Ich habe vermutet, du könntest eine Journalistin sein.« Er zuckte mit den Schultern. »Es gibt eine Boulevardzeitung, die immer wieder versucht, die Story noch einmal aufleben zu lassen und neue Aspekte zu bringen. Ich habe keine Ahnung, warum.«

Er bräuchte nur in den Spiegel zu schauen, dann wüsste er es. Ein Foto seines Gesichts würde für hohe Verkaufszahlen sorgen, aber das behielt Cassie lieber für sich. Stattdessen versuchte sie, ihm ein Lächeln zu entlocken.

»Hast du deshalb diesen Bart getragen? Als raffinierte Tarnung?«

»Kann ich nicht behaupten, er wäre Ausdruck meines modischen Stils gewesen?«

»Nein. Du hattest Glück, dass es keine Berichte über entlaufene Bären in Lancashire gab. Sie hätten dich möglicherweise erschossen.«

Barney lachte. Das Geräusch ergriff Cassies Herz und steigerte ihre Verliebtheit noch mehr. Einige Kinder liefen lärmend an ihnen vorbei und jagten sich gegenseitig zum Meer hinunter. Er drehte sich zu Cassie um und schenkte ihr ein Lächeln. Sie war hoffnungslos entflammt – völlig hingerissen. Es gab kein Entrinnen mehr.

»Warum hast du nicht geglaubt, was in den Zeitungen stand? Es klang alles ziemlich überzeugend.«

»Schon, aber du bist nicht der Mann, den sie beschrieben haben.«

»Du kennst mich nicht.«

Sie wusste nicht alles über ihn, das stimmte, aber das brauchte sie nicht. Es war nicht nötig, jedes Detail über eine Person zu wissen, um ihr Wesen zu erkennen. Wenn sie ihn nur vor Jahren bereits kennengelernt hätte! Aber solche Gedanken hatten keinen Sinn. Es war zu spät, viel zu spät. Sie musste diese seltsame, intensive Atmosphäre, die sie umgab, auflockern. Also zwang sie sich zu einem Lachen.

»Vielleicht hast du recht. Vicky behauptet immer, ich könne Schafe besser einschätzen als Menschen.«

»Vicky?« Barney beugte sich vor. »Ist das deine Schwester? In Devon?«

»Ja.« Das Wort klang wehmütiger, als sie beabsichtigt hatte.

»Möchtest du sie nicht besuchen? Ich kann mit Frances sprechen, damit du ein paar Tage freibekommst.«

»Im Augenblick kann ich nicht dorthin.«

»Warum nicht?«

Vielleicht hätte sie es ihm gesagt – möglicherweise hätte

sein kraftvoller Blick die Wahrheit aus ihr herausgeholt –, doch da wachte Frances auf.

»Was?« Frances sah sich um und schaute dann zu Cassie und Barney hinüber. »Wer geht wohin?«

»Wir haben gerade festgestellt, dass es allmählich Zeit wird, nach Hause zu fahren.«

Cassie stand auf, wischte sich den Sand von den Füßen und schlüpfte wieder in ihre Schuhe.

»Was soll das hier?« Frances hob die Decke hoch, die Cassie ihr auf die Knie gelegt hatte. »Ich hoffe, dass ihr beide nicht glaubt, ihr könntet ein Tamtam veranstalten, nur weil ich kurz eingeschlafen bin.«

Cassie packte lächelnd die Picknicksachen ein, und Barney fuhr sie zurück nach Ramblings. Frances ging ins Haus, während Cassie und Barney das Auto entluden. Barney hob den zusammengeklappten Rollstuhl aus dem Kofferraum.

»Vielen Dank, dass du ihn mitgebracht hast«, sagte Cassie. »Daran hätte ich nie gedacht. Du hattest recht: Ich muss mir öfter ins Gedächtnis rufen, dass Frances nicht so viel tun kann, wie sie glaubt.«

»Aber du hast auch recht gehabt. Sie ist heute glücklicher gewesen als seit Jahren. Es war schön zu sehen, wie viel Spaß sie hatte. Und das hast du ihr ermöglicht.« Barney lächelte und streckte eine Hand aus. »Waffenstillstand?«

Cassie nickte, und sie schüttelten sich die Hand. Bevor sie ihre Finger zurückziehen konnte, hielt Barney sie fest und fuhr mit seinem Daumen über den Knöchel an ihrem. Die raue Stelle war verheilt – sie hatte seit Wochen nicht mehr daran gekratzt.

»Sieht fast so aus, als wäre Frances nicht die Einzige, die glücklicher ist als zuvor«, sagte er. Cassie hielt den Atem an, als er kurz ihre Hand drückte, bevor er sie losließ und ins Haus ging.

# 18

Das wird fantastisch!« Mel lächelte Cassie, Ethel und den Colonel an, die sich im No Name an einem Tisch versammelt hatten, um die Vorbereitungen für das Gartenfest zu besprechen. »Es war eine großartige Leistung von dir, Frances zu überreden, Cassie.«

»Niemand kann Frances zu etwas überreden, was sie nicht tun will«, erwiderte Cassie. »Der Colonel hat den größten Einfluss auf sie. Sie vertraut darauf, dass er uns alberne junge Dinger in Schach hält.«

»Dann haben wir ja nichts zu befürchten, solange wir ihm unsere geheime Liste nicht zeigen, auf der unter anderem die Pläne für die Vierundzwanzig-Stunden-Technoparty aufgeführt sind.« Mel lachte, als der Colonel sich an seinem Kaffee verschluckte. »Keine Sorge, Colonel, das würden wir Ihnen niemals antun. Nichts wird die schönste Romanze, die das Dorf in den letzten Jahren gesehen hat, in Gefahr bringen.«

»Romanze? Machen Sie sich nicht lächerlich. Mrs Smallwood ist lediglich meine Nachbarin.«

»Wir sollten uns wieder den Einladungen widmen«, sagte Cassie rasch, als Mel den Mund öffnete – ohne

Zweifel hatte sie vorgehabt, den Colonel noch ein wenig auf den Arm zu nehmen. »Natürlich ist jeder Dorfbewohner automatisch eingeladen, aber was ist mit den Leuten, die etwas außerhalb wohnen?«

»Ich habe einige Adressen von Ribblemillern, die weggezogen sind«, erklärte Ethel. »Ich kann ihnen Einladungen schicken. Sicher werden viele von ihnen kommen. Niemand wird sich die Chance entgehen lassen wollen, sich die Gärten von Ramblings anzuschauen, selbst gegen eine kleine Gebühr. Was ist mit den Smallwood-Kindern? Können sie nicht ein paar ihrer reichen Freunde mitbringen?«

»Ich weiß nicht, ob sie kommen werden«, erwiderte Cassie. »Keiner von ihnen zeigte großes Interesse, als ich ihnen sagte, dass wir Geld für das Gemeindehaus sammeln wollen.« Sie hatte allen von Frances' Kindern am Telefon von der Gartenparty berichtet, und sie hatten entweder desinteressiert oder ungehalten reagiert.

»Guy Smallwood hat normalerweise nichts gegen Partys einzuwenden«, meinte Ethel. »In den letzten Monaten ist er viel öfter in Ramblings aufgetaucht als üblich. Woher kommt wohl sein plötzliches Interesse?«

Guy war nach dem katastrophalen Tag, an dem sie miteinander unterwegs gewesen waren, noch zweimal nach Ramblings gekommen. Cassie hatte versucht, sich bei ihm für ihr merkwürdiges Verhalten zu entschuldigen, aber er hatte ihre Erklärung nur lachend abgetan und war charmant wie immer gewesen. Als Cassie von ihrem Notizblock aufschaute, sah sie, wie Mel und Ethel sich anlächelten und in ihre Richtung deuteten.

»Was?« Sie schüttelte den Kopf, als sie begriff, was das zu bedeuten hatte. »Um mich geht es sicher nicht! Guy ist nicht an mir interessiert!«

Gerade wollte sie betonen, dass das auf Gegenseitigkeit beruhte – also wirklich, ihr Interesse an ihm wäre doch Voraussetzung –, aber es war zu spät. Mel spähte über Cassies Schulter, und mit dem entmutigenden Gefühl, dass etwas Unvermeidliches auf sie zukam, drehte sie sich um und sah Barney vor sich stehen.

Gin trottete auf sie zu und schob ihre Schnauze in Cassies Hand. Cassie bückte sich und zauste ihr das Fell, während ihr Herzschlag wieder ein wenig ruhiger wurde. Zumindest war ihr Geheimnis sicher. Wenn Mel und Ethel über ihre Beziehung zu Guy spekulierten, gelang es ihr anscheinend ausgezeichnet, ihre wahren Gefühle zu verbergen. Doch als Cassie sich erhob, nachdem sie Gin liebkost hatte, musterte Mel sie mit einem außergewöhnlich neugierigen Blick, der ihr Unbehagen bereitete.

»Ein Drink am Nachmittag?«, fragte Ethel. »Stehen die Dinge so schlecht?«

»Ja.« Er grinste und holte Gin mit einem Fingerschnippen zu sich. »Ich muss einen riesigen Berg Papierkram erledigen. Das lässt sich nicht länger aufschieben, und dafür brauche ich eine Stärkung.«

»Du brauchst eher jemanden, der dir dabei hilft«, erklärte Mel und lächelte Cassie an. Zum zweiten Mal wurde ihr flau im Magen, weil sie wusste, was nun auf sie zukommen würde. »Du könntest Cassie darum bitten. Sie hat unser Büro auf Vordermann gebracht – als Gegenleistung dafür, dass sie sich den Laptop borgen durfte.

Nun ist alles sauber in Aktenordnern, Heftern und Ablagekästen verstaut und ordentlich beschriftet. Selbst Akram kann mit diesem System nichts falsch machen.«

»Kannst du tippen?« Barney ging um den Tisch herum und baute sich direkt vor Cassie auf.

»Natürlich kann sie tippen«, erwiderte Mel. »Cassie, was ist deine Schreibgeschwindigkeit?«

»Siebzig Wörter pro Minute«, murmelte Cassie.

»Ein wenig schneller als ich mit meinem Zwei-Finger-System. Wo hast du das gelernt? Für jemanden, der auf einer Farm aufgewachsen ist, ist das eine ungewöhnliche Fähigkeit.«

»Sie ist eine ausgebildete Chefsekretärin!«, erklärte Mel.

Aber offensichtlich nicht qualifiziert genug, um für sich selbst zu sprechen.

»Also ehrlich, habt ihr euch denn noch nie miteinander unterhalten?«, fuhr sie fort. »Cassie, weißt du nicht, dass Barney früher Arzt war?«

»Doch, das weiß ich.«

Sie schaute zu Barney hinüber, und das Lächeln, das sie tauschten, machte Mel noch neugieriger.

»Dann wäre das geklärt. Cassie wird dir bei deinem Papierkram helfen. Du brauchst aber trotzdem einen Drink, oder? Ich hoffe nicht, dass ich mich durch mein Gerede um ein Geschäft gebracht habe. Und du musst noch eine Weile auf Cassie warten, denn wir sind noch nicht fertig.«

»Worum geht es?« Barney spähte über den Tisch auf Cassies Notizblock. »Um Blumenmuster?«

Sie zog den Block rasch aus seinem Sichtfeld und war

froh, dass sie nur Blumen darauf gekritzelt hatte. Eine von Frances' To-do-Listen hatte sie vor ein paar Tagen unbewusst mit Herzchen verziert.

»Wir machen Pläne für die Gartenparty. Möchten Sie sich zu uns setzen?« Die Aussicht, einen Mann zur Unterstützung zu haben, schien den Colonel zu begeistern. »Sie müssen uns sagen, welche Teile des Grundstücks wir nutzen dürfen.«

»Ich werde darüber nachdenken und es Sie wissen lassen. Zuerst muss ich mich mit dem Mitternachtsstreifgang befassen. Ich muss sicherstellen, dass alle Pfade zugänglich sind.«

Alle nickten. Cassie hatte keine Ahnung, wovon die Rede war.

»Welcher Mitternachtsstreifgang?«, fragte sie. »Ist das auch eine Spendenaktion?«

»Nein, Schätzchen, diesen Brauch gab es schon lange, bevor unsere Gemeindehalle gebaut wurde. Nach den Aufzeichnungen reicht er in das sechzehnte Jahrhundert zurück. Jeden Juli gehen die Ribblemiller mit Laternen und Glocken um Mitternacht die Dorfgrenze ab. Damit sollen Geister vertrieben werden, sodass das Dorf wieder für ein Jahr lang geschützt ist.«

»Und das funktioniert?«, wollte Cassie wissen.

»Es ist abergläubischer Unsinn«, warf Barney ein. »Aber niemand wagt es, diesen Brauch abzuschaffen – für den Fall der Fälle.«

»Darf man sich anschließen? Kann ich mitmachen?«

»Nur die Dorfbewohner nehmen daran teil – keine Außenstehenden.«

Cassie bohrte die Spitze ihres Stifts in den Notizblock. Barneys abweisende Bemerkung hatte sie getroffen. Betrachtete er sie als Außenstehende? War das seine Vorstellung von einem Waffenstillstand? Er vermied es, sie anzusehen, und ging zur Bar hinüber.

»Ich glaube nicht, dass es eine feste Regel gibt, wer daran teilnehmen kann. Was sagst du dazu, Mel?«, fragte Ethel.

»Nicht, dass ich wüsste. Ich bin sicher, dass auch früher schon Gäste dabei waren. Je mehr Lärm wir veranstalten, umso besser. Außerdem wohnt Cassie im Dorf, also ist es ihr gutes Recht, daran teilzunehmen.«

Cassie schob ihren Stuhl zurück und folgte Barney an die Bar. Auf dem Tresen vor ihm stand ein Glas frisch gezapftes Bier, daneben lag eine Zeitung.

»Warum hast du den Mitternachtsstreifzug nie erwähnt?«, fragte sie.

Er seufzte. »Weil ich wusste, dass du mitgehen wollen würdest.«

Das war sehr offen – und verletzender, als Cassie erwartet hatte.

»Und warum sollte ich nicht mitgehen? Ethel sagte, es gebe keine Regel über Außenstehende. Außerdem bin ich keine Außenstehende, weil ich im Dorf wohne.«

»Vorerst.« Barney griff nach seinem Bierglas, zog es zu sich heran und drehte es zwischen den Fingern.

Cassies Gedanken überschlugen sich. Was meinte er damit?

»Du hast gesagt, du würdest mich nicht feuern!«

»Das habe ich auch nicht vor.« Er lächelte Cassie an,

aber in seinen Augen lag ein Ausdruck der Besorgnis. »Aber du weißt doch, dass du diesen Job nicht ewig haben wirst. Je mehr du dich an Ribblemill bindest, umso schwerer wird dir der Abschied fallen.«

Abschied? Daran konnte sie jetzt nicht denken, vor allem, weil sie so nahe neben ihm stand, dass sie die Sonnenstrahlen auf seiner Haut riechen konnte.

»So alt ist Frances noch nicht. Ich könnte noch mindestens zehn Jahre bei ihr bleiben.«

Barney trank schweigend einen Schluck Bier.

»Und wenn der Job einmal vorüber ist ...« Sie zögerte – sie wollte nicht über den möglichen Grund nachdenken. »Wenn er endet, werde ich trotzdem nicht wegziehen. Bis dahin sollte ich genügend gespart haben, um mir eine Wohnung zu mieten oder zu kaufen, und ich kann wieder als Chefsekretärin arbeiten ...«

»Du willst bleiben?« Barney starrte sie an, und sein Blick aus dieser Nähe war hypnotisierend. »Warum?«

»Weil ich ...« Gin stieß gegen Cassies Bein und legte sich auf ihren Fuß. Das lenkte sie ab, und plötzlich konnte sie wieder vernünftig denken. Was hätte sie soeben beinahe gesagt? »Weil es mir hier gefällt«, fuhr sie rasch fort und bückte sich, um Gin dankbar zu streicheln.

»Besser als in Devon?«

»In manchen Bereichen schon.« Sie wagte es, Barney wieder anzuschauen. Er drehte sein Glas zwischen den Fingern und starrte hinein. Es war unmöglich zu erraten, was er dachte. »Macht das einen Unterschied? Bist du jetzt damit einverstanden, wenn ich an dem Streifgang teilnehme?«

»Ich weiß es nicht.« Er schaute von seinem Glas auf und runzelte die Stirn, als hätte sie ihn aufgefordert, eines der größten Rätsel des Lebens zu lösen. »Ich habe den Versuch aufgegeben zu verstehen, was ich über dich denken soll.«

Erst nach drei Tagen bat Barney Cassie um Hilfe; sie hatte angenommen, dass er Mels Vorschlag längst vergessen hatte. Doch eines Nachmittags, als der Colonel zu Besuch war und Cassie so tat, als sei sie beschäftigt, und sich dabei vorkam wie eine altmodische Anstandsdame, steckte er seinen Kopf durch die Tür des Morgensalons.

»Frances, darf ich dir Cassie entführen? Sie hat mir angeboten, mir beim Papierkram im Büro zu helfen.«

So hatte Cassie das zwar nicht in Erinnerung, aber da Frances von der Idee begeistert war und sofort erklärte, dass sie Cassie entbehren könne, blieb ihr nichts anderes übrig, als mit ihm zu gehen.

»Mach dich auf etwas gefasst«, sagte Barney lächelnd, als sie vor der Bürotür standen. »Da ich jetzt weiß, dass du eine qualifizierte Chefsekretärin mit einer Vorliebe für Aktenordner, Hefter und Ablagekästen bist, wird das die Hölle für dich sein.«

Er hatte nicht übertrieben. Der Schreibtisch war überladen mit Papierstapeln, und zwischen den Stapeln flogen einige lose Blätter herum. Auf dem Fensterbrett und dem Boden häuften sich weitere Unterlagen.

»Du fällst bei diesem Anblick hoffentlich nicht in Ohnmacht«, meinte Barney, als Cassie sich schweigend umsah.

»Ich versuche, mich dagegen zu wehren. Zumindest verstehst du ja etwas von Mund-zu-Mund-Beatmung, falls ich doch umkippen sollte.«

Cassie wurde heiß und kalt zugleich. Warum hatte sie das nur gesagt? Wenn sie die nächsten Stunden – oder bei diesen vielen Papierstapeln vielleicht sogar Tage – mit Barney auf engstem Raum verbringen musste, sollte sie nicht an so etwas denken. Sie ging zum Schreibtisch hinüber und blätterte durch einen Stapel. Manche Unterlagen waren bereits vor Monaten ausgestellt worden.

»Ich habe alles hervorgekramt«, erklärte Barney. »Für den Fall, dass du ein bestimmtes System einführen möchtest.«

Cassie ignorierte sein Lächeln, mit dem er sich offensichtlich für das Chaos entschuldigen wollte.

»Wie hast du das gemacht, als du noch als Arzt tätig warst? Sicher fiel da auch Papierkram an.«

»Büroarbeiten sind nicht meine Stärke – ich bevorzuge praktische Arbeit mit den Händen.«

Das würde nicht funktionieren. In ihrer Fantasie klang diese Unterhaltung für Cassie nach etwas ganz anderem – sie hörte Anspielungen heraus, die bestimmt nicht vorhanden waren.

»Lass mich ruhig damit allein«, sagte sie. »Du hast sicher wichtigere Dinge zu tun.«

»Natürlich. Ich brauche nur diese Ecke.« Er deutete auf den Teil des Schreibtischs, auf dem sein Laptop stand. »Der Rest gehört dir. Ich habe einen Stuhl für dich geholt.«

Auf dem Stuhl lagen ebenfalls Papiere. Er musste seine

Unterlagen über Monate angehäuft haben. Cassie nahm den Stapel vom Stuhl, damit sie sich setzen konnte, stellte rasch ein paar Fragen darüber, wie er alles sortiert haben wollte, und machte sich an die Arbeit. Schon bald war sie völlig vertieft in ihre Aufgabe; es machte ihr Spaß, Ordnung in das Chaos zu bringen. Selbst wenn sie Barneys Gegenwart nicht ignorieren konnte, gelang es ihr, sich trotzdem zu konzentrieren.

Sie kniete auf dem Boden und bildete verschiedene Stapel, als sie plötzlich eine Hand auf ihrem Rücken spürte. Alle Gedanken an die Ablage waren sofort verflogen. Cassie setzte sich auf – ihre Muskeln schmerzten nach dem langen Knien – und starrte Barney an. Er lachte.

»Du warst in Gedanken ganz woanders. Ich habe dich dreimal gerufen.«

Das war eine gute Nachricht – offensichtlich waren ihre Versuche, ihn auszublenden, erfolgreich. »Ach ja? Was wolltest du?«

»Ich dachte, du solltest eine Pause machen. Du bist nun schon über eine Stunde damit beschäftigt.«

»Tatsächlich? Ich sollte nach Frances sehen.« Cassie stand auf, aber ihre Beine waren eingeschlafen, und sie taumelte. Barney griff rasch nach ihrem Ellbogen.

»Ich gehe bei ihr vorbei und hole uns etwas zu trinken.«

Er verließ das Zimmer, und Cassie streckte sich. Sie hatte zu viel Zeit kniend am Boden verbracht, aber es hatte sich gelohnt. Sobald sie sich mit den Dokumenten vertraut gemacht hatte, ging ihr das Sortieren recht schnell von der Hand. Sie ging ein paar Schritte auf und ab, um ihre Muskeln zu lockern, und blieb vor einer alten

Karte stehen, die in einem Rahmen an der Wand hing. Sie zeigte Ribblemill und die Umgebung im Jahr 1934, und soweit Cassie das beurteilen konnte, hatte sich bis heute nicht viel daran geändert.

»Faszinierend, nicht wahr?« Barney trat neben sie und reichte ihr einen Becher Tee. »Die meisten anderen Dörfer haben sich vergrößert, aber Ribblemill nicht.«

»Warum nicht?«

»Weil der größte Teil des Landes zu Ramblings gehört, und die Smallwoods keine weitere Bebauung erlaubt haben. Frances' Mann wollte eine neue Siedlung auf den Feldern errichten, aber die Dorfbewohner haben sich so energisch dagegen zur Wehr gesetzt, dass er schließlich darauf verzichtete. Danach brach die Beziehung zwischen Ramblings und Ribblemill ab. Bis du gekommen bist und Frances davon überzeugt hast, sie wieder aufzunehmen.« Er lächelte Cassie an.

»Da liegt also deine Farm.« Sie wandte sich wieder der Karte zu. »Und das muss Joes alte Farm sein.« Sie deutete auf ein kleines Gebäude, das den offiziellen Namen Beech Farm trug. »Jetzt verstehe ich, warum du das Stück Land zwischen den beiden Farmen brauchst.« Durch die Darstellung auf der Karte wurde ihr alles klar. »Es ist beinahe so, als hätte jemand ein Stück aus einer Torte gestohlen.«

»Das wichtigste Stück mit den Geburtstagskerzen.« Barney griff nach einem Päckchen mit Schokoladenkeksen und zog einen hervor. »Und nun wurde es noch einmal gestohlen.«

»Was? Ich dachte, du wärst zu der Auktion gefahren, um es zu kaufen?«

»Das habe ich auch getan, aber ich wurde von einem Mitbewerber am Telefon überboten.«

»Aber wer außer dir könnte Interesse daran haben?«

»Ich habe keine Ahnung, und ich konnte es bisher nicht herausfinden. Entweder handelt es sich um jemanden, der irgendetwas Böses im Schilde führt, oder jemand versucht, einen Profit zu machen, indem er es mir zu einem überhöhten Preis weiterverkaufen möchte. Ich kann aber nicht mehr bezahlen, als ich bei der Auktion geboten habe. Es ist eine Katastrophe. Nun muss ich alle meine Pläne für die Farm neu überdenken.«

Er klang so niedergeschlagen, dass es Cassie schwerfiel, ihn nicht in die Arme zu nehmen. Sie versuchte, sich abzulenken, indem sie den Blick wieder auf die Karte richtete.

»Kannst du mir zeigen, wo der Mitternachtsstreifzug stattfindet?«

»Er beginnt am No Name und führt hier herum.« Er fuhr die Strecke mit einem Finger nach. »Anschließend gehen alle zurück zum No Name und feiern mit einem Glas heißen Punsch. Der Weg ist etwa vier Meilen lang. Du musst nicht mitgehen.«

»Vier Meilen schaffe ich problemlos!« Cassie stellte ihre leere Tasse auf dem Fensterbrett ab. Für wie hilflos hielt er sie eigentlich? Ethel und der Colonel und eine Menge anderer Senioren nahmen auch daran teil. »Ich mache jeden Tag einen langen Spaziergang.«

»Aber wir laufen im Dunkeln.« Er rieb sich das Kinn. »Selbst in einer trockenen, klaren Nacht wird es im Wald stockfinster sein. Das wird dir nicht gefallen.«

Cassie begriff, dass er an die Nacht des Unwetters dachte. Aber er hatte ihr nicht richtig zugehört.

»Ich habe dir gesagt, dass ich mich nicht vor der Dunkelheit fürchte.«

»Ich weiß, aber …«

»Ich habe Angst davor, blind zu werden.«

Es dauerte ein paar Sekunden, dann sah Cassie, wie sich sein Gesichtsausdruck veränderte – er hatte begriffen, was sie meinte.

»Du machst dir Sorgen, dass du wegen des Diabetes erblinden könntest?«

»Hättest du davor nicht auch Angst?«

»So weit wird es nicht kommen.« Er streckte eine Hand aus und strich ihr über den Arm. Die Geste war so flüchtig, dass Cassie sich fragte, ob sie sich das nicht eingebildet hatte. »Das werden wir nicht zulassen.«

Am nächsten Tag kam der Colonel zu einem unangekündigten Besuch vorbei. Zehn Minuten nach seiner Ankunft tauchte Barney auf, um Cassie abzuholen.

»Hast du das arrangiert?«, fragte Cassie, während sie durch die Eingangshalle gingen und den Dienstbotentrakt betraten, wo Barneys Büro lag.

Er lächelte. »Es war deine Idee. Du hast mich davon überzeugt, dass sich Frances öfter amüsieren sollte. Sie genießt die Besuche des Colonels, also habe ich ihn gebeten, vorbeizukommen. Macht es dir etwas aus?«

Ob es ihr etwas ausmachte? Ein paar weitere Stunden mit Barney in einem kleinen Raum, wo sie sich jeder seiner Bewegungen und Atemzüge bewusst sein würde.

Natürlich machte ihr das etwas aus, aber diese Qual war so köstlich, dass sie nicht widerstehen konnte.

»Solange Frances glücklich ist, werde ich das schon irgendwie ertragen«, erwiderte sie und genoss sein Lachen.

Sie hatten etwa eine halbe Stunde schweigend gearbeitet, als plötzlich ein Handy klingelte. Cassie wartete darauf, dass Barney den Anruf entgegennahm, und sah ihn schließlich fragend an.

»Das ist nicht meins, sondern deins«, erklärte er lächelnd.

»Das kann nicht sein …«, begann sie, doch als sie ihr Telefon aus der Tasche zog, stellte sie fest, dass er recht hatte. Es klingelte, und ihr stockte der Atem. Nur eine Person hatte diese Nummer. Und sie diente nur für den Notfall. Cassie sprang auf, stieß dabei einen ihrer sorgfältig aufgeschichteten Stapel um, schob sich an Barney vorbei und rannte den Flur entlang, bis sie eine offene Tür entdeckte. Sie stürmte ins Blumenzimmer und lehnte sich an das Keramikwaschbecken, bevor sie den Anruf annahm.

»Vicky? Was ist los? Was ist passiert?«

»Nichts!« Vickys Stimme klang warm und freundlich und brach Cassie beinahe das Herz. »Tut mir leid, störe ich dich? Du bist außer Atem. Bitte sag mir, dass ich dich bei etwas Aufregendem unterbreche.« Vicky lachte.

»Ich war mit Papierkram beschäftigt.« Das klang nicht sehr aufregend, aber Cassie hatte dabei Barneys Bild vor Augen, die Ärmel seines Hemds bis zu den Ellbogen aufgerollt, den Kragen so weit geöffnet, dass ein Stück seiner Brust zu sehen war, und ein Lächeln auf den Lippen, das

Cassie aus unbegreiflichen Gründen hin und wieder zu vertreiben versuchte. Rasch verdrängte sie diese Vorstellung. »Wir waren uns doch einig, dass du mich nur in einem Notfall anrufst.«

»Das ist ein Notfall. Du hast in einer knappen Woche Geburtstag, und ich weiß nicht, wohin ich dein Geschenk schicken soll.«

Ihr Geburtstag! Den hatte Cassie total vergessen. Er war am Tag vor dem Mitternachtsstreifgang, und sie hatte nicht mehr daran gedacht.

»Du brauchst mir kein Geschenk zu schicken. Für mich ist das ein ganz normaler Arbeitstag, nicht der Rede wert. Schließlich gibt es dieses Jahr nicht viel zu feiern für mich, richtig?«

»Und was ist mit deiner Freiheit? Komm schon, Cass. Mike hat sich nun schon länger nicht mehr gemeldet.«

Cassie antwortete nicht. Es war noch zu früh, um sich sicher zu fühlen. Mike war kein impulsiver Mensch – er würde Pläne schmieden und sich genügend Zeit lassen, um die größtmögliche Wirkung zu erzielen. Sie hatte gelernt, dass Schweigen ein Grund zur Sorge war und kein Zeichen für Sicherheit.

»Und die Jungs haben dir eine ganz besondere Karte gebastelt. Sie wird dir gefallen.«

»Lass mich raten: Baumwollschäfchen, die einen Geburtstagskuchen essen?« Es war jedes Jahr die gleiche Karte. Alfie hatte sie einmal gestaltet, und als Cassie sich begeistert gezeigt hatte, hatte er darauf bestanden, sie in den darauffolgenden Jahren immer wieder zu basteln.

»Dieses Jahr hat Stanley sie gemacht.«

Sie sagte das so beiläufig, dass nur jemand, der Vicky so gut kannte wie Cassie, etwas dahinter vermuten konnte. Die Bemerkung war zu schnell gekommen und hatte sich übertrieben fröhlich angehört. Cassie war sofort alarmiert.

»Was ist mit Alfie los?«

»Keine Panik, okay?«

Cassie griff nach dem Rand des kalten Spülbeckens und hielt sich daran fest.

»Alfie hatte am Wochenende einen Unfall. Er ist von einem Baum gefallen, aber es geht ihm schon wieder gut. Er hat eine Gehirnerschütterung und einen gebrochenen Arm.«

Cassie beugte sich vor, damit wieder Blut in ihren Kopf floss. Nicht Alfie – er war ihr Liebling, obwohl sie das nicht zugeben durfte. Sie hatte sich um ihn gekümmert, als er noch ein Baby war und Vicky schwer erkrankte. Und als Vicky nach Stanleys Geburt überfordert war, hatte sie ihn ebenfalls betreut. Cassie liebte beide Kinder, als wären sie ihre eigenen, aber Alfie lag ihr besonders am Herzen. Und nun saß sie hier fest, Hunderte von Meilen entfernt und konnte sein freches Lächeln nicht sehen und sich nicht davon überzeugen, dass es ihm wirklich gut ging.

»Versprichst du mir, dass er in Ordnung ist? Sagst du das nicht nur so?«

»Versprochen.« Vicky lachte. »Du weißt doch, wie er ist. Er genießt die Aufmerksamkeit – es gefällt ihm, dass alle um ihn herumtanzen. Es ist ein glatter Bruch. Der Arzt sagt, in ein paar Wochen wird alles verheilt sein.«

»Warum hast du mich nicht angerufen?«

»Oh, Cass, das wollte ich wirklich, aber es hätte keinen Sinn gehabt, dich zu beunruhigen, solange wir nicht wussten, wie schlimm es war.«

»Doch, ich hätte euch helfen können. Ich hätte irgendetwas tun können.«

»Nicht da, wo immer du im Moment auch bist. Und ich wollte nicht, dass du dich gezwungen fühlst, zu uns zurückzukommen. Du musst jetzt in erster Linie an dich selbst denken.«

Aber das wollte Cassie nicht. Das war noch nie ihre Art gewesen, und damit wollte sie auch jetzt nicht anfangen. Was war das für eine Freiheit, wenn sie nicht für ihre Familie da sein konnte? In einer Zeit, wo man sie gebraucht hätte? Cassie ging zurück ins Büro. Die Sorge um Alfie wühlte sie auf, und sie war frustriert, weil sie so weit von ihm entfernt war. Das Verlangen, wieder bei ihrer Familie zu sein, war kaum zu ertragen.

Barney wartete an der Tür auf sie. »Was ist los, Cassie? Was ist passiert?«

»Es geht um Alfie … meinen Neffen. Er hatte einen Unfall«, platzte sie heraus. »Er hat sich den Arm gebrochen.«

Das war zu viel für sie. Vor ihrem geistigen Auge sah sie Alfie bewusstlos auf dem Boden liegen. Entsetzen über das, was passiert war, mischte sich mit Erleichterung darüber, dass es nicht noch schlimmer gekommen war. Ihre Kehle war plötzlich wie zugeschnürt, und sie brachte kein Wort mehr heraus.

Barney nahm sie in den Arm, hielt sie fest und beschützte sie vor allem Unheil. Es fühlte sich unglaublich an – beinahe so, als wäre es ihre Bestimmung, hier bei ihm zu sein. Sie lehnte den Kopf an seine Schulter – sie schien genau zu passen – und schluchzte, während er ihr langsam und beruhigend mit der Hand über den Rücken strich.

Doch als ihre Tränen versiegten, wurde aus dem Gefühl der Sicherheit plötzlich Gefahr. Cassie wurde sich Barneys Körperwärme bewusst. Sie nahm seinen Geruch wahr – nach der Seife Imperial Leather und einem nach Blüten duftenden Waschpulver – und den leichten Druck seines Kopfs an ihrem. Seine Hand war nach oben gewandert und befand sich nun in ihrem zerzausten Haar. Sein Herzschlag beschleunigte sich, und sein Atem ging schneller. Oder war es ihr Puls und ihr Atem? Sie waren so eng aneinandergeschmiegt, dass es ihr schwerfiel, das zu beurteilen.

Cassie durchströmte ein Gefühl der Zufriedenheit, also wich sie rasch zurück. Was immer das war, sie durfte es nicht zulassen.

»Es tut mir leid.« Sie wischte sich die Wangen, um die Tränenspuren zu entfernen.

Barney setzte sich neben sie auf den Schreibtisch, und Cassie starrte nach unten auf seine und ihre Hand, die sich beinahe berührten.

»Was tut dir leid? Jemand, den du liebst, ist verletzt. Es ist nur natürlich, dass dich das beunruhigt.«

Das war nicht der Grund für ihre Entschuldigung – zumindest nicht der einzige. Sie bedauerte es, nicht mehr in seinen Armen zu liegen, und es tat ihr leid, dass sie einen Moment lang, während er sie umarmt hatte, Alfie völlig vergessen hatte. Sie konnte ihm nicht erklären, wie leid es ihr tat, dass sie für einen wunderbaren Moment geglaubt hatte, ihre Gefühle wären nicht ganz einseitig. Es war äußerst schmerzhaft, das Richtige zu tun, wenn man immer noch einen Funken Hoffnung besaß, dass das Falsche vielleicht doch möglich wäre. Der Abstand zwischen ihren Händen war nur gering, aber er hätte auch eine Million Meilen betragen können.

»Du musst nach Hause fahren«, meinte Barney. »Was immer dich auch davon abhält, nach Devon zurückzukehren – du kannst es überwinden.«

»Ich weiß. Ich werde nach der Gartenparty fahren.« Diese Entscheidung hatte sie bereits auf dem kurzen Weg vom Blumenzimmer zum Büro getroffen. Sie musste endlich ihre Familie wiedersehen. Das Verlangen war so groß geworden, dass sie es nicht mehr ignorieren konnte, egal aus welchem Grund. Wenn sie wegen Mike wegblieb, hatte er gewonnen, und sie war ihm nicht wirklich entkommen. Solange sie es zuließ, dass die Furcht vor ihm ihr Leben bestimmte, hatte er immer noch Kontrolle über sie. Es war an der Zeit, sich davon zu befreien, was auch immer die Konsequenzen sein mochten – und auch, wenn die Vorstellung sie zu Tode ängstigte.

»Ich werde dich hinbringen«, erklärte Barney. Cassie sah ihm in die Augen.

»Warum solltest du das tun?«

»Es ist eine lange Fahrt.« Er lächelte. »Und ich habe so viel Gutes über Devon gehört, dass ich es mir gern einmal anschauen möchte. Warum skypst du nicht in der Zwischenzeit?«

»Ich habe keinen Computer.«

»Du kannst diesen benutzen.« Barney deutete auf den Schreibtisch. »Warum nicht gleich? Es dauert nur wenige Minuten, dann kannst du Alfies Gips bewundern.«

Sie hätte beinahe schon wieder geweint. Es war unglaublich – er war der liebenswürdigste Mann, dem sie jemals begegnet war. Sie schaute wieder nach unten auf ihre Hände und beobachtete, wie sich praktisch von selbst ihr kleiner Finger ausstreckte, bis er seinen berührte.

Die Küchentür schwang auf, und Ruth, Barney und Frances kamen herein. Barney trug seinen Laptop so, dass der Monitor in den Raum zeigte. Irgendetwas bewegte sich auf dem Bildschirm, und zirpende Geräusche waren zu hören.

Barney ging auf Cassie zu und hob den Laptop so hoch, dass er sich vor ihrem Gesicht befand. Das Zirpen hörte auf, und Cassie lächelte, als ihre Neffen auf dem Bildschirm erschienen und überschwänglich ihre Version von »Happy Birthday« sangen. Danach folgte ein nicht ganz so vornehmer Wortschwall, und Alfie und Stanley amüsierten sich köstlich, während sie Grimassen schnitten und eine Affenparodie zum Besten gaben. Schließlich wurden sie von Vicky unterbrochen, die ihre Kinder zur Schule schickte und Cassie alles Gute wünschte. Barney stellte den Laptop auf den Tisch.

»Alles Gute zum Geburtstag«, sagte er mit einem Lächeln, das ihre aufsteigenden Tränen sofort trocknete.

»Danke.«

Die Antwort schien unzureichend zu sein, aber sie

traute sich nicht, mehr zu sagen, denn ihr Herz war zum Bersten angeschwollen und klopfte so heftig, dass es sicher jeder hörte.

»Wie hast du das gemacht?«

»Ich habe mich für einen guten Zweck in dein Privatleben eingemischt und Vicky kontaktiert. Muss ich mich jetzt entschuldigen?«

Cassie schüttelte lachend den Kopf. Dafür, dass er das für sie arrangiert hatte, würde sie ihm alles verzeihen.

»Woher hast du gewusst, dass ich heute Geburtstag habe? Ich habe es niemandem erzählt.«

»Du hast mir dein Geburtsdatum verraten, nachdem du hier angekommen warst und ich die Sache mit der Autoversicherung regeln musste.«

Das hatte er sich gemerkt? Sie konnte nicht lange darüber nachdenken, denn Ruth nahm sie in die Arme.

»Herzlichen Glückwunsch, meine Liebe! Wir freuen uns, dass Barney sich daran erinnert hat. Was hattest du denn vor? Den Tag wortlos verstreichen zu lassen?«

Cassie lächelte. Genau das war ihr Plan gewesen, doch nun würde sie all das um nichts auf der Welt missen wollen.

»Alles Gute, Cassie«, sagte Frances. Sie hatte sich am Küchentisch niedergelassen. »Sie haben den Vorteil, noch so jung zu sein, dass Sie einen Geburtstag auch auslassen könnten. In meinem Alter will man alle wissen lassen, dass man es noch einmal geschafft hat.« Barney legte Frances eine Hand auf die Schulter. »An Geburtstagen mache ich eine kleine Ausnahme und vergesse meine Kein-Tamtam-Regeln. Hier ist Ihr Geschenk.«

Cassie nahm das Päckchen von Frances entgegen und riss das Papier auf. In der Schachtel lag ein wunderschönes Kleid aus cremefarbener Seide mit winzigen aufgedruckten Blümchen.

»Das ist für das Gartenfest«, erklärte Frances und zwinkerte heftig, als Cassie sich das Kleid begeistert anhielt. »Ich wollte, dass Sie ein neues Kleid tragen – kein geborgtes. Becca hat es in ihrem Laden ausgesucht, aber wenn Sie etwas anderes möchten, kann sie es sicher umtauschen.«

»Auf keinen Fall. Es ist wunderschön.« Cassie legte das Kleid sorgfältig über die Stuhllehne und gab Frances einen Kuss. Sie beugte sich vor, um sie zu umarmen, doch sie wurde mit einer Wolke Lavendel und einer Warnung, dass sie auch an Geburtstagen kein übertriebenes Theater billigte, von Frances zurückgewiesen.

»Und hier ist etwas, was dazu passt.« Ruth reichte ihr ebenfalls ein Päckchen. Darin befand sich ein Paar glitzernde Riemchensandalen mit höheren Absätzen, als Cassie seit Monaten getragen hatte. Sie zog eine Sandale an und drehte den Fuß hin und her, um sie zu bewundern. Barney beobachtete sie und lächelte.

»Ihr seid alle so nett zu mir«, sagte Cassie und legte den Schuh zurück in die Schachtel. »Das habe ich gar nicht verdient. Vielen Dank.«

»Unsinn«, erwiderte Frances. »Sie sind lange Zeit nicht so freundlich behandelt worden, wie Sie es verdienen. Ich habe das vielleicht nicht so zum Ausdruck gebracht, wie ich es hätte tun sollen, aber die Monate seit Ihrer Ankunft waren meine glücklichsten seit Jahren und schöner, als ich sie mir jemals erträumt hätte.«

Dieses Mal ließ Cassie sich nicht zurückweisen und legte gerührt einen Arm um Frances. Als sie sich wieder aufrichtete, stand Barney mit einem weiteren Geschenk vor ihr.

»Nur eine Kleinigkeit«, sagte er und steckte die Hände in die Hosentaschen, während Cassie mit zitternden Fingern das Einwickelpapier entfernte. Als sie das letzte Stück weggerissen hatte, hielt sie einen schwarz gerahmten Gravurdruck in DIN A4 und Schwarz-Weiß von Ramblings in den Händen. Er stammte aus dem Jahr 1889. Die scharfen schwarzen Linien stellten auf perfekte Weise die eigenartige Architektur des Gebäudes dar. »Das soll dich an deine Zeit hier erinnern. Es ist vielleicht nicht so aufregend wie ein Kleid und glitzernde Schuhe …«

»Oh doch. Es ist wunderschön. Vielen Dank.« Dieses Mal waren ihre Worte auf keinen Fall ausreichend. Cassie trat einen Schritt nach vorn und küsste ihn rasch auf die Wange. Der Duft nach Seife auf seiner Haut erinnerte sie lebhaft an den herrlichen Moment, als er sie vor ein paar Tagen in den Armen gehalten hatte. Er sah ihr in die Augen, und sie wich rasch zurück.

»Also gut, und nun mache ich dir Frühstück«, verkündete Ruth. »Keine Widerrede«, fügte sie hinzu, als Cassie den Mund öffnete, um zu protestieren. »Heute wirst du verwöhnt. Außerdem musst du heute Abend frisch und ausgeruht aussehen.«

»Warum? Was ist denn heute Abend los?«

»Wir gehen auf ein paar Drinks in den Pub. Mel hat darauf bestanden, und du hast ja ohnehin am Abend fast nie etwas vor, richtig? Oder wartet heute vielleicht jemand auf dich, der dich zu einer Geburtstagsfeier abholen möchte?« Ruth lachte.

Cassie schüttelte den Kopf und richtete den Blick wieder auf Barney.

Er lächelte. »Ich hole dich um acht Uhr ab«, sagte er.

Es war erst fünf Minuten vor acht, als er erschien. Er trug eine schwarze Jeans und ein helles Hemd, und sein braunes Haar ringelte sich leicht über den Kragen. Frances hatte Cassie dazu überredet, ein Kleid zu tragen.

»Du siehst sehr unternehmungslustig aus«, meinte Frances, als Barney sich über sie beugte und ihr einen Kuss gab. Der Duft seines Rasierwassers stieg Cassie in die Nase, und ihr Magen zog sich zusammen. »Ich hoffe, dass du nicht vorhast, dich zu betrinken und dich dann blamierst.«

»Nein. Ich bin schließlich nicht mehr sechzehn.« Er lächelte. »Ich bin der Fahrer, also werde ich nichts trinken. Sollte ich mich blamieren, liegt es sicher nicht am Alkohol.«

»Du musst nicht fahren«, protestierte Cassie. »Wir können den Volvo nehmen. Ich fahre, und du kannst etwas trinken.«

»Du bist die perfekte Frau für ein Date«, erwiderte Barney. Dann verschwand das Lächeln von seinem Gesicht, und er strich sich über das Kinn. »Ich habe es nicht so gemeint, wie es sich anhörte. Du wärst perfekt, weil du dich immer bereit erklären würdest, den Wagen zu fahren.«

Eine peinliche Stille folgte, und Barney kratzte sich am Hals.

»So habe ich das jetzt auch nicht gemeint. Natürlich hast du noch andere Qualitäten, die dich zu einem perfekten Date machen – nicht nur die Tatsache, dass du keinen Alkohol trinkst.«

Schließlich fehlten ihm die Worte, und er verstummte.

»Also wirklich, Barney. Manchmal frage ich mich, ob wir dich nicht richtig erzogen haben. Kannst du dich nicht verständlich ausdrücken?«, schalt Frances ihn. »Und du willst doch Cassie nicht etwa in deinem Pick-up zu ihrer Geburtstagsparty fahren? Sieh sie dir an! So wie sie gekleidet ist, wäre mindestens ein Rolls-Royce angebracht. Da du offensichtlich keinen gemietet hast, muss es wohl der Volvo tun.«

Cassie tat er ein wenig leid.

»Der Volvo ist schon in Ordnung. Du fährst mich hin, und ich fahre dich zurück.«

Sie diskutierten immer noch darüber – freundlich und darum bemüht, die peinliche Situation von vorhin zu überspielen –, als sie das No Name betraten. Das Pub war voll; das halbe Dorf schien sich versammelt zu haben. Die Bar war gut besetzt, und der Lärmpegel war ziemlich hoch. So viel war hier noch nie los gewesen, seit Cassie das Pub besuchte.

»Bist du bereit?«, fragte Barney mit den Lippen dicht an ihrem Ohr. Sie nickte und neigte den Kopf, sodass sie ihm direkt in die Augen schauen konnte. Sie waren wunderschön – oft so tief, dass man darin versinken könnte, und dann wieder vor Vergnügen funkelnd. Und nun hatten sie einen ganz besonderen Ausdruck angenommen, ein Glitzern, das Cassie einen Schauer über den Körper jagte. »Was immer Mel auch geplant hat – ich habe damit nichts zu tun.«

Er lächelte, und Cassie atmete tief ein und aus, als Barney ihr eine Hand auf den Rücken legte und sie zur Bar führte. Alle ihre Nerven schienen an dem Punkt zusammenzulaufen, wo die Wärme seiner Hand durch den dünnen Stoff ihres Kleids drang. Sie nahm nur undeutlich wahr, dass sie weiterging und Geburtstagsglückwünsche entgegennahm; sie konnte nur daran denken, wie es sich wohl anfühlen würde, wenn die Hand auf ihrem Rücken zu anderen Teilen ihres Körpers wandern würde, überallhin … Noch nie war sie sich der Gegenwart eines anderen Menschen so stark bewusst gewesen und hatte sich dabei so lebendig und beinahe wie besessen gefühlt. Als sie Barney wieder anschaute, lächelte er noch breiter und fuhr ihr mit dem Daumen über die Wirbelsäule.

Und dann hörte sie Mel sagen: »Hier ist sie!« Cassie wurde von Barney weggezogen und wie ein Paket weitergereicht. Mel, Akram, Ethel und der alte Joe küssten sie. Auch der Colonel war gekommen, ebenso Becca mit ihrem Verlobten, Ruth und alle anderen, die sie in den letzten Monaten kennengelernt hatte. Und alle zeigten ihr ihre Zuneigung und gratulierten ihr zum Geburtstag. Cassie lachte und warf einen Blick über ihre Schulter, um sich zu vergewissern, dass Barney noch hier war, real und immer noch lächelnd, und drehte sich dann wieder zur Bar um. Ihre Freunde machten ihr den Weg frei, und dann sah sie ihn. Mit einem Arm lässig auf die Theke gestützt stand er vor ihr. Mike.

Es war, als hätte Cassie eine Betäubungsspritze in jedes

ihrer Glieder und Organe bekommen. Sie wusste nicht mehr, ob sie atmete oder sich bewegte und was ihre Gesichtsmuskeln machten. Mit weit aufgerissenen Augen starrte sie den Mann an, den sie seit fast einem Jahr nicht mehr gesehen hatte und der sich nun an einem Ort befand, an dem er niemals hätte sein dürfen.

»Tut mir leid, Cassie«, hörte sie Mel neben sich sagen. Sie sah, dass Mels Hand auf ihrem Arm lag, aber sie konnte sie nicht spüren. »Darf ich dir Mike Barrett vorstellen. Er bleibt ein paar Nächte in einem unserer Zimmer, und ich habe ihn zu deiner Party eingeladen, damit er nicht allein dort herumsitzen muss. Das macht dir doch nichts aus, oder? Er ist ein lustiger Kerl.« Mel ging zu Mike hinüber. »Das ist Cassie, das Geburtstagskind, von dem ich Ihnen vorher erzählt habe.«

Cassie beobachtete, wie Mike sein Whiskyglas langsam und präzise abstellte, sich vom Tresen löste und mit schweren, bedächtigen Schritten auf sie zukam.

»Hallo, Cassie«, sagte er. Der Klang seiner Stimme brachte ihre Empfindungen wieder zurück. Sie spürte Ekel, Angst und Verzweiflung in sich aufsteigen. »Du hast doch nicht etwa gedacht, ich würde deinen Geburtstag vergessen, oder?«

Er legte einen seiner kräftigen Arme um ihren Nacken, zog sie an sich, küsste sie und schob ihr dabei seine Zunge tief in den Mund. Sie wich zurück, als sie den Glenmorangie schmeckte.

»Cassie!« Mels Stimme war zu laut, oder vielleicht waren alle anderen im Pub plötzlich verstummt. »Kennst du Mike?«

Mike lachte – es war das ausgelassene, dröhnende Lachen, das er immer in Gesellschaft von sich gab. Er schob seinen Arm um Cassies Schultern und drückte sie an sich. Sie starrte auf einen Riss in den Bodenfliesen, verfolgte ihn mit den Augen und versuchte, sich einzureden, dass das alles nicht wirklich geschah.

»Natürlich kennt sie mich.« Er fuhr mit einem Finger über Cassies Schlüsselbein. »Obwohl ich es ihr nicht verübeln kann, wenn sie mich nicht erwähnt hat. Wir hatten einen lächerlichen Streit, und ich habe mich benommen wie ein gefühlloser Trampel. Sie ist mir davongelaufen, bevor ich es wiedergutmachen konnte. Ich habe allerdings nicht damit gerechnet, dass sie so lange wegbleiben würde. Aber ich habe meine Lektion gelernt. Ich verspreche dir, dass ich von jetzt an der Ehemann sein werde, den du verdienst, Liebling.«

Jemand schnappte nach Luft. Cassie glaubte, dass es Ethel war, aber so genau ließ sich das nicht sagen. Während sie auf den Boden gestarrt hatte, hatten sich die Besucher des Pubs versammelt wie das Publikum eines Theaterstücks – oder wie ein Lynchmob. Alle, außer der einen Person, nach der Cassie sich nun umsah. Barney stand allein im Hintergrund und starrte sie an. Seine Lippen waren so schmal, als hätte er noch nie in seinem Leben gelächelt. Sie zwang sich dazu, den Blick abzuwenden, als Mikes Finger sich unter den Rand ihres Kleids in ihren Ausschnitt schoben.

»Du kannst dir nicht vorstellen, wie sehr ich dich vermisst habe«, sagte Mike und ließ eine Hand über ihre Brust gleiten. Cassie spürte Galle aus ihrem Magen aufsteigen. »Das Leben ohne dich war kaum zu ertragen. Und nicht nur für mich. Ich kann es kaum erwarten, den Kindern zu sagen, dass es dir gut geht.«

Die Tür des Pubs fiel krachend ins Schloss, und Cassie musste sich nicht umdrehen, um zu wissen, dass Barney gegangen war.

# 19

»Oh nein, Cassie! Du hast deinen Mann und die Kinder verlassen? Wie konntest du?«

Ethels hörbare Enttäuschung versetzte Cassie einen Stich. Und sie spiegelte sich in jedem der Gesichter, die sie sah. Die Missbilligung war geradezu erdrückend. Sie wich zurück, während all die alten Gedanken wieder hochkochten und sie aufs Neue zu verschlingen drohten. Sie war wertlos. Mike war der einzige Mensch, der etwas für sie empfand. Sie musste sich glücklich schätzen, ihn zu haben. Wie konnte sie glauben, dass sie mehr verdiente?

»Cassie?« Sogar Mel sah sie traurig und verständnislos an. »Stimmt das?«

»Ja.« Ihre Stimme klang fremd, matt und roboterhaft. »Mike ist mein Mann.«

»Seid nicht zu streng zu ihr«, sagte Mike. »Mich trifft genauso viel Schuld wie sie. Ich dachte, wir hätten einen nichtigen Streit wegen ein paar Kleidern, die sie gekauft hatte, aber Cassie bedeutete es wohl mehr, als mir klar war. Wir Männer sind nicht so gestrickt, dass wir begreifen, wie wichtig solche Sachen sind.« Bei seinem Lachen vibrierte sein massiger Körper an Cassies. »Und natürlich stand sie wegen ihrer Krankheit unter großem Druck.«

Überall im Pub wurde genickt und gelächelt. Das war Mikes Art. Er war »der gute alte Mike«. Stets waren die Leute auf seiner Seite. Es hatte keinen Sinn, seine Lügen zu korrigieren. Er könnte Beton verbiegen, wenn etwas seinem Willen im Weg stand.

»Aber die Kinder?«, beharrte Mel. »Wie konntest du sie so lange allein lassen? Und sie nie erwähnen? Ich dachte, wir wären Freundinnen.«

»Es sind nicht meine Kinder.« Die Erwähnung von Freundschaft hauchte Cassie wieder ein wenig Leben ein. »Es sind Mikes Kinder. Sie leben bei ihrer Mutter.«

»Cassie geht wunderbar mit ihnen um«, sagte Mike. »Sie hat sie immer wie ihre eigenen behandelt. Und sie beten Cassie an.«

»Tun sie nicht.«

»Ach, Liebling, du bist witzig.« Mike küsste sie aufs Haar. »Teenager meinen nicht alles so, wie sie es sagen. Natürlich hassen sie dich nicht.« Wieder lächelte er in die Runde. »Falls es euch wunderbaren Leuten nichts ausmacht, würde ich meine schöne Frau gerne nach oben bringen und sie davon überzeugen, dass sie sehr vermisst wird.«

»Nein.«

Die Wolke, die sich über Cassie gelegt und ihre Sinne wie ihren Verstand vernebelt hatte, lichtete sich bei Mikes Worten – bei dem, was sie bedeuteten. Sie mochte mit diesem Mann verheiratet sein, aber sie liebte einen anderen. Und auch wenn diese Gefühle vielleicht nie erwidert würden, könnte sie es nicht ertragen, von Mike betatscht zu werden. Erst recht nicht, solange sie noch das Kribbeln von Barneys Berührung spürte. Sex mit ihrem Mann käme ihr wie Fremdgehen vor. Sie entwand sich Mikes Arm.

»Ich gehe nicht nach oben.«

»Tja, anscheinend willst du unbedingt deine Party haben. Was soll ich sagen? Du weißt, dass ich dir nichts abschlagen kann.« Mike lächelte.

Cassie fragte sich, ob irgendjemand sonst erkannte, wie falsch dieses Lächeln war.

»Dann feiern wir aber richtig. Mel, können wir eine Lokalrunde bekommen? Setzen Sie alles auf meine Rechnung.«

Sofort stürmten alle an die Bar.

»Ich kann natürlich noch ein wenig warten. Uns bleibt schließlich die ganze Nacht.«

»Nein.« Beim zweiten Mal war es nicht leichter. In ihren Achselhöllen bildete sich brennender Schweiß. »Ich bleibe heute Nacht nicht hier.«

»Dann komme ich mit dir.« Mikes Lächeln verschwand, da sich nun alle auf die Bar konzentrierten. »Du hast eine Menge wiedergutzumachen.«

»Du kannst nicht mitkommen. Meine Arbeitgeberin würde es nicht erlauben.«

»Ich bin dein Arbeitgeber.« Er neigte sich so nahe vor, dass Cassie die geplatzten Äderchen um seine Nase herum hätte zählen können. »Oder hast du neben deiner Ehe auch deinen Job vergessen?«

»Ich habe gar nichts vergessen.«

Sie trug Narben auf ihrem Herzen, die nie heilen würden. Rasch blickte sie sich um und sah Mel, die ein Tablett voller Gläser zur anderen Seite des Pubs brachte.

»Mel, kannst du Mike erklären, dass ich heute Nacht bei Frances sein muss?«

»Musst du? Sicher …« Mel verstummte, als sie Cassies flehenden Blick bemerkte. »Sicher würde sie sich sorgen, wenn du weg bist. Vielleicht morgen, nachdem du mit ihr geredet hast? Barney würde gewiss anbieten, bei ihr zu bleiben … unter diesen Umständen.«

Cassie wünschte, sie wäre noch benommen, damit der Klang von Barneys Namen nicht so schmerzte.

»Wollt ihr zwei ins Nebenzimmer gehen? Dort ist es etwas ruhiger, und ich passe auf, dass keiner sonst reinkommt.«

Cassie nickte und führte Mike durch die Tür. Im Nebenzimmer war es kälter und ruhiger, und Cassie zog sich ihre Strickjacke fester über die Brust.

»Was sollte das, du dämliche Schlampe?«, herrschte Mike sie an. »Willst du mich blamieren? Oder bist du immer noch so frigide wie früher?« Cassie sank auf den nächstbesten Stuhl, denn ihre Beine begannen zu zittern. »Vielleicht teilst du das Bett jetzt mit jemand anderem, ist es das? Wer ist er? Einer von den Männern hier?«

»Es gibt keinen anderen. Dies hier sind meine Freunde.«

»Freunde? Glaubst du das wirklich? Sie sahen nicht besonders freundlich aus, als sie von deiner Lüge erfahren haben.«

Mike zog abrupt einen Stuhl heran und setzte sich Cassie gegenüber. Dann streckte er einen Arm über den Tisch und packte ihre Hand.

»Ich wollte dich nicht anschreien. Du verstehst nicht, was du mir angetan hast, als du einfach verschwunden bist. Ist dir nicht klar, dass ich der einzige Freund bin, den du brauchst? Keiner sonst hätte fast ein Jahr lang versucht, dich zu finden. Keiner sonst wird dich je so lieben wie ich, sogar so, wie du jetzt bist.«

»Was stimmt denn nicht mit mir?«

Mike musterte sie kritisch. »Du hast zugenommen. Das muss wieder runter.«

Cassie blickte an sich herab. War sie fett? Sie hatte zugenommen, seit sie in Ramblings war, aber das hatte sie eher für gut gehalten.

»Und dein Haar muss geschnitten werden. Du weißt, dass ich es nicht mag, wenn es dir über die Schultern hängt und deine Brüste verdeckt.« Er beugte sich vor und warf ihr das Haar über die Schultern. »So ist es besser. Ich mache einen Termin im Salon für dich. Die sorgen dafür, dass du bald wieder normal aussiehst.«

Normal? War sie das vorher gewesen? Wenn das Leben mit Mike normal gewesen war, was war dann ihre Zeit auf Ramblings? Mikes Macht sog sie wieder ein und erstickte jedwedes rationale Denken. Sie war fett und ungepflegt mit einer wilden Mähne, aber er liebte sie trotzdem. Aus der Bar drang Stimmengewirr, hier und da ein lautes Lachen, und sie stellte sich vor, dass es ihr galt. Sie glaubte, hier Freunde gefunden zu haben, aber vielleicht hatte Mike recht – vielleicht würden alle sie verurteilen. War es ein Fehler gewesen wegzulaufen? War Mike der Einzige, dem wirklich an ihr lag?

»Du wirkst nicht sehr froh, mich zu sehen, Cassie.«

»Tut mir leid.« Es war seltsam, wie schnell ihr diese Worte wieder über die Lippen kamen. Sie versuchte zu lächeln, doch es legte sich erneut Nebel über sie und schien keine Botschaften von ihrem Verstand an ihren Körper durchzulassen.

Mike stand auf und schritt um den Tisch herum. Er stellte sich hinter Cassie, beugte sich über sie und legte seine großen Hände auf ihre Brüste. Sein Atem schien ihr das Ohr zu versengen.

»Mach ein freundliches Gesicht«, befahl er, »oder muss ich wieder da reingehen und herausfinden, welcher Mann dir ein Lächeln entlocken kann?«

»Entschuldige, Cassie, ich ... oh!« Mel kam hereingestürmt, sah Cassie an und wandte rasch den Blick ab. »Ich wollte nicht stören. Barney hat die hier für dich abgegeben.« Mel legte die Volvoschlüssel auf den Nebentisch und eilte hinaus.

Cassie starrte die Schlüssel an, während Mike ihren Hals mit feuchten Küssen bedeckte. Barney war zurückgekommen und hatte die Schlüssel gebracht. Trotz allem, was er von ihr denken musste, mochte er sie genug, um dafür zu sorgen, dass sie zurück nach Ramblings gelangte. Mike irrte sich. Sie hatte noch einen Freund, und nicht irgendeinen. Barney. Einen anständigen, freundlichen Mann, der so anders war als jener, der ihr jetzt gerade das Kleid von der Schulter ziehen wollte. Cassies Herz begann wieder zu schlagen, wiederbelebt von ihrer Liebe zu Barney.

Ekel überkam sie, als Mikes Zunge an der Vertiefung hinter ihrem Schlüsselbein leckte. Sie hob die Arme und wehrte ihn ab, und während er überrascht zurückwich, schnappte sie sich die Autoschlüssel und rannte los.

Frances verzichtete auf die übliche Begrüßung, als Cassie am nächsten Tag zu ihr in den Morgensalon kam.

»Meine Güte, Cassie, ich weiß ja, dass gestern Ihr Geburtstag war, aber heute Morgen sehen Sie um zehn Jahre gealtert aus. Waren Sie die ganze Nacht im Pub?«

»Nein.«

»Haben Sie sich amüsiert?«

»Ja, danke.« Cassie ging hinüber zum Schreibtisch und holte ihr Notizbuch hervor. »Wollen wir mit der Geschichte weitermachen?« Sie musste sich in das Leben anderer vertiefen und ihr eigenes vergessen.

»Später vielleicht, wenn Sie wacher aussehen. Ich möchte nicht riskieren, dass Sie alle Ralphs und Richards verwechseln, obgleich sich eine gewisse Celia Smallwood benahm, als wären sie austauschbar.«

Frances lächelte, doch Cassies Lippen wollten ihr nicht gehorchen. »Sie sind furchtbar blass, Cassie. Würde Ihnen ein Spaziergang zum Dorf guttun?«

»Nein!« Auf Cassies vehemente Antwort hin klapperte Frances' Teetasse auf der Untertasse. »Ich bin müde. Heute werde ich hierbleiben.«

»Sollen wir Barney rufen, damit er Sie untersucht?«

»Nein! Ich habe schlecht geschlafen, weiter nichts.«

Sie hatte die Stunden verstreichen gesehen, ebenso wie jede Minute zwischen ihnen. Viele Fragen waren ihr durch den Kopf geschwirrt: Wie hatte das passieren können? Was sollte sie tun? Würde sie für den Rest ihres Lebens weglaufen müssen? Der Wecker hatte geläutet, ehe sie auch nur eine einzige Antwort gefunden hatte.

»Ist heute Morgen nicht ein Treffen wegen der Gartenparty? Da müssen Sie hin.«

»Sicher kommen sie heute auch ohne mich zurecht.«

Frances stellte ihre Tasse ab, faltete die Hände und sah Cassie an.

»Warum verhalten Sie sich so eigenartig? Ist gestern Abend etwas vorgefallen, von dem ich wissen sollte?«

»Nein, es ist alles gut.«

»Cassie, bisher waren Sie einer der wenigen Menschen, die mich nicht wie eine senile alte Närrin behandelten. Bitte, fangen Sie jetzt nicht damit an.«

Cassie zupfte am Einband des Notizbuchs. Sollte Frances ihr Geheimnis noch nicht kennen, wollte sie nicht diejenige sein, die es ihr erzählte. Sie könnte Frances' missbilligenden Blick nicht ertragen, konnte sie aber andererseits auch nicht belügen.

»Hat Ihnen jemand von gestern Abend erzählt?«, fragte sie.

»Ich habe nichts gehört. Und ich gebe grundsätzlich nichts auf Klatsch.«

»Haben Sie Barney noch nicht gesehen?«

»Nein. Er hat sich hoffentlich nicht danebenbenommen, nachdem ich ihn ermahnt habe, sich ja anständig zu verhalten.«

»Es hat nichts mit Barney zu tun. Im Pub wohnt ein Mann …«

»Ein zahlender Gast?«, unterbrach Frances sie. »Wie wunderbar für Melanie! Ich habe ihr gesagt, dass sie ihr

Geld verplempert, wenn sie diese Zimmer renoviert. Es freut mich, dass ich mich getäuscht habe. Doch inwiefern ist dieser Mann relevant?«

Noch eine Frage, die Cassie die ganze Nacht gequält hatte. Sie gab Frances eine schlichte Antwort.

»Er ist mein Ehemann.«

Sie beobachtete Frances aufmerksam und wartete auf ein Aufblitzen von Überraschung, einen Ausdruck von Enttäuschung oder gar Verurteilung. Nichts davon kam.

»Was tut er hier?«, fragte Frances. Sie nahm ihren Stock, stemmte sich hoch und ging hinüber zu Cassie. »Hat er Sie gestern Abend verletzt?«

Frances wirkte besorgt, nicht entsetzt. Und Cassies Geständnis überraschte sie kein bisschen.

»Wussten Sie, dass ich verheiratet bin?«, fragte Cassie. »Woher?«

Sie war sicher, dass sie es nie erwähnt hatte. Es gab auch keinen weißen Streifen an ihrem Finger, wo früher ein Ring gesteckt hatte.

»Ich habe es bei unserer ersten Begegnung an Ihrem Blick erkannt.« Frances berührte Cassies Schulter. »Von der Person misshandelt zu werden, der man blind vertrauen können sollte, hinterlässt ein unauslöschliches Mal.«

»Sie auch?«

Cassie konnte es nicht glauben, aber warum nicht? Geld und ein prächtiges Haus schützten nicht vor dem Bösen.

»Ihr Mann?«

Frances nickte. »Er war ein unglücklicher Mann und

darauf bedacht, jeden Anflug von Glück in allen um ihn herum zu zerstören. Es gab schon Ungeheuer unter den Männern, bevor eine von uns beiden existierte, und es wird sie noch lange nach uns geben.«

»Aber Sie sind bei ihm geblieben?«

»Ich tat es für die Kinder – und für mich selbst. Wohin hätte ich gehen sollen? Zu jener Zeit verließen Frauen ihre Männer nicht. Und er war vorsichtig. Nach außen war nie etwas zu sehen, ausgenommen das eine Mal.«

Plötzlich wurde alles klar.

»Die Gartenparty im Buckingham Palace?«

»Ja. Ich hatte mich so sehr darauf gefreut.«

Frances presste die Lippen zusammen, und Cassie schwor sich, was auch mit Mike geschah, sie würde hierbleiben und Frances die schönste Gartenparty ausrichten, die sie ihr bieten konnte.

»Wurden Sie letzte Nacht verletzt?«, wiederholte Frances.

»Nicht körperlich. Mike benutzt Worte, keine Fäuste.«

Frances überraschte sie abermals. »Das ist das Gleiche und unentschuldbar. Was haben Sie vor?«

»Ich weiß es nicht.«

»Dann werde ich es Ihnen sagen. Sie werden sich von ihm nicht in diesem Haus einsperren und sich davon abhalten lassen zu tun, was Sie wollen. Ich werde nicht mit ansehen, wie Sie meinen Fehler wiederholen. Also gehen Sie heute Morgen ins Dorf zu dem Treffen.«

Das Treffen fand im No Name statt. Bei dem Gedanken, dorthin zu gehen, schnürte sich Cassie vor Angst die Kehle zu, sodass sie kaum noch atmen konnte.

»Ich glaube nicht, dass ich das kann …«, begann sie.

»Und ich weiß, dass Sie es können«, erwiderte Frances. »Sie müssen. Ich habe eine Liste von Sachen, die Sie für mich im Laden holen müssen. Schreiben Sie sich alles auf, und dann können Sie los.«

Cassie ging über die Felder zum Dorf und blieb an ihrer Lieblingsstelle stehen, wo die Trittsteine über den Fluss führten. Dort nahm sie ihr Handy hervor, drehte es hin und her und überlegte, ob sie Vicky anrufen sollte. Sie wollte es – sehnte sich nach einer freundlichen Stimme, nach jemandem, der ihr sagte, was sie tun sollte. Doch sie steckte das Telefon wieder ein. Vicky hatte genug andere Sorgen, ohne dass Cassie sie mit ihren belastete. Dies hier musste sie allein regeln. Sie hatte sich das ganze letzte Jahr vor Mike versteckt, hatte befürchtet, dass er sie wieder einwickeln würde, sollte er sie finden. Gestern Abend war es ihm beinahe gelungen. Wenn sie sich nicht ewig verstecken wollte, musste sie die Kraft finden, ihm zu widerstehen.

Sie erreichte den Dorfanger und sah Mike vor der Bank gegenüber vom No Name sitzen. Cassie stand mit klopfendem Herzen hinter der Giebelecke eines Häuschens und musterte den Mann, der rechtlich gesehen ihr Ehemann war. Er hatte zugenommen. Gestern Abend war es ihr nicht aufgefallen. Er war immer schon ein großer Mann gewesen – herausragend zu sein war sein Stil und das, was sie zunächst angezogen hatte –, doch nun war er auf der Schwelle zum Übergewicht. Dünne Haarsträhnen wehten über seine schimmernde Halbglatze. Er war vierzehn Jahre älter als Cassie, und das sah man ihm an.

Sie behielt seinen Rücken im Blick und lief um die anderen beiden Seiten, sodass sie es von ihm ungesehen zum Laden schaffte. Vor dem Postschalter war eine Schlange, aber im Geschäft selbst war es leer, abgesehen von Ethel an der Kasse. Cassie nahm sich einen Korb und suchte die Regale nach den willkürlich zusammengestellten Sachen ab, die Frances bestellt hatte, einschließlich einer Dose Mandarinen … Seit wann hatte sie Appetit auf Mandarinen?

Ethel lächelte, als sie an die Kasse kam, doch für Cassie fühlte es sich wie die höfliche Geste der Ladenbesitzerin an, nicht wie das warmherzige Lächeln einer Freundin.

»Geht es dir jetzt besser?«, fragte Ethel, während sie die Sachen aus dem Korb nahm.

»Besser?«

»Mike hat gestern Abend gesagt, dir wäre schlecht geworden. Was für ein Jammer, dass dadurch euer Wiedersehen verdorben wurde. Noch dazu an deinem Geburtstag. Du hättest wohl den Whisky nicht trinken dürfen.«

Cassie brachte ein angespanntes Lächeln zustande, und Ethel tippte den Preis für eine Tube Zahnpasta ein. Die Geschichte hatte Mike also erzählt: dass sie zu viel getrunken hatte und ihr übel geworden war. Und natürlich war es ihre Schuld. War es immer. Nur warum zweifelte es niemand an? Seit ihrer Ankunft in Ribblemill hatte sie keinen Tropfen Alkohol angerührt. Es war Mikes Kontrolle über Menschen. Er könnte Eskimos einreden, dass sie mitten in einer sengend heißen Wüste lebten.

»Der arme Mike war ganz geknickt«, fuhr Ethel fort. »Nachdem er so lange gewartet hatte, dich endlich wiederzusehen. Aber er hat sich tapfer gehalten und war eine echte Stimmungskanone. So einen Abend haben wir im No Name seit Jahren nicht erlebt. Ich verstehe nicht, wie du ihn verlassen konntest, Cassie. Er kann doch unmöglich irgendwas richtig Schlimmes gemacht haben, oder? Er betet dich an, das haben wir alle gesehen. Ihr jungen Leute wollt, dass die Ehe leicht und perfekt ist. Aber da muss man sich schon ein bisschen anstrengen.«

»Ich habe mich sehr angestrengt«, sagte Cassie und reichte ihr das Geld. Doch schon bevor Ethel den Kopf schüttelte, wusste sie, dass es aussichtslos war. Mike hatte Ethel um den Finger gewickelt, vermutlich das ganze Dorf. Nichts, was Cassie sagte, würde daran etwas ändern. Ethel sah auf ihre Uhr.

»Zeit für das Treffen«, sagte sie und rief ihrer Hilfe zu, auf den Laden aufzupassen. »Wollen wir rübergehen?«

Mike saß noch auf der Bank, als sie den Laden verließen.

»Da ist Mike!«, rief Ethel so aufgeregt wie ein Kind, das den Weihnachtsmann sah. »Der Süße. Er muss auf dich gewartet haben. Ich glaube, ich hatte gestern Abend erwähnt, dass wir heute eine Besprechung haben. Hu-huu!«

Ihr lautes Rufen war sicher bis nach Ramblings zu hören. Auf keinen Fall würde Mike es überhören, egal wie sehr Cassie darauf hoffte. Er stand auf und kam auf sie zu.

»Wenn das nicht meine beiden Lieblingsdamen sind! Ich hoffe, die ganzen Sherrys gestern haben keine unangenehmen Nachwirkungen, Ethel.« Ethel lächelte affektiert und kicherte wie ein Teenager. »Und meine reizende Cassie, habe ich ein Glück, dich heute Morgen zu erwischen! Du siehst unwiderstehlich aus.«

Er beugte sich vor und drückte Cassie einen Kuss auf den Mund. Sie trat zurück und wischte sich die Lippen ab, aber nicht schnell genug. Barneys Truck fuhr vorbei. Gins Kopf ragte aus dem Beifahrerfenster, und dahinter war Barney, der gerade wieder nach vorn blickte. Er musste es gesehen haben.

»Wir müssen zu unserer Besprechung«, sagte sie.

»Ethel, würde es dir etwas ausmachen, wenn ich Cassie noch ein paar Minuten entführe?«

Ethel schüttelte den Kopf.

»Keine Sorge, ich lasse sie nicht weglaufen.«

Ethel lachte und ging über die Straße zum No Name. Mike wartete, bis sie in dem Pub verschwunden war.

»Wohin bist du gestern Abend gegangen?« Der Kontrast zwischen seinem Publikumsgesicht und seinem privaten Tonfall hätte stärker kaum sein können. »Warum musst du mich dauernd bloßstellen? Was glaubst du denn, was die Leute im Pub gedacht haben, als du nach draußen gerannt bist?«

Cassie wich zurück. Sie bekam keinen Ton heraus.

»Na?«, hakte er nach.

»Weiß ich nicht.«

»Sie fanden, dass du dich albern verhältst. Das passiert, wenn du von mir weg bist. Du benimmst dich unvernünftig. Du kommst alleine nicht zurecht.«

Er strich ihr das Haar auf den Rücken.

»Schau dich an. Du siehst furchtbar aus. Ich hasse es, dich so zu sehen. Ohne mich verkommst du vollends.«

»Tue ich nicht. Ich habe einen Job …«

»Ja, davon habe ich gehört.« Mike lachte. »Du wischst

irgendeiner reichen alten Schachtel den Hintern ab, richtig? Falls da für dich was dabei rausspringen würde, wäre es ja vielleicht noch lohnenswert. Aber wozu die Mühe, wenn sie Kinder hat?«

»Frances ist meine Freundin.«

»Nein, ist sie nicht.« Er sprach langsam, als wäre sie begriffsstutzig. »Sie bezahlt dich dafür, dass du bei ihr bist. Ich habe es dir doch schon mal erklärt. Du glaubst, dass Leute deine Freunde sind, obwohl es nicht stimmt. Wie oft musste ich dich aus falschen Freundschaften retten? Jetzt schau nicht so finster drein.« Er strich ihr über die Wange, und seine Finger fühlten sich wie Schmirgelpapier auf ihrer Haut an. »Du hast ja mich. Für immer.«

Genau das war Cassies größte Furcht – sie hatte Angst, dass sie niemals wirklich von ihm loskommen würde. Schlimmer noch, dass sie sich wieder von ihm manipulieren lassen würde, bis sie gar nicht mehr frei sein wollte. Ein Teil von ihr – kleiner als früher, aber immer noch da – sprach auf ihn an und war dankbar, dass ihm an ihr lag. Den musste sie niederzwingen.

»Ich muss gehen«, sagte sie, denn sie sah, dass der Colonel ins Pub ging. »Die Besprechung fängt gleich an.«

»Dann bringe ich dich hin.« Er schlenderte neben ihr her und gab sich ganz wie ein liebender Ehemann. Cassie wusste, dass er überprüfen wollte, wen sie drinnen traf. Schon zu Zeiten, als ihr erlaubt gewesen war, ohne ihn auszugehen, hatte er stets darauf bestanden, sie hinzubringen und abzuholen. Er folgte ihr ins Pub und lächelte, als er Mel, Ethel und den Colonel an einem Tisch sah, wo noch ein Platz für Cassie frei war.

»Was für ein erlauchter Kreis, was? Da ihr nur so wenige seid, denke ich, dass ich Cassie jetzt ihr Geschenk geben kann. Ist es noch hinter der Bar, Mel?«

»Ja, ich hole es.«

Mel brachte ein rechteckiges Päckchen, säuberlich in rote Folie eingeschlagen. Mike nahm es und legte es vor Cassie auf den Tisch.

»Ein kleiner Teil dessen, was ich dir gestern Abend schenken wollte«, sagte er und legte eine Hand auf Cassies Schulter. »Willst du es nicht auspacken?«

Sie nahm es auf. Es war leicht, und innen klapperten kleinere Teile. Sofort wusste sie, was es war, und tatsächlich tauchte unter dem Papier eine teure Pralinenschachtel auf.

»Oh, Hotel Chocolat, etwas ganz Feines«, sagte Ethel gegenüber am Tisch. »Hast du ein Glück!«

»Deine Lieblingspralinen, nicht?« Mike drückte ihre Schulter, und Cassie nickte.

»Ja, danke.« Es waren ihre Lieblingspralinen gewesen, als sie sich kennenlernten und Cassie noch Schokolade aß. Er wusste, dass sie die heute nicht mehr anrühren würde. Darum ging es bei dem Geschenk: ihn gut dastehen zu lassen – und ihr ein schlechtes Gefühl zu vermitteln. Ein doppelter Schlag. Mel runzelte verwirrt die Stirn, als sie zwischen Cassie, den Pralinen und Mike hin- und herblickte.

»Deine anderen Geschenke spare ich für heute Abend auf«, sagte Mike. »Für die brauchen wir mehr Privatsphäre.«

»Heute Abend habe ich etwas vor.«

»Was?« Cassie zuckte zusammen, als Mike mit seinen Fingern über ihren Hals strich.

»Eine Mitternachtswanderung. Nur für die Dorfbewohner.«

»Ach, mach dir deshalb keine Gedanken«, sagte Ethel und strahlte Mike an. »Du zählst als Ehren-Gemeindemitglied, weil du Cassies Mann bist. Geh einfach mit, ja? Wir treiben noch eine Taschenlampe und eine Glocke auf, falls du keine hast.«

»Klingt nach einer Veranstaltung, die man nicht verpassen darf.« Mike lachte. »Solange ich bei Cassie bin, ist mir gleich, was ich tue.« Er küsste sie auf den Hals. »Bis später.«

Der Colonel und Ethel eilten nach der Besprechung davon. Cassie trödelte und packte ihre Notizen und Stifte so langsam zusammen, wie sie konnte, denn ihr grauste davor, nach draußen zu gehen, wo möglicherweise Mike auf sie wartete.

Mel kam mit zwei Bechern Kaffee von der Bar.

»Ist alles in Ordnung?«, fragte sie und setzte sich wieder zu Cassie. »Beim Meeting hatte ich ein paarmal das Gefühl, dass du gleich einnickst.«

»Ich habe schlecht geschlafen.«

»Weil Mike hier ist? Er muss sich ganz schön angestrengt haben, dich aufzuspüren.« Mel stockte, doch weil Cassie nicht reagierte, fügte sie hinzu: »Du scheinst nicht besonders froh zu sein, ihn zu sehen.«

»Bin ich auch nicht. Er hätte mich nicht finden sollen. Es gibt einen Grund, weshalb ich ihn verlassen habe.«

»Würde ich für jedes Mal, wenn ich einen meiner Männer aus den nichtigsten Gründen verlassen wollte, ein Pfund bekommen ...« Mel lachte. »Sagen wir mal, in meinen Sachen wären keine Etiketten von Billigläden.«

»Es war nicht wegen etwas Nichtigem.«

Cassie drehte einen Stift in ihrer Hand. Sie musste es jemandem erzählen, musste die Worte laut hören, denn solange sie schwieg, war es, als existierte die Wahrheit nicht.

»Ich habe ihn wegen einiger grundlegender Sachen verlassen, Sachen, von denen ich mir wünschte, jemand hätte mich vor ihnen gewarnt. Wie zum Beispiel, dass man niemals annehmen sollte, ein Mann, der bereits Kinder hat, würde noch mehr wollen. Dass man nie glauben sollte, ein Mann, der dich heiraten will, genießt neben deinem Körper auch deine Gesellschaft. Und dass man nie annehmen sollte, dass ein Mann, der dich zu lieben behauptet, automatisch freundlich zu dir ist«, sprudelte es aus ihr heraus.

Sie blickte auf und sah direkt in Barneys Augen. Er stand hinter Mel, und Cassie hatte keine Ahnung, wie lange schon oder wie viel er gehört hatte. Trotz allem, was vor sich ging, flatterte ihr Herz bei seinem Anblick. Er wirkte zerknautscht und unrasiert, hatte zerzaustes Haar und sah müde aus, kurz gesagt, ohne Zweifel der schönste Mann, den sie je gesehen hatte. Doch wie konnte sie diesen Gedanken zulassen, während die Berührung ihres Ehemannes noch frisch auf ihrer Haut war?

»Entschuldigt«, sagte Barney und starrte auf den Tisch. Cassie verbarg die Hände in ihrem Schoß. »Ich habe den

Colonel draußen gesehen und dachte, das Meeting wäre vorbei, sonst …«

Er beendete den Satz nicht, was auch nicht notwendig war. Sonst wäre er nicht reingekommen und hätte riskiert, auf Cassie zu treffen. Das hatte er sagen wollen. Es tat weh, egal ob er es aussprach oder nicht.

»Hast du dir die gegönnt, Mel?«

Die Pralinenschachtel von Mike stand offen auf dem Tisch. Nach der Besprechung waren nur noch wenige übrig. Barney griff hinein, nahm sich eine Praline und steckte sie ganz in den Mund.

»Köstlich, oder?«, fragte Mel.

Barney nickte.

»Mike hat sie für Cassie gekauft.«

Barney schluckte rasch. »Tut mir leid, ich dachte nicht, dass es deine sind. Du hast doch gesagt, du isst keine Schokolade.«

Er rieb sich den Mund, als wolle er sämtliche Schokoladenspuren vernichten. Cassie hatte das Gefühl, dass er jede Verbindung zu ihr fortwischen wollte.

»Du bist blass. Hast du deinen Blutzucker kontrolliert?«

»Nein, weil ich keines von den verdammten Dingern gegessen habe!« Cassie schob die Schachtel so schwungvoll über den Tisch, dass einige Pralinen herauspurzelten. »Du kannst sie haben. Warum muss sich bei dir alles immer auf medizinischem Gebiet abspielen? Darf ich nicht einfach ein normaler Mensch sein, dessen Probleme sich nicht einzig um die eigene Gesundheit drehen?«

Für einen Moment trat Stille ein, dann kam Barney

näher und ergriff ihre zitternde Hand. »Warum hast du das getan?«

Cassie versuchte, sich ihm zu entwinden, aber er hielt sie zu fest. Die rot gescheuerte Stelle war direkt vor seiner Nase, ein Beweis für eine Nacht, in der sie nervös gerieben hatte.

»Was hast du für einen Grund zur Sorge? War es nicht der perfekte Geburtstag, wiedervereint mit deinem Mann?«

Die leise sarkastische Note machte sie wütend. Cassie riss ihre Hand zurück.

»Er war perfekt, bis wir in das Pub kamen.« Sie rückte ihren Stuhl zurück und stand auf. »Wir sind nicht wiedervereint und werden es auch niemals sein.«

Mit diesen Worten nahm sie ihre Tasche und ging in Richtung Tür.

»Cassie sagt, sie hat Mike verlassen«, hörte sie Mel flüstern.

»Hat sie?« Barney gab sich keine Mühe, die Stimme zu senken. »Frauen geben die Ehe bei der geringsten Herausforderung auf. Das kenne ich nur zu gut.«

Cassie drehte sich um. Ihr Herzschlag wummerte ihr in den Ohren. Sie sah Barney an, der ihren Blick vollkommen ruhig erwiderte.

»Möchtest du wissen, warum ich ihn verlassen habe?«

Sie schlang die Arme um ihren Oberkörper und fragte sich, ob sie dies hier ernsthaft wollte. Nicht einmal Vicky wusste, was sie zu jenem letzten Schritt veranlasst hatte. Aber hier ging es nicht um irgendwen, sondern um Barney. Und sie konnte nicht damit leben, dass er schlecht von ihr dachte.

»Ich habe ihn nicht wegen einer kleinen Provokation verlassen. Ich habe ihn nicht einmal verlassen, als er mich eines Nachts allein im Haus einsperrte und die Sicherungen rausdrehte, damit die Lichter nicht funktionierten …« Sie schloss die Augen und wappnete sich für das, was sie als Nächstes sagen würde. »Ich habe alles durchgestanden, bis zu dem Tag, an dem er mir mein Insulin wegnahm und sich weigerte, es mir zurückzugeben, ehe ich nicht mit ihm schlafe. Also habe ich es getan, und danach habe ich ihn verlassen.«

»Mike?« Mel war aufgestanden und presste eine Hand an die Stirn, als würde sie hiervon Kopfschmerzen bekommen. »Das hat er getan? Aber er scheint ein so prima Kerl zu sein, und er betet dich an …«

Der Adrenalinschub ließ nach, und Cassie fühlte sich plötzlich matt. Sie sollte nicht so enttäuscht sein. Mit dieser Reaktion hatte sie immer gerechnet, sollte sie versuchen, die Wahrheit zu sagen. Mike gewann jeden für sich. Für Außenstehende ließ sich schwer zwischen dem Anschein von Hingabe und dem tatsächlichen Kontrollwahn unterscheiden. Ihr selbst war es schwergefallen, den Unterschied zu begreifen. Sie blickte zu Barney. Er hatte die Stuhllehne vor sich mit beiden Händen umklammert, und seine Fingerknöchel waren weiß.

»Ich habe es oft genug in der Notaufnahme gesehen«, sagte er. Er schaute Cassie in die Augen und war blasser denn je. »Zu oft. Und diejenigen, die am hingebungsvollsten wirkten, waren die Schlimmsten. Aber du …« Er machte einen Schritt auf Cassie zu. »Wie kann jemand dir das angetan haben?«

Glaubte er ihr? Würde sie endlich etwas Unterstützung erfahren? Hoffnung flackerte in ihr auf und erlosch gleich wieder. Ihrer Einschätzung konnte sie nicht trauen, das musste sie nicht erst von Mike hören. Dass sie sich mit ihm eingelassen hatte, war der Beweis dafür. Als die Pubtür aufging und eine Wandergruppe hereinkam, nutzte sie die Gelegenheit, um zurück nach Ramblings zu fliehen.

# 20

Die Nacht war perfekt für einen Streifzug. Der Himmel war so dunkel wie Tintenfischtinte, und neben dem Vollmond glitzerten die Sterne. Cassie fuhr absichtlich erst in letzter Minute zum No Name, um Gespräche zu vermeiden. Als sie dort eintraf, hatte sich bereits eine große Menge versammelt, die zum Abmarsch bereit war. Mindestens hundert Leute aus allen Altersgruppen waren erschienen, von Senioren, die sich auf ihren Stock stützten, bis zu Kleinkindern, die fröhlich herumtobten. Einige Eltern hatten sogar ihre Säuglinge mitgebracht.

Es war ein Spektakel aus Licht und Lärm. Jeder hatte eine Taschenlampe oder eine Laterne dabei; es sah aus, als hätte sich ein Schwarm Glühwürmchen zu einer Party verabredet. Weiße Lichtstrahlen wetteiferten mit gelben, und jemand hatte sogar ein Discolicht mitgebracht, das neonpink und grün blinkte. Alle waren außerdem mit Glocken jeglicher Art bewaffnet, und Töne von hellen Schlittenglöckchen und tiefen Handglocken schallten durch die Nachtluft.

Cassie hatte in Ramblings eine Taschenlampe gefunden und wäre auch ohne Glocken ausgekommen, doch Frances hatte eine Idee gehabt. Sie hatte Cassie in den staubigen Keller geschickt, wo sie eine halbe Stunde lang nach einer Kiste mit der Aufschrift »Mitternachtsstreifzug« gesucht hatte. Sie enthielt einige kaputte Taschenlampen, die aussahen wie die allerersten Modelle, eine altmodische Gaslaterne und etliche Manschetten mit angenähten Glöckchen. Die meisten waren zu groß für Cassies schmale Handgelenke, aber ganz unten in der Kiste entdeckte Frances zwei elastische Armbänder mit Schlittenglöckchen. Sie waren eindeutig für Kinder angefertigt worden, aber da die Gummibänder im Lauf der Jahre an Spannkraft nachgelassen hatten, ließen sie sich so weit dehnen, dass sie Cassie passten. Zu Frances' großem Vergnügen war Cassie nun mit Glöckchen an den Handgelenken ausgerüstet, die bei jeder Bewegung klingelten.

Sie blieb im hinteren Teil der Menge stehen und spähte den anderen Teilnehmern so gut sie konnte über die Schultern, um bekannte Gesichter zu entdecken. Mel und Akram standen ganz vorn, leicht zu erkennen an ihren aufeinander abgestimmten Hüten, an die sie von Weihnachten übrig gebliebene Lichterketten gesteckt hatten. Cassie lächelte, als sie Lydia sah, die sich zu ihren Freunden gesellt hatte und so tat, als würde sie Mel nicht kennen. Ethel war ebenfalls leicht zu sehen, denn sie trug eine fluoreszierende gelbe Jacke und eine Stirnlampe, als wollte sie in eine Mine steigen und nicht um das Dorf herummarschieren. Von Barney oder Mike war keine Spur zu sehen. In Cassie stieg Hoffnung auf. Vielleicht hatte Mike seine Meinung geändert und kam nicht.

Cassie zuckte zusammen, als ein Gong ertönte. Das

Klingeln der Glocken und die Gespräche verstummten, und die Menge wandte sich zum Parkplatz des No Name um. Der Colonel war auf eine Kiste gestiegen, damit ihn alle sehen konnten.

»Ribblemiller, Freunde und Gäste, willkommen zu unserem Mitternachtsgrenzgang«, ertönte seine dröhnende Stimme durch ein Megafon. Sein Gruß wurde mit Jubel und Glockenklingen erwidert. Er hob eine Hand und bat um Schweigen. »Jedes Jahr versammeln wir uns hier und gehen die Grenze unseres Dorfs ab; diese Zeremonie gibt es bereits seit Jahrhunderten. Wir lassen unsere Glocken ertönen, um allen bösen Geistern deutlich zu verkünden, dass sie in Ribblemill nichts zu suchen haben.« Wieder brach Jubel aus. »Im Namen aller Ribblemiller vor uns, aller Ribblemiller, die jetzt hier sind, und aller Ribblemiller, die noch kommen werden …« Ein paar zustimmende Pfiffe wurden laut. »Stimmt alle mit ein: Böse Geister, verschwindet! Böse Geister, verschwindet!«

Die Menge wiederholte die Worte im Chor, und alle ließen ihre Glocken ertönen und stampften im Takt mit den Füßen auf den Boden. Der Lärm, die Energie und der Kameradschaftsgeist zwischen den Dorfbewohnern war überwältigend. Cassie war fasziniert. Sie wollte daran teilhaben, eine richtige Ribblemillerin sein und gemeinsam mit den Familien und ihren Freunden diese Worte rufen. Stattdessen musste sie sich im Hintergrund halten und sich verstecken, aus Angst, entdeckt zu werden. Sie hätte ein Teil davon sein können, wenn Mike nicht aufgetaucht wäre und alles verdorben hätte. Während sie sich von den Stimmen und der Wärme mitreißen ließ, fasste sie einen Entschluss. Mike hatte ihr so vieles weggenommen – das würde sie sich von ihm nicht auch noch stehlen lassen.

»Los geht's!«, rief der Colonel und führte die Prozession an, die sich nun vom No Name auf den Weg machte, vorbei an den Überresten des Gemeindehauses und über einen Zaunübertritt auf ein Feld. Zuerst bildeten die Dorfbewohner eine lange Schlange, vertrieben lautstark die bösen Geister und ließen ihre Glocken erklingen. Doch nach einer Weile bildeten sich Grüppchen, und statt des Sprechchors hörte man nun Geplapper und Gelächter. Cassie war allein, aber sie fand es wunderbar belebend, um diese Uhrzeit draußen zu sein. Sie spürte die Nachtluft in ihrem Haar, sah nur einen Taschenlampenstrahl vor sich und war umgeben von der tiefen Stille der Natur.

Der Pfad führte in einen kleinen Wald, und als Cassie beiseitetrat, um eine Familie vorbeizulassen, schlossen sich plötzlich Finger um ihr Handgelenk. Mike zog sie zwischen die Bäume und drehte sie zu sich herum. Er atmete schnell und keuchend, und jeder Atemzug roch nach Käse und Whisky. Cassie hielt den Atem an, solange sie konnte, doch dann begann ihr Brustkorb zu beben, und sie rang nach Luft.

»Wo warst du den ganzen Tag?«

Sein Zorn war eine Erleichterung – besser als seine üblichen besitzergreifenden Berührungen.

»Ich habe gearbeitet.«

»Bis jetzt? Ich habe dich bereits vor Stunden erwartet, nachdem du die alte Frau gefüttert hast.«

»Frances kann allein essen.«

»Dann hättest du sie das auch tun lassen sollen.« Sein Griff verstärkte sich, und die Glöckchen an Cassies Handgelenk klingelten. »Allmählich habe ich den Eindruck, dass du dich nicht so über meinen Besuch freust, wie du es tun solltest. Wir könnten jetzt im Bett liegen und müssten hier nicht sinnlos durch die Gegend laufen. Wir könnten zu Hause sein. Ich habe viel Zeit und Mühe investiert, um dich zu finden. Du solltest mir viel mehr Dankbarkeit zeigen.«

Cassie hob ihre Taschenlampe und richtete sie auf sein Gesicht. Seine Nase leuchtete rot, und auf seiner Stirn hatte sich Schweiß gebildet und lief in Rinnsalen an seinen Schläfen nach unten. Es war kaum zu glauben, dass sie ihn einmal geliebt hatte, aber es musste wohl so gewesen sein. Zu einer Zeit, in der er sie angelächelt und mit ihr gelacht hatte und nicht über sie; als sie geglaubt hatte, dass seine Liebesschwüre ernst gemeint waren und nicht nur dazu dienten, sie in eine Falle zu locken, um sie besitzen zu können. Sie hatte für ihn niemals diese Art von Liebe empfunden, die sie jetzt kennengelernt hatte, und alles, was sie jemals für ihn gefühlt hatte, war längst verschwunden.

»Ich freue mich nicht über deinen Besuch«, erklärte sie und senkte die Stimme, als eine weitere Gruppe an ihr vorbeizog. »Du täuschst dich, wenn du glaubst, dass ich mit dir nach Bristol zurückgehe. Ich bleibe hier.«

Mike zog sie näher zu sich heran, bis sie an seinen Körper gepresst war. Mit seiner freien Hand nahm er ihr die Taschenlampe weg und warf sie auf den Boden. Das Licht erlosch. Er schaltete seine eigene Taschenlampe ab, und nun waren sie von der Dunkelheit der Nacht umgeben.

»Du dumme Kuh, was willst du denn in diesem Kaff anfangen? Glaubst du tatsächlich, es interessiert jemanden, ob du hier bist oder nicht? Niemand kümmert sich einen Dreck um dich. Wie ich sehe, begleitet dich keiner deiner neuen Freunde auf dieser Wanderung. Du bist ein Nichts.«

Seine Finger zerquetschten beinahe ihr Handgelenk, seine Stimme wurde mit jedem Wort lauter.

»Glaubst du etwa, du würdest etwas Besseres finden als mich? Darauf würde ich mich nicht verlassen. Kein anderer Mann wäre interessiert an einem so defekten Sonderling. Du trinkst keinen Alkohol, dein Körper ist übersät mit Einstichen, du machst ein Riesentheater um alles, was du isst, und im Bett bist du, offen gesagt, so aufregend wie eine steife alte Puppe. Dir bleibt keine andere Wahl. Ich bin alles, was du hast. Und jetzt kommst du mit mir nach Hause.«

»Niemals!«, rief Cassie, und plötzlich bildete sich ein Halbkreis um sie, als wäre das das Stichwort gewesen. Cassie blinzelte in die grellen Lichter und versuchte vergeblich, die Gestalten dahinter zu erkennen.

»Lass sie los, du Grobian«, befahl Mel.

Cassie glaubte, noch nie eine so wunderbare Stimme gehört zu haben. Doch es kam noch besser.

»Sie täuschen sich. Cassie liegt uns allen am Herzen.«

Barneys Stimme war laut und klar, und ein Lichtschein kam aus der Reihe der anderen nach vorn. Cassie wusste, dass er es war, noch bevor er von hinten angestrahlt wurde.

Er kam auf sie zu und starrte Mike so lange an, bis er schließlich Cassies Arm losließ.

»Wagen Sie es nicht noch einmal, so mit ihr zu reden. Und um das klarzustellen«, fügte er hinzu und senkte die Stimme, sodass ihn die anderen nicht hören konnten. »Kein anständiger Mann würde sich auch nur an einem dieser Dinge stören.«

Bevor Cassie diese Worte verarbeiten konnte, traten auch alle anderen nach vorn, bis sie der Halbkreis umgab. Cassie erkannte Akram und Mel, Ethel und ihren Mann und etliche andere Leute, die sie an den Samstagen in der Bücherei oder bei den anderen Veranstaltungen in Ramblings getroffen hatte. Mel zog sie zu sich heran, und plötzlich klopften ihr alle auf die Schulter, strichen ihr über den Arm und fragten sie, wie sie sich fühle. Sie zeigten damit, dass es der Wahrheit entsprach, was Barney gesagt hatte – sie mochten Cassie. Cassies Kehle brannte, als sie versuchte, ihre Tränen zu unterdrücken; sie wollte Mike nicht den Eindruck vermitteln, dass er es wieder einmal geschafft hatte, sie zum Weinen zu bringen.

»Für Sie ist diese Wanderung vorbei«, erklärte Akram, und ein anderer Mann griff nach Mikes Armen. »Wir bringen Sie zurück ins Pub.«

»Sie können den Rest der Nacht bleiben«, fügte Mel hinzu. »Schließlich haben Sie schon für das Zimmer bezahlt. Aber morgen früh verschwinden Sie. Und es gibt kein Frühstück!«

Akram zog Mike mit sich, aber Ethel stellte sich rasch vor ihn.

»Verschwinde, böser Geist!«, kreischte sie und schwenkte

einen Glockenstab vor seinem Gesicht durch die Luft. »Damit habe ich es ihm gezeigt!«, sagte sie, nachdem Mike weggeführt worden war. »Ein Glück, dass wir diesen Mistkerl los sind. Nichts für ungut, Cassie.«

»Schon gut.« Cassie bückte sich und hob ihre Taschenlampe auf. Sie schüttelte sie und schlug dagegen, aber sie ließ sich nicht wieder anknipsen. »Was macht ihr denn alle hier?«

»Wir haben nach dir gesucht«, erwiderte Mel. »Wir haben uns Sorgen gemacht. Barney hat uns gesagt, dass wir dich heute Nacht nicht allein lassen sollten, aber wir haben alle gedacht, dass du dich irgendeiner Gruppe angeschlossen hättest.«

Sie legte einen Arm um Cassie und drückte sie an sich. »Es tut mir leid. Da haben wir wohl Mist gebaut, sonst hättest du das nicht durchmachen müssen.«

»Ich bin froh, dass es so gekommen ist.«

Als Mel sie zweifelnd anschaute, fügte Cassie rasch eine Erklärung hinzu.

»Er redet mir seit Jahren ein, dass mich außer ihm niemand leiden könne. Und nun habt ihr alle ihm das Gegenteil bewiesen. Ich kann euch gar nicht sagen, wie viel mir das bedeutet.« Cassies Stimme schwankte.

Mel wischte sich mit der Hand über die Augen. »Ich wünschte, du hättest mir das schon früher erzählt, dann hätte ich ihn niemals auch nur in die Nähe des No Name gelassen.«

Sie umarmte Cassie noch einmal.

»Wir sollten jetzt weitergehen. Ruth hat den Punsch sicher schon aufgesetzt, aber sie schafft es unmöglich allein, ihn an so viele Leute auszuschenken. In diesem Jahr stellen wir sicher einen Rekord auf. Kommst du, Barney?«

»In einer Minute. Wir holen euch gleich ein.« Er nahm Cassie die Taschenlampe aus der Hand. »Ich möchte nur rasch versuchen, Cassies Lampe zu reparieren.«

»Okay.« Es war zu dunkel, um Mels Gesichtsausdruck zu sehen, aber ihre Stimme klang neugierig und belustigt. »Kommt schon, lasst uns gehen.«

Mel ging mit ihrer Gruppe durch den Wald zurück auf den Hauptpfad, und der Schein ihrer Lampen wurde schwächer. Barney reichte Cassie seine Taschenlampe, schraubte von ihrer das Kopfteil ab und stocherte im Inneren herum. Als er sie wieder zusammengeschraubt hatte, funktionierte sie immer noch nicht.

»Ich glaube, da lässt sich nichts mehr machen«, meinte er. »Wie fühlst du dich jetzt?« Er kramte aus seiner Tasche eine vertraute gelbe Tüte hervor. »Ich habe Gummibärchen mitgebracht.«

»Die brauche ich nicht.«

Das klang schärfer, als Cassie beabsichtigt hatte. Warum musste er sie auch immer nur als Patientin betrachten? Es war ihr schon lange nicht mehr so gut gegangen. Sie hatte Mike die Stirn geboten und sich nicht von ihm herunterziehen lassen. Sie war aufgeregt, aber nicht krank.

»Danke«, fügte sie ein wenig zu spät hinzu.

Ein Pärchen ging an ihnen vorbei. Der tiefen Stimme des Mannes folgte das Kichern der Frau. Plötzlich war Cassie sich bewusst, dass sie mit Barney ganz allein in der Dunkelheit war. Sein warmer Atem strich über ihren Kopf, und ihre Arme waren sich so nahe, dass eine kleine

Bewegung zur einen oder anderen Seite gereicht hätte, damit sie sich berührten. Cassie trat einen Schritt zurück, und die Glöckchen an ihrem Handgelenk klingelten.

Barney griff nach ihrer Hand und hob sie hoch, um sie besser sehen zu können. Cassies Atem beschleunigte sich sofort – sie sog hektisch mehrmals hintereinander Luft ein und hatte Probleme mit dem Ausatmen. Sie fragte sich, ob es nun zu spät war, um auf das Angebot mit den Gummibärchen einzugehen.

»Woher hast du das?«, fragte er und zog an dem Gummiband an ihrem Handgelenk. »Diese Dinger haben wir getragen, als wir klein waren.«

»Frances«, brachte Cassie mühsam hervor, während Barneys Finger aufreizend über ihre Hand strichen.

»Weißt du …« Er zog mit seinem Daumen einen kleinen Kreis auf ihrer Haut.

»Ja?«, keuchte sie.

»Diabetes bringt oft sexuelle Probleme mit sich. Du solltest das in der Klinik ansprechen. Es gibt einige Mittel, die dir helfen könnten.«

Das hatte sie nicht erwartet – es war nicht das, was sie gehofft hatte, von ihm zu hören. Enttäuschung traf sie wie ein gewaltiger Faustschlag. In ihrem Kopf drehte sich alles, und sie war nicht mehr in der Lage, eine vernünftige Antwort zu formulieren.

»Kannst du nicht ein einziges Mal aufhören, den Arzt zu spielen? Der Diabetes ist nicht das Problem«, fauchte sie ihn an. »Ich wollte ihn nicht. Ich fand ihn nicht mehr attraktiv. Ist das deutlich genug für dich? Das heißt nicht, dass ich keine Lust mehr empfinde.«

Ohne weiter darüber nachzudenken, ob das eine gute Idee war – denn dann hätte sie sicher beschlossen, dass das nicht der Fall war –, schlang sie einen Arm um seinen Nacken, zog ihn zu sich heran und küsste ihn, während die Glöckchen an ihrem Handgelenk klingelten. Es sollte ein zorniger Kuss werden, mit dem sie ihren Standpunkt betonen wollte. Sie hielt die Augen dabei offen, aber es war so dunkel, dass sie kaum etwas sah und ihre anderen Sinne dadurch verstärkt wurden. Seine Lippen fühlten sich warm an ihren kalten an. Das Haar in seinem Nacken glitt weich durch ihre Finger. Sie hörte, wie sein Atem schneller wurde, und dann – völlig unerwartet – erwiderte er ihren Kuss.

Die Taschenlampen fielen auf den Boden. Barney zog sie in seine Arme. Sie spürte jede Anspannung seiner Muskeln, als seine Hände über ihren Körper wanderten und köstliche Gefühle auf ihrer Haut erweckten, die schon so lange nicht mehr so zärtlich berührt worden war. Und in einem letzten Moment der Klarheit begriff sie, dass sie Barney Smallwood nur dieses einzige Mal küssen würde – diesen Mann, den sie mehr liebte als jeden anderen Menschen, den sie bisher kennengelernt hatte. Also ließ sie sich gehen, gab sich keine Mühe, ihre wahren Gefühle zu verbergen. Und schaltete ihren Verstand aus.

»Cassie?«

Cassie nahm die Stimme kaum wahr, bis Barneys Rücken sich unter ihren Händen versteifte und er seine Lippen von ihren löste. Ein Lichtstrahl erfasste sie; es war, als hätte jemand einen Eimer kaltes Wasser über sie gekippt. Cassie stolperte zurück und fröstelte nach Barneys warmer Umarmung in der kalten Nachtluft.

»Ich glaube, ich habe dir bewiesen, was ich damit sagen wollte«, flüsterte sie.

»Allerdings.« Barneys Stimme klang ebenso unsicher wie ihre.

Cassie konnte immer noch keinen klaren Gedanken fassen, aber sie überlegte, was er eigentlich getan hatte. Sie hatte ihm etwas beweisen wollen, aber er hatte sie ebenso leidenschaftlich geküsst wie sie ihn. Bei der Erinnerung daran stieg ein Brennen in ihr auf. Sie hob einen Fuß, um einen Schritt nach vorn zu gehen.

»Da seid ihr ja!« Mel richtete das Licht ihrer Laterne auf Cassie. »Wir haben jemanden gefunden, der eine zusätzliche Taschenlampe bei sich hatte. Du kannst sie haben. Wir haben uns Sorgen gemacht, weil du uns nicht gefolgt bist, auch wenn wir wussten, dass du bei Barney in Sicherheit bist.«

In Sicherheit bei Barney? Das Gegenteil war der Fall. Mel hakte sich bei Cassie unter.

»Lass uns gehen. Barney, du bist schneller als wir. Würde es dir etwas ausmachen, zum No Name vorauszulaufen und Ruth bei den Getränken zu helfen?«

»Aber …«

»Danke, du bist ein Schatz!«

Mel hob ihre Laterne so hoch, dass das Licht auf Barneys Brustkorb fiel und einen sanften Schein auf sein Gesicht warf. Sein Haar stand an einer Seite ab, und er wirkte ein wenig verstört.

»Nun geh schon!«

Er hob seine Taschenlampe auf und machte sich rasch auf den Weg. Mel drückte Cassies Arm, und sie schlossen sich wieder den anderen Wanderern an, während Mel pausenlos auf sie einredete. Cassie war bewusst, dass Mel versuchte, sie von ihren Gedanken an Mike und an das, was er gesagt hatte, abzulenken. Doch eigentlich brauchte sie keine Ablenkung von Mike. Was hatte sie sich nur dabei gedacht, Barney zu küssen? Und, was noch interessanter war, warum hatte er sie geküsst? Hatte er es ernst gemeint, oder war das nur ein Kuss aus Mitleid gewesen, mit dem er sie hatte trösten wollen? War das nach Mikes grausamen Worten nicht genau das, was man von ihm erwartete? Wie sollte sie ihm nur jemals wieder gegenübertreten?

»Ich komme nicht mit hinein«, erklärte Cassie und löste sich von Mel, als sie auf dem Parkplatz vor dem No Name angekommen waren.

»Ich glaube nicht, dass er es wagt, nach unten zu kommen, aber ich kann dich verstehen«, erwiderte Mel. »Das war ein anstrengender Abend für dich.«

Das war unbestritten. Sie hatte ihren Ehemann zurückgewiesen und sich wenige Minuten später einem anderen Mann an den Hals geworfen … Der Abend war mit Sicherheit ganz anders verlaufen als üblich, wenn sie sich mit Frances die Nachrichten im Fernsehen anschaute. Cassie hastete zu ihrem Volvo, doch ihre Schritte verlangsamten sich, als sie sah, dass Barney an ihrem Auto lehnte. Er kam auf sie zu und erreichte sie in der Mitte des Parkplatzes. Cassie starrte auf den Boden. Sie konnte ihn nicht anschauen, denn dann würde Verlangen wie ein Hochgeschwindigkeitszug durch ihren Körper rasen und sie von einem Extrem ins andere befördern. Sie wusste jetzt, wie diese Lippen schmeckten und was diese Hände tun konnten. Und sie wusste, wie sich dieser Körper anfühlte, wenn er sich an ihren schmiegte. Wie sollte sie das alles vergessen, damit sie sich wieder normal benehmen konnte?

»Cassie …«

Selbst der Klang seiner Stimme, als er ihren Namen aussprach, weckte in ihr die Sehnsucht, wieder in seinen Armen zu liegen. Er trat näher, berührte sie aber nicht. Sie konzentrierte sich auf seine Wanderschuhe.

»Was du heute Morgen gesagt hast … darüber, dass er dir dein Insulin nicht hatte geben wollen …« Er verhaspelte sich. »Hast du das zur Anzeige gebracht? Du könntest vielleicht eine Verfügung erwirken, sodass er sich dir nicht mehr nähern darf. Du weißt, was er da getan hat, oder?«

»Ja, das war eine Nötigung.«

»Mir fallen dazu viel schlimmere Ausdrücke ein.«

»Bitte nicht!« Cassie hob den Blick. Barneys Augen glitzerten in der Beleuchtung des Parkplatzes. »Sag es nicht. Ich möchte nicht mehr daran denken, was es tatsächlich war.«

»Cassie …« Er streckte eine Hand nach ihr aus, ließ sie dann aber wieder sinken. »Was kann ich tun?«

»Nichts. Es gibt einige Dinge, die nicht einmal du kurieren kannst.«

Er blieb auf dem Parkplatz stehen und sah ihr hinterher, wie sie davonfuhr.

Trotz der langen Nacht wurde die Bücherei im Ballsaal am nächsten Morgen wie üblich geöffnet. Der Colonel stand an der Spitze der Warteschlange, als Cassie die Tür für die Dorfbewohner aufschloss.

»Guten Morgen, Cassie.« Der Colonel nickte ihr zu. »Ein herrlicher Tag heute.«

Cassie spähte an ihm vorbei auf den trüben grauen Himmel, der aussah, als wäre er mit einem Bleistift leicht schraffiert worden. Aber es regnete nicht, also war es in Lancashire wohl ein schöner Tag. Der Colonel ging hinein, tätschelte Cassie ein wenig linkisch den Arm und bezog seinen üblichen Posten auf einem Stuhl neben der Tür. Die anderen Dorfbewohner zeigten ihr auf ähnliche Weise ihren Beistand. Es fiel ihr schwer, weiter zu lächeln, da jede freundliche Geste ihr zeigte, wie weit sich die Geschichte über ihre Demütigung herumgesprochen hatte.

Die Bücherei war seit einer halben Stunde geöffnet, als plötzlich Stimmen laut wurden und Mike in den Raum stürmte, gefolgt vom Colonel.

»Ich konnte ihn nicht aufhalten«, erklärte er atemlos.

Mike stampfte quer durch den Raum zu Cassie, die an ihrem Schreibtisch saß. Er sah schrecklich aus. Seine blutunterlaufenen Augen deuteten darauf hin, dass er wenig geschlafen und viel Whisky getrunken hatte. Er trug die gleichen Sachen wie am Tag zuvor – sie waren auf einer Seite völlig zerknittert, als hätte er in ihnen geschlafen. Aber das lenkte alles nur kurz von seinem Gesicht ab. Seine Nase war rot und geschwollen, seine Nasenlöcher waren blutverkrustet, und seine Oberlippe war aufgeplatzt und dick. Cassie sprang auf.

»Was ist mit dir passiert?«

War er überfallen worden? Dann kochte er jetzt sicher vor Wut, vor allem, weil er nur wegen ihr hier war. Aber wie hatte das in Ribblemill geschehen können? Seit sie hier lebte, hatte sie von keinem einzigen Verbrechen gehört.

Mike trat noch einen Schritt näher und baute sich bedrohlich vor ihr auf.

»Das war dein Liebhaber.« Er deutete auf sein Gesicht. »Habe ich das dir zu verdanken?«

Cassie stellte sich rasch hinter ihren Stuhl.

»Welcher Liebhaber?«

»Wie viele hast du denn, du verdammte Hure?«

Die Worte hallten so laut durch den Raum, dass alle sie hören konnten. Keiner bewegte sich. Cassie schloss die Augen, drückte die Ellbogen an den Körper und versuchte, zu schrumpfen und sich unsichtbar zu machen. Und dann hörte sie Frances' Stimme.

»Cassie, meine Liebe, wer ist dieser grässliche Mann?«

Cassie öffnete die Augen. Frances hatte sich von ihrem Sessel erhoben und schaute, auf ihren Stock gestützt, zu ihr hinüber.

»Das ist Mike«, erklärte sie. »Er ist …« Sie brachte es nicht über sich, es auszusprechen.

»Ich bin ihr Ehemann«, warf Mike ein. »Eine Tatsache, die sie offensichtlich unbedingt vergessen will.«

»Ich glaube, wir sollten uns in den Grünen Salon begeben.« Frances wandte sich an Mike. »Folgen Sie mir … Colonel, wären Sie so freundlich, sich um die Bücherei zu kümmern? Sie finden uns am Ende des Flurs, falls es irgendwelche Probleme geben sollte.«

Frances führte sie in einen düsteren Raum, der nach Norden zeigte. Die Wände waren mit dunklem Holz getäfelt, und die Polstermöbel waren mit einem hässlichen flaschengrünen Stoff bezogen. Sie klopfte den Staub von einem Lehnstuhl und setzte sich. Mike starrte sie an.

»Wir brauchen keine Zuhörer. Ich will allein mit meiner Ehefrau sprechen.«

Er sprach das Wort »Ehefrau« mit einem sarkastischen Unterton aus.

»Ich weiß nicht, wo Sie aufgewachsen sind, aber hier in Lancashire ist es das Recht des Hausbesitzers, einen Besucher wegzuschicken, und nicht umgekehrt.«

Der Ausdruck auf ihrem Gesicht, als sie Mike von oben bis unten musterte, hätte Cassie zum Lachen gebracht, wenn sie in den letzten Tagen ihren Sinn für Humor nicht verloren hätte.

»Ich würde Sie nicht einmal mit den ausgestopften Vögeln in der Galerie allein lassen, geschweige denn mit Cassie.«

Sie straffte den Rücken und nahm ihren Stock in die Hand. »Sagen Sie, was Sie zu sagen haben.«

Er fasste sich kurz. »Pack deine Sachen. Du kommst mit mir nach Hause.«

»Nein. Ich habe dir gestern Abend schon gesagt, dass ich nicht mit dir komme. Mein Zuhause ist jetzt hier.«

»Reichen dir vier Schlafzimmer nicht mehr? Ich habe dir alles gegeben, du habgierige Schlampe. Designerklamotten, Urlaub in Fünfsternehotels, Friseurbesuche im besten Salon der Stadt. Was hättest du dir denn noch wünschen können?«

»Freundlichkeit? Liebe? Kinder? Das hast alles nur du bekommen, ich nicht.«

Cassies Stimme zitterte verräterisch, und Mike änderte sofort seinen Kurs.

»Kinder? Also gut, ich werde dich schwängern, wenn es das ist, was du willst.« Er beugte sich zu Cassie vor und senkte die Stimme. »Aber wenn das Kind den gleichen Defekt hat wie du, will ich nichts mit ihm zu tun haben.«

Frances klopfte energisch mit ihrem Stock auf den Boden, und Mike trat einen Schritt zurück. Er lächelte, aber seine verletzte Lippe ließ sein Grinsen wie eine Grimasse wirken. Er dachte, er hätte gewonnen – schließlich hatte er ihr etwas angeboten, dem sie nicht widerstehen konnte. Er steckte selbstsicher die Hände in die Hosentaschen, streckte die Brust heraus, hob das Kinn und forderte sie heraus, diesen Vorschlag abzulehnen. Tief in ihrem Inneren spürte sie einen schmerzhaften Stich. Das hatte sie immer gewollt, von dem Moment an, in dem sie ihn geheiratet hatte – einen kleinen Alfie ganz für sich allein. Aber das war gewesen, bevor sie erkannt hatte, wie Mike in Wahrheit war. Sie hatte ihren Traum bereits vor Jahren begraben, denn sie würde niemals riskieren, dass er ein Kind so behandelte wie sie.

»Ich will kein Kind von dir«, erklärte sie.

»Glaubst du denn wirklich, du findest einen anderen Mann?« Mike lachte. »Deine Aussichten sind nicht sehr gut, richtig? Diese großen Augen werden nicht mehr so hübsch sein, wenn du blind bist. Deine Stimme wird sich nicht mehr so sexy anhören, wenn du ständig um etwas bitten musst. Es gibt nur mich oder niemanden.«

»Dann entscheide ich mich dafür, niemanden zu haben.« Cassie versteckte die Hände hinter ihrem Rücken und rieb mit dem Daumen an der bereits offenen Stelle. »Lieber bleibe ich für den Rest meines Lebens allein, als noch einmal eine Nacht mit dir zu verbringen. Und ich verzichte lieber auf Kinder, als dich noch einmal zum Vater zu machen.«

»Sie wird es wohl nicht mehr lange machen, oder?« Er deutete mit einer Kopfbewegung auf Frances. »Wenn sie tot ist, hast du kein Heim mehr. Dann kommst du ohnehin wieder zu mir gerannt.«

»Junger Mann, ich gedenke zu sterben, wann es mir passt, und nicht, wann Sie es für richtig halten.«

Frances' Stimme hätte eine gesamte römische Armee zum Gehorsam gebracht. Mike drehte sich zu ihr um und ging einen Schritt auf sie zu.

»Sie senile alte Schachtel. Ich könnte den Stuhl umkippen und Sie sofort erledigen.«

»Wage es nicht, sie anzufassen!«

Cassie griff nach dem nächstbesten Gegenstand auf dem Kaminsims und ging damit zu Mike hinüber. Sie empfand keine Angst, sondern nur Wut, als sie schwer atmend vor ihm stehen blieb.

»Was hast du vor?«, fragte Mike höhnisch.

Cassie warf einen Blick auf ihre Hand. Sie umklammerte den Kopf eines Affen aus Elfenbein – keine ideale Waffe. Und er glaubte nicht, dass sie genug Mut hatte, um sie zu benutzen. Lachend ging er einen Schritt auf Frances zu. Cassie holte aus und schlug ihm den Affen gegen das Kinn.

Sie fügte ihm keinen großen Schaden zu – sein Kopf war widerstandsfähig genug, um viel mehr auszuhalten –, aber Cassie durchströmte plötzlich ein Hochgefühl, wie sie es bisher noch nie erlebt hatte. Sie hob den Arm, um ihm noch einen Schlag zu verpassen, doch er packte ihr Handgelenk, entriss ihr den Affen und schmetterte ihn auf den Boden. Elfenbeinscherben flogen durch den Raum.

»Raus«, befahl Cassie. »Fahr nach Hause und komm nie wieder hierher.«

»Das meinst du nicht ernst.«

Er streckte die Hand aus, als wolle er sie ins Gesicht schlagen, aber Cassie wich rasch zurück.

»Diese Krankheit bringt dich völlig durcheinander, das verstehe ich. Aber du kannst nicht einfach unsere Ehe beenden und dein Heim verlassen. Alle deine Sachen sind dort, wo du sie zurückgelassen hast, und warten auf dich. Irgendwann musst du zurückkommen.«

Die Selbstgefälligkeit in seiner Stimme machte sie zornig, aber trotzdem trafen sie seine Worte sehr. Cassie brannten Tränen in den Augen, als sie daran dachte, was sie gezwungenermaßen zurückgelassen hatte: ihre Bücher, Familienfotos, eine Schachtel mit Liebesbriefen, die ihre Eltern sich geschrieben hatten, die alte Nähmaschine, auf der ihre Mutter so viele Kinderkleider genäht hatte. Es hatte ihr das Herz gebrochen, das alles nicht mitnehmen zu können, aber das waren nur Besitztümer, und sie hatte sie geopfert, um sich von Mike zu befreien. Sie ging zur Tür hinüber und machte sie weit auf.

»Du verlässt jetzt sofort dieses Haus, oder ich hole alle

Dorfbewohner aus der Bücherei, und wir werfen dich gemeinsam hinaus«, sagte sie. »Und sag jetzt nicht, ich sei ihnen gleichgültig«, fügte sie hinzu, als er den Mund öffnete, um sie weiter zu verletzen. »Denn ich weiß, dass sie mich mögen. Ich glaube dir nicht mehr, und ich liebe dich nicht. Du hast deine Macht über mich verloren.«

Cassie lehnte sich gegen die Tür und umklammerte die Klinke. Das war schwerer, als sie es sich vorgestellt hatte.

»Es ist aus zwischen uns. Ich habe etwas Besseres verdient.«

Mike ging auf Cassie zu, ohne den Blick von ihr abzuwenden. Ihre Finger an der Türklinke krampften sich schmerzhaft zusammen, aber es gelang ihr nicht, sie ausstrecken. Dieses Mal konnte sie ihm nicht ausweichen. Sie presste sich mit dem Rücken gegen die Täfelung an der Tür, während er seine Hand über ihre Wange und ihren Hals hinunter zu ihrer Brust gleiten ließ.

»Du gehörst mir.«

Er beugte sich so weit vor, dass sein Gesicht direkt vor ihrem war, und sie drückte ihren Kopf zurück, so weit sie konnte, bis sie die Kanten der Tür durch ihr Haar spürte. »Du liebst mich. Du wirst schon bald nach Hause kommen. Ich werde auf dich warten.«

»Das solltest du nicht tun.«

Cassie warf einen Blick zu Frances hinüber. Sie beobachtete sie, aber sie saß so weit weg, dass sie wahrscheinlich nicht alles hörte. Sie wandte ihre Aufmerksamkeit wieder Mike zu und beugte sich vor, damit sie leiser sprechen konnte.

»Ich habe dich geliebt – mehr, als du es jemals verdient

hast. Aber das war, bevor ich begriffen habe, wie Liebe wirklich sein kann. Bevor ich einen Mann kennengelernt habe, der in einer Stunde mehr Freundlichkeit und Anstand zeigt, als du jemals in deinem ganzen Leben zustande bringen wirst. Und obwohl ich wahrscheinlich keine Zukunft mit ihm haben werde, haben er und alle anderen Bewohner dieses Dorfs mich daran erinnert, was ein normales Leben ist und dass es nichts mit dem zu tun hat, was ich mit dir erlebt habe. Es gibt nichts, was du sagen oder tun könntest, um mich dazu zu bringen, zu dir zurückzukehren. Es ist aus.«

Sie hielt seinem Blick stand, entschlossener als je zuvor, und starrte ihn so lange an, bis ihm klar wurde, dass sie es ernst meinte. Seine Miene verdüsterte sich.

»Du untreues Flittchen«, stieß er wütend hervor und wich zurück, als habe sie eine ansteckende Krankheit. »Ich werde niemals in eine Scheidung einwilligen. Du und dein Liebhaber, dieser Schläger, werden keinen Penny von mir bekommen.«

Er stapfte hinaus, und Cassie schloss die Tür hinter ihm. Endlich war es vorbei.

# 21

»Wo ist Cassie?«

Die Tür des Grünen Salons wurde aufgestoßen, und Barney stürmte in den Raum.

»Cassie?« Er ging zu Cassie hinüber, die sich neben Frances' Stuhl gekniet hatte. »Alles in Ordnung? Ruth hat mich angerufen und mir gesagt, dass er hier sei. Ich bin so schnell gekommen, wie ich konnte.«

So wie er aussah, hatte er noch im Bett gelegen. Sein Haar war zerzaust, er war unrasiert, und sein Hemd war falsch zugeknöpft. Er bot einen herrlichen Anblick.

»Warum?« Mehr brachte Cassie nicht hervor.

»Weil …« Barney hatte offensichtlich auch Schwierigkeiten, die richtigen Worte zu finden. Sein Stirnrunzeln deutete darauf hin, dass er die Antwort nicht wusste.

»Cassie hat ihn rausgeworfen. Sie war großartig.«

Barney sah Frances an, als würde er sie erst jetzt bemerken. Sein Blick glitt über Frances' Knie und ihre von Cassies Fingern umschlossene Hand.

»Frances? Was ist los?«

»Nichts. Cassie macht mal wieder ein Tamtam. Nimm einfach keine Notiz davon.«

Frances versuchte, ihre Hand zurückzuziehen, aber Cassie ließ nicht los.

»Könntest du …« Sie deutete mit einer Kopfbewegung auf Frances, und Barney verstand sofort, was sie meinte. Ohne ihren Protest zu beachten, fühlte er Frances' Puls und horchte ihre Brust ab.

»Ruh dich den Rest des Tages aus, okay?« Er schaute nach unten, als etwas unter seinen Füßen knirschte. »Was ist passiert? Was liegt da auf dem Boden?«

»Das ist Elfenbein.« Cassie stand auf. »Es tut mir leid wegen des Affen. Ich werde ihn natürlich bezahlen. Sie können ja meinen Lohn einbehalten, bis wir wieder quitt sind.«

»Kommt nicht infrage. Es hatte schon einen Grund, warum er hier versteckt war. Ein scheußliches Stück. Ich habe mich gefreut, dass Sie es für einen guten Zweck verwendet haben. Cassie hat diesen Kerl damit geschlagen«, erklärte Frances Barney.

»Du blutest.«

Barney deutete auf Cassies Bein. Aus ihrem Knie tropfte Blut.

»Das ist nicht schlimm. Ich habe mich wahrscheinlich auf eine der Scherben gekniet.«

»Ich werde die Wunde säubern.«

Er war verschwunden, bevor Cassie protestieren konnte, und kam kurz darauf mit warmem Wasser und einem Erste-Hilfe-Kasten zurück. Cassie setzte sich, und er ging vor ihr in die Hocke und wischte das Blut mit einem feuchten Wattebausch ab. Seine Berührung war sehr sanft, ganz anders als letzte Nacht, aber nicht weniger wirkungsvoll. Sie schloss die Augen und fragte sich, was schlimmer war: das Brennen, das das Wasser auf ihrer Wunde verursachte, oder das Brennen in ihrem Herzen, das von der Aussichtslosigkeit der Situation herrührte. Seit Wochen musste sie ihre Liebe zu diesem Mann verheimlichen, und ein Kuss, so schön er auch gewesen sein möchte, änderte nichts daran. Sie war immer noch verheiratet – mit einem Mann, der skrupellos alles über ihre Unzulänglichkeiten herumposaunt hatte. Wie konnte Barney jetzt noch Interesse an ihr haben?

Sie hatte geglaubt, dass sie ihre Augen ganz fest zusammengepresst hielt, aber trotzdem rollte ihr eine Träne über die Wange. Die Hand an ihrem Knie hielt in der Bewegung inne.

Sie schaute nach unten in diese Augen, die so unergründlich tief waren und sie magisch anzogen. »Tut es weh?« Sie schüttelte den Kopf. »Hast du sonst irgendwelche Schmerzen?«

»Nein.« Keine, die er lindern konnte, außer er hatte eine besondere Salbe, die er direkt auf ihr Herz auftragen konnte. Er richtete sich auf und wischte ihr die Träne mit den Fingern weg.

»Barney?« Er ließ den Arm sinken, als Frances ihn ansprach. »Hast du dir die Hand verletzt?«

Es dauerte eine Weile, bis er antwortete. Er räumte den Erste-Hilfe-Kasten wieder ein, und Cassie sah, dass seine rechte Hand leicht geschwollen war.

»Ich habe gegen eine Wand geschlagen«, erwiderte er schließlich. Er trug den Erste-Hilfe-Kasten und die Schale mit warmem Wasser zu einem Tisch neben der Tür.

»Gut gemacht.« Frances lächelte. »Manche Wände haben einen Schlag verdient.«

Er schüttelte kurz den Kopf, sagte aber nichts dazu. Cassie starrte ihn an, aber er ignorierte ihren Blick, ging zum Fenster und schaute hinaus. Was hatte er getan? Die Geschichte mit der Wand war natürlich Unsinn. Hatte er etwa Mike geschlagen? Sie konnte sich das kaum vorstellen, aber Mike hatte Verletzungen im Gesicht, und Barneys Hand war ebenfalls in Mitleidenschaft gezogen. Das passte, aber wenn das tatsächlich stimmte, fragte sie sich, warum er das getan hatte. Sie beobachtete ihn aufmerksam, in der Hoffnung, dass er mit der Wahrheit herausplatzen würde, aber er schwieg beharrlich.

»Warum ist er hierhergekommen?«, fragte er schließlich.

»Um mich zurückzuholen«, antwortete Cassie.

Er drehte sich rasch zu ihr um. »Gehst du mit ihm?«

»Natürlich nicht.«

»Was hat er getan, um deinen Angriff zu provozieren?«

»Er hat sie übel beschimpft«, warf Frances ein. »Dieser Mann hat ein dreckiges Mundwerk.«

Barney sah Cassie fragend an. Sie zuckte mit den Schultern.

»Es war nicht schlimmer als sonst. Ganz normal.«

»Normal?«, knurrte er. »Daran ist nichts normal!«

»Ich mag mir nicht vorstellen, dass Sie mit diesem Mann zusammengelebt haben. Sie sind eine so sanfte Seele, und er ist …«

Frances schüttelte den Kopf. Ihre Hände zitterten jetzt wieder. Cassie ging rasch zu ihr und setzte sich neben sie.

»Und trotzdem können sie so überzeugend sein. Es ist wie in dem Gedicht von dem kleinen Mädchen mit der Locke. Wenn sie sich gut benehmen, dann sind sie sehr, sehr gut, aber wenn sie böse werden …«

Frances schauderte, und Cassie drückte sanft ihre Hand. Sie hatte Frances noch nie so aufgewühlt gesehen, obwohl sie versuchte, es zu verbergen. Das war Mikes Schuld und außer allem anderen unverzeihlich.

»Aber zumindest hat er Sie nie geschlagen, wie Sie sagten«, fuhr Frances fort. »Darüber bin ich sehr froh.«

»Er war nicht gewalttätig«, bestätigte Cassie und beobachtete, wie Barney unruhig auf und ab ging. »Das war nicht sein Stil. Ich sollte immer so aussehen, wie er es sich vorstellte, deshalb hätte er mich nie körperlich verletzt. Er konnte meine täglichen Spritzen und Bluttests nicht ertragen – er betrachtete sie als mutwillige Beschädigung seines Eigentums.«

Barney stieß einen beinahe unmenschlich klingenden Laut aus. »Warum bist du bei ihm geblieben?«

»Ich nehme an, weil Sie ihn geliebt haben«, antwortete Frances an Cassies Stelle. »Du verstehst nicht, wie das ist, Barney.«

»Nein, das begreife ich wirklich nicht.«

»Das war einer der Gründe«, erklärte Cassie. »Und ein weiterer war, dass ich glaubte, er würde mich lieben. Die Diagnose Diabetes war ein Schock für mich. Ich konnte sie nur schlecht verkraften; ich war verängstigt und durcheinander. Als Mike dann begann, mich zu behandeln, als hätte ich einen Makel, habe ich ihm das sofort geglaubt.«

Sie sah, wie Barney sich setzte und den Kopf auf die

Hände stützte. Er würde es nicht hören wollen, aber sie musste einfach weitersprechen. Frances verstand sie – es war eine Erlösung, alles jemandem zu erzählen, der genau nachempfinden konnte, wie es gewesen war.

»Zur gleichen Zeit sagte er mir ständig, wie sehr er mich liebte, dass er aber der Einzige sei. Es war ein Meisterstück der Manipulation. Es war wie ein Leben in einem dieser luftdicht verschlossenen Beutel, in denen Ersatzbettzeug aufbewahrt wird. Zuerst fühlt man sich sicher und geborgen. Die Luft wird einem so langsam entzogen, dass man es kaum bemerkt. Bis man eines Tages feststellt, dass man sich nicht mehr bewegen kann. Man befindet sich vollkommen in der Macht eines anderen Menschen. Man hat keine eigenen Gedanken und Ansichten mehr. Er kann sagen, was er will, dich beschimpfen, wie er möchte, und du nimmst alles hin, weil er alles ist, was du noch hast. Und weil du glaubst, dass du nichts Besseres verdient hast.«

»Aber deine Freunde und deine Familienangehörigen – sie müssen doch bemerkt haben, was da ablief. Wie konnten sie das zulassen?«

»Es war mir nicht erlaubt, eigene Freunde zu haben. Wir haben gemeinsam gearbeitet und sind gemeinsam ausgegangen.«

Barney verzog das Gesicht in dem Bemühen, das zu begreifen, aber Cassie war klar, dass ihm das nicht gelingen würde. Zumindest nicht vollständig. Wie konnte sich ein guter Mann in die Denkweise eines bösen versetzen? Das würde sie auch nicht wollen. Er wäre nicht der Mann, den sie liebte, wenn er das alles nachvollziehen könnte.

»Wir fuhren nur selten nach Devon, und bei unseren Besuchen achtete er genau auf sein Benehmen. Das tat er immer in der Öffentlichkeit. Niemand hätte mir geglaubt, wenn ich die Wahrheit erzählt hätte. Und ich habe nicht realisiert, wie zerstörerisch das alles war, bis …«

Sie hielt inne. Barney sprang von seinem Stuhl auf, stapfte zuerst zum Fenster, dann zum Kamin und schließlich zur Tür, wo er erregt auf und ab lief.

»Hör auf damit, Barney«, befahl Frances. »Ich versuche nachzudenken.«

»Ich kann nicht.«

Frances legte eine Hand auf Cassies. »Es tut mir leid, dass ich mich eingemischt und wie eine alte Kupplerin verhalten habe«, sagte sie. »Das werde ich nicht wieder machen. Ich verstehe jetzt, warum Sie gesagt haben, dass Sie nie wieder eine Beziehung eingehen wollten.«

Barney blieb stehen. Cassie konnte nicht widerstehen und warf einen Blick zu ihm hinüber. Er starrte sie an. Sie kannte sein Gesicht inzwischen sehr gut – von den langen, geschwungenen Wimpern, so schwarz und glänzend wie Rabenfedern, bis zu den Lippen, die rechts ein wenig weiter nach oben zeigten als links und so eine gewisse Asymmetrie bewirkten. Aber den Ausdruck, der jetzt auf seiner Miene lag, konnte sie nicht deuten. Es war keine Enttäuschung, obwohl sie sich das gewünscht hätte. Es war auch keine Gleichgültigkeit. Irgendetwas brachte ihn dazu, so still zu stehen, dass seine Brust sich beim Atmen kaum hob und senkte. Cassie wollte unbedingt wissen, was das war, und öffnete den Mund, um etwas zu sagen, obwohl sie nicht genau wusste, was. Doch in diesem

Moment schien Barney sich wieder gefasst zu haben. Er trat ein paar Schritte zurück und kratzte sich mit den Fingernägeln die Stoppeln an seinem Kinn.

Diese Geste war Cassie vertraut. Er war verlegen. Wegen ihr? Hatte er gedacht, sie wolle Frances widersprechen, vielleicht sogar behaupten, sie habe bereits eine neue Beziehung? Wegen des Kusses in der Nacht zuvor? Cassies Wangen brannten, und sie starrte peinlich berührt auf den Boden. Das musste sie rasch richtigstellen.

»Ich glaube kaum, dass ich meine Meinung jemals ändern werde«, erklärte sie und hoffte, dass sie die Einzige war, die das verräterische Zittern in ihrer Stimme hörte. »Ich möchte niemals wieder in eine solche Situation geraten.«

»Was haben Sie vor?«, fragte Frances. »Können Sie sich gegen seinen Willen scheiden lassen?«

»Ich habe mich darüber informiert, bevor ich ihn verlassen habe«, sagte Cassie. »Ich könnte mich auf abwegiges Verhalten berufen, aber ich bin mir nicht sicher, ob ich damit durchkommen würde. Mein Wort würde gegen seines stehen.«

»Jetzt nicht mehr«, erklärte Barney. »Wir haben ein Dutzend Zeugen, die gestern Abend sein Verhalten gesehen haben. Wir können den Familienanwalt um Rat fragen, wenn du möchtest.«

Cassie nickte.

»Als letzter Ausweg bleibt mir noch, fünf Jahre getrennt von ihm zu leben. Danach kann er keine Einwände mehr erheben.« Cassie lächelte Frances an. »Ich hoffe, Sie können mich noch ein wenig länger ertragen.«

»Oh, Cassie, nichts wäre mir lieber. Wenn ich könnte, würde ich Sie sofort für die nächsten fünf Jahre verpflichten.« Zu Cassies Entsetzen zog Frances ein Taschentuch aus ihrem Ärmel und tupfte sich damit die Augen ab. Cassie beugte sich zu ihr vor.

»Ich bleibe, solange Sie möchten«, sagte sie. »Ich fühle mich hier sehr wohl und will nicht weggehen.« Sie schaute Barney an, verblüfft über Frances' Verhalten, aber er starrte aus dem Fenster, steckte die Hände in die Hosentaschen und zog die Schultern hoch. »Ich werde Ihnen nicht mehr von der Seite weichen, bis Sie mich irgendwann anflehen zu gehen.«

Das erhoffte Lächeln blieb aus. Frances stand auf und stützte sich schwer auf ihren Stock.

»Das war ein recht dramatischer Vormittag«, meinte sie.

Diese Bemerkung passte zu ihr, aber ihre Stimme klang anders als sonst. Man hörte ihr an, wie erschöpft sie war, auch wenn sie versuchte, das zu verbergen.

»Ich werde mich vor dem Mittagessen ein wenig hinlegen … Nein«, fügte sie hinzu, als Cassie nach ihrem Arm greifen wollte und Barney mit drei großen Schritten auf sie zulief. »Ich brauche euch beide nicht, also macht kein Tamtam. Am Mittag bin ich wieder auf dem Damm.«

»Es tut mir leid«, sagte Cassie, nachdem die Tür hinter Frances ins Schloss gefallen war. »Das ist alles meine Schuld.«

»Wie kommst du denn darauf?«

»Wenn ich nicht hierhergekommen wäre, wäre Mike mir nicht gefolgt und hätte Frances so aufgeregt und krank gemacht. Ich habe sie noch nie so gebrechlich gesehen.«

»Er hat das nicht verursacht. Es ist ganz normal, dass ein älterer Mensch hin und wieder eine Ruhepause braucht.«

Das wusste Cassie. Und sie wusste auch, dass er seine Augenbrauen nur so stark zusammenzog, wenn er sich um etwas Sorge machte, es aber nicht zugeben wollte. Er musste den Zweifel auf ihrem Gesicht gesehen haben, denn er lächelte plötzlich.

»Hör endlich damit auf, dir immer für alles die Schuld zu geben.« Er legte ihr eine Hand auf die Schulter. »Davon bist du jetzt frei.«

Die Wärme seiner Hand breitete sich durch ihr T-Shirt aus. Auch letzte Nacht hatte seine Hand dort gelegen, war zuerst sanft und dann entschlossener nach unten gewandert. Cassie hatte das Gefühl, als würde sie gleich in Flammen aufgehen. Würde das Gleiche noch einmal geschehen? Ihr Herz pochte so heftig, dass er es sicher an seiner Brust spüren konnte. Doch dann klopfte er ihr ein wenig verlegen und beinahe kumpelhaft auf die Schulter und verließ den Raum.

Beim Mittagessen war Frances in besserer Stimmung und fühlte sich offensichtlich gut genug, um heftig zu widersprechen, als Cassie erklärte, dass sie in ihrer Pause lieber im Haus bleiben würde, als einen Spaziergang zu machen.

»Wenn Sie einmal so alt sind wie ich, werden Sie noch genügend Zeit haben, um im Haus herumzusitzen. Sie brauchen Bewegung. Der Colonel wird gleich hier sein, und wir sind schon ein wenig zu alt für eine Anstandsdame.«

Nachdem Frances sie weggeschickt hatte, machte Cassie sich über die Trittsteine auf den Weg nach Ribblemill, aber nur, weil Barneys Farm sich in der entgegengesetzten Richtung befand. Als sie den Dorfanger erreicht hatte, klingelte ihr Telefon. Cassie hatte zuvor versucht, Vicky zu erreichen, um ihr von den Ereignissen der letzten Tage zu erzählen, und nun ließ sie sich erleichtert auf einer Bank nieder und schüttete ihrer Schwester ihr Herz aus.

»Das tut mir sehr leid, Cass«, sagte Vicky, nachdem Cassie geendet hatte. »Ich fühle mich schrecklich, weil ich das nicht ernst genug genommen habe. Natürlich habe ich gewusst, dass du beunruhigt bist, aber ich habe mir nicht vorstellen können, dass er außer den paar Anrufen hier tatsächlich solche Anstrengungen machen wird, um dich zu finden. Dass er so weit gehen würde, habe ich nicht gedacht.«

»Ein Tyrann ist nichts ohne ein Opfer«, erwiderte Cassie. »Ich nehme an, er brauchte mich, um sich gut zu fühlen.«

»Versuche ja nicht, Entschuldigungen für ihn zu finden. Er ist ein gemeiner, bösartiger und brutaler Kerl. Was hat er dir angetan? Wie schlimm war es? Du hast es mir nie genau erzählt.«

»Es hätte noch viel schlimmer sein können«, meinte Cassie und dachte an Frances. »Er hat mich zumindest nicht geschlagen.«

»Oh, Cass.« Cassie hörte, dass Vicky den Tränen nahe war. »Ist das das Beste, was du über deine Ehe sagen kannst? Ich bin mir nicht sicher, ob ich es ertrage, den Rest zu hören.«

Sie würde es nicht aushalten, das wusste Cassie sehr gut. Es gab Dinge, die sie Vicky nicht erzählen konnte, vor allem nicht, was letztendlich dazu geführt hatte, dass sie davongelaufen war. Vicky würde ähnlich darüber denken wie Barney – es würde ihr nicht guttun, es zu erfahren.

»Warum haben wir das nicht bemerkt?«, fragte Vicky, als Cassie schwieg. »Er war so überzeugend und schien dir so zugetan zu sein – beinahe besessen von dir. Gut, seine Art, dich ständig zu berühren, war vielleicht ein bisschen übertrieben, aber ich war begeistert, dass du, wie ich dachte, endlich glücklich verheiratet warst. Das hattest du dir doch so sehr gewünscht. Ich hätte aufmerksamer sein sollen. Wirst du uns das jemals verzeihen können?«

»Es gibt nichts zu verzeihen.« Cassie wischte sich mit dem Handrücken die Tränen von den Wangen. »Mich hat er von allen am meisten getäuscht. Aber jetzt ist es vorbei. Ich muss mich nicht mehr verstecken.«

»Dann komm nach Hause. Komm zurück und bleib bei uns, bis du beschlossen hast, wie es weitergehen soll. Oder bleib für immer, wenn du möchtest. Es ist ebenso dein Haus wie meines, das weißt du. Stu würde sich freuen, wenn du ihm auf der Farm helfen würdest. Es gibt nichts mehr, was dich von hier fernhalten würde.«

Cassie schaute sich auf dem Dorfanger um. Sie ließ den Blick über das No Name, das Postamt, die Metzgerei und den Eisenwarenladen schweifen und erwiderte den Gruß eines vorbeigehenden Dorfbewohners. Es gab nichts mehr, was sie davon abhielt, nach Devon zurückzukehren, aber es gab einiges, was sie hier zurückhielt. Sie gehörte zu dieser Gemeinschaft. Dass sie nun ein Teil davon war, war allein ihr Verdienst – es hatte nichts damit zu tun, dass sie die Tochter ihrer Eltern oder Mikes Ehefrau war. Hier gab es einige Menschen, die sie nicht verlassen wollte. Im Moment gehörte sie hierher, und das war alles, was zählte.

»Ich werde euch besuchen«, versprach sie. »Aber erst im September. An dem Wochenende im August, das mit dem Feiertag zusammenfällt, feiern wir eine Gartenparty, und ich habe alle Hände mit den Vorbereitungen zu tun.«

»Du musst mindestens eine Woche bleiben. Zwei wären noch besser.« Vicky lachte. »Hat dein Zögern möglicherweise mit dem attraktiven Gesicht zu tun, das wir an deinem Geburtstag auf dem Monitor gesehen haben?«

»Welches Gesicht?« Als ob Cassie das nicht wüsste. Es gab nur eine Person, die ihr bei dieser Beschreibung sofort einfiel – und diese Person war ohnehin ständig in ihren Gedanken.

»Barney«, sagte Vicky.

»Was weißt du denn über Barney?«

»Er hat uns einen Tag vor deinem Geburtstag über Skype kontaktiert, um das Geburtstagslied der Jungs für dich zu organisieren. Wir waren total überrascht«, fügte Vicky ein wenig spitz hinzu, »weil du uns nichts von irgendwelchen Männerbekanntschaften erzählt hast. Und schon gar nicht, dass du einen solchen Mann kennengelernt hast. Was geht denn da vor sich?«

»Nichts!«, erwiderte Cassie rasch. Natürlich hatte sie

Vicky nicht *alles* über letzte Nacht erzählt. Ein paar wichtige Minuten mit Barney hatte sie ausgelassen.

»Wirklich nichts? Oder heißt das, dass du nicht darüber sprechen möchtest?«

»Die Wahrheit liegt wohl irgendwo dazwischen.«

Sie lachten beide, und das erinnerte Cassie an die sorgenfreien Stunden, in denen sie sich als Teenager gegenseitig wegen der Jungs aus der Nachbarschaft aufgezogen hatten. Sie war erleichtert, dass sie immer noch derselbe Mensch war – Mike hatte ihr zwar sehr zugesetzt, aber er hatte sie nicht zerstört. Sie beendete das Telefonat und sah zum No Name hinüber.

»Mach dir keine Sorgen, er ist weg.« Mel tauchte so unvermittelt hinter Cassie auf, dass sie zusammenzuckte. »Er ist vor ein paar Stunden abgereist, nachdem er in Ramblings diese Szene gemacht hat.« Sie drückte Cassies Arm. »Es tut mir leid. Wir haben nicht mitbekommen, dass er abgehauen ist.«

»Abgehauen? Das klingt, als wäre er eingesperrt gewesen!«

»Natürlich haben wir ihn nicht eingesperrt.« Mel schob sich ihren Pony aus dem Gesicht und ließ den Blick etwas unstet über den Dorfanger schweifen. Cassie war sich nicht sicher, ob sie ihr das glauben konnte.

»Mikes Gesicht war übel zugerichtet«, sagte sie und musterte Mel aufmerksam. Doch Mel blinzelte nur ein paarmal und zeigte sonst keine Reaktion darauf. »Weißt du, was ihm zugestoßen ist?«

»Keine Ahnung.«

Mel lächelte breit und wirkte beinahe überzeugend.

»Wahrscheinlich ist er gestürzt. Ich habe noch keinen Mann so viel Whisky trinken sehen. Hoffentlich versucht er nicht, uns zu verklagen.« Ihr Lächeln wurde weicher, und sie stupste Cassie an. »Viel wichtiger ist doch, was bei dir gestern noch los war.«

»Bei mir? Ich bin nach Ramblings zurückgefahren, das weißt du doch.«

»Ich meinte vorher im Wald, als du mit Barney allein warst. Ich bin erst nach etwa zehn Minuten zurückgekommen, und es hat sicher nicht länger als dreißig Sekunden gedauert, um festzustellen, dass deine Taschenlampe kaputt war. Was habt ihr die anderen neuneinhalb Minuten gemacht?«

»Wir haben uns unterhalten …« Cassie hielt inne. Das hatte wahrscheinlich auch nur dreißig Sekunden gedauert. Hatten sie und Barney sich tatsächlich neun Minuten lang geküsst? Der Sex mit Mike hatte von Anfang bis zum Ende nicht so lange gedauert. Sie öffnete eine Flasche Wasser und trank so rasch einige große Schlucke, dass ihr übel wurde.

»Ach ja? Und das war alles? Als ich meine Taschenlampe auf euch richtete, glaubte ich zuerst, nur eine Person zu sehen. Ihr müsst sehr nahe beieinandergestanden haben.« Mel lachte. Cassie spielte mit dem Verschluss ihrer Wasserflasche. »So nahe, dass ich hätte schwören können, dass ihr euch geküsst habt. Wenn das nicht so unwahrscheinlich wäre.«

»Warum ist das so unwahrscheinlich?«

Cassie begriff, dass sie einen Fehler gemacht hatte, als Mels Augen aufleuchteten.

»Also stimmt es!« Mel lachte erneut. »Wie war es? Ich kann mir nicht vorstellen, dass er dich enttäuscht hat.«

»Ich gebe gar nichts zu.«

Cassie stimmte schließlich in Mels Gelächter ein.

»Abstreiten ist zwecklos! Deine Wangen sind ganz rot – das hat sicher seinen Grund. Wow, du und Barney. Jetzt verstehe ich …« Sie unterbrach sich, und ihr Lächeln verschwand. »Du bist doch vorsichtig, nicht wahr? Ich meine, ich habe ihn wirklich sehr gern, aber ich möchte nicht, dass du dir allzu große Hoffnungen auf eine Zukunft mit ihm machst. Ein wenig Spaß zu haben schadet nicht, und du hast es weiß Gott verdient, nach all dem, was du durchgemacht hast. Aber ich glaube nicht, dass er jemals über Nessa hinwegkommen wird.«

Sie legte einen Arm um Cassies Schultern und drückte sie kurz an sich.

»Solange du die Sache mit ihm nicht zu ernst nimmst, ist alles in Ordnung.«

# 22

Die verbleibenden Wochen bis zur Gartenparty verflogen im Nu. Jedes Mal, wenn Cassie glaubte, sie seien fertig, fiel Frances etwas Neues ein, und je näher der Tag rückte, umso schwerer wurde es, ihre Wünsche zu erfüllen. Die Kosten für die Feier gerieten allmählich außer Kontrolle, und obwohl Frances ihr sagte, sie brauche sich deshalb den Kopf nicht zu zerbrechen, machte Cassie sich Gedanken; schließlich war die Party ihre Idee gewesen. Sie verlangten eine geringe Eintrittsgebühr, die jedoch ohne Abzug an den Fonds für das Gemeindehaus ging. Alle anderen Kosten übernahm Frances. Als Cassie eine Blaskapelle auf ihre Liste setzte – zusätzlich zu dem Streichquartett, das bereits gebucht war –, fühlte sie sich gezwungen, mit Barney darüber zu sprechen. Er verwaltete das Anwesen; wenn es nicht genügend Mittel dafür gab, musste sie es jetzt wissen, solange noch Zeit war, die Ausgaben einzuschränken. Also ging sie zu seinem Büro und wappnete sich vor der Tür für das Gespräch.

Seit Mikes Besuch in Ribblemill hatte sie es vermieden hierherzukommen. Es tat ihr nicht gut, sich an die Zeiten zu erinnern, in denen sie einträchtig Seite an Seite in diesem Büro gearbeitet hatten. Und daran, wie Barney sie in seinen Armen gehalten hatte, als sie die Nachricht von Alfie bekommen hatte. Zuerst war sie ihm aus dem Weg gegangen, um nicht an den Kuss denken zu müssen. Außerdem hatte sie Angst gehabt, dass sich ihre Gefühle deutlich auf ihrem Gesicht abzeichnen würden. Doch es ließ sich nicht vermeiden, dass sie sich immer wieder begegneten, und als Barney sich weiterhin freundlich – brüderlich und nicht mehr – verhielt, entspannte sich Cassie und begann zu glauben, dass sie das schaffen würde. Schließlich hatte sie Frances versprochen zu bleiben. Herzschmerz war ein geringer Preis, wenn es darum ging, Frances glücklich zu machen.

Die Tür ging auf, während sie sich noch Mut zusprach, und Barney stand vor ihr. Unter dem Saum seiner Jeans ragten seine nackten Füße hervor, und Cassie starrte darauf, um sich von seinem einladenden Lächeln abzulenken.

»Wenn Gin bei mir ist, kannst du dich nicht verstecken«, sagte er. »Sie hat dich sofort gewittert.«

Gin rieb sich an Cassies Beinen, und Cassie bückte sich, um sie am Kopf zu kraulen.

»Ich habe mich nicht versteckt, ich habe nur …« Rasch versuchte sie, sich einen guten Grund einfallen zu lassen, warum sie vor der Tür gezögert hatte, gab es aber schließlich auf. »Ich muss mit dir über die Gartenparty sprechen.«

»Gibt es ein Problem?« Barney trat einen Schritt zurück, um Cassie in das Büro zu lassen. Der Ersatzstuhl – ihr Stuhl – befand sich immer noch im Zimmer, stand aber nun in einer Ecke. Cassie nahm darauf Platz, und Barney lehnte sich an den Schreibtisch.

»Ich mache mir Sorgen wegen der Kosten«, begann sie. »Frances hat heute beschlossen, eine Blaskapelle für die Eröffnung zu buchen, weil das anscheinend im Buckingham Palace so üblich ist. Gestern hat sie angeordnet, große Spielgeräte für die Kinder zu kaufen. Das war ein Kompromiss, nachdem ich ihr ausgeredet hatte, einen kleinen Jahrmarkt zu veranstalten …«

Barney lachte.

Cassie drehte den Sitz ihres Stuhls hin und her. »Es werden drei Festzelte aufgestellt, weil sie glaubt, in nur zwei Zelten könne es zu eng werden. Und natürlich wird es noch ein Bierzelt geben, das hinter den Bäumen versteckt aufgebaut wird.« Cassie lächelte, und Barney lachte immer noch. »Selbst die Toilettenhäuschen werden mit Blümchentapeten verschönert.«

»Würde dir ein anderes Muster besser gefallen? Sag das bloß nicht Frances. Sie würde die Tapeten sonst sicher extra anfertigen lassen.«

Cassie lachte. Wenn Barney in einer solchen Stimmung war, konnte man ihm einfach nicht widerstehen.

»Stört dich das nicht?«, fragte sie und versuchte, die Unterhaltung in ein sichereres Fahrwasser zu steuern.

»Nicht besonders. Es macht ihr großen Spaß, diese Gartenparty zu planen. Lass sie haben, was sie möchte, wenn es sie glücklich macht.«

»Aber sie gibt ein Vermögen dafür aus!«

Barney schob ein paar Sachen auf seinem Schreibtisch zur Seite und setzte sich auf die Platte. Seine Jeans spannte sich über seine Schenkel, und Cassie umklammerte die Sitzfläche ihres Stuhls und schwang noch schneller hin und her.

»Warum machst du dir Sorgen über die Ausgaben?«, wollte er wissen.

»Nun ja, sie ist eine ältere Dame und hat kein Einkommen …«

Barney lachte und schüttelte den Kopf so heftig, dass ihm das Haar ums Gesicht flog. »Du bist wirklich einzigartig!«

Barney lächelte, aber Cassie war sich nicht sicher, ob sie das als Kompliment verstehen sollte.

»Hast du denn geglaubt, dass Frances dieses Anwesen mit ihrer Rente finanziert?«

»Darüber habe ich bisher noch nicht nachgedacht.«

Doch jetzt, wo sie sich damit beschäftigte, wurde ihr klar, wie dumm sie sich verhielt. Das Haus war riesig, aber das fiel ihr gar nicht mehr auf. Es war ihr Heim geworden. Über alle anderen Aspekte hatte sie sich keine Gedanken gemacht.

»Wood Biscuits ist eine der größten Marken des Landes«, erklärte Barney. »Die Firma verkauft auch einige andere sehr bekannte Produkte. Frances muss sich nicht beim Postamt anstellen, um sich ihre Pension auszahlen zu lassen.«

»Heißt das, ihr gehört die Firma?«

»Sie besitzt den Großteil der Aktien. Sie hat alles von meinem Onkel geerbt. Du brauchst dir also wirklich keine Sorgen zu machen. Wenn sie möchte, kann sie sich jede Blaskapelle im Land leisten.«

Sein Lächeln verschwand, und er sah Cassie so eindringlich an, als wolle er ihr mit seinem Blick noch mehr sagen als mit seinen Worten.

»Sie soll sich alles gönnen, was sie haben will. Bereite ihr einen unvergesslichen Tag.«

Cassie nickte und stand auf. Sie hatte ihre Bedenken vorgetragen, und Barney hatte sie beruhigt. Es gab keinen Grund mehr, noch länger hierzubleiben. Sie ging zur Tür, aber bevor sie nach der Klinke greifen konnte, hörte sie Barneys Stimme.

»Cassie?«

Sie drehte sich um, und er sprang von seinem Schreibtisch.

»Du hast gestern einen Brief vom Krankenhaus bekommen. Geht es um deinen nächsten Termin?«

»Ja, es war eine Erinnerung daran.«

Bei dem Gedanken, dass er auf dem Kuvert ihren Ehenamen Cassie Barrett gelesen hatte, lief ihr ein Schauder über den Rücken. Es war ihr in fast allen Situationen gelungen, diesen Namen zu verleugnen, aber bei der Krankenkasse war das nicht möglich gewesen. In den letzten Monaten hatte sie den Postboten jeden Tag zur üblichen Zeit abgefangen, nur für alle Fälle. Doch am Tag zuvor hatte eine Vertretung die Post einige Stunden zu früh angeliefert.

»Wann ist der Termin?«

»Am nächsten Mittwoch.«

Barney nahm seinen Terminkalender zur Hand und blätterte darin.

»Um welche Uhrzeit?«

»Um elf.« Cassie sah, dass er sich eine Notiz machte. »Was tust du da?«

»Ich schreibe es mir auf.« Barney sah sie an. »Ich habe dir versprochen, dass ich dich zur Klinik fahren werde.«

»Das musst du nicht tun.«

»Ich habe dir schon gesagt, dass ich das gern tun werde.«

Das stimmte, aber er hatte schon viel gesagt. Bevor er erfahren hatte, dass sie verheiratet war und dass sie vor ihrer Ankunft in Ramblings über ihre Vergangenheit gelogen hatte, und bevor sie diese wenigen köstlichen, unheilvollen und verrückten Minuten miteinander verbracht hatten. Aber daran dachte er wohl nicht. Für ihn zählte nur ihr Gesundheitszustand. Trotzdem würde sie viel lieber mit ihm fahren als allein. Also stimmte Cassie zu und fragte sich, als er ihr wieder ein bezauberndes Lächeln schenkte und ihr Herzschlag sich beschleunigte, wie sie diese Untersuchung überstehen sollte, wenn schon wenige Minuten mit Barney sie derart aus der Fassung brachten. Nach einem ganzen Vormittag mit ihm würde sie von Glück sagen können, wenn man sie nicht gleich in der Klinik behielt.

Cassie verließ erleichtert das Sprechzimmer und wollte Barney die guten Nachrichten überbringen, doch im Wartezimmer hatte ein anderer Mann seinen Platz eingenommen. Sie bog um die Ecke und sah, dass er mit einer hübschen blonden Krankenschwester in ein Gespräch vertieft war. Sie wollte sich gerade zum Gehen wenden, als Barney sie entdeckte. Er deutete auf sie, drückte der Krankenschwester einen Kuss auf die Wange – Cassies Lippen kribbelten bei der Erinnerung daran, wie sich das anfühlte – und lief auf sie zu.

»Tut mir leid«, sagte er. »Ich habe nicht damit gerechnet, Faye hier zu treffen. Wir haben früher in Birmingham zusammengearbeitet. Wie ist es gelaufen?«

»Sie ist sehr hübsch«, sagte Cassie und sah an ihm vorbei zu Faye hinüber, die sie neugierig beobachtete. Als sie sich wieder Barney zuwandte, lächelte er sie an.

»Und sie ist verheiratet.«

Seine Stimme klang sehr bestimmt, und Cassie fühlte sich zurechtgewiesen. Verheiratete Frauen hatten offensichtlich in seinem Leben nichts zu suchen. Er wäre nicht Barney, wenn er keine solchen moralischen Richtlinien hätte. Gut, dass er sie daran erinnerte, bevor sein Lächeln ihre immer noch glimmende Glut der Hoffnung weiter anfachte.

»Was haben die Untersuchungen ergeben?«, fragte er. »Was hat der Arzt gesagt?«

»Alles in Ordnung. Ich bin gut eingestellt.«

»Das ist großartig.« Er trat einen Schritt näher und umarmte sie – es war nur eine kurze platonische Umarmung ohne Kuss. »Das müssen wir mit einem Mittagessen feiern.«

Er ignorierte Cassies halbherzigen Protest und wollte jedes Wort wissen, das der Arzt gesagt hatte, während er sie zu einem bezaubernden Dorf fuhr. An dem Fluss, der parallel zur Straße verlief, standen eine Reihe Häuschen aus Naturstein; gegenüber einem kleinen Park mit Holzbänken zwischen üppigen Rosenbüschen befand sich ein dreistöckiges Gasthaus.

»Sehr idyllisch«, merkte Cassie an, als Barney den Wagen parkte und sie zu einem freien Tisch an dem mit Kopfstein gepflasterten Hof vor dem Pub führte.

»Ja. Das ist einer meiner Lieblingsorte. Du darfst Mel aber nicht verraten, dass wir hier waren, okay?«

Er lächelte und ging hinein, um Getränke und die Speisekarte zu holen. Cassie brauchte eine Ewigkeit, um sich für ein Gericht zu entscheiden. Mike wäre nach wenigen Sekunden schon ungeduldig geworden und hätte sie angeschnauzt, aber Barney lehnte sich auf seinem Stuhl zurück und genoss völlig unbekümmert die Sonne und sein Bier. Das Essen schmeckte vorzüglich. Barney machte sich über seine Rindfleischpastete her und erzählte ihr dabei Geschichten über seine Kindheit und Jugend in Ribblemill und seine medizinische Laufbahn. Er sprach so humorvoll und begeistert darüber, dass sie ihm am liebsten den ganzen Nachmittag zugehört hätte.

»Es tut gut, dich wieder lachen zu sehen.« Barney schob seinen Teller zur Seite.

Cassies gute Laune verflog. Sie hatte während des Essens sehr viel gelacht. So viel, dass sich ihr Brustkorb nun ganz unbeschwert anfühlte. Hatte sie sich zu gut amüsiert? Sich damit vielleicht verraten?

»Es ist eine große Erleichterung für mich, dass ich mich nicht mehr verstecken muss«, erklärte sie. »Möglicherweise kann ich mir jetzt sogar ein paar Tage freinehmen und Vicky besuchen. Es spricht nichts mehr dagegen, außer Frances erlaubt es mir nicht.«

»Natürlich erlaubt sie dir das, auch wenn du ihr fehlen wirst. Wann möchtest du fahren?«

»Auf keinen Fall vor der Gartenparty. Vielleicht ein paar Tage danach, damit ich noch Zeit mit meinen Neffen verbringen kann, bevor sie wieder zur Schule müssen.«

Barney runzelte die Stirn und schwenkte den Rest Bier in seinem Glas.

»Was ist los? Soll ich lieber nicht fahren?«

»Du hast einen Urlaub verdient. Ich wusste nur nicht, dass du ihn zu diesem Zeitpunkt nehmen möchtest. Mein Vater hat an diesem Dienstag Geburtstag, und ich habe bereits einen Flug nach Malta gebucht. Normalerweise wäre ich am Wochenende geflogen, aber wegen der Gartenparty habe ich die Reise verschoben.«

»Dann bist du also die ganze Woche weg?«

»Zehn Tage. Ich wollte dich bitten, dich um Gin zu kümmern. Sie scheint zu glauben, dass sie dir ebenso gehört wie mir. Natürlich könnte ich eine andere Betreuung für sie organisieren, aber ich möchte nicht, dass Frances so lange ohne uns beide auskommen muss.«

»Nein, schon in Ordnung. Ich werde mich um Gin kümmern. Kein Problem.«

Cassie zwang sich zu einem Lächeln. Es war schwer zu beurteilen, was schlimmer für sie war: der Aufschub ihrer Reise zu ihrer Familie oder die Aussicht, dass sie Barney zehn Tage lang nicht einmal verstohlen würde betrachten können und seine Stimme oder sein Lachen nicht durch das Haus würde hallen hören. Sie seufzte und nippte an ihrem Wasser.

»Oh Gott, schau doch nicht so unglücklich drein, Cassie.« Barney legte eine Hand auf ihre. »Ich werde meinen Flug stornieren, und du fährst nach Devon.«

»Das kannst du nicht tun.«

Cassie blickte auf den Tisch; ihre Hand war fast ganz unter seiner verschwunden. Ihr Gehirn schickte einen Befehl an ihre Finger, aber sie ließen sich nicht bewegen.

»Ich würde alles dafür geben, noch einmal einen Geburtstag mit meinem Vater verbringen zu können. Das darfst du nicht versäumen. Ich werde Vicky besuchen, wenn du wieder hier bist.«

Die Bedienung kam, um ihren Tisch abzuräumen, und Barney zog seine Hand zurück. Cassie strich mit einem Finger über die Stelle, wo Barney sie berührt hatte. Ihre Venen hoben sich bläulich von ihrer blassen Haut ab. Cassie fächelte sich mit der Nachspeisenkarte Luft zu, um sich Kühlung zu verschaffen.

Barney hatte sich Schokoladenkuchen zum Dessert bestellt. Cassie starrte darauf; bei dem intensiven Duft nach Schokolade lief ihr das Wasser im Mund zusammen.

»Tut mir leid, meine Wahl ist wohl nicht sehr rücksichtsvoll.« Barney ließ seinen Löffel über dem Teller schweben. »Soll ich den Kuchen zurückbringen?«

»Nein, iss nur. Du hast schon seit Stunden keine Schokolade mehr bekommen und bist sicher schon ausgehungert danach.« Barney lächelte und stach eine Ecke ab. »Schokoladenkuchen war früher meine Lieblingsnachspeise, aber ich schaffe das schon.«

»Probier ein Stück.« Er streckte die Hand mit dem beladenen Löffel aus.

»Das kann ich nicht. Nach einem Bissen würde ich mich nicht mehr zurückhalten können.«

Barney drängte sie nicht weiter und ließ sich seinen Kuchen schmecken, während Cassie sich ablenkte, indem sie beobachtete, wie der Bach über die Steine rauschte und in dem Garten auf der anderen Straßenseite einige Vögel Nüsse aus einem Futterhäuschen pickten. Barney schob das letzte Stück auf den Löffel und hielt ihn ihr noch einmal hin.

»Hier. Jetzt musst du nicht mehr befürchten, dass du anschließend nicht mehr aufhören kannst.«

»Ich weiß nicht …«

»Keine Sorge, ich werde nicht zulassen, dass dir etwas Schlimmes geschieht.«

Sie schaute zwischen dem Kuchen und Barney hin und her. Er führte sie stärker in Versuchung, als ihm bewusst war, und das nicht nur auf eine Weise. Ein so großes Verlangen hatte sie noch nie empfunden. Es war mehr als das – ein Bedürfnis, das sie zu ihm hinzog und dem sie nicht entkommen konnte. Schließlich gab sie einer dieser beiden Versuchungen nach. Sie beugte sich vor, nahm das Stück Kuchen in den Mund und schloss die Lippen um den Löffel. Als sich die Süße und die Bitterkeit auf ihrer Zunge entfalteten und sie die knackige Schokolade und den weichen Teig im Mund spürte, machte sie die Augen zu. Es war köstlich. Das zweitbeste, was sie seit Jahren gekostet hatte.

Sie öffnete die Augen und schaute Barney an. Beide schwiegen. Dann zwinkerte er, und seine langen schwarzen Wimpern wischten den schwer zu deutenden Ausdruck weg, der in seinen Augen gelegen hatte.

»Gut?«, fragte er mit heiserer Stimme.

Cassie nickte.

»Du musst nicht auf alles verzichten. Manchmal darfst du dir gönnen, was du möchtest. In Maßen.«

Durfte sie das tatsächlich? Konnte sie haben, was sie wollte, ohne dabei Schaden zu nehmen? Cassie schaute Barney hinterher, als er in das Pub ging, um die Rechnung zu bezahlen. Sie fragte sich, ob er das immer noch sagen würde, wenn er wüsste, dass es sich bei dem, was sie sich am meisten wünschte, um ihn handelte.

Keines von Frances' Kindern hatte für die Gartenparty zugesagt, aber sie hatten alle mehrmals angerufen und versucht, Cassie auszuhorchen, ob ihre Geschwister kommen würden. Es war frustrierend, wenige Tage vor dem großen Ereignis immer noch nicht zu wissen, ob Zimmer hergerichtet werden sollten, vor allem da es in letzter Minute noch so viele andere Dinge zu tun gab.

»Wissen Sie schon, wer über das Wochenende bleiben wird?«, erkundigte Cassie sich, als sie am Dienstag vor dem Fest Frances ihren Tee brachte.

»Niemand bleibt über Nacht«, sagte Frances rasch und deutete auf den Tisch, wo Cassie das Tablett abstellen sollte. »Wie kommen Sie auf diese Idee?«

»Ich dachte, Ihre Kinder würden vielleicht kommen. Es ist schließlich ein großer Tag für Ramblings.«

»Oh ja, sie werden alle hier sein. Ich habe sie gebeten, mir Vorschläge für den Sonntagnachmittag zu machen, also werden sie hierbleiben und nach dem Fest wieder abreisen. Schreiben Sie bitte auf Ihre Liste, dass ihre üblichen Zimmer hergerichtet werden sollen.«

Cassie wunderte sich, dass Frances anscheinend vergessen hatte, dass Übernachtungsgäste erwartet wurden. Sie beschloss, es Barney bei ihrer nächsten Begegnung zu erzählen, aber er ließ sich in den folgenden Tagen nicht im Haus blicken. Ruth sagte, er sei zum Frühstück hier gewesen, würde aber nun ein paar Tage auf der Farm arbeiten, solange das Wetter so schön war. Ohne Barney hatte sie keinen Laptop, also konnte sie auch nicht mit Vicky skypen. Wenn sie sich für das Gartenfest keinen trockenen Boden gewünscht hätte, hätte sie für Regen gebetet, der Barney ins Haus zurückbringen würde.

Frances wirkte auch am Donnerstag ein wenig abwesend, und Cassies Sorge wuchs, dass es ihr nicht gut genug für die Party gehen könnte. Sie war angespannt, schaute ständig auf die Uhr und bestand darauf, dass Cassie in ihrer Mittagspause bei ihr blieb.

»Das reicht. Ich rufe Barney an.« Cassie ging zum Telefon. »Normalerweise werfen Sie mich praktisch aus dem Haus, damit ich ein wenig Bewegung habe, und jetzt wollen Sie unbedingt, dass ich bleibe. Da stimmt etwas nicht.«

»Unsinn, ich möchte nur die Liste noch einmal mit Ihnen durchgehen.«

»Daran hat sich seit heute Morgen nichts geändert.« Cassie hob den Hörer ab. »Barney hat sicher nichts dagegen, vorbeizukommen und Sie zu untersuchen.«

»Stellen Sie sich nicht so an, Cassie. Legen Sie auf und …«

Draußen ertönte die Hupe eines Wagens. Frances ließ sich auf einen Stuhl sinken. »Gott sei Dank. Würde es

Ihnen etwas ausmachen, draußen nachzuschauen, was dieser Lärm zu bedeuten hat?«

Nun wurde sie doch weggeschickt! Cassie nahm sich vor, Barney später auf jeden Fall zu bitten, Frances zu untersuchen. Sie ging durch den Gang zur Haustür und trat hinaus in das grelle Sonnenlicht. In der Auffahrt parkte ein verbeulter alter Saab – ein sehr bekannter alter Saab.

»Tante Cassie! Tante Cassie!«

Die hintere Wagentür flog auf, zwei aufgeregte kleine Jungen sprangen heraus, rannten über den Kies und warfen sich in Cassies Arme.

»Alfie! Stanley! Wie …? Was …?« Cassie gab auf und bedeckte sie mit Küssen, während ihr Tränen über die Wangen liefen. Hinter den Jungen tauchten Vicky und Stu auf. Cassie drückte die Kleinen noch einmal an sich und lief dann auf Vicky zu. Die beiden umarmten sich, als hätten sie ein ganzes Jahr nachzuholen.

»Was macht ihr alle hier?«, fragte sie, als Vicky sie endlich so weit losließ, dass sie wieder atmen konnte.

»Wir wurden auf eine Party eingeladen.« Vicky lachte unter Tränen. »Da konnten wir einfach nicht nein sagen. Ich habe sogar ein neues Kleid.«

»Eine Party? Du meinst die Gartenparty? Aber ich habe euch nicht dazu eingeladen.«

»Nein, aber glücklicherweise hat es jemand anderes getan.« Vicky deutete mit einer Kopfbewegung auf das Haus. Cassie drehte sich um und sah Barney lächelnd im Schatten stehen. Und plötzlich wurde ihr alles klar. Wer sonst hätte das organisieren können? Wer sonst hätte sich wohl etwas so Wunderbares für sie ausgedacht? Der ganze Plan war typisch für Barney.

»Ich bin gleich wieder da«, versprach sie Vicky und rannte die Auffahrt hinauf.

»Danke.« Sie schlang Barney die Arme um den Hals. »Das ist wundervoll.«

Er nahm sie in die Arme und zog sie an sich. Ihr Atem passte sich seinem an, als wären sie eins. Sie vergrub das Gesicht an seiner Brust, damit ihre Miene sie nicht verriet, und ließ ihre Tränen auf den weichen Baumwollstoff seines Hemds tropfen.

»Sind das Freudentränen?«, murmelte er, den Mund an ihrem Scheitel.

Sie nickte, und nach einem weiteren tiefen Atemzug wich sie zurück.

Er zögerte kurz, ließ sie dann aber los.

»Ich freue mich sehr.« Sie wischte sich mit dem Handrücken über die Wangen. »Ich kann es kaum fassen, dass du das für mich getan hast.«

»Ich wollte dich nicht länger warten lassen.« Er lächelte. »Geh zu ihnen. Es ist alles vorbereitet. Ruth hat die Zimmer hergerichtet, Mel kümmert sich um die Gartenparty, und der Colonel wird die kommenden Tage mit Frances verbringen. Du kannst dich ungestört amüsieren!«

Er hatte an alles gedacht. Barney war ein unglaublicher Mann, und er wollte, dass sie Spaß hatte. Nach all der Mühe, die er sich gemacht hatte, blieb ihr gar nichts anderes übrig. Sie streckte sich, drückte ihm einen Kuss auf die weichen, widerstandslosen Lippen und ging zurück zu ihrer Familie.

# 23

Also gut, ich habe dir zwei Tage Zeit gelassen, aber jetzt halte ich es nicht mehr aus.« Vicky drehte sich auf ihrer Sonnenliege um, sodass sie Cassie ansehen konnte. Das war eine gewagte Bewegung, denn die Liegen waren alt und klapprig, und der Stoff war so stark gedehnt, dass ihre Hinterteile nur wenige Zentimeter vom Boden entfernt waren. »Ich will jetzt alles wissen, und wenn du es mir nicht sofort erzählst, hole ich die Jungs, damit sie die Wahrheit aus dir herauskitzeln.«

»Nein, nicht die Folter durch Kitzeln!« Cassie lachte. »Ich habe dir schon alles erzählt. Wie du weißt, bin ich nach London gegangen und habe dort als Putzfrau gearbeitet. Danach bin ich hier gelandet. Mehr gibt es nicht zu sagen.«

»Oh doch. Glaubst du etwa, mir ist nicht aufgefallen, dass du über alle Dorfbewohner sprichst, nur über einen nicht?«

Für den Fall, dass Cassie Zweifel haben sollte, wen sie damit meinte, deutete Vicky über den Rasen.

Cassie warf einen Blick über das Gras. Barney, Stu, Alfie und Stanley spielten Fußball auf der Grünfläche hinter dem Haus. Die Jungen hatten ihre T-Shirts ausgezogen und damit die Tore markiert. Leider war Barney ihrem Beispiel nicht gefolgt. Seit Vickys Ankunft hatte er sich ferngehalten, aber an diesem Tag war er nach dem Mittagessen mit einer Kiste voll alter Sportsachen aufgetaucht und hatte sie Alfie und Stanley gegeben. Vicky hatte darauf bestanden, dass er mitspielte, und bisher hatten sie bereits Kricket, Tennis und Fußball ausprobiert. Sie verstanden sich alle prächtig miteinander. Die Rufe der Jungen und das Lachen der Männer schallten über den Garten zu Cassie und Vicky hinüber, die ein Sonnenbad nahmen. Einen schöneren Nachmittag konnte sich Cassie kaum vorstellen. Zumindest war er herrlich gewesen, bis Vicky ihr Verhör begonnen hatte.

»Ich weiß, wir hatten am Telefon meist nicht viel Zeit, aber warum hast du Barney kein einziges Mal erwähnt?« Vicky ließ nicht locker, als sie von Cassie keine Antwort bekam.

»Ich bin sicher, dass ich ihn irgendwann erwähnt habe.«

»Nein«, widersprach Vicky. »Ich glaube, ich würde mich an deine Beschreibung eines Mannes erinnern, der so aussieht.«

»Wie meinst du das?« Cassie schaute zu Barney hinüber. Er lief gerade zu Alfie hinüber, um ihm mit einem Handschlag zu seinem Tor zu gratulieren, das er gegen Stanley geschossen hatte. Er strahlte, wie schon den ganzen Nachmittag lang.

»Er sieht einfach großartig aus. Schau dir diese Wangenknochen an – falls du deinen Blick von weiter unten losreißen kannst. Tu nicht so, als hättest du das nicht bemerkt.«

»Stimmt, er sieht sehr gut aus. Und er ist klug, rücksichtsvoll und liebenswürdig. Ich bin schließlich noch nicht blind.«

Vicky streckte den Arm aus und griff nach Cassies Hand.

»Und wo liegt das Problem? Fühlst du dich nicht von ihm angezogen?«

»Natürlich. Wem würde das nicht so gehen?«

Sie lachte über Vickys verblüffte Miene. Ihre Schwester hatte offensichtlich nicht erwartet, dass sie ihr die Wahrheit sagte.

»Aber die Sache ist sehr kompliziert. Für ihn zu schwärmen ist eine Sache, eine neue Beziehung einzugehen eine ganz andere. Außerdem kann ich mich nicht von Mike scheiden lassen, und Barney hat mir deutlich zu verstehen gegeben, dass er nicht an verheirateten Frauen interessiert ist. Ich glaube ohnehin, dass er mich nicht auf diese Weise sieht. Er behandelt mich wie ein Arzt seine Patientin.«

Vicky lachte laut auf. »Wenn Ärzte hier so mit ihren Patienten umgehen, dann ziehe ich um. Im Ernst, Cassie, siehst du das denn nicht? Barney schaut dich ständig so an, als könne er nicht begreifen, warum du nicht in seinem Bett liegst, und als habe er nicht die Absicht, dich aus den Augen zu lassen, bis es endlich so weit ist.«

»Das ist nicht wahr!«

Cassie lachte, aber gleichzeitig stieg Verlangen in ihr auf. Barney schaute sie nicht so an – oder etwa doch? Das hätte ihr doch auffallen müssen. Schließlich achtete sie auf alles, was ihn betraf.

»Ich wünschte, es wäre so. Beim kleinsten Hinweis, dass er das will, wäre ich so schnell wie der Blitz bei ihm.«

»Reicht dir die Tatsache, dass wir hier sind, nicht als Hinweis aus? Worauf wartest du denn? Soll er sich nackt ausziehen und ein Schild mit der Aufschrift ›Bitte hier entlang‹ an seinen kleinen Freund hängen?«

»Wäre das nicht witzig? Kannst du dir vorstellen, wie …?«

Cassie schloss die Augen, streckte sich auf der Liege aus und genoss eine Weile diesen Gedanken. Als sie hörte, wie Vicky sich räusperte, schlug sie die Augen wieder auf. Barney stand neben ihr, vollständig bekleidet und ohne ein baumelndes Schild, wie sie enttäuscht feststellte. Sie schaute zu Vicky hinüber, die ihr zuzwinkerte, und beide brachen wieder in Gelächter aus.

»Worüber kichert ihr beide denn?«, wollte Stu wissen.

»Cassie?« Vicky grinste.

Cassie schüttelte den Kopf, aber sie konnte ihr Lächeln nicht unterdrücken. Es schien sich auf ihrem Gesicht eingebrannt zu haben. Sie hoffte, dass Barney nichts von ihrer Unterhaltung mitbekommen hatte, und warf ihm einen verstohlenen Blick zu. Er hatte den Kopf leicht geneigt und musterte sie mit unverhohlener Neugierde. Cassie fächelte sich mit der Hand Luft zu, um sich ein wenig abzukühlen.

»Wir gehen zur Farm«, erklärte Barney. »Stu kann mir vielleicht ein paar Ratschläge geben.«

»Können wir mitkommen?« Vicky hievte sich aus der Sonnenliege.

»Du lebst auf einer Farm«, stellte Cassie fest. »Warum willst du dir eine andere anschauen?«

»Weil es Barneys Farm ist.«

»Möchtest du nicht auch mitkommen?« Barney streckte Cassie eine Hand entgegen. »Du warst schon seit einer Ewigkeit nicht mehr bei mir. Ich möchte wissen, was du von den Veränderungen hältst.«

Cassie ergriff Barneys Hand und ließ sich von ihm hochhelfen. Er zog ein wenig zu fest, sodass sie beinahe gegen ihn prallte. Rasch legte er ihr die andere Hand auf die Taille, um sie zu stützen.

»Alles in Ordnung?«, fragte er, ohne seine Hände wegzunehmen. »Du siehst ein wenig erhitzt aus.«

Ein Grinsen huschte über sein Gesicht. Er musste ihre Unterhaltung mit Vicky belauscht haben, oder er konnte ihre Gedanken lesen. Sie hielt beides für möglich. Es war unmöglich, einen klaren Gedanken zu fassen, wenn er sie auf diese Weise anschaute und seine Hände, obwohl sie sich nicht bewegten, Ströme der Lust durch ihren ganzen Körper schickten. Sie entzog sich seinem Griff und stellte sich rasch neben Vicky.

»Gut gemacht. Du hast dich richtig an ihn rangeworfen. Sag mir Bescheid, wenn wir euch allein lassen sollen ...«, raunte Vicky ihr zu.

»Halt den Mund!«

Sie gingen den Pfad entlang, der von Ramblings zur Farm führte. Stu und Barney trugen die Kinder auf ihren Schultern, und Vicky und Cassie folgten ihnen. Cassie fielen die Veränderungen sofort auf. Die Felder waren alle fertig, und die Zäune standen bereit für das Vieh, das bald eintreffen würde. Der Hof war aufgeräumt und wirkte gepflegt, auch wenn man immer noch sah, dass diese Farm betrieben wurde. Sogar das Haus war auf Vordermann gebracht worden. Die Fensterrahmen und die Eingangstür glänzten frisch gestrichen, und in den Beeten unter den Fenstern blühten Blumen und verliehen dem Haus ein freundliches Gesicht.

»Was hältst du davon?«, fragte Barney.

»Es ist wunderschön«, erwiderte sie und wurde dafür mit einem warmen Lächeln belohnt.

»Wie viel Land hast du?«, wollte Stu wissen.

»Nur fünfzehn Hektar. Der Großteil des ursprünglichen Landes wurde für den Bau von Ramblings und seine Gärten verwendet.«

»Das Anwesen ist riesig«, meinte Stu. »Wir sind gestern dort ein wenig herumspaziert. Sicher stehen Bauunternehmer Schlange, um die Felder zu nutzen.«

»Wir wurden schon ein paarmal deswegen kontaktiert, aber daraus wird nie etwas werden. Eine Siedlung mit neuen Häusern würde den Charakter des Dorfs zerstören. Die Familie hat dem Dorfrat versprochen, das niemals zuzulassen, und kein Smallwood würde dieses Versprechen brechen.«

Alfie stellte sich neben Barney und stupste ihn an, um sich Aufmerksamkeit zu verschaffen.

»Warum hast du keine Tiere? Das ist keine richtige Farm.«

»Noch nicht.« Barney lachte. »Ich musste zuerst alle Zäune reparieren, und meine nächste Aufgabe besteht darin, Vieh zu kaufen.« Er wandte sich an Stu. »Ich wünschte, ihr könntet länger bleiben. Du hättest mir sicher einige gute Ratschläge geben können.«

»Wende dich an Cassie«, erwiderte Stu. »Sie weiß genauso viel wie ich. Wenn nicht sogar mehr.«

»Nein, das stimmt nicht.«

»Doch, natürlich«, warf Vicky ein. »Während sich andere Poster von Popstars an die Wand hängten, hatte Cassie ein Poster von einheimischen Schafrassen.«

»Ist das wahr?«, fragte Barney.

Cassie nickte.

»Würdest du mich begleiten?« Barney kam näher.

»Wenn du möchtest.«

»Oh ja.« Ein Lächeln, das Cassie durch und durch ging, erhellte sein Gesicht, und zum ersten Mal fragte sie sich, ob Vicky recht hatte. Nein, sie hoffte es.

Frances' Kinder trafen am nächsten Tag ein und gaben sich sofort große Mühe, die fröhliche Stimmung im Haus zu zerstören. Diana schaute sich um und sah aus, als hätte sie ein saures Fruchtbonbon im Mund, als sie feststellte, dass Cassies Familie zu Besuch war. Und Hugh schloss sich sofort bereitwillig ihren Beschwerden an.

»Du hast ein Wunder bewirkt«, flüsterte Barney Cassie ins Ohr. »Ich habe noch nie erlebt, dass sie sich so schnell über etwas einig waren.«

Die Nörgeleien störten Cassie nicht, bis Hugh Frances' Gesundheit ansprach.

»Geht es dir gut, Mutter?«, fragte er und schaute sie auf eine Weise an, die selbst eine sehr robuste alte Dame erschreckt hätte. »Du siehst nicht aus wie sonst.«

»Wie sehe ich denn aus?«, wollte Frances wissen. »Wie die Mona Lisa? Wie der Erzbischof von Canterbury? Oder der …«

»Ich meine, du siehst nicht gesund aus. Du hast abgenommen.«

Hugh wandte sich zu Cassie um und starrte sie anklagend an. »Isst sie nicht genug?«

»Doch, natürlich.«

»Sie geben ihr nicht genug. Ihr Gesicht ist seit meinem letzten Besuch eingefallen.«

Tatsächlich? Cassie musterte Frances. Ihr Gesicht war schmal, und die Haut spannte sich straff über die Knochen. Aber war das jemals anders gewesen? Veränderungen waren schwer zu erkennen, wenn man jemanden jeden Tag sah, aber sie wurde dafür bezahlt, darauf zu achten. War ihr ein Problem entgangen? Sie sah besorgt zu Barney hinüber, doch er lächelte sie an.

»Seit Cassie hier ist, fühlt Frances sich viel besser«, erklärte er Hugh. »Du solltest froh sein, dass es jemanden gibt, der so viel Zeit mit ihr verbringt.«

»Dafür wird sie schließlich bezahlt«, erwiderte Hugh gereizt.

»Es geht weit über ihren Job hinaus. Das hättest du längst bemerkt, wenn du ab und zu hier wärst.«

»Zumindest lebe ich im gleichen Land wie meine Mutter. Aber ich habe einen Job zu erledigen, und zwar in London. Ich kann meine Zeit nicht damit verbringen, hier herumzuhängen.«

»Richtig, Hugh«, warf Frances ein. »Niemand erwartet oder wünscht sich das von dir. Wir drei sind hier mit allem sehr zufrieden, so wie es ist. Wir brauchen sonst niemanden.«

Als Cassie später am Abend in Frances' Schlafzimmer ging, um ihr eine gute Nacht zu wünschen und ihr die Kleidung für den nächsten Tag herauszulegen, saß Frances aufrecht im Bett. Sie trug eine Bettjacke aus Samt und wartete offensichtlich darauf, mit ihr ein Gespräch führen zu können. Ohne ihren Schmuck und ihre Tageskleidung wirkte sie unerwartet zerbrechlich und erschöpft – oder vielleicht fiel das Cassie nach Hughs Worten nur stärker auf.

»Sie sollten jetzt schlafen«, sagte Cassie, als sie sah, dass Frances eine Fernbedienung in der Hand hielt und anscheinend noch ein Hörbuch anschalten wollte. »Morgen ist ein großer Tag.«

»Ja, das stimmt. Und vielleicht ist es der letzte dieser Art, den ich erleben werde.«

»Sagen Sie nicht so etwas. So pessimistisch sind Sie doch sonst nicht«, erwiderte Cassie.

Sie setzte sich aufs Bett und nahm Frances' Hand in ihre. Jeder Knochen und jedes Gelenk waren so deutlich zu spüren, als hielte sie ein Skelett und keine menschliche Hand zwischen den Fingern. Sie legte beschützend ihre andere Hand darauf.

»Wir können jedes Jahr eine Gartenparty veranstalten. Alle Pflanzen, die wir dieses Jahr besorgt haben, werden auch nächstes Jahr wieder blühen. Das Gartenfest könnte ein Höhepunkt des Jahres auf Ramblings werden.«

»Wenn es nach dem Willen meiner Kinder geht, wird es Ramblings schon bald nicht mehr geben.«

»Sie meinen, sie wollen das Haus abreißen? Ich kann mir nicht vorstellen, dass auch nur eines Ihrer Kinder das plant.«

»Nein. Zumindest haben sie in meiner Gegenwart nichts davon verlauten lassen.« Frances seufzte und ließ sich in ihre Kissen sinken. »Hugh möchte es aufteilen und Luxuswohnungen daraus machen. Sie würden jeder eine davon behalten und den Rest mit einem, wie sie es nennen, guten Profit verkaufen. Das gefällt mir überhaupt nicht.«

Cassie gefiel das auch nicht, und obwohl es sie nichts anging, stieg Wut in ihr auf, wenn sie sich vorstellte, dass dieses einzigartige Haus aufgeteilt werden sollte, nur damit einige Leute, die ohnehin schon mehr Geld besaßen als nötig, Profit daraus schlagen konnten. Und was würde mit dem Land geschehen? Mit Barneys Farm? Und mit ihm?

»Und was ist mit Diana?«, fragte sie. »Ist sie damit einverstanden?«

»Ganz und gar nicht.« Zum ersten Mal empfand Cassie einen Funken Wärme für Diana. »Sie möchte das Haus und das Grundstück zu dem führenden Reiterhotel des Landes umbauen, nach dem Modell eines solchen Hotels in Irland. Mein Morgensalon würde dann zu einem Konferenzraum, um dort Geschäftskontakte zu pflegen, wie sie es nannte.«

»Und was ist mit Guy? Was schlägt er vor?«

»Nichts. Er möchte, dass das Haus bleibt, wie es ist, aber im Sommer soll es für die Öffentlichkeit zugänglich sein. So wie das Anwesen, das er Ihnen gezeigt hat.«

»Das könnte funktionieren, oder?«

Cassie erinnerte sich nur ungern an diesen Tag und die Schwierigkeiten, die damit einhergegangen waren, aber sie musste sich positiv geben. Noch nie hatte sie Frances so niedergeschlagen erlebt.

»Es wäre ein guter Kompromiss, bei dem sich sowohl die Familienmitglieder als auch die Besucher an dem Haus erfreuen könnten.«

»Guy hat zu viel von seinem Vater geerbt. Das Wort Kompromiss kommt in seinem Vokabular nicht vor. Ich befürchte daher, dass hinter seinem Plan noch etwas anderes steckt – und dass er das nicht verrät, liegt sicher daran, dass ich es nicht gutheißen würde.« Frances' Hand zuckte leicht. »In den letzten Monaten ist dieses Haus wieder zum Leben erwacht und wieder zum Mittelpunkt des Dorfs geworden. Ich möchte, dass das so weitergeht. Keines meiner Kinder hat das begriffen.«

»Sie werden es morgen verstehen, wenn sie das Gartenfest erleben. Und sollte sie das nicht überzeugen, lassen wir uns etwas anderes einfallen. Wir haben noch Jahre Zeit, um ihnen alles plausibel zu machen, richtig?«

Frances schwieg so lange, dass Cassie schon dachte, sie würde nie eine Antwort darauf bekommen.

»Sie haben recht«, sagte sie schließlich und entzog Cassie ihre Hand. »Wir sollten jetzt schlafen. Der morgige Tag ist sehr wichtig für uns beide.«

# 24

Cassie hakte den letzten Eintrag auf der Liste ab; endlich konnte die Gartenparty auf Ramblings losgehen. Es hatte keine Notfälle in letzter Minute gegeben: Alles lief wie geplant. Sogar die Sonne strahlte an einem blauen, nur von wenigen weißen Federwolken verzierten Himmel.

Um Punkt zwei Uhr trat Cassie mit Frances durch die Glasflügeltüren vom Salon hinaus auf die Terrasse, um den Garten zu betrachten. Sie sah Frances an, und erst als sie deren Lächeln sah und fühlte, wie sie ihren Arm etwas fester umfing, entspannte Cassie sich und wagte, in den Garten zu schauen. Ihr stockte der Atem. Es war genau so, wie sie es sich erhofft hatte. Nein, mehr als das. Es war großartig.

Drei schneeweiße Pavillons standen im rechten Winkel zueinander auf dem Rasen, und ihre Seiten blähten sich sanft im Wind. In den Zelten standen lange, von weißem Leinen verhüllte Klapptische, die sich unter den Zutaten für den Nachmittagstee durchbogen: kleine Sandwiches, winzige Pasteten, Gebäck und exquisite Kuchen, bei denen Cassies Willenskraft bis an ihre Grenzen gefordert gewesen war, als sie vorhin alles inspiziert hatte. Ein dezentes Schild an einem Baum wies den Weg zum Bierzelt, das halb hinter Rhododendren versteckt war. In der Mitte des Rasens, zwischen den Pavillons, war ein Zelt mit einem Kasperletheater für die Kinder aufgebaut. Dies war eine weitere Planänderung von Frances in letzter Minute, zusammen mit dem Eselreiten auf der Rasenfläche nebenan, wo auch die großen Spielgeräte aufgestellt waren. Frances wollte unbedingt, dass keiner der Besucher enttäuscht wurde. Cassie hatte ihr jeden Wunsch erfüllt, denn sie wiederum wollte auf keinen Fall Frances enttäuschen.

Die Tore waren um halb zwei für die Gäste geöffnet worden, und als Cassie sich im Garten umblickte, kam sie zu dem Schluss, dass niemand mehr im Dorf sein dürfte. Die Rasenflächen waren von bunten Tupfern gesprenkelt wie ein zum Leben erwachter Dulux-Farbenkatalog. Hüte wetteiferten mit eleganten Fascinators, Krawatten mit Fliegen, und es war sogar ein Halstuch zu sehen. Einen offiziellen Dresscode gab es nicht, aber Cassie war begeistert, dass die Ribblemiller die Bedeutung dieser Veranstaltung erkannt und sich in ihren Sonntagsstaat geworfen hatten.

Auf ein Zeichen von Cassie hin spielte die Blaskapelle einen Tusch, und alle Blicke richteten sich auf Frances und Cassie, als sie die Stufen hinunter in den Garten gingen. Cassies Wangen wurden heiß ob der vielen Aufmerksamkeit, die man ihr schenkte. Doch als die Menge spontan zu applaudieren begann und Frances ihr gerührt »Vielen Dank« zuflüsterte, hätte Cassie sie am liebsten zurück die Stufen hinaufgezerrt und das Ganze wiederholt.

Barney erwartete sie unten an der Treppe. Er hatte die Jeans und das T-Shirt vom Vormittag gegen eine Leinenhose und ein blassblaues Hemd eingetauscht, und sein Kinn wirkte so frisch rasiert, dass Cassie sich danach sehnte, eine Hand auszustrecken und mit den Fingern über die glatte Haut zu streichen, hinauf zu den Lippen, die sich zu einem Lächeln verzogen, in dem sie sich den ganzen Tag hätte sonnen können.

»Das war ein beachtlicher Auftritt«, sagte er. »Ich weiß allerdings nicht, ob der Tusch nötig war. Keiner hätte euch übersehen. Ihr seid bei Weitem die Schönsten hier.«

Bei dieser Bemerkung sah er nur Frances an, beugte sich vor und küsste sie auf die Wange.

»Ich vermute, dass wir diesen Unsinn dem Bierzelt verdanken«, sagte Frances, doch Cassie war sich sicher, dass ihre Wangenröte nicht vollständig künstlich war. »Allerdings muss ich dir zustimmen, was Cassie angeht. Ich überlege, Becca zu bitten, dass sie ihr eine ganz neue Garderobe schickt. Sie weiß eindeutig besser, was Cassie steht, als Cassie selbst. Dieses Kleid sieht wie maßgeschneidert aus.«

Cassie trug das cremeweiße Seidenkleid und die strassbesetzten Sandalen, die sie zum Geburtstag bekommen hatte. Ihr war keine andere Wahl geblieben, denn Frances hatte sie gezwungen, auf eine der vielen Listen »Geburtstagskleid tragen« zu schreiben. Neben Frances' vergleichsweise unscheinbarem Kleid mit passendem gelben Mantel und Hut fand sie, dass sie viel zu viel Haut zeigte – Haut, die Barney nun musterte.

»Du hast recht, es passt hervorragend.«

Cassie sah das amüsierte Blitzen in seinen Augen, bevor sie den Blick abwandte. Sie hoffte, dass Frances nun nicht alle Männer herbitten würde, um sie zu beäugen. Sie hatte versprochen, dass sie mit ihren Verkupplungsversuchen aufhören würde, doch vielleicht war Frances' Ansicht nach eine Pause von einigen Wochen genug.

»Es ist fantastisch, nicht wahr?«, fuhr Barney fort. »Ramblings wurde für Tage wie diesen geschaffen. Das hätten wir schon vor Jahren machen sollen.«

»Vor Jahren hatten wir Cassie noch nicht. Ohne sie wäre es nie geschehen.«

»Ich habe nur einen kleinen Teil dazu beigetragen«, widersprach Cassie. »Es war ein ganzes Team beteiligt.«

»Mit Ihnen am Ruder.« Frances ließ sich nicht beirren. »Der heutige Tag beweist endgültig, was ich schon länger weiß. Jeder sollte eine Cassie in seinem Leben haben.«

»Wir müssen uns unter die Leute mischen«, sagte Cassie, um rasch diesen peinlichen Lobgesang zu beenden. Sie begann, Frances weiterzuführen, doch Barney fing ihre freie Hand ein.

»Cassie?« Sie drehte sich um. »Können wir später reden? Wenn du nicht zu beschäftigt bist?«

Sie wollte ihn fragen, worüber er reden wollte, doch etwas an seinem Gesichtsausdruck – dieses unmissverständlich nervöse Lächeln – hielt sie davon ab. Sie nickte und ging mit Frances weiter.

»Was will Barney von Ihnen?«, fragte Frances, als sie über den Rasen auf den ersten Pavillon zugingen.

»Weiß ich nicht. Wahrscheinlich will er mir nur einige Anweisungen zu Gin geben. Er fährt morgen weg, richtig?«

»Das wäre typisch Barney, mal wieder so ein Tamtam zu machen«, antwortete Frances. »Sie haben diesen ganzen Tag organisiert, und er traut Ihnen immer noch nicht zu, einen Hund zu füttern.«

Sie näherten sich dem Pavillon, und Frances nickte den Dorfbewohnern, an denen sie vorbeikamen, majestätisch zu. Cassie glaubte, damit wäre es vorbei. Doch am Eingang des Pavillons blieb Frances stehen und wandte sich zu Cassie um.

»Natürlich könnte es auch nichts mit dem Hund zu tun haben«, sagte sie und tippte Cassie auf den Arm. »Sondern vielmehr damit, wie entzückend Sie in diesem Kleid aussehen. Wäre das nicht ein weit interessanteres Gespräch?«

Cassie musste sich nicht von Hugh sagen lassen, dass Frances merklich müde wurde, als der Nachmittag verstrich. Sie wurde langsamer und lehnte sich schwerer auf Cassies Arm, war jedoch entschlossen, mit so vielen Gästen wie möglich zu reden, und weigerte sich, auch nur über Cassies Vorschlag nachzudenken, sich ein wenig hinzulegen.

»Ich habe lange darauf gewartet, zu einer Gartenparty zu gehen«, sagte sie streng. »Und ich werde sie nicht vorzeitig verlassen.«

»Würden Sie sich dann wenigstens hinsetzen und ausruhen? Wie wäre es mit noch einem Tee?«

»Ja, eine Tasse Tee könnte ich vertragen, eventuell auch noch einen von diesen Zitronenkuchen, falls Sie einen auftreiben können. Aber Sie bleiben nicht bei mir. Suchen

Sie den Colonel und schicken Sie ihn zu mir. Gewiss möchten Sie etwas Zeit mit Ihrer Familie verbringen, ehe sie morgen abreist. Und denken Sie daran, dass Barney Sie sprechen möchte.«

Als könnte sie das vergessen! Den ganzen Nachmittag hatte sie kaum an anderes gedacht. Es musste etwas Banales sein, worüber er reden wollte: Arrangements für die Zeit, die er weg war, die mit Gin, Frances oder seinem Haus zu tun hatten. Aber warum konnte er das nicht vor Frances sagen? Warum bat er darum, sie zu sprechen, als wolle er mit ihr allein reden? Ihre Hoffnungen schwebten bereits davon, höher als die von den Kindern losgelassenen Ballons, egal wie sehr sie sich bemühte, sie mit ihrem gesunden Menschenverstand zu bändigen. Denn wenn Barney sie aus den Gründen allein sprechen wollte, die sie sich ersehnte, warum hatte er dann bis jetzt gewartet? Warum hatte er sich vorher nichts anmerken lassen – zumindest nicht so, dass Cassie es hatte erkennen können? Es musste etwas Banales sein, oder?

Es war unerträglich. Sie machte sich selbst verrückt, indem sie sich einbildete, Barneys Hand hätte ihre gedrückt, und es wäre von Bedeutung gewesen, wie er sie ansah, als er sie um ein Gespräch bat. Sogar als sie mit Alfie und Stanley das riesige Snakes & Ladders spielte, hatte sie an nichts anderes als an Barney denken können. Sie ging auf die Stufen zum Haus zu und hoffte, ihn von oben eher in der Menge entdecken zu können, doch Ethel fing sie ab, bevor sie dort ankam.

»Es läuft gut, nicht wahr?«, sagte Ethel und stellte sich Cassie in den Weg. »Ist schon was anderes als die Wiese hinter dem Gemeindehaus. Denkst du, Mrs Smallwood wird das hier jedes Jahr erlauben?«

»Ich habe es vorgeschlagen, aber es wäre enorm teuer für sie.«

»Sie kann es sich leisten«, winkte Ethel den Einwand ab. »In Ribblemill werden tausende Packungen Woods-Kekse gegessen. Warst du schon auf dem Toilettenhäuschen? Das musst du unbedingt ausprobieren. Es ist schicker als mein Badezimmer zu Hause.« Plötzlich packte sie Cassies Arm. »Ich glaub's nicht! Ich habe ja schon einiges an Dreistigkeit erlebt, doch das schlägt alles.«

»Was? Was ist denn los?« Es war schwer zu sagen, wohin Ethel sah. Ihr Gesicht war größtenteils von einem Hut verdeckt, dessen Krempe als Regenschutz für eine komplette Familie hätte herhalten können.

»Da!« Ethel deutete mit dem Finger, und Cassie drehte sich um. Sie sah ein altes Ehepaar am Rande des Gartens entlangschlendern, auf Abstand von der Menge. Eine große blonde Frau ging hinter ihnen her. Sie kam Cassie vage bekannt vor, auch wenn sie nicht sagen konnte, woher.

»Wer ist das?«

»Die Hartleys!«, antwortete Ethel, als wäre es offensichtlich und irgendwie wichtig. Der Name sagte Cassie nichts.

»Wer sind die Hartleys?«

»Wer kann die eingeladen haben?«, fuhr Ethel fort, ohne Cassie zu beachten. »Eine Einladung muss versehentlich durchgerutscht sein. Ohne wären sie bestimmt nicht gekommen, nicht nachdem …«

»Wohnen sie im Dorf? Ich dachte, dass jeder aus Riblemill eingeladen wurde.«

»Jeder außer ihnen. Niemand würde sich ihrem Haus nähern, es sei denn …« Ethel neigte den Kopf weit genug nach hinten, um Cassie anzusehen. Es war nicht direkt ein vorwurfsvoller Blick, hätte es jedoch ebenso gut sein können. Vor schlechtem Gewissen bekam Cassie bereits eine Gänsehaut an den Armen.

»Wo wohnen sie?«, fragte sie.

»In dem freistehenden Haus, eine halbe Meile hinter dem Pub.«

»Mit den Pferdeköpfen auf den Zaunpfosten?«

Cassie wusste, dass sie recht hatte, bevor Ethels Nicken es bestätigte.

»Das war ich«, sagte sie. »Ich habe die Einladung eingeworfen. Wer sind sie?«

Ethels ernste Miene machte Cassie Angst. Sie bereitete sich darauf vor zu erfahren, dass sie die hiesige Mafiafamilie eingeladen hatte. Mindestens. Doch wie sich herausstellte, war die Wahrheit schlimmer – viel schlimmer.

»Das sind die Hartleys«, wiederholte Ethel in einem Tonfall, als würde es sich um die verbrecherischen Kray-Zwillinge handeln. »Barneys Schwiegereltern. Exschwiegereltern sollte ich wohl sagen.«

Cassie starrte hinüber. Das alte Paar hatte sich fein gemacht und könnte als ein beliebiges Dorfpaar durchgehen, das einen sonnigen Tag genoss. Doch bei genauerem Hinsehen erkannte sie, dass sie sich steif bewegten und ihre Köpfe gesenkt hielten, als ob sie sich unwohl fühlten. Ihr Blick wanderte zu der Gestalt hinter ihnen.

»Und die Frau?« Diese Frage bedurfte keiner Antwort. Dennoch gab Ethel sie ihr.

»Das ist Nessa Smallwood. Barneys Exfrau.«

Cassie hatte nur einen Gedanken. Sie musste die drei loswerden, bevor Barney herausfand, dass sie hier waren, weil Cassie sie eingeladen hatte. Oder hatte er sie schon entdeckt? War er deshalb nirgends zu sehen? Cassie blickte sich erneut um, doch keiner der dunklen Schöpfe, die sie ausmachen konnte, war seiner. Er hatte sich hinter den Kulissen solche Mühe gegeben, um sicherzugehen, dass alles auf dem Anwesen perfekt für heute war. Und vorhin hatte er so glücklich gewirkt. Sie durfte nicht zulassen, dass ihm durch ihren Fehler der Tag verdorben wurde. Also huschte sie um Ethel herum und eilte über den Rasen zu den Hartleys.

Sie ging auf die Eltern zu, die überrascht schienen, sie kommen zu sehen. Sofern Ethels Reaktion als Maßstab gelten konnte, vermutete Cassie, dass die Hartleys von den anderen Ribblemillern nicht sonderlich freundlich aufgenommen wurden. Sie lächelten ihr zögerlich zu, und Cassie wurde mulmig, weil sie die Leute bitten musste zu gehen. Aber wenn ihr schon unwohl bei der Situation war, wie musste sich Barney erst fühlen, sollte er ihnen über den Weg laufen?

»Mr und Mrs Hartley?«

Es war furchtbar zu sehen, wie erfreut sie schienen, dass man sie ansprach. Cassie zwang sich trotzdem dazu weiterzureden.

»Es tut mir sehr leid, und ich weiß nicht, wie ich es

Ihnen erklären soll, aber es hat einen Irrtum gegeben bei …«

Sie verstummte, als Mrs Hartleys Lächeln erstarb und sie sich gegen ihren Mann lehnte.

»Sie müssen es nicht erklären«, sagte sie, und die Freundlichkeit in ihren Augen schmerzte Cassie mehr, als es ein Wutausbruch gekonnt hätte. »Wir waren erstaunt, eingeladen zu werden, und so entzückt, nach …« Sie straffte den Rücken. »Ich bin froh, dass wir es sehen konnten. Sie haben fantastische Arbeit geleistet, das alles zu organisieren. Und natürlich werden wir jetzt gehen.«

»Gehen? Wir gehen nirgends hin.« Die blonde Frau – Nessa – hatte sich von hinten an Cassie herangeschlichen. »Was fällt Ihnen ein, meine Eltern rauszuwerfen? Was haben sie getan?«

»Nichts, und niemand hat unterstellt …«

»Warum sollen sie dann gehen? Sie wurden genauso eingeladen wie jeder andere hier. Und wer sind Sie, ihnen vorzuschreiben, was sie tun sollen?«

»Wir haben dir doch erzählt, dass Frances eine Gesellschafterin hat, Nessa. Sie heißen Cassie, nicht wahr?«

Cassie nickte und fragte sich, wie sie das wissen konnten, wenn sie bis vor fünf Minuten nicht einmal etwas von ihrer Existenz geahnt hatten. Nessa musterte sie mit solch eindrucksvoller Gleichgültigkeit, dass Cassie sich glücklich schätzte, nicht vollkommen von ihr ignoriert zu werden.

»Ich denke kaum, dass es Frances' Gesellschafterin zukommt, uns rauszuwerfen. Wir haben noch nicht einmal eine Tasse Tee getrunken.«

Nessa wandte sich ab, als wolle sie auf einen der Pavillons zugehen, und Cassie reagierte instinktiv. Sie griff nach Nessas Arm, um sie zurückzuhalten.

»Warten Sie«, sagte sie, als Nessa sie ungläubig ansah. »Ich versuche nicht, irgendjemanden hinauszuwerfen. Aber meinen Sie nicht, für Barney wäre es …«

Nessa lächelte. Das Lächeln gefiel Cassie nicht. Es gab ihr das Gefühl, dumm, unbedeutend und wertlos zu sein, all die Gefühle, die sie eigentlich mit der Trennung von Mike abgeschüttelt hatte.

»Ach, ich verstehe«, sagte Nessa. »Sie und Barney? Ganz sicher nicht.«

»Nein! Ich …« Weiter kam sie nicht, denn jemand zog sie am Arm nach hinten.

»Komm mit, Cassie«, sagte Mel. Cassie hatte keine Ahnung, woher Mel plötzlich kam. »Es ist nicht gut, sich mit einer Schwangeren zu streiten.«

»Schwanger?«

Das Wort lenkte Cassie von dem unfairen Vorwurf ab. Zum ersten Mal betrachtete sie Nessa richtig. Sie war groß, blond, elegant … all das hatte sie vorher schon bemerkt. Aber ihr war nicht aufgefallen, dass sich unter dem teuren Etuikleid ein kleiner, aber unverkennbarer Bauch abzeichnete. Cassie starrte eine Weile darauf.

»Barney wird Vater?«

»Nein, werde ich nicht.«

Cassie wünschte, die Leute würden aufhören, sich hinterrücks an sie anzuschleichen. Sie blickte sich um, wer sonst noch alles darauf lauern könnte, sie zu überraschen, doch da war nur Barney, der sehr ruhig an ihr vorbei zu den Gästen schaute, von denen sie nicht wollte, dass er sie sah. Zu den Gästen, die nicht hier wären, hätte sie keinen Fehler begangen.

»Es tut mir leid«, begann sie, aber Barney unterbrach sie.

»Hallo, Brian, hallo, Ann«, sagte er, und zu Cassies Verblüffung schritt er auf die beiden zu, schüttelte Brian die Hand und küsste Ann auf die Wange. Als er an ihr vorbeiging, spürte Cassie eine flüchtige Berührung an ihrem Rücken, so leicht, dass sie fast glaubte, sie hätte sie sich nur eingebildet. Aber das war nicht der Fall. Versuchte Barney tatsächlich, sogar in diesem Moment, *sie* zu beruhigen?

Sie beobachtete ihn. Er lächelte und behandelte die Hartleys ausnehmend freundlich. Das hatte Cassie nach Ethels Reaktion nicht erwartet. Dann wandte er sich Nessa zu, und sein Lächeln blieb unverändert.

»Hallo, Nessa.« Er ging nicht näher auf sie zu. Für sie gab es keinen Händedruck und keinen Wangenkuss. Sein Blick fiel auf ihren Bauch. »Gratuliere. Wie fühlst du dich? Geht es dir gut?«

»Es ging mir nie besser. Ich bin in der sechzehnten Woche, also ist das Schlimmste vorbei.«

Lächelnd streichelte Nessa ihren Bauch, und diesmal war es ein echtes Lächeln, das ihr Gesicht weicher und strahlend machte, sie regelrecht verwandelte. Cassie vermutete, dass es sie zu der Frau machte, die Barney geliebt und geheiratet hatte. Dann veränderte sich sein Lächeln. Auf Nessas Antwort hin wurde es breiter, und Cassie trat zurück. Sie fühlte, wie ein eifersüchtiger Troll in ihr wach wurde und sie mit seinen scharfen Krallen kratzte, weil er nach draußen wollte. Mel hakte sich bei ihr ein.

»Es ist schön, dich wiederzusehen«, sagte Nessa.

»Mir war nicht klar, dass du heute hier sein würdest.« Barney wandte sich wieder ihren Eltern zu. »Seid ihr eben erst angekommen?«

»Eigentlich wollten wir gerade gehen«, sagte Ann mit einem verlegenen Lächeln.

»Eigentlich wollte deine Freundin sie gerade rauswerfen«, korrigierte Nessa. Sie sah Barney mit hochgezogenen Brauen an, was so natürlich wirkte, dass es sich nur um ein Relikt aus ihrer Beziehung handeln konnte.

»Das ist nicht nötig. Es ist eine Party für das ganze Dorf. Deine Eltern haben jedes Recht, hier zu sein.«

»Aber ich nicht?«

»Du hast Ribblemill immer gehasst. Ich bezweifle, dass sich daran etwas geändert hat.«

Cassie atmete kaum, während sie diesem Wortwechsel zwischen ihnen folgte, doch in der kurzen Pause nach Barneys letzter Bemerkung spulte sie im Geiste alles zurück und spielte es noch einmal ab. Nessa hatte Barneys Freundin erwähnt. Wer war das? Hatte sie Cassie gemeint? Es stimmte nicht – also warum hatte er sie nicht verbessert? Hatte er es überhört? Oder … Sie versuchte, einen Schritt vorzutreten, sich neben ihn zu stellen, doch Mel hielt sie zurück.

»Halt dich da raus«, flüsterte sie.

Wahrscheinlich war es ein guter Rat. Nessa lächelte nicht mehr und war so auf Barney konzentriert, dass sie womöglich jeden in der Luft zerrissen hätte, der sich einmischte.

»Natürlich hat sich das nicht geändert«, sagte Nessa. Sie fuhr mit der Hand durch die Luft und deutete auf die Rasenfläche. »Ich meine, sieh dir das an! All diese Leute, die sich schick gemacht haben – mit Fascinators, um Himmels willen! –, als wäre dies hier ein Event, über den sie im *Tatler* berichten, und nicht ein Teezelt und einige klebrige Brötchen in einem Dorf, das die Zeit vergessen hat. Wie hältst du es aus, dich wieder hier zu vergraben?«

Sie streckte eine Hand aus und strich über Barneys Brust. Mel hielt Cassies Arm fester umklammert.

»Du gehörst nicht an so einen Ort. Du könntest so viel mehr sein. Du verdienst mehr.«

Cassie hatte genug gehört. Nessa klang nicht wie eine Frau, die vor ihrem geschiedenen Mann stand. Auch nicht wie eine Frau, die das Kind eines anderen Mannes erwartete. Für Cassie klang sie – und schließlich war sie auf diesem Gebiet Expertin – wie eine Frau, die Barney geliebt hatte und ihn nach wie vor liebte. Cassie ertrug es nicht, zu bleiben und noch mehr zu hören, denn sollte sie irgendeinen Hinweis darauf vernehmen, dass Barney Nessas Gefühle erwiderte, würde ihr Herz zu einem Aschehaufen zerfallen, aus dem nie wieder Funken aufstoben.

Sie knuffte Mel leicht und bedeutete mit einer Kopfbewegung, dass sie gehen sollten. Merklich widerwillig nickte Mel, doch sie waren erst wenige Schritte gegangen, als Barney wieder etwas sagte.

»Ich gehöre hierher. Und nirgendwo wäre ich lieber.

Das ist ein Glück, weil ich an keinen anderen Ort gehen kann.«

»Warum nicht?« Nessa schien ehrlich verwundert zu sein. »Meinst du, wegen dieses Unsinns, der in der Zeitung stand? Daran erinnert sich keiner mehr.«

»Ich schon. Mich hat der Unsinn meine Karriere und meine Ehe gekostet.«

»Nur, weil du es zugelassen hast. Du hättest es schaffen können.«

»Nicht, nachdem die Presse herausgefunden hatte, dass du involviert warst, und diese Fotos von uns abgedruckt hat.«

»Das war ein Missverständnis. Ich wollte nie …« Nessa brach abrupt ab.

»Was wolltest du nie?«

Da war keine Spur von Liebe in Barneys Stimme. Wenn überhaupt, erinnerte Cassie sein Tonfall an ihre ersten Tage auf Ramblings: Misstrauen und Argwohn, die alles andere übertönten. Nessa musste es auch mitbekommen haben, denn sie wich in Richtung ihrer Eltern zurück, wobei sie sich eine Hand vor den Bauch hielt.

»Ich habe es nur getan, um ihnen zu zeigen, wie du wirklich warst – dass du ein netter und liebevoller Mann warst, nicht das Monster, das sie beschrieben …«

Cassie hörte, wie Mel erschrocken nach Luft rang. Niemand rührte sich. Die Klänge des Streichquartetts wurden vom Wind zu ihnen getragen – ein Stück von Bach, dachte Cassie und lauschte den lebendigen und heiteren Noten, die überhaupt nicht zu dem passten, was hier geschah.

»Oh, Nessa«, sagte Ann Hartley. »Das hast du nicht!«

»Ich musste etwas tun. Ich wusste, dass es nicht lange dauern würde, bis Barney mit seiner ›Ritter in schimmernder Rüstung‹-Nummer kommen würde.«

»Du hast mit der Presse geredet?«, fragte Barney langsam, als hätte er Mühe, es zu begreifen. »Du hast ihnen die Fotos gegeben? Das von der Universität? Das von unserer Hochzeit? Das von uns, wie wir uns küssen? All die Aufnahmen, die benutzt wurden, um mich zu ruinieren?«

»Wie sollte ich ahnen, dass sie alles verdrehen würden? Ich habe nur mit einem freundlichen Journalisten geredet, aber dann haben die anderen die Sachen in die Finger bekommen, und es geriet außer Kontrolle …«

»Also hast du mich de facto zweimal betrogen.«

Barney blickte sich um. Er wandte sich Mel und Cassie zu und rang sich ein Lächeln ab.

»Mel, würde es dir etwas ausmachen, Ann und Brian zum Tee in den Pavillon zu bringen? Ich muss mit Nessa reden.«

Er sprach mit Mel, sah jedoch Cassie in die Augen, und dann drehte er sich wieder weg.

Die nächste halbe Stunde verbrachte Cassie damit, Small Talk zu machen, zu lächeln, bis ihre Wangen schmerzten, mit Alfie und Stanley über das Puppenspiel zu lachen und nur daran zu denken, wo Barney sein mochte und worüber er mit Nessa reden wollte. Zu Beginn der Party hatte er mit Cassie reden wollen. Hatte er stattdessen Nessa gewählt? Oder bildete sie sich ein, dass es jemals eine Wahl gegeben hatte? Vielleicht war es immer Nessa gewesen und Cassie bloß eine praktische Hundesitterin, weiter nichts. Dennoch war da etwas an der Art gewesen, wie er sie angesehen hatte – wie ein Schwimmer, der verzweifelt Luft holte, bevor er unterging. Es machte ihr Hoffnung; und solange noch ein Funken Hoffnung da war, würde sie nicht aufgeben.

»Sie müssen nicht an meiner Seite kleben«, sagte Frances, als Cassie ihr frischen Tee brachte und sich neben sie setzte. »Gewiss gibt es für Sie Interessanteres zu tun. Haben Sie mit Barney gesprochen?«

»Nein, er ist …« Cassie hielt inne. Frances musste nicht erfahren, dass Nessa hier war. »Ich war beschäftigt«, sagte sie.

»Das sind Sie jetzt nicht. Wenn Sie Muße haben, sich zum Tee hinzusetzen, haben Sie auch Zeit, Barney zu sehen. Er könnte etwas Wichtiges wollen.«

Frances lächelte auf eine Weise, die Cassie verdächtig vorkam.

»Wissen Sie schon, was er will?«, fragte sie.

»Selbstverständlich nicht. Er erzählt mir nie irgendwas Interessantes.« Frances tätschelte Cassies Hand. »Aber ich bin noch nicht so alt, dass ich einiges nicht selbst sehe. Ab mit Ihnen. Der Colonel ist da drüben und kann mich begleiten, wenn ich meinen Tee getrunken habe.«

Zehn Minuten lang suchte Cassie die Pavillons und das Bierzelt ab – keine Spur von Barney. Auch bei den Rasenspielen und dem Eselreiten war er nicht. Könnte er gegangen sein? Sie nahm die Abkürzung durch den privaten Gartenbereich zum Farmhaus, als ihr einfiel, dass er, sollte er nach Hause gegangen sein, womöglich nicht allein war. Also kehrte sie um und stolperte über ein Paar Füße, die unter einer großen Trauerweide vorragten.

Sie schob die Zweige auseinander und fand Barney im Gras liegend, die Arme unter dem Kopf verschränkt. Er grinste.

»Es fällt mir schwer, keinen platten Witz darüber zu machen, dass du mich endlich umwerfend findest.«

Cassie sah ihn an – dieses Lächeln. Was sollte sie tun? Es gab keine bewusste Entscheidung. Sie ließ die Zweige wieder los, die nun sie beide abschirmten.

»Bist du allein?«, fragte sie und trat einen Schritt vor.

»Nicht mehr.«

»Nessa ist nicht hier?«

Er schüttelte den Kopf. »Wahrscheinlich ist sie losgezogen, um jemand anderen aufzutreiben, der ihrem Kind ein Vater sein kann.«

»War es das, was sie wollte?«

»Anscheinend ja. Nur Nessa bringt es fertig, sich zu weigern, ein Kind mit mir zu haben, und dann zurückzukommen und mir das eines anderen unterzuschieben.«

Immer noch lächelte er. Da war kein offensichtliches Zeichen, dass ihm Nessas Verschwinden leidtat. Und das war gut, oder nicht? Cassie streifte sich die Sandalen ab und setzte sich neben Barney ins Gras. Als er sie weiterhin stumm beobachtete, rückte sie weiter nach unten, bis sie neben ihm lag. Sonnenlicht fiel durch das Laub über ihnen und malte heiße kleine Punkte auf Cassies Haut. Außer Barneys ruhigem Atem und Vogelgezwitscher war nichts zu hören. Sie lag still da und lauschte.

»Es ist schön hier«, sagte sie, blickte hinauf in den Baum und versuchte, die Vögel zu entdecken.

»Ja, sehr schön. Das war schon immer mein Lieblingsplatz im Garten.«

»Kommst du oft hierher?«

Barney lachte und drehte den Kopf zur Seite, um sie anzusehen.

»Es ist ein tolles Versteck«, sagte er.

»Heißt das, ich soll gehen?«

»Nein.« Er rollte sich auf die Seite und stützte sich auf einen Ellbogen. Nur noch wenige Zentimeter trennten sie. »Ich mag es, wie Frances dich genannt hat. Du bist eine sanfte Seele, wohltuend für alle um dich herum.«

»Wohltuend? Wie eine Halspastille? Musst du mich immer in einem medizinischen Umfeld sehen?«

»Im Moment sehe ich dich nicht so.«

»Wie dann?«

»So, wie jeder Mann eine wunderschöne Frau sehen würde, die sich neben ihn legt.«

Das machte Cassie sprachlos. Sie beobachtete ihn so gebannt, so vollkommen verzaubert, dass sie beinahe zu atmen vergaß, als Barney sich aufsetzte. Sein Blick wanderte langsam von ihrem Gesicht über ihren ganzen Körper, sodass sie überall eine Gänsehaut bekam.

»Obwohl du«, fuhr er lächelnd fort, »einen sehr gut geformten Talus hast.«

Bevor Cassie fragen konnte, was das war, beugte er sich vor und malte Kreise um ihren Knöchel. Ihr Fuß zuckte, und Barney strich mit dem Finger über ihre Fußsohle, dann über ihre Zehen und innen an ihrem Bein hinauf bis zum Knie. Seine ganze Aufmerksamkeit galt der Bewegung seines Fingers, der nun über ihr Knie glitt.

»Eine perfekte Patella«, murmelte er. Sein Finger wanderte weiter, unter den Saum ihres Kleids und innen an ihrem nackten Schenkel entlang. »Und ein wohlgeformter Quadrizeps.«

Sein Finger verharrte. Cassie konnte sich nicht bewegen. Sie wollte sich nicht bewegen. Und sie wollte nicht, dass er aufhörte. Seine Berührung verursachte ein heißes Prickeln, wie tausend Sonnen dies nicht hervorrufen könnten. Die Spannung, wo er sie als Nächstes berühren würde, war köstlich. Sie machte die Verzweiflung umso größer, als er seine Hand wegzog – bis er sich wieder hinlegte und ein Bein an ihres presste. Er legte seine Hand auf ihren Oberkörper zwischen ihre Brüste.

»Ein guter, starker Herzschlag.« Er lachte. »Allerdings ziemlich schnell.«

Schnell? Was erwartete er? Er konnte von Glück reden, dass ihr Herz nicht aus dem Brustkorb sprang und über ihm explodierte. Nun sah er ihr wieder in die Augen.

»Soll ich aufhören?«

»Nein.«

Er streichelte ihre Wange so sanft, dass es beinahe unerträglich war. Dann glitt sein Finger über ihre Lippen, von rechts nach links, von oben nach unten.

»Diese Lippen«, sagte er, »und die Stimme, die aus ihnen erklingt … Du kannst damit Wunder bewirken. Sag meinen Namen.«

»Barney«, sagte Cassie. »Barney.« Aber sie glaubte nicht, dass die Stimme wie ihre klang: Sie war tiefer, atemlos, verzweifelt. Barney lächelte, und sie wollte sein Gesicht mit den Händen umfangen, es so festhalten, wie es jetzt war, damit er nie aufhörte, so auszusehen, nie aufhörte, sie so anzusehen. Der Barney-Blick hatte eine vollends neue Dimension gewonnen; anstatt damit die Wahrheit aus ihr herauszusaugen, fühlte es sich an, als würde etwas in sie hineinfließen. Und dann neigte er den Kopf und küsste sie.

Ihr erster Kuss war fantastisch gewesen. Dieser war großartig. Die schlechten Erinnerungen, die Cassie so lange gequält hatten, wurden von einer Glückslawine begraben. Als Barney sich auf sie rollte und zarte Küsse auf ihren Hals hauchte, genoss sie den Kitzel, begehrt zu werden, ohne dass von ihr Besitz ergriffen wurde. Sie passte sich seinem Gewicht an – das so viel leichter war, als sie es kannte; schlang die Arme um einen Körper, der dünner, aber stärker war, als sie geahnt hatte. Und jeder Unterschied, den sie bemerkte, löschte die unerwünschten Bilder aus ihrem Kopf und ihrem Körper. Barneys Berührung war wirklich heilend.

Cassie verlor jedes Zeitgefühl und nahm nichts anderes mehr wahr als die Berührung von Barneys Lippen und Händen, bis sie eine Kinderstimme in der Nähe ablenkte. Barneys Lippen verharrten kurz auf ihren, bevor er sich lachend von ihr rollte.

»Das war knapp«, sagte er. »Ich glaube, wir wären beinahe erwischt worden. Das wäre peinlich gewesen.«

Die Glücksblase um Cassie herum platzte. Ein scharfkantiges Blatt kratzte an ihrem Bein und warf sie abrupt in die Realität zurück. So wollte sie das nicht. Sie setzte sich auf, richtete ihr Kleid und strich sich das Haar mit den Fingern nach hinten, um es wieder in Ordnung zu bringen.

»Ist okay«, sagte sie. Sie konnte Barney nicht ansehen. Ihre Lippen brannten noch vor Ärger darüber, von seinen getrennt worden zu sein. »Ich weiß, was los ist.«

»Das kann ich mir denken. Ich bin nicht besonders feinfühlig.«

»Das meine ich nicht. Ich meine, dass es in Ordnung ist. Es muss dir nicht peinlich sein. Ich erwarte nichts. Mir ist klar, dass es nur eine Reaktion darauf war, Nessa wiederzusehen.«

»Denkst du, ich will mir irgendwas beweisen? So wie du, als du mich beim Mitternachtsspaziergang geküsst hast?«

»Das war etwas anderes.«

Das musste es sein. Sie mochte den Kuss bei dem Spaziergang angefangen haben, um sich etwas zu beweisen, aber sie hatte ihn fortgesetzt, weil sie ihn liebte. Das hier war damit nicht zu vergleichen. Cassie stand auf. Hinter ihr sprang Barney auf.

»Das kommt mir nicht so vor.« Er lächelte und zupfte ein Blatt aus ihrem Haar. »Offenbar bin ich doch zu feinfühlig. Das hier ist keine idiotische Reaktion, die ich morgen bereuen werde. Ich will das schon sehr lange. Nessa wiederzusehen hat mich lediglich sicherer gemacht.«

»Du musst das nicht sagen.«

»Du bist unglaublich schwierig.« Barney lachte, legte einen Arm um Cassies Taille und zog sie an sich. »Und das in vielerlei Hinsicht. Okay, machen wir das richtig, und ich werde dich überzeugen. Wenn ich von Malta zurück bin, führe ich dich zum Essen aus.«

Passierte das wirklich? Schlug Barney Smallwood ein Date vor? Ein normales Date mit Essen und Reden – sie zitterte bei dem Gedanken, was sonst noch dazugehören könnte. Das Verlangen in seinen Augen war echt. Das Streicheln seiner Hand an ihrer Seite ebenfalls. Und es war wunderbar. Cassie lächelte, und er legte den Arm fester um sie.

»Und das nennt man, es richtig machen?«, fragte sie. »In Devon ist es Sitte, jemanden zu fragen, ob er oder sie ausgehen möchte, nicht, es einfach mitzuteilen.«

»Eine Frage würde dir die Möglichkeit geben abzulehnen.«

»Ich werde nicht ablehnen.«

Das brachte ihr einen weiteren Kuss ein. Barney hob den Kopf und sah ihr in die Augen.

»Komm zur Farm.«

»Ist das eine Bitte oder eine Anweisung?«

»Was immer nötig ist, damit du kommst.«

»Kann ich nicht. Ich kann Frances nicht im Stich lassen.« Cassie schaute auf ihre Uhr, um zu bestätigen, was sie bereits wusste. Sie zögerte, es auszusprechen, aber sie musste ihn auf die Probe stellen – um sicher zu sein. »Und es ist Zeit für die nächste Spritze.«

»Dann gehen wir lieber zurück.«

Und da war es: kein Widerwille, keine Verärgerung, keine Verlegenheit. Er hatte ihr bewiesen – sofern das noch nötig war –, dass er sich nicht nur im Aussehen von ihrem Exmann unterschied. Nicht jeder Mann würde sie so behandeln wie Mike. Durfte sie wieder auf eine gleichberechtigte Beziehung hoffen, darauf, so angenommen zu werden, wie sie war? Bis jetzt hatte sie es kaum zu glauben gewagt. Cassie lehnte sich an Barney, und er umfing sie mit seinen Armen und strich ihr übers Haar, während sich ihre viel zu lange angespannten Nerven in einem wenig vertrauten Gefühl von Sicherheit lockerten. Dann nahm er ihre Hand und führte sie zurück zum Haus.

»Wie wäre es mit heute Abend?«, fragte er. »Kommst du dann zur Farm?«

»Ich habe Alfie und Stanley versprochen, mit ihnen draußen zu zelten, wenn das Wetter gut ist. Frances hat ihnen gesagt, wo sie ein Zelt und Schlafsäcke finden.«

»Tatsächlich? Ich wünschte, das hätte sie nicht getan.«

Cassie musste über seine enttäuschte Miene lachen.

Er lächelte. »Ich glaube, die Zelte sind für vier Personen. Vielleicht sollte ich meinen Schlafsack holen und mich zu euch gesellen.«

Sie erreichten den Rand der Rasenfläche. Es herrschte immer noch reger Trubel, und wie es aussah, hatte bisher niemand vor zu gehen. Barney hielt nach wie vor Cassies Hand, obwohl es nun jeder sehen konnte. Sie rechnete damit, dass er sie losließ, aber er umfing sie noch fester.

»Du solltest gehen.«

»Ja.«

Keiner von ihnen rührte sich. Cassie fürchtete unwillkürlich, dass alles vorbei sein könnte, sobald sie ging. Die Fantasie der letzten Stunde könnte verpuffen, als hätte es sie nie gegeben. Aber ihr blieb keine Wahl. Sie löste ihre

Finger aus Barneys Griff, machte zwei Schritte und drehte sich um.

»Das hatte ich fast vergessen. Du hast gesagt, dass du mich sprechen willst.«

Barney grinste. »Ich habe gelogen.«

»Oh.« Cassie bemerkte einen Grasfleck auf seinem Ärmel, und die Erinnerung, wie er dorthin geraten war, bewirkte, dass abermals Lust ihren Verstand vernebelte. »Und was wolltest du?«

»Musst du mich das wirklich fragen? Ich will dich.«

Und ungeachtet der vielen Freunde, Angehörigen und Dorfbewohner, die um sie herum waren, zog Barney sie zurück in seine Arme und küsste sie.

Am Tag nach der Gartenparty, während die Pavillons abgebaut und der Garten aufgeräumt wurde, kehrten Frances' Gedanken zu Weihnachten zurück. Cassie waren fünf Minuten gewährt, sich zu fangen, nachdem sie sich tränenreich von Vicky verabschiedet hatte und bevor sie in Frances' Schlafzimmer gerufen wurde, um eine Reihe neuer Listen zu beginnen.

»Vielleicht finden wir einen passenden Baum im Garten«, sagte Frances. »Barney wird uns dabei helfen können, und, falls nicht, weiß er zumindest, wo er einen auftreiben kann. Cassie? Schreiben Sie mit?«

»Ja.« Sie blickte hinunter auf ihren Block. Auf dem Blatt stand nur ein Wort – Barney – in geschwungener Schrift und dreimal unterstrichen. Hastig kritzelte sie »Baum« daneben.

»Der Baum muss in die Diele, links von der Treppe.

Achten Sie darauf, dass er das Porträt von Reginald Smallwood verdeckt. Die Smallwoods haben von jeher gut aussehende Männer hervorgebracht, doch Reginald muss von irgendwoher ein falsches Gen haben. Barney wird wissen, wo der Schmuck auf dem Dachboden verstaut ist.«

Wieder schrieb Cassie »Barney« auf. Wie konnte sie ihn jetzt schon vermissen? Es war kaum zwei Stunden her, seit er hier gewesen war, um auf dem Weg zum Flughafen Gin und seinen Hausschlüssel abzugeben. Er hatte Cassie in sein Büro gezerrt, um ihr einige »letzte Anweisungen« zu geben. Sie hatte eine Menge gelernt, nicht zuletzt, dass er eine kitzlige Stelle hinter dem linken Ohr hatte, die … Frances hüstelte, und Cassie blickte auf.

»Möchten Sie noch etwas Wasser?«

»Ein halbes Glas vielleicht. Vom vielen Reden trocknet meine Kehle aus.«

Cassie schenkte Wasser ein und reichte Frances das Glas. Es war ungewöhnlich, dass Frances so lange im Bett blieb, doch sie sagte, dass sie nach der Gartenparty müde sei. Cassie wollte sie überreden, ein wenig zu schlafen, aber Frances tat es mit den Worten ab, sie sei »weder ein Säugling noch senil«. Sie bestand darauf, ihre Weihnachtsplanung mit Cassie zu besprechen, obwohl Weihnachten erst in vier Monaten war.

»Die Dorfbewohner müssen am letzten Sonntag vor Weihnachten hierher eingeladen werden«, fuhr Frances fort. »Um vier Uhr nachmittags werden Weihnachtslieder vor dem Baum gesungen. Die Kinder müssen ›Away in a Manger‹ singen. Das mochte ich immer am liebsten.«

Frances verstummte, und Cassie blickte rechtzeitig auf, um zu bemerken, dass sie sich die Augen abtupfte. Sie wollte nach Frances' Hand greifen, doch Frances wehrte sie ab. »Ruth muss Weihnachtsgebäck für alle backen, und Mel kann den Ribblemill-Glühwein mitbringen. Jedes Kind muss einen Lebkuchenstern bekommen, den es zu Hause an den Baum hängen kann. Fragen Sie Barney, wenn Sie bei irgendwas unsicher sind. Er erinnert sich eventuell, wie Weihnachten auf Ramblings früher war. Also wirklich, Cassie, sollten Sie jetzt jedes Mal so lächeln, wenn ich seinen Namen erwähne, müssen Sie mir verraten, was los ist!«

Cassie fragte sich, wie sie gelächelt hatte. Ihre Gedanken waren zu einer Erinnerung von letzter Nacht abgeschweift, als Barney sein Versprechen wahr gemacht und mit Schlafsack auf Ramblings erschienen war, um mit ihnen zu campen. Vicky hatte es nichts ausgemacht – vielmehr war ihre Begeisterung nur noch von ihrer Selbstgefälligkeit übertroffen worden. Die Jungen hatten ihre Schlafsäcke mit den Reißverschlüssen zu einem geräumigeren gemacht, um sich gegenseitig warm zu halten – auf einen gerissenen Vorschlag von Barney hin, der dasselbe mit seinem und Cassies Schlafsack machte. Es entsprach nicht ganz ihrer Vorstellung von einer Nacht mit Barney, aber sie hatte sich in seine Arme geschmiegt, war sich die ganze Nacht seines Herzschlags bewusst gewesen und hatte schließlich den besten Schlaf seit Monaten genossen.

»Erinnern Sie sich an die Anzeige, die Sie aufgegeben haben?«, fragte Cassie, legte ihren Stift ab und lächelte

Frances auf eine, wie sie hoffte, liebevolle Art an. »Da stand etwas, worauf Sie bestanden. ›Geschwätzigkeit unerwünscht.‹ Es war unterstrichen.«

»Es war eine alberne Anzeige. Da hatte Barney ganz recht, obwohl ich bezweifle, dass er mich jetzt noch dafür zu kritisieren wagen würde. Und wie kann ich sie bereuen, wenn sie mir Sie gebracht hat?« Frances' Lächeln stand Cassies in nichts nach, und sie nahm Cassies Hand zwischen ihre beiden. »Und jetzt bestehe ich darauf, dass Sie geschwätzig sind und mir genau sagen, worüber Barney gestern mit Ihnen reden wollte.«

»Er hat mich zum Essen eingeladen.«

»Hat er? Tja, ich bin offensichtlich noch nicht zu alt, um überrascht zu werden.«

»Hatten Sie das nicht erwartet?«

Cassie war gestern sicher gewesen, dass Frances einen Verdacht hegte.

»Ich hätte nie ein solch anständiges Angebot von ihm erwartet.«

Cassie lachte.

»Ich habe zugesagt. Ist es Ihnen recht?«

»Nichts könnte mich glücklicher machen.« Frances tätschelte Cassies Hand. »Obwohl meine Zustimmung gewisse Grenzen haben muss. Technisch gesehen sind Sie noch verheiratet. Ich werde keinen Ehebruch in meinem Haus dulden.«

Frances zog ihre Hände zurück, um noch etwas Wasser zu trinken. Cassie nahm ihren Stift auf, malte eine Rose in die Ecke ihres Notizblocks und versuchte, den Gedanken zu verdrängen, Barney nach Wien zu schmuggeln.

»Ich vertraue Ihnen ein Geheimnis an, Cassie, das nur Barney und ich kennen.«

Wieder legte Cassie ihren Stift beiseite. Das klang interessant.

»Ramblings Farm gehört nicht mehr zum Anwesen. Ich habe sie Barney an seinem fünfundzwanzigsten Geburtstag überschrieben, falls er jemals einen Unterschlupf brauchen sollte.«

»Wie freundlich von Ihnen. Und er brauchte einen, nicht wahr?«, sagte Cassie, die froh war, dass das Thema Ehebruch abgehakt war, auch wenn sich das Geheimnis als nicht ganz so spannend entpuppte wie erwartet. Frances schnalzte mit der Zunge.

»Seien Sie nicht so begriffsstutzig, Cassie. Hören Sie, was ich Ihnen sage. Barney gehört die Farm. Sein Haus ist nicht meines. Was immer er – oder jemand anderes – dort tut, geht mich nichts an. Folglich würde ich dazu auch rein gar nichts sagen. Also, wie weit waren wir mit der Liste?«

# 25

Als Erstes fiel Cassie die Stille auf. Sie zog die Vorhänge zurück und sah nichts als Grau. Regen fiel in Strömen und dämpfte sämtliche Geräusche. Es heulte kein Wind durch die Fensterritzen oder rüttelte im Kamin; kein Vogelgezwitscher, niemand, der im Garten arbeitete oder am Haus vorbeijoggte. Alles fühlte sich kalt, still und leblos an.

Auf dem Weg nach unten in die Küche sah sie in Barneys Büro, doch er war noch nicht da. Sie lächelte, als sie auf den Wandkalender blickte: Vor zwei Tagen war er von Malta zurückgekehrt und hatte sie in sein Büro entführt, wo er einen dicken roten Kreis um das morgige Datum malte. Da führte er sie zum Dinner aus. In ihrem Schrank hing ein neues Kleid für diesen Anlass bereit, ein Geschenk von Frances, das Cassie nicht ablehnen durfte. Sie hinterließ eine Nachricht auf Barneys Stuhl und ging in die Küche, um Frances eine Kanne Tee aufzubrühen.

Erneut fiel ihr die Stille auf, als sie mit dem Teetablett durch den Korridor zu Frances' Zimmer ging. Normalerweise bekam sie eine erste Vorahnung, was Frances' Stimmung betraf, wenn sie entweder Radio 4 oder Classic FM hörte. Heute hörte sie nichts: keine Musik, keine Stimmen, überhaupt keinen menschlichen Laut. Cassie stellte das Tablett ab und rannte los.

In Frances' Zimmer waren die Vorhänge noch geschlossen. Es drang genug Licht herein, dass Cassie Frances im Bett liegen sehen konnte, den Kopf zur Seite gedreht und den Mund leicht geöffnet. Vielleicht schlief sie. Seit einigen Tagen schon, im Grunde seit der Gartenparty, war Frances ständig müde. Doch Cassie wusste, dass es nicht stimmte, noch ehe sie sich zwang, zum Bett zu gehen und Frances' kalte Hand zu berühren. Frances würde nie wieder aufwachen.

Cassie nahm das Telefon neben dem Bett und wählte. Barney meldete sich sofort, und seine Stimme klang voller Leben und Wärme.

»Frances«, sagte Cassie. Mehr brachte sie nicht heraus.

»Ich bin sofort da.«

Keine zehn Minuten später war er da. Die Zwischenzeit hatte Cassie genutzt, um alles im Zimmer so herzurichten, wie Frances es gewollt hätte: die Hausschuhe ordentlich unter dem Bett, der Morgenmantel aufgehängt, benutzte Taschentücher weggeworfen, der Nachttisch aufgeräumt. Es war das Einzige, was Cassie noch zu tun blieb.

Barney kam herein, warf Cassie nur einen flüchtigen Blick zu und eilte zu Frances. Er fühlte nach ihrem Puls, obwohl er, wie Cassie vermutete, schon gesehen haben dürfte, dass er keinen finden würde. Dann beugte er sich nach unten und küsste Frances' Stirn.

»Ruhe sanft«, sagte er. Er blieb einen Moment am Bett, bevor er zu Cassie kam.

»Geht es dir gut?«, fragte er.

Sie nickte. Was könnte sie sonst tun, wenn er gerade seine Tante verloren hatte und eine Tränenspur auf seinem Gesicht glänzte? Er nahm Cassie in die Arme, und sie lehnte den Kopf an seine Schulter. Natürlich ging es ihr nicht gut. Sie war wie betäubt, unfähig zu weinen. Das hätte nicht geschehen dürfen. Frances war in letzter Zeit müde gewesen, aber nicht krank. Ihr Arzt war erst letzte Woche hier gewesen und hatte Cassie gegenüber keinen Grund zur Sorge geäußert. Gestern Abend hatten sie zusammen die Nachrichten angeschaut, und Frances hatte wie üblich geschimpft. Also wie war das passiert? Und die furchtbare Frage, die Cassie durch den Kopf hallte, war: Was hätte sie tun können, um es zu verhindern? Sie war Frances' Gesellschafterin, wurde dafür bezahlt, auf sie zu achten. Und sie hatte versagt.

»Ich muss den Arzt rufen«, sagte Barney und löste sich von ihr.

»Ich bleibe bei Frances.«

Er nickte und verließ das Zimmer. Cassie setzte sich neben das Bett und wartete. Sie konnte Frances jetzt nicht allein lassen. Das war ihre letzte Pflicht als Gesellschafterin. Nun kamen ihr die Tränen.

Der Arzt stellte einen Totenschein aus, und Frances verließ Ramblings zum letzten Mal. Schon jetzt fühlte sich das Haus ohne sie falsch an, wie ein Museum, nicht mehr wie ein Zuhause.

Die Nachricht hatte sich im Dorf herumgesprochen. Ruth kam nach Ramblings, um sich zu vergewissern, dass

Essen und Trinken für jeden da war, der es brauchte. Der örtliche Florist lieferte einige Sträuße, die Cassie in die Diele stellte, obwohl sie wusste, dass Frances sie als »protzig« abgetan hätte. Der Colonel kam, um sein Beileid zu bekunden, was sich darin zu erschöpfen schien, dass er Barney die Hand schüttelte, Cassie auf die Schulter klopfte und sich den Schnauzbart rieb. Der ganze Tag fühlte sich unwirklich an. Cassie wartete, dass Frances hereinkam und ihnen allen sagte, sie sollten aufhören, so ein Tamtam zu machen.

Diana und Guy trafen am späten Nachmittag ein; Hugh war verreist, und Barney hatte ihn noch nicht erreichen können. Cassie stieß in der Diele auf sie. Guy schleppte einen großen Koffer für Diana herein. Es sah aus, als wolle sie verreisen – entweder das, oder sie wollte einziehen.

»Das mit Frances tut mir sehr leid«, sagte Cassie.

»Ja, kann ich mir denken«, antwortete Diana. Da war keine Spur von Tränen auf ihren Wangen, kein Hinweis, dass sie welche vergossen hatte. »Sie haben einen netten, stressfreien Job verloren, nicht wahr?«

»Das ist nicht …«

Mehr durfte Cassie nicht sagen, denn Diana hob eine Hand, um sie zum Schweigen zu bringen. Cassie kamen die Tränen, weil diese Geste sie so sehr an Frances erinnerte und doch nichts von deren lebhafter Art hatte.

»Sie haben Ihren Job nicht gut gemacht. Wir hätten von Anfang an auf unser Gefühl hören und darauf bestehen sollen, dass Sie wieder gehen. Wie konnten Sie das geschehen lassen? Mutter fehlte nichts. Sie war vollkommen gesund, und erst vor zwei Wochen waren wir zur Gartenparty hier. Sie haben sich nicht um sie gekümmert!«

»Es tut mir leid.« Cassie wischte sich über die Wangen, aber es kamen immer neue Tränen. Sie wollte sich verteidigen, doch wie könnte sie? Diana sprach nur aus, was sie selbst dachte. Es gab keine Entschuldigung.

»Offensichtlich ist Ihre Anstellung hiermit beendet«, fuhr Diana erbarmungslos fort. »Packen Sie Ihre Sachen und räumen Sie in einer Stunde das Zimmer. Ich werde in Wien wohnen.«

»Natürlich. Ich ziehe in eines der anderen Zimmer.«

»Nein, Sie ziehen aus dem Haus aus. Sie haben hier nichts mehr verloren.«

»Eine weitere Nacht wird doch sicher niemandem schaden, Diana«, sagte Guy und bedachte seine Schwester mit einem frostigen Lächeln. »Wir wissen noch nicht, ob du irgendein Recht hast zu bestimmen, wer bleibt und wer nicht.«

Dianas Gesicht lief violett an.

»Schon gut«, sagte Cassie, die den unausweichlichen Streit vermeiden wollte. »Ich gehe.«

Selbstverständlich war es nicht gut, und wohin genau sollte sie gehen? Den ganzen Tag hatte sie nur an Frances gedacht; erst jetzt wurde sie sich ihrer neuen Situation bewusst. Diana hatte recht. Ihr Job war beendet. Sie hatte keine Arbeit, kein Einkommen, kein Zuhause – und keine Frances. Das war immer noch das Schlimmste. Sie ging zur Treppe, überwältigt von Kummer und Wut, dass Frances' Kinder einzig daran dachten, was sie nun bekommen würden, anstatt an das, was sie verloren hatten.

»Cassie?« Barney fing sie unten an der Treppe ab, sah sie an und ergriff ihre Hand. »Was ist?«

»Diana hat mich gebeten zu gehen. Sie will ihr Zimmer zurück.«

»Um Himmels willen, Diana. Spielt es eine Rolle, wo du schläfst? Haben wir heute nicht andere Dinge zu bedenken?«

»Wir wären gar nicht hier, hätte sie ihren Job richtig gemacht. Sie verdient wohl kaum unsere Großzügigkeit. Sie hat sich nicht um Mutter gekümmert, also warum sollten wir uns um sie kümmern? Und ich verstehe nicht, wie du übersehen konntest, was vor sich ging, bei all deinen medizinischen Kenntnissen.«

Diana sah auf Barneys Hand, die Cassies hielt.

»Oder warst du in letzter Zeit anderweitig beschäftigt?«

»Abgelenkt von einer Frau, während jemand stirbt?«, fragte Guy. »Wäre ja nicht das erste Mal, oder?«

Cassie biss die Zähne zusammen, als Barney ihre Hand so fest umklammerte, dass es schmerzte. Sicher war das nichts im Vergleich zu dem Schmerz, den er empfand.

»Mach dir deshalb keine Gedanken«, sagte sie und griff nach seinem Arm.

Sie musste das beenden. Wie konnten sie sich so benehmen, nachdem Frances erst seit wenigen Stunden aus dem Haus war?

»Geben Sie mir zehn Minuten zum Packen, dann bin ich weg.«

Barney ließ ihre Hand los und schritt auf Diana zu. »Du irrst dich«, sagte er. »Dies hat nichts mit Cassie zu tun. Frances ist schon eine ganze Weile ernsthaft krank gewesen. Bereits im letzten Jahr wurde bei ihr chronische Herzinsuffizienz diagnostiziert. Die Ärzte dachten, dass sie höchstens noch sechs Monate zu leben hatte. Die hat sie weit überschritten. Cassie hat ihr mehr Zeit und mehr Glück geschenkt, als Frances jemals erwartet hatte.«

Cassie starrte ihn an. Warum sagte er das? Log er, um sie zu schützen? Wie konnte er bei so etwas Ernstem lügen? Es ergab keinen Sinn.

»Das kann nicht stimmen.« Diana sprach aus, was Cassie dachte. »Sie hätte es uns gesagt.«

»Wann? Ihr habt sie ja nie besucht. Erst als ihr dachtet, dass euer Erbe in Gefahr sein könntet, habt ihr angefangen, euch ein bisschen anzustrengen. Aber falls ihr mir nicht glaubt, seht euch den Totenschein an. Sprecht mit Frances' behandelndem Arzt. Er wird es euch bestätigen.«

Es stimmte? Frances lag praktisch schon im Sterben, solange Cassie sie gekannt hatte? Dieser furchtbare Tag ... der schreckliche Fund ihrer Leiche ... hatte ihr von Anfang an gedroht? Das war schlimm genug. Aber dass Barney es gewusst und nichts gesagt hatte ... Cassie wusste nicht, was sie denken oder fühlen sollte. Eines der Dinge, die sie an Barney am meisten schätzte, war seine Ehrlichkeit. Dass er stets die Wahrheit sagte, ohne Zweideutigkeit oder Täuschung. Kannte sie ihn eigentlich? Sie lief nach oben und ließ die drei unten allein weiterstreiten.

Sie hatte ihren Rucksack aus dem Kleiderschrank geholt und stopfte ihre Unterwäsche hinein, als Barney ins Zimmer gestürmt kam.

»Mach das nicht«, sagte er und riss ihr den Rucksack aus den Händen. »Diana steht im Augenblick neben sich.

Sie darf dich nicht aus dem Haus werfen. Dies ist dein Zuhause.«

»Nicht mehr.«

Cassie nahm den gerahmten Stich von Ramblings in die Hand, den Barney ihr zum Geburtstag geschenkt hatte und der so kostbar für sie gewesen war, dass sie ihn auf ihrem Nachttisch aufgestellt hatte.

»War es das je? Ich dachte, es wäre ein Zuhause. Ihr habt mich das glauben lassen. Doch es war nie mehr als ein vorübergehender Aufenthalt, nicht wahr?«

»Nein.«

Barney setzte sich aufs Bett. Trauer lastete schwer auf seinen Schultern, schien ihn förmlich nach unten zu drücken. Cassie dachte an ihre Zeit hier zurück. So vieles ergab jetzt einen Sinn, was sie zuvor nicht richtig verstanden oder falsch gedeutet hatte: Die Blickwechsel zwischen Frances und Barney, mit denen so viel mehr gesagt worden war, als sie laut ausgesprochen gehört hatte; Barneys wiederholter Einwand gegen Cassies Anstellung – zumindest in den ersten Tagen ihres Aufenthalts. Vielleicht war die Wahrheit die ganze Zeit da gewesen, und Cassie hatte sie nur nicht gesehen. Niemand hatte sie auf die heutigen Ereignisse vorbereitet, sie darauf gefasst gemacht, dass das Leben, das sie sich aufzubauen glaubte, von einem Moment zum nächsten wegbrechen könnte.

»Du hättest es mir erzählen müssen«, sagte sie und entriss ihm den Rucksack. »Den ganzen Tag schon gebe ich mir die Schuld, frage mich, was ich hätte tun können oder versäumt habe, um das zu verursachen. Es schien so plötzlich. Ich hatte keine Ahnung, dass Frances krank war.«

Wieder ging sie ihre Erinnerungen durch, suchte nach Anzeichen von Krankheit, die nicht rein altersbedingt waren. Ihr fiel nichts ein – Frances war nichts anzumerken gewesen. Sie sank auf das Bett.

»Oh Gott, es *war* meine Schuld, stimmt's? All diese Veranstaltungen, zu denen ich sie überredet habe, der Ausflug ans Meer, die Gartenparty. Es war zu viel für sie, nicht wahr? Du hattest mich gewarnt, und ich glaubte, es besser zu wissen. Warum hast du mir nicht die Wahrheit gesagt und mich aufgehalten? Warum musstest du daraus ein verdammtes Geheimnis machen?«

»Du hast selbst einige Geheimnisse gehütet.«

Cassie nahm an, dass sie diese Erwiderung verdiente. Was war mit ihnen passiert, dass Barney und sie sich gegenseitig Vorwürfe machten? Verband sie überhaupt noch etwas? Cassie war sich nicht sicher. Was hatten sie je gehabt? Nichts, außer einigen wunderbaren Küssen. Keine Versprechungen waren gemacht worden, keine Gefühle ausgetauscht. Barney seufzte.

»Frances wollte nicht, dass du es erfährst. Ich sagte ihr, dass es unfair sei, aber sie war nicht zu erweichen. Ich musste tun, was sie verlangte.« Er blickte auf. »Was hättest du gemacht, hätte ich es dir erzählt?«

»Ich hätte besser auf sie aufgepasst. Ich hätte sie dazu gebracht, sich öfter auszuruhen. Ich hätte sie nicht ermüdet, indem ich sie die Geschichte von Ramblings schreiben ließ, immerzu mit ihr Listen aufstellte und die Weihnachtsfeiertage plante …«

Cassie verstummte. Nun verstand sie, warum Frances darauf bestanden hatte, die Planung für Weihnachten in

Angriff zu nehmen. Sie hatte gewusst, dass sie nicht mehr da sein würde, um alles selbst zu arrangieren. Cassie zerknüllte den Bettüberwurf in ihrer Hand und versuchte, nicht zu weinen.

»Ich denke, damit haben wir ihren Grund. Du hättest keine Pläne gemacht, hättest nichts mit ihr unternommen und sie nicht behandelt, als hätte sie noch ein langes Leben vor sich. Frances hätte es gehasst. Sie hätte dich gehasst, wenn du ein Tamtam um sie gemacht hättest.«

»Du hast viel Tamtam um sie gemacht!«

»Und du hast miterlebt, wie sehr es sie ärgerte.« Barney lächelte traurig. »Ich habe es aber nicht getan, weil sie krank war. Ich habe solches Aufhebens um sie gemacht, weil ich sie geliebt habe.«

»So wie ich«, sagte Cassie. »Und hätte ich gewusst, dass dies hier geschehen würde, hätte ich es ihr gesagt. Ich hätte sie wissen lassen, wie viel sie für mich getan hat. Ich hätte mich verabschieden können.«

»Ich denke, das wusste sie auch so.«

Cassie hörte an seiner Stimme, wie tief seine Trauer ging, und die Wut, die sie auf ihn gehabt hatte, verpuffte. Es stand ihr nicht zu, irgendetwas zu empfinden, oder doch? Hier ging es um Barneys und Frances' Familie, und zu der gehörte sie nicht. Sie spielte heute keine Rolle. Sie beugte sich vor und umarmte ihn.

»Es tut mir leid«, sagte sie, wobei sie nicht wusste, was ihr am meisten leidtat: der Verlust von Frances, sein offensichtlicher Schmerz, die Grausamkeit seiner Familie oder ihre Hilflosigkeit angesichts seines Kummers. Und vielleicht, auch wenn sie sich ernsthaft bemühte, nicht an sich selbst zu denken, tat ihr auch leid, was Frances' Tod für sie – für Cassie und Barney – bedeutete, denn ihr war schleierhaft, wie es für sie weitergehen sollte. Also umarmte sie Barney, rieb ihre Wange an seinem weichen Haar und weigerte sich, darüber nachzudenken, ob sie dies jemals wieder tun würde.

Da ihre zehn Minuten Packzeit verstrichen sein mussten, ging sie hinüber zum leeren Kleiderschrank. Dort war kaum noch etwas: nur die schwarzen Sachen, die sie mitgebracht hatte, das Kleid, das sie zum Geburtstag bekommen hatte, und ganz allein für sich in einer Schrankhälfte hing das Kleid, das Frances ihr geschenkt hatte, um es zum Dinner mit Barney zu tragen. Vorsichtig nahm Cassie es heraus und hielt es sich an, den Rücken zu Barney. Sie fühlte, wie der Stoff über ihre Beine strich, doch der sanfte Luftzug eines Traums wehte vorbei und entschwand ihrer Reichweite. Dann steckte sie das Kleid zu allem anderen in den Rucksack.

»Ich habe die Restaurantreservierung storniert.«

Cassie drehte sich um. Barney stand hinter ihr. Sie nickte, sah ihn jedoch nicht an. Was gab es zu sagen? Natürlich konnten sie jetzt nicht mehr zum Essen ausgehen.

»Aber das ändert nichts.«

Er strich ihr so sacht mit dem Handrücken über den Arm, dass er kaum ihre Haut berührte. Cassie hielt den Atem an und versuchte verzweifelt, nicht darauf zu reagieren, denn alles hatte sich geändert. Das war ihr Minuten vor Barneys Auftauchen in ihrem Zimmer klar geworden. Sie hatte keinen Job, keine Bleibe und nicht genug Erspartes, um sich etwas zu mieten, selbst wenn in Ribblemill irgendetwas frei wäre. Sie konnte nicht hierbleiben. Ihr blieb nichts anderes übrig, als nach Devon zurückzukehren. Dort konnte sie wohnen und auf der Farm arbeiten; und diese Sache mit Barney würde enden, ehe sie richtig angefangen hatte. Er mochte sie jetzt wollen, solange sie in der Nähe und verfügbar war. Doch sie hatte keinen Grund zu glauben, dass ihre Küsse ihm mehr bedeuteten als die von irgendeiner anderen. Sie machte sich nichts vor.

Sie verschnürte den Rucksack und blickte sich ein letztes Mal im Zimmer um. Hier war sie glücklich gewesen; egal, wie weit weg sie schon bald sein würde, sie würde sich immer daran erinnern. Spontan nahm sie ihr Handy hervor und machte ein Foto von dem Zimmer, drehte sich im letzten Moment um und erwischte Barneys Profil am Bildrand. Auch an ihn würde sie sich immer erinnern.

»Komm«, sagte Barney und öffnete die Tür. »Gehen wir zur Farm.«

»Zur Farm?« Cassie bewegte sich nicht. »Warum?«

»Weil du zu mir ziehst.« Zwei winzige Falten erschienen zwischen seinen Augenbrauen, die bei aller Trauer, die sein Gesicht zeichnete, nicht zu übersehen waren. »Oder nicht?«

Damit hatte sie nicht gerechnet, aber war es nicht typisch für Barney, es anzubieten? Wenn sie nicht in Ramblings bleiben konnte, gab es keinen Ort, an dem sie lieber wäre. Deshalb musste sie nein sagen. Ihr blieb höchstens eine Woche bis zu Frances' Beerdigung. Und eine Woche mit Barney würde es umso schwerer machen zu gehen.

»Ich denke, es wäre besser, wenn ich ins No Name gehe«, sagte sie.

Barney antwortete nicht.

»Deine Eltern kommen morgen. Sie werden Zeit mit dir verbringen wollen, nicht mit einer Fremden. Und ich denke, Diana erwartet, dass ich das Anwesen verlasse, nicht bloß das Haus.«

Sie klang, als würde sie Vorwände erfinden, und Barneys Blick sagte ihr, dass er dasselbe dachte.

»Wenn es das ist, was du willst.«

Cassie nickte, und sie gingen hinaus auf die Einfahrt. Dort wuchtete Cassie den Rucksack auf ihre Schultern.

»Ich bringe dich ins Dorf.«

»Nein, ich gehe lieber. Ich habe heute noch keine Bewegung gehabt.«

»Dann komme ich später bei dir vorbei.«

»Schon gut. Du wirst eine Menge mit Diana und Guy zu besprechen haben.«

Bevor Cassie losmarschieren und dieser unerträglichen Szene ein Ende machen konnte, beugte Barney sich vor und drückte ihr einen sanften Kuss auf die Lippen. Die Geste hatte etwas Zärtliches und, wie Cassie fand, Endgültiges. Sie schlang die Arme um ihn und schmiegte sich an ihn, gab all ihre Liebe in die Umarmung und lehnte noch einmal den Kopf an seine Brust, um seinen Herzschlag zu hören. Dann machte sie sich auf den Weg.

# 26

Frances' Begräbnis sollte am nächsten Mittwoch stattfinden, sobald Hugh aus seinem Urlaub zurück war. Nun, da ihre Tage in Ribblemill offiziell gezählt waren und sie sonst nichts mit ihrer Zeit anfangen konnte, verbrachte Cassie Stunden damit, ihre Lieblingsspaziergänge zu wiederholen. Sie mied das Ramblings-Anwesen und machte mit ihrem Handy Fotos von den Hügeln, den Mauern, den Wolken und allem anderen, was sie an Lancashire erinnern würde, wenn sie fort war.

Zwei Tage nach ihrem Einzug ins No Name kehrte Cassie von ihrem Spaziergang zurück und setzte sich auf die Bank auf dem Dorfanger, weil sie noch nicht hineingehen wollte, solange die Septembersonne angenehm warm war. Sie sah sich die Fotos an, die sie vormittags gemacht hatte, dann die anderen auf ihrem Handy, und musste lächeln, als sie eines von Alfie und Stanley in ihrem Doppelschlafsack beim nächtlichen Zelten sah. Sie wischte noch weiter zurück und hielt bei einer Aufnahme von Frances auf der Gartenparty inne. Frances stand auf den Stufen zum Haus, betrachtete die Szenerie vor sich auf den Rasenflächen, und ihr Gesichtsausdruck war unmissverständlich. Sie war glücklich; daran bestand kein Zweifel. Sie hatte den ganzen Tag über alle Maßen genossen. Wenigstens was diese Veranstaltung betraf, weigerte Cassie sich, ein schlechtes Gewissen zu haben.

»Cassie?«

Sie blickte auf und sah eine attraktive Frau mit einem glatten grauen Bob in Jeans und einer geblümten Bluse vor sich. Die Frau lächelte Cassie auf freundliche und seltsam vertraute Weise an. Aber Cassie hatte sie noch nie in Ribblemill gesehen.

»Ja. Woher wissen Sie das?«

»Sie sind eine der wenigen hier, die ehrlich traurig wirken.«

Cassie wischte sich die Tränen von den Wangen. Die Frau lächelte noch freundlicher.

»Und Barneys Beschreibung war absolut treffend. Ich bin Hazel Smallwood, Barneys Mutter.«

Cassie stand auf und streckte linkisch eine Hand vor, doch Hazel ignorierte die Geste, legte stattdessen die Hände auf Cassies Schultern und küsste sie auf beide Wangen.

»Ich denke nicht, dass wir förmlich sein müssen, oder?«, fragte Hazel und lachte.

Es war komisch: Cassie hatte seit Frances' Tod niemanden mehr lachen gehört. Und diese Verwunderung musste ihr anzusehen sein.

»Oh, halten Sie mich nicht für herzlos«, sagte Hazel. »Das Letzte, was Frances gewollt hätte, wäre, dass alle mit langen Gesichtern herumlaufen, womöglich noch in schwarzen …« Sie verstummte, als sie Cassies Kleidung bemerkte. Cassie war wieder dazu übergegangen, die schwarzen Sachen zu tragen, in denen sie hergekommen war, da sie sich nicht mehr Frances' alte Kleider leihen konnte.

»Sie haben recht«, stimmte Cassie ihr zu, und zum ersten Mal seit dem furchtbaren Moment, in dem sie Frances gefunden hatte, lächelte sie. »Sie hat nie einen Hehl daraus gemacht, wie sehr sie diese Sachen hasste.«

»Mir gegenüber hat sie es nie erwähnt. Sie hat mit großer Zuneigung von Ihnen gesprochen.«

Das war Cassie neu. Sie hatte keine Ahnung gehabt, dass Frances Kontakt zu Barneys Mutter gehabt hatte.

»Sie dürfen nichts auf das geben, was Diana sagt. Diese Kinder haben alle zu viel von ihrem Vater. Jeder weiß, was Sie für Frances getan haben. Sie haben ihr ein glückliches Ende geschenkt, und mehr wünscht sich keiner von uns, nicht wahr? Und jetzt wird Barney mir böse sein, weil ich Sie zum Weinen gebracht habe.«

Sie holte ein Taschentuch aus ihrer Handtasche und reichte es Cassie.

»Ich gehe mal lieber, ehe ich es noch schlimmer mache. Ethel hat mich zum Mittagessen eingeladen.« Sie verdrehte die Augen und grinste. »Wenn es so wird wie früher, erwartet mich ein Büfett mit allem aus dem Laden, was nicht mehr so gut ist oder demnächst abläuft. Ich bin sehr froh, Sie endlich kennengelernt zu haben.«

Sie drückte Cassie kurz und machte sich auf den Weg zum Postamt.

»Hazel?«, rief Cassie ihr nach.

Hazel drehte sich um.

»Frances hat ein Lieblingskleid. Es ist aus blauer Wolle und hat eine Stickerei am Kragen und an den Manschetten.«

Hazel verstand sofort, worauf sie hinauswollte.

»Sie meinen, das würde sie gerne tragen?«

Cassie nickte.

»Ich suche es raus.« Hazel zögerte und ergänzte: »Wie wäre es, wenn Sie heute Abend zur Farm zum Abendessen kommen?«

»Ich weiß nicht ...«

»Diana und Guy sind nicht da, versprochen. Wir schmuggeln Sie rein, ohne dass sie es erfahren.« Als Cassie immer noch nicht zusagte, fuhr Hazel fort: »Barney wird sich freuen, Sie zu sehen. Er sagt, Sie sind nie im No Name, wenn er vorbeikommt. Ich weiß, dass er Frances sehr nahestand, aber er ist noch bedrückter, als ich gedacht hätte. Kommen Sie bitte. Es wird nichts Besonderes, irgendein Pfannengericht am Küchentisch, schätze ich – aber Sie sind mehr als willkommen. Vielleicht können Sie ihn wieder zum Lächeln bringen.«

Cassies Vernunft drängte sie abzulehnen. Sie ignorierte sie. Die Chance auf ein letztes Abendessen mit Barney – ihn wiederzusehen, umgeben von seiner Familie – war zu verlockend. Es würde so oder so schon unerträglich, Ribblemill verlassen zu müssen. Wie viel schlimmer könnte ein Essen es machen? Also hörte sie sich zusagen und stellte sich taub gegen all die anderen Stimmen in ihrem Kopf, die ihr einredeten, was für eine schlechte Idee das war.

Frances' Beerdigung war eine würdevolle, bewegende und erhebende Zeremonie. Jedes Detail war von Frances geplant und in einer langen Liste bei ihrem Anwalt hinterlegt worden, erfuhr Cassie von der lächelnden Hazel. Hugh, Guy und Barney trugen den Sarg gemeinsam mit Akram als Stellvertreter des Dorfs und zwei Vertretern von Woods Biscuits in die Kirche. Einzig Diana und der Vikar waren in Schwarz. Alle anderen hielten sich an die Anweisungen, die Hazel verbreitet hatte, dass es so bunt und fröhlich wie möglich zugehen solle, und viele Dorfbewohner nutzten die Gelegenheit, um nochmals die Sachen von der Gartenparty zu lüften. Die Kirche war voll besetzt, was zeigte, welche Zuneigung sich Frances in den letzten Monaten erworben hatte, nachdem sie jahrelang wie eine Einsiedlerin gelebt hatte. Cassie erinnerte sich an das Foto von Frances auf der Gartenparty und stellte sich vor, sie würde nun so auf sie blicken, mit demselben erfreuten Gesichtsausdruck. Es war ein stilvoller Abschied, genau wie Frances ihn verdiente.

Der Leichenschmaus fand im Ballsaal von Ramblings statt; die Caterer hatte Frances ausgesucht, und die Getränke waren im No Name bestellt worden. Cassie hatte nicht vorgehabt hinzugehen, weil sie einen feindseligen Empfang von Diana fürchtete, doch am Ende blieb ihr nichts anderes übrig. Hazel fing sie ab, als sie zurück zum Pub ging, und verfrachtete sie wortlos in Barneys Pick-up. Und nun war Cassie froh, dass sie dort war. Sie hatte keinem erzählt, dass sie am nächsten Tag nach Devon abreisen würde, und nutzte diese Chance, mit all ihren Freunden in Ribblemill zu reden und ihnen, ohne es zu verraten, Lebewohl zu sagen. Einzig eine Person mied sie, weil sie keine Ahnung hatte, wie sie sich von ihr verabschieden sollte.

Sie ging, solange noch sehr viel Betrieb herrschte, und hoffte, dass es niemand bemerkte. Doch als sie kurz an der Tür zögerte und einen letzten sehnsüchtigen Blick auf die Ribblemiller warf, trat ein Mann in einem Anzug an sie heran.

»Mrs Barrett?«

Cassie hatte gehofft, nie wieder mit diesem Namen angesprochen zu werden. Sie sah den Mann klopfenden Herzens an und fragte sich, wer er sein mochte und wie er sie gefunden hatte. Sein Lächeln wurde unsicher.

»Cassie Barrett?«, fragte er wieder. »Mir wurde gesagt, Sie seien Cassie.«

»Bin ich.« Den Rest des Namens würde sie nicht akzeptieren. Der Mann reichte ihr sichtlich erleichtert die Hand.

»Ich bin Nigel Boot, Mrs Smallwoods Anwalt. Hätten Sie morgen Vormittag Zeit? Ich muss mit Ihnen über Mrs Smallwoods Testament sprechen.«

»Ihr Testament? Ich weiß nicht, ob sie eines gemacht hat. Und ich kann Ihnen nicht sagen, wo es sein könnte. Ist es nicht bei Ihnen?«

Nigel lächelte.

»Doch, es ist bei mir hinterlegt. Ich bitte Sie auch nicht, es zu suchen. Ich muss den Inhalt mit Ihnen besprechen. Verzeihen Sie, dass ich mich so vage ausdrücke, aber Mrs Smallwood hat mich ausdrücklich instruiert, dass alle ihre Kinder eine Kopie des letzten Willens zu bekommen haben, und uns hielt Hughs Abwesenheit auf. Ich treffe sie alle um neun Uhr morgen früh hier. Könnten Sie um zehn hier sein?«

»Ja, ich denke schon«, sagte Cassie. Ihr Zug fuhr erst am Nachmittag, da müsste sie Zeit haben, vorher nach Ramblings zu kommen.

»Schön.« Nigel lächelte wieder. »Sie haben keinen Grund, besorgt auszusehen. Es sind keine schlechten Neuigkeiten.«

Cassie erschien um kurz vor zehn am nächsten Morgen auf Ramblings. Ruth ließ sie ins Haus.

»Ich bin um Viertel nach zehn dran, nach dir«, sagte sie, als sie die Tür hinter Cassie schloss. »Es ist wie beim Arzt, nicht? Und ich brauche dir ja wohl nicht zu sagen, dass er spät dran ist. Die Familie ist noch drinnen bei ihm.« Ruth neigte sich näher zu Cassie und flüsterte: »Wie es sich anhört, gibt es Ärger. Ich kam zufällig vorhin an der Bibliothek vorbei, und da ging es eindeutig laut zu.«

»Vielleicht sollte ich hier warten.«

»Nein, geh nur und sieh nach, was los ist.« Ruth schob Cassie weiter. »Und sag mir Bescheid, wenn du irgendwas Spannendes hörst.«

Cassie hörte gar nichts, als sie zur Bibliothek kam, deshalb klopfte sie und spähte hinein. Der Anwalt saß in einem Ohrensessel am Fenster, die Augen geschlossen, und rieb sich die Schläfen. Als Cassie den Raum betrat und die Tür hinter sich schloss, öffnete er die Augen und lächelte ihr müde zu.

»Mrs Barrett, kommen Sie und setzen Sie sich.« Er

deutete auf einen Sessel vor sich. »Ich weiß, dass es nie den Verlust einer Freundin wettmachen kann, aber ich bin erfreut, Ihnen mitteilen zu dürfen, dass Mrs Smallwood Sie in ihrem letzten Willen bedacht hat.«

»Ach ja?« Cassie hatte die Nacht darüber nachgedacht und war zu dem Schluss gekommen, dass dies der einzige Grund sein konnte, aus dem der Anwalt sie sehen wollte. Ihr war nach wie vor rätselhaft, wie Frances ihr Testament ändern konnte, ohne dass Cassie es mitbekam. Wann war sie bei dem Anwalt gewesen? Sie musste es zwischen die Arztbesuche und die Unterhaltungen mit Hazel gequetscht haben – wie all die anderen Dinge, von denen Cassie nichts wusste.

»Es sind zwei Posten, die Ihnen zugedacht sind«, fuhr Nigel Boot fort.

Er nahm ein Blatt aus einer Akte auf dem Tisch und reichte es Cassie.

»Als Erstes wäre da eine Auswahl an Kleidern, wie aufgelistet.«

Cassie blickte auf die Liste. Dort standen detaillierte Beschreibungen all der Kleider, die Cassie in ihrer Zeit hier getragen hatte.

»Manche davon sind alte Designer-Modelle«, sagte sie und gab Nigel die Liste zurück. »Die müssen einigen Wert haben. Sollte Diana sie nicht bekommen?«

»Mrs Smallwood hat darauf bestanden.« Nigel lächelte. »Sie meinte, sie würden Ihnen aushelfen, bis Sie sich selbst einige passende Kleider gekauft haben.«

Cassie lächelte, obwohl Tränen ihr die Sicht verschleierten. Es war eine für Frances typische Bemerkung, und es war ebenfalls typisch, dass Frances nicht bedacht hatte, dass Cassie sich keine neuen Kleider leisten konnte.

»Der zweite Posten ist etwas klarer. Mrs Smallwood hat Ihnen die Summe von fünfundzwanzigtausend Pfund hinterlassen.«

Cassie starrte ihn an. Fünfundzwanzigtausend Pfund? Sie musste sich verhört haben!

»Sind Sie sicher?«, fragte sie. »Warum sollte sie das tun?«

»Ich bin mir ziemlich sicher.« Nigel holte einen Umschlag aus seiner Akte. »Sie bat mich, Ihnen diesen Brief zu geben. Vielleicht erklärt er es. Alles, was sie mir sagte, war, dass sie hoffte, Sie würden es als Freiheitsfonds betrachten.«

Cassie nahm den Umschlag und sah ihren Namen darauf. Die zittrige Handschrift war die von Frances, und Cassie wusste, welche Kraft es sie gekostet haben musste, auch bloß dieses einzelne Wort zu schreiben. Sie blinzelte ihre Tränen weg und dachte über das nach, was der Anwalt gesagt hatte. Dies war ein Freiheitsfonds, und schon jetzt raste Cassies Herz bei dem Gedanken an die Möglichkeiten, die ihr das Geld eröffnete. Es könnte alles verändern. Was wäre, wenn sie es nutzte, um für einige Monate ein Cottage zu mieten, solange sie nach Arbeit suchte? Was, wenn sie in Ribblemill bliebe? Dann könnte sie ein Date mit Barney haben. Sie könnten prüfen, ob jene kostbaren Küsse das Fundament für mehr sein konnten. Vielleicht war er derjenige, der sie endlich überreden könnte, das Risiko einer neuen Beziehung einzugehen.

»Danke«, sagte sie und sprang auf. Sie musste mit Barney sprechen.

»Da ist noch etwas«, sagte Nigel, ehe Cassie davonstürmen konnte.

Sie drehte sich um, und ihre Hoffnungen schwanden. Gab es doch noch einen Haken?

»Ich habe eben der Familie Smallwood erklärt, was testamentarisch bezüglich des Anwesens bestimmt wurde.«

Was die lauten Stimmen erklärte, die Ruth gehört hatte, dachte Cassie. Sie fragte sich, wer von ihnen geerbt hatte.

»Mrs Smallwood hat eine Stiftung für die Leute aus Ribblemill und einige andere wohltätige Zwecke gegründet. Das Haus und das Anwesen gehen an diese Stiftung.«

Cassie war nicht sicher, was das bedeutete. Hatte keines der Kinder geerbt?

»Dann gehört das Haus dem Dorf?«, fragte sie.

»Nein, es ist Eigentum der Stiftung, aber eine der Regeln lautet, dass das Haus zum Wohl des Dorfs genutzt werden muss. Es gibt klare Anweisungen im Treuhandvertrag, und es werden Treuhänder ernannt, die sicherzustellen haben, dass die Anweisungen ausgeführt werden. Mrs Smallwood wünschte, dass Sie gebeten werden, einer der Treuhänder zu sein. Es ist eine unbezahlte Position«, ergänzte Nigel.

Cassie schwirrte der Kopf. Es war zu viel, um alles zu verarbeiten. Heute Morgen war sie mit nichts aufgewacht, hatte kaum die Augen öffnen und den Tag beginnen wollen, der sie von hier wegführen sollte. Nun hatte sie genug Geld, um zu bleiben, und einen Grund, hier zu sein. Mehr als das: Sie hatte die Gewissheit, dass Frances sie hinreichend gemocht hatte, um ihr dies zu geben. Diese fünfundzwanzigtausend Pfund waren für Cassie eine unbeschreibliche Freude.

»Werde ich …?« Weiter kam sie nicht, denn die Bibliothekstür flog auf, und Guy kam mit einem Bündel Papiere hereingestürmt.

»Was soll das mit den Anteilen?«, fragte er.

Er blickte von den Papieren auf und sah Cassie. Seine Züge verhärteten sich, und das oberflächlich gute Aussehen wurde von einem vorwurfsvollen Blick und verkniffenen Lippen verzerrt.

»Sie haben keine Zeit verschwendet, hier aufzukreuzen und sich Ihr Erbe zu krallen, was?«

»Mrs Barrett ist auf meine Bitte hier, Guy«, sagte Nigel, »wie alle anderen, die im Testament bedacht wurden. Und sobald ich mit den Betroffenen gesprochen habe, erkläre ich Ihnen gern alles andere.«

»Sie müssen mir nur erklären«, erwiderte Guy, »wie wir dieses Testament anfechten können und verhindern, dass unser Elternhaus an einen Haufen Trottel verschenkt wird, die hier Kaffeekränzchen für Senioren und Bingo-Nachmittage abhalten wollen.«

Er ging auf Cassie zu, gefolgt von Hugh und Diana.

»Das ist alles Ihre Schuld«, sagte er. »Sie haben ihr diesen Blödsinn eingeredet – Sie haben sich eingemischt und sie zu immer mehr gedrängt, richtig? Jetzt schauen Sie sich an, was Sie damit angerichtet haben! Sie haben mich ein Vermögen gekostet.«

»Rede nicht so mit ihr!«

Barney schob Hugh aus dem Weg und stellte sich neben

Cassie. Er ergriff ihre Hand und drückte sie. Sie klammerte sich an ihn.

»Das hat nichts mit Cassie zu tun. Frances wusste sehr genau, was sie tat. Sie hat euch ein Vermögen hinterlassen, von dem die meisten Menschen nur träumen können, auch ohne das Haus.«

»Was weißt du denn? Die Verwaltung eines Anwesens liegt dir so wenig, wie Arzt zu sein. Wir könnten Millionen machen, hättest du jene Felder als Baugrund verkauft, anstatt Farmer zu spielen.«

Cassie fühlte, wie Barney vor Wut erbebte.

»Wie hättet ihr irgendwas daran verdienen können?«, fragte sie. »Die Farm gehört Barney.«

Es schien eine harmlose Frage zu sein, sorgte jedoch dafür, dass ohrenbetäubende Stille eintrat.

»Ist das wahr?«, fragte Hugh. »Das steht nicht im Testament. Nigel?«

»Mrs Smallwood hat Barney die Farm und mehrere Hektar Land schon vor einigen Jahren überschrieben«, bestätigte Nigel. »Sie gehört nicht mehr zum Ramblings-Anwesen.«

»Woher hast du das gewusst?« Barney sah Cassie stirnrunzelnd an.

»Frances hat es mir erzählt.«

»Und warum zum Teufel konnten Sie mir das nicht sagen, bevor ich Unsummen für ein Stück Land berappt habe, um Zugang zu dem Baugrund zu bekommen?«, schrie Guy sie an. Er wandte sich an Barney. »Wenigstens erklärt es, was sie in dir sieht. Offensichtlich hat sie bescheidenere Ambitionen, als wir befürchtet haben.«

Barneys Griff an Cassies Hand lockerte sich.

»Das Land? Gilver's Field? *Du* hast es in der Auktion ersteigert?« Barney schüttelte so heftig den Kopf, dass ihm sein Haar ums Gesicht flog. »Woher hast du gewusst, dass es zum Verkauf stand?«

Guy grinste hämisch. »Wieso fragst du nicht Cassie?«

»Was?« Barney ließ ihre Hand los und kratzte sich am Kinn. »Cassie hätte es dir nicht erzählt. Sie wusste, dass das Land entscheidend für meine Pläne mit der Farm war. Sie weiß, wie sehr das Dorf gegen irgendwelche Bauvorhaben ist. Sie hätte weder mich noch Ribblemill verraten.«

Er starrte Cassie an und wartete darauf, dass sie ihm das bestätigte. Und sie hätte es so gern getan. Sekunden verstrichen, während sie verzweifelt wünschte, Guy widersprechen zu können, aber das konnte sie nicht. Sie hatte Barney verraten, auch wenn es unwissentlich geschehen war. Zweifel legten sich über seine Züge gleich einem feinen Lancashire-Nebel.

»Es tut mir leid«, sagte sie. Das kam automatisch – und war fatal. Der Nebel verdichtete sich und überdeckte jeden Ausdruck.

Guy lachte. »Was hast du denn erwartet? Nessa ist nicht die Einzige, die redet, wenn sie lieber den Mund halten sollte.« Er grinste diabolisch. »Nessa hört nur nie auf, nicht wahr? Nicht mal im Schlaf …«

Die Stille, die nun eintrat, war so erdrückend, dass das Atmen schwerfiel.

»Du warst es?« Barneys Stimme war so ausdruckslos wie sein Blick. »Du und Nessa?«

»Kaum zu fassen, dass du so lange gebraucht hast, es zu

begreifen. Natürlich hat sie sich an mich gewandt. Für sie war es immer die Wahl zwischen uns beiden gewesen, oder? Und warum hätte ich nein sagen sollen? Du hast von jeher alles gehabt: Eltern, die dich vergötterten, hervorragende Examensnoten, eine prächtige Karriere. Nun war ich dran.«

»Dann macht es dich hoffentlich glücklich, mich jetzt zu sehen. Ich habe nichts.«

»Barney?«

Cassie ergriff seine Hand, strich mit den Fingern über seinen Handrücken und rieb die Fingerknöchel, um seine Anspannung zu lockern. Doch er riss die Hand weg und verließ das Zimmer, ohne Cassie noch einmal anzusehen.

»Warum haben Sie ihm solchen Mist erzählt?«, schrie sie Guy an. »Gehen Sie ihm nach und sagen Sie ihm, dass es nicht wahr ist.«

»Er weiß, dass es stimmt.«

»Heißt das, du hast eine Affäre mit Nessa gehabt?«, fragte Diana streng und verschränkte die Arme vor der Brust.

»Keine Affäre«, antwortete er achselzuckend. »Es war mehr eine beiläufige Geschichte.«

»Und doch so wenig beiläufig, dass sie Barneys Ehe zerstört hat! Wie konntest du ihm das antun?«

»Warum sollte er alles haben? Ich höre mir schon mein Leben lang an, wie perfekt er ist und was für ein bedauernswerter Unfall ich war.«

Cassie hatte genug gehört. Ihr war egal, ob Diana und Guy sich den Rest des Tages streiten wollten. Für sie war einzig Barney wichtig, und sie musste ihn finden, ehe ihr die Zeit davonlief. Ihr blieben nur noch ein paar Stunden, um zu entscheiden, ob sie den Zug nach Devon nehmen sollte. Zuerst versuchte sie es in seinem Büro, aber das war leer. Der Kalender hing noch an der Wand und verhöhnte sie mit dem roten Kreis um den Tag, an dem sie hatten ausgehen wollen. Sie ging in die Küche, wo Ruth jedoch allein war. Ruth mutmaßte, dass er zurück zur Farm gegangen war, aber dort war er auch nicht. Und er ging auch nicht an sein Telefon. Auf einmal schlug Cassie sich die Hand an die Stirn. Sie wusste, wo er war. Hatte er ihr nicht erzählt, wo er sich versteckte? Er war unter der Weide, da war sie sich sicher.

Sie streifte ihre Schuhe ab und lief durch den Garten. Kurz vor dem Baum blieb sie stehen, um sich den Schweiß vom Gesicht zu wischen und wieder zu Atem zu kommen. Dann zog sie die Zweige auseinander und duckte sich unter ihnen hindurch. Ihr Herz klopfte bei der Erinnerung an das letzte Mal, als sie hier gewesen war. Barney war nicht da. Cassie sank ins Gras, erschöpft vor Enttäuschung. Sie hatte keine Ahnung, wo sie noch suchen könnte.

Sie saß unter dem Baum, rückte hin und her, bis sie einen weniger rauen Teil am Stamm gefunden hatte, um sich anzulehnen, und betrachtete den Umschlag in ihrer Hand. Frances' Brief. Sollte sie ihn jetzt lesen? Ihre Finger lösten bereits vorsichtig die Klebelasche des Umschlags. Drinnen steckte ein einzelner Bogen, der in einer anderen Handschrift beschrieben war. Es war eine Männerschrift, jedoch nicht Barneys: der Colonel, mutmaßte Cassie. Also musste Frances ihm ihr Geheimnis anvertraut haben, was Cassie mehr schmerzte, als es sollte. Sie faltete das Blatt auseinander und las.

*Meine liebe Cassie,*
*ich habe diesen Brief so lange hinausgezögert, wie ich konnte, aber auch mit meinem Zorn und viel Theater kann ich nicht ändern, was zwangsläufig geschehen wird. Inzwischen werden Sie wissen, was für eine egoistische alte Frau ich bin. Ich habe Sie gebeten, für mich zu arbeiten, wohl wissend, dass Ihre Anstellung zeitlich begrenzt ist und Sie mich wahrscheinlich eines Tages tot in meinem Bett finden werden. Vergeben Sie mir.*
*Warum habe ich es getan? Nichts lässt einen das Leben so grundsätzlich neu bewerten wie ein Todesurteil. Ich hatte so viele Jahre allein gelebt, doch plötzlich konnte ich nur noch daran denken, dass ich nicht allein sterben wollte. Deshalb inserierte ich. Ich suchte jemanden, der mir Gesellschaft leistete, während ich starb, nicht während ich lebte.*
*Sie waren nicht, wonach ich gesucht hatte, und darüber bin ich sehr froh. Vom ersten Moment an, trotz Ihrer entsetzlichen Haare und Ihrer Kleidung, wusste ich, dass Sie die Richtige waren und stark genug, hiermit fertigzuwerden. Ich hätte mir nie vorstellen können, wie viel mehr Sie tun würden. Sie sollten mir einen schöneren Tod bescheren, doch stattdessen gaben Sie mir ein besseres Leben. Sie haben Ramblings wieder zu dem gemacht, was es sein sollte, das Herz des Dorfs. Diese letzten Monate waren die besten in über*

*zwanzig Jahren. Ich kann Ihnen gar nicht genug dafür danken.*
*Es hat mir enorme Freude bereitet zu sehen, wie Sie sich in Ihrer Zeit hier veränderten, und vielleicht konnte Ramblings Sie wieder zu der machen, die Sie sein sollen. Sie sind eine freundliche und großzügige Frau, und ich betrachte es als großes Privileg, dass ich Sie kennenlernen durfte. Der Vikar versichert mir, dass es einen Himmel gibt, und falls er recht behalten sollte, werde ich nach Ihren Eltern Ausschau halten und ihnen erzählen, wie stolz sie auf Sie sein können. Lassen Sie sich nie wieder von irgendjemandem Selbstzweifel einreden.*
*Sie werden erfahren haben, dass ich Ihnen etwas vermacht habe. Es wäre mehr gewesen, hätte ich geglaubt, dass Sie es annehmen und dass meine Kinder es nicht anfechten würden. Das Geld ist ein Freiheitsfonds, um Ihre Scheidung zu bezahlen oder die Anzahlung für ein eigenes Haus zu leisten – was immer Sie glücklich macht. Sie haben noch viele Jahre vor sich, nutzen Sie sie klug. Umgeben Sie sich mit Menschen, die Ihnen wichtig sind. Glauben Sie mir, es gibt Menschen, denen Sie viel bedeuten. Laden Sie diese Personen zu sich ein und geben Sie ihnen einen Schlüssel zu Ihrem Herzen. Sie sollen nicht so enden wie ich.*
*Freundschaft wird nicht in Jahren gemessen, sondern danach, was in unserem Herzen geschieht. Meines mag alt und schwach sein, aber es könnte keine größere Zuneigung für Sie hegen, meine liebe Cassie. Es war eine Freude, Sie zu kennen, und Sie waren mir*

*eine unermessliche Gefährtin. Dafür bin ich und werde ich immer Ihre dankbare Freundin sein,*
*Frances Smallwood*
*P.S.: Gegen den Rat des Colonels muss ich mich noch ein letztes Mal einmischen. Ich sehne mich danach, Sie glücklich zu sehen, Cassie – Sie sollen Ihr Leben nicht allein verbringen. Sie verdienen mehr als das. Ich denke, es gibt jemanden, dem Sie vertrauen können. Sie haben ihm bereits das Leben gerettet, und ich glaube, er könnte derjenige sein, der nun Ihres rettet. Nichts würde mir mehr Freude machen, als zu sehen, wie Sie das Leben gemeinsam verbringen. Wen Sie auch wählen, nehmen Sie sich Zeit, bis Sie sich ganz sicher sind. Vertrauen Sie darauf, dass Ihr »Für immer zusammen« kommen wird.*

Cassie las den Brief ein zweites und ein drittes Mal und hielt das Blatt senkrecht vor sich, damit ihre Tränen die Tinte nicht verwischten. Diese letzten Worte von Frances brachen ihr das Herz: Das Lebewohl, das sie auch gern gesagt hätte, hätte sie die Möglichkeit dazu gehabt. Doch zugleich waren die Worte eine Wohltat, und Zufriedenheit mischte sich in Cassies Trauer. Frances hatte sie wertgeschätzt. Cassie hatte Frances' letzte Monate glücklich gemacht. Sie sollte stolz auf das sein, was sie getan hatte, keine Schuldgefühle haben. Dieser Brief war tausendmal kostbarer als alles andere, was Frances ihr gegeben hatte.

Sie trocknete sich die Wangen mit ihrem Ärmel und las nochmals den Nachsatz. Frances bezog sich ganz klar auf Barney; der Brief musste vor der Gartenparty geschrieben worden sein. Frances musste zufrieden gestorben sein, in dem Denken, dass sie ein Paar waren. Aber was war die Wahrheit? Cassie liebte ihn, dessen war sie sich sicher. Was seine Gefühle betraf, war sie es nicht, und je mehr sie darüber nachdachte, desto unsicherer wurde sie. Er begehrte sie – das bezweifelte sie nicht, und ihr wurde immer noch heiß bei der Erinnerung, was er hier mit ihr getan hatte. Er hatte gesagt, dass er sie wollte. Und was hatte Vicky gesagt? Dass er sie ansah, als fragte er sich, warum sie nicht in seinem Bett war. Doch das war rein physisch, nicht emotional. Er hatte nie gesagt, dass er sie liebte, weder direkt noch mit anderen Worten. Wie könnte er ihr »Für immer zusammen« sein, wenn er nicht mehr als Lust empfand?

Cassie faltete den Brief zusammen und steckte ihn zurück in den Umschlag. Frances hatte recht. Sie musste sicher sein, und das war sie nicht. Sie war herumgelaufen, hatte Barney gesucht, und wozu? Um sich zu entschuldigen? Das hatte sie in den Jahren mit Mike schon zur Genüge getan. Sie könnte weiter hinter ihm herlaufen, ihm sagen, wie sie empfand, aber welchen Sinn hätte das? Sie hatte bereits eine Beziehung mit Liebe auf der einen und Lust auf der anderen Seite durchlebt, und sie hatte nicht funktioniert. Auch in dem Punkt hatte Frances recht. Cassie verdiente mehr. Sie würde nicht noch einmal eine Beziehung in Betracht ziehen, sofern sie kein Gleichgewicht von Liebe und Hingabe aufwies. Und wenn es bedeutete, dass es keine Zukunft mit Barney gab … Sie schluckte. Bei dem Gedanken wurde ihr übel. Sie konnte es schaffen. Es war möglich, ohne die Menschen zu leben, die man liebte. Nach dem Tod ihrer Eltern war es ihr gelungen. Und sie hatte es auch in den letzten Monaten geschafft, als sie ihre Familie nicht hatte sehen können. Sie war stark genug, um damit fertigzuwerden.

Cassie blickte auf die Uhr. Sie wusste, was sie zu tun hatte. Sie würde ihren Zug nehmen, nach Hause fahren und in Ruhe überlegen, wie sie sich ihre Zukunft wünschte. Aber zuerst musste sie ihren Fehler bei Barney wiedergutmachen. Sie lief zurück zum Haus und sah in sämtlichen Räumen unten nach, bis sie Guy gefunden hatte. Er saß mit Hugh im Frühstückszimmer und machte sich mit dem Inhalt einer Whiskyflasche vertraut.

»Was wollen Sie?«, fragte er, als Cassie hereinplatzte. »Glauben Sie, Sie dürfen in Ihrer neuen Rolle als Treuhänderin nach Belieben im Haus herumlaufen? Tja, wir sind auch beide Treuhänder, und bei einer Abstimmung würden wir Sie überstimmen. Also raus mit Ihnen.«

Er war schon ziemlich angetrunken, aber das kümmerte Cassie nicht. Sollte er sich doch zu Tode trinken, solange er vorher dem zustimmte, was sie wollte.

»Ich will das Land, das Sie bei der Auktion ersteigert haben.«

»Haben Sie nicht schon mehr von unserer Familie, als Ihnen zusteht? Das ist ein wertvolles Grundstück.« Er musterte Cassie, und sie wartete in der Hoffnung, dass ihr Gefühl sie nicht täuschte. »Was geben Sie mir dafür?«

»Fünftausend Pfund«, sagte sie und war froh, dass ihn die Aussicht auf das Geld daran hinderte, ihr Angebot sofort abzulehnen.

»Fünf? Das reicht nicht. Sie haben keinen blassen Schimmer, wie viel Land wert ist, oder?«

Cassie dachte nicht daran, was es wert war, sondern wie viel sie sich leisten konnte.

»Okay, zehntausend«, sagte sie. Sie hatte es sich auf dem Weg hierher überlegt. Damit blieben ihr noch ihre Ersparnisse und einiges von Frances' Geld. Es war mehr, als sie bei ihrer Ankunft hier gehabt hatte.

»Ich glaube kaum.« Guy nahm einen Packen Papiere vom Tisch neben sich und wedelte damit. »Ich weiß, dass Sie fünfundzwanzigtausend haben.«

Er wollte alles – den gesamten Freiheitsfonds; alles, was Frances ihr gegeben hatte. Cassie blickte zu Hugh, doch der starrte in sein Whiskyglas. Von ihm würde sie keine Unterstützung bekommen.

»Na gut. Fünfundzwanzigtausend.«

Sie hatte keine Wahl. Frances würde es verstehen, denn auch sie hatte Barney geliebt.

»Ich denke, Sie könnten mir noch ein wenig mehr bieten«, sagte Guy und füllte sein Glas auf. »Sie haben hier – wie lange … sechs Monate? – gearbeitet und müssen mindestens tausend Pfund im Monat verdient haben. Steuern und Ausgaben ziehe ich ab, dann sind wir abgerundet bei dreißigtausend.«

»Dreißigtausend Pfund?«

Panik schnürte Cassie die Kehle zu, sodass ihre Worte kaum zu hören waren. Sie hustete.

»Das Land ist nicht so viel wert.«

»Für Sie schon. Und für Barney ist es unbezahlbar.«

Er lächelte. Natürlich wusste er genau, was Cassie machte und warum.

Sie blickte sich im Zimmer um, und ihr Blick verharrte

auf dem leeren Sessel, in dem Frances früher immer gesessen hatte. Sie wollte Guy das Geld nicht geben. Sie gönnte ihm die Befriedigung nicht, es ihr abzunehmen. Ihr bliebe nichts von ihrer Zeit in Ribblemill. Doch als sie den Sessel ansah, sich an Frances erinnerte und deren Lebendigkeit fühlte, wurde ihr klar, dass das nicht stimmte. Sie hatte noch Frances' Brief, der in ihrer Hand knisterte. Und sie hatte ihr Selbstwertgefühl zurück. Sie hatte gelernt, wieder zu lieben, und das so sehr, wie es Guy wohl nie gekannt hatte. Also konnte er das Geld haben, jeden Penny. In den Dingen, die wirklich zählten, war sie trotzdem viel besser dran als er.

»Ist gut«, sagte sie. »Ich zahle Ihnen dreißigtausend Pfund für das Land.«

»Da wären noch die Kleider«, entgegnete Guy. »Die müssen etwas wert sein.«

»Nein, die bekommen Sie nicht.«

»Dann bekommen Sie eben das Land nicht.«

Sie starrten einander an und forderten sich gegenseitig heraus.

»Herrgott noch mal, Guy!«, brüllte Hugh so laut, dass Cassie zusammenzuckte. »Übertreib es nicht. Du hast heute schon genug Ärger gemacht. Lass sie das Land haben, wenn sie es so dringend will. Für dich ist es nutzlos.«

»Na schön.« Guy zuckte mit den Schultern. »Es gehört Ihnen.« Er grinste spöttisch. »Noch nie habe ich so leicht dreißig Riesen verdient.«

»Ich will es schriftlich haben, solange der Anwalt noch hier ist.« Cassie traute Guy nicht, erst recht nicht, da er betrunken war. Erstaunlicherweise stimmte er zu, und Nigel Boot setzte ein Dokument auf, um den Verkauf zu bestätigen, bis die formellen Papiere zusammengestellt waren.

Nun war nur noch eines zu erledigen. Cassie brachte die Verkaufsvereinbarung in Barneys Büro. Er war nicht da, was sie auch nicht erwartet hatte. Dennoch betrübte sie der Anblick des leeren Zimmers. Sie fotokopierte die Vereinbarung und schrieb eine kurze Nachricht an Barney, in der sie ihm versprach, ihm das Land zu übertragen, sobald es offiziell ihr gehörte. Sie unterzeichnete mit ihrem Namen und legte die Nachricht auf seinen Stuhl, wo er sie finden würde. Dann strich sie über seine Tastatur. Sie versuchte, eine Verbindung zu seinen Händen zu fühlen, die diese Tasten berührt hatten, bückte sich, um an der Stuhllehne zu riechen, und atmete auf der Suche nach Barneys Duft tief ein. Danach verließ sie Ramblings zum letzten Mal, durch den Dienstboteneingang, und ging ihr Gepäck holen, um ihre Reise nach Devon anzutreten.

# 27

»Du bleibst nicht, oder?«

»Nein.«

Vicky reichte Cassie einen tropfnassen Teller, den Cassie abtrocknete und auf den Stapel stellte. Das hatten sie schon x-mal gemacht, und ihre Rollen änderten sich nie: Vicky seifte alles ein, und Cassie wischte auf. Sie war seit vier Tagen in Devon, und es hatte sich bereits eine Routine zwischen ihnen eingespielt. Sie war wieder in ihrem alten Zimmer, mitsamt dem Schafposter an der Wand. Sie half Vicky bei der Hausarbeit und den Jungen und ging mit Stu raus, wenn er Hilfe auf der Farm brauchte. Sie gaben ihr das Gefühl, willkommen zu sein. Vielleicht war dies das Problem. Sie kam sich vor wie eine Besucherin. Es war nicht mehr ihr Zuhause. Niemand brauchte sie wirklich hier.

»Wohin willst du gehen? Zurück nach Ribblemill?«

»Weiß ich nicht.« Aber wenn sie es genau bedachte, brauchte sie auch dort keiner. »Ich versuche, einen Job als Sekretärin zu finden, vielleicht in Exeter oder irgendwo, wo es Arbeit gibt. Und ich kann auch eine Aushilfsstelle annehmen, bis sich etwas ergibt.«

»Und das willst du machen?«

Seifenwasser schwappte auf den Fußboden, als Vicky sich umdrehte und Cassie scharf ansah.

»Das ist alles, was du für den Rest deines Lebens planst?«

»Es ist das, was ich machen kann«, antwortete Cassie. »Und ich möchte dir und Stu meinen Anteil an der Farm geben. Es ist unsinnig, dass mir die Hälfte gehört. Mich daran zu klammern, bringt Mum und Dad nicht zurück.«

»Das kannst du nicht tun. Du hängst an der Farm. Sie ist dein Zuhause.«

»Nein, nicht mehr. Sie gehört dir und Stu, und sie ist euer Erbe für die Jungs. Du solltest mich nicht jedes Mal fragen müssen, wenn ihr etwas verändern wollt. Jeder sollte die Freiheit haben, mit seinem eigenen Heim zu tun, was er will.«

»Du weißt, dass du die beste Schwester aller Zeiten bist, oder?« Vicky umarmte sie mit sehr nassen Händen. »Ich rede mit Stu, aber wenn er einverstanden ist, kaufen wir deinen Anteil, vorausgesetzt, dir macht eine Ratenzahlung nichts aus.« Vicky trat einen Schritt zurück, um Cassie in die Augen zu sehen. »Du gehst doch nicht gleich wieder, oder? Und nicht, ohne es uns zu sagen? Versprich mir, dass du nicht wegläufst.«

»Versprochen. Einige Tage habt ihr mich noch am Hals.«

Es war wie ein Déjà-vu, dachte Cassie am nächsten Tag, als sie die Felder überquerte, die sie zum Küstenpfad brachten. Sie tat nun dasselbe wie in ihren letzten Tagen in Ribblemill: Sie erkundete ihre Lieblingswege, besuchte Lieblingsplätze und prägte sie sich für die Zeit ein, wenn sie nicht mehr da war. Diesmal war es kein endgültiges Lebewohl. Sie könnte zurückkommen und ihre Schwester besuchen, sooft sie wollte. Es würde allerdings nie wieder dasselbe sein. Sie hatte die Wurzeln gekappt, die sie an diesen Ort banden. Auf einer Klippe oben setzte sie sich ins Gras, schaute hinaus aufs Meer, das sich scheinbar ins Nichts erstreckte, und fragte sich, ob ihre Zukunft genauso leer sein würde. Würden die Abschiede jemals enden? Würde sie einen Ort finden, an dem sie wieder Wurzeln schlagen konnte?

Ein aufgeregtes Bellen unterbrach ihre Gedanken, und Sekunden später gruben sich scharfe Krallen in ihr Bein, und eine Zunge schleckte ihre Hand ab. Die Zunge und die Krallen gehörten zu einem Hund, der verblüffende Ähnlichkeit mit Gin hatte. Tatsächlich – Cassie sah genauer hin –, es *war* Gin. Sie schlang die Arme um ihn und vergrub ihr Gesicht in dem Hundefell.

Cassie nahm eine Bewegung wahr und hörte, wie sich jemand neben sie setzte. Ein Luftzug jagte ihr eine Gänsehaut wie eine La-Ola-Welle über den Körper. Ihr Herz raste, weil sie ahnte, wer es war. Doch sie konnte nicht hinsehen. Sie würde es nicht ertragen, enttäuscht zu werden.

»Habe ich schon erwähnt, wie schwierig du bist?«

Es war Barney, und Cassies Kopf schoss nach oben, um das Gesicht zu der Stimme zu sehen. Er war es, und er war real und in Devon, und er lächelte sie mit seinem Gartenparty-Lächeln an. Es war sehr viel auf einmal, was sie verarbeiten musste.

»Was machst du hier?«

»Sollte ich dich das nicht fragen?«

Cassie ließ Gin los, und die Hündin drängte sich in die schmale Lücke zwischen ihren und Barneys Beinen.

Barney lachte. »Ich habe so viel über die Schönheit Devons gehört, dass ich dachte, ich sollte es mir mal ansehen. Und ich kann nicht widersprechen.« Er deutete mit einer Kopfbewegung auf die Landschaft. »Das hier ist besser als Southport. Angefangen damit, dass ich das Meer sehen kann.«

»Du bist den weiten Weg gekommen, um das Meer zu sehen?«

»Ich bin den weiten Weg gekommen, um dich zu sehen.«

»Woher hast du gewusst, dass ich hier bin?«

»Vicky hat es mir erzählt.«

»Wann hast du mit Vicky geredet?«

»An dem Tag, an dem du weg bist. Du warst einfach verschwunden, und niemand in Ribblemill wusste, wo du warst. Natürlich habe ich Vicky angerufen. Ich musste wissen, dass du in Sicherheit bist.«

Er *musste* es wissen? Die Worte bewirkten ein kleines, warmes Glühen in Cassie. Sie streichelte Gin und versuchte, ruhig zu bleiben und sich nicht zu wilden Spekulationen hinreißen zu lassen.

»Vicky dachte, dass du ein wenig Zeit für dich brauchst«, fuhr Barney fort, »sonst wäre ich sofort hergekommen. Aber dann rief sie mich gestern Abend an und sagte, dass du wegwillst. Wohin willst du?«

»Weiß ich nicht. Vielleicht nach Exeter. Ich kann mich nicht hier verstecken, sondern muss mein Leben in den Griff bekommen.«

»Was ist mit Ribblemill?«

»Dort gibt es nichts für mich.«

Sie blickte auf und sah, dass er die Augen zusammenkniff. Aber er war nicht schnell genug gewesen, und sie hatte noch den Ausdruck von Schmerz gesehen. Bevor sie anfangen konnte zu überlegen, was das zu bedeuten hatte, stand Barney auf und trat an den Klippenrand. Er steckte eine Hand in die Hosentasche, rieb sich mit der anderen das Kinn und schaute aufs Wasser hinaus. Seine Schultern waren starr vor Anspannung. Cassie wartete.

»Es tut mir leid, dass ich verschwunden bin«, sagte er, kam zurück und setzte sich wieder neben Cassie.

»Und mir tut es leid, dass ich Guy von der Auktion erzählt habe.«

»Entschuldige dich nicht. Ich bin nicht *er*. Bei mir musst du dich nie entschuldigen. Ich finde es furchtbar, dass ich dir das Gefühl gegeben habe, du müsstest es tun. Und ich verspreche dir, dass das nie wieder vorkommen wird.«

»Ich weiß, dass du nicht er bist. Und ich bin nicht Nessa. Ich würde niemals tun, was sie getan hat.«

Er nickte.

»Bist du deshalb hergekommen?«, fragte sie. »Um dich zu entschuldigen?«

»Nicht nur das.«

Barney zog ein Papier aus seiner Tasche. Sie erkannte sofort, dass es die Kopie des Kaufvertrags mit Guy war.

»Warum hast du das getan? Ich weiß, was dir dieses Geld bedeutet und wie eisern du gespart hast. Du kannst es nicht dafür ausgeben.«

»Doch, kann ich. Frances hat es meinen Freiheitsfonds genannt. Ich nahm mir die Freiheit, damit zu tun, was ich tun musste.«

»Du musstest das Land nicht für mich kaufen, nur weil du die Auktion Guy gegenüber erwähnt hattest.«

Cassie schwieg. Sie hatte es nicht aus Schuldbewusstsein getan, jedenfalls nicht nur. Sie hatte es aus Liebe getan. Sie wollte, dass Barney glücklich war und alles hatte, was er sich wünschte, und sie hatte einen Weg gesehen, das zu ermöglichen. Barney holte noch ein Papier aus seiner Tasche und hielt es ihr hin. Es handelte sich um einen Scheck über dreißigtausend Pfund, zahlbar an sie und von ihm unterschrieben.

»Ich will das nicht«, sagte sie. Er sah ihr in die Augen und entlockte ihnen weiß Gott was für Geheimnisse.

»Du kannst den Scheck annehmen und dir das Geld von mir erstatten lassen«, sagte er. »Oder du wählst eine andere Option.« Der Scheck zitterte in seiner Hand. »Du behältst das Land und wirst meine Partnerin.«

»Auf der Farm?«

»In allem.« Er sah sie unverwandt an. »Schöne Worte liegen mir nicht. Ich will dich bei mir haben. Ich brauche dich. Ich liebe dich.«

Meinte er es ernst? Sie interessierte sich nicht für schöne Worte, nur für ehrliche.

»Du hast bisher noch nie Liebe erwähnt«, sagte sie.

»Nein, absichtlich nicht. Du hast das Wort schon früher gehört und bist enttäuscht worden. Ich wollte dir zeigen, was es wirklich bedeuten kann. Das musst du doch erkannt haben.«

Cassie schüttelte den Kopf. »Ich dachte, du würdest dich um meine Gesundheit sorgen, so wie bei Frances.«

Barney beobachtete sie, als wartete er darauf, dass sie etwas begriff. Und sie tat es. Sie erinnerte sich, was er an dem Tag sagte, an dem Frances starb.

»Du hast mir gesagt, du hättest so ein Tamtam um sie gemacht, weil du sie geliebt hast.«

»Ja.«

Seine Fingerspitzen waren weiß, so fest hielt er den Scheck. Er blinzelte so heftig, wie Cassie es noch nie bei ihm gesehen hatte. Sie streckte eine Hand aus und nahm den Scheck. Die Verzweiflung, die sich nun in seinem Gesicht spiegelte, überzeugte sie und räumte jeden Zweifel aus. In ihrem ganzen Leben war Cassie sich noch nie so sicher gewesen. Sie trat an den Klippenrand, zerriss den Scheck und ließ die Papierfetzen vom Wind aufs Meer wehen.

Im nächsten Moment war Barney neben ihr.

»Ich liebe dich auch«, sagte sie. Es fühlte sich eigenartig an, dies nach all den Wochen, in denen sie es geheim zu halten versucht hatte, laut auszusprechen. Rasch fuhr sie fort: »Das Geld ist mir egal. Ich liebe dich. Nur das zählt.«

Barney kam näher, und Cassie dachte, er würde sie endlich küssen. Stattdessen umfing er ihr Gesicht mit beiden Händen und sah ihr mit diesem vertrauten Barney-Blick in die Augen, doch jetzt war es kein suchender, sondern ein alles enthüllender Blick. Es war berauschend.

»Ich werde jede Sekunde meines Lebens damit verbringen, dich zu lieben«, sagte er. »Du bist jetzt sicher.«

Cassie glaubte ihm. Die richtigen Worte von dem

richtigen Menschen besaßen die Kraft zu heilen, wie die falschen die Macht hatten zu verletzen. Und als Barney sie in die Arme nahm und küsste, fühlte sie, wie sich die Wunden in ihrem Herzen schlossen und Jahre von Schmerz begruben.

»Es fühlt sich falsch an, so glücklich zu sein«, sagte sie einige Zeit später, als sie zusammen im Gras lagen. Sie lehnte den Kopf an Barneys Brust, hypnotisiert von seinem Herzschlag.

»Wegen Frances?«

Cassie nickte. Barney schien das Gefühl zu genießen. Nachdem er sie abermals geküsst hatte, setzte er sich auf und zog sie mit sich.

»An dem Tag, als ich aus Malta zurückkam, rief Frances mich zu sich, während du spazieren warst«, sagte er.

»Was wollte sie?«

»Mir sagen, dass ich endlich die richtige Wahl getroffen hätte und auf dich aufpassen solle, sonst bekäme ich es mit ihr zu tun.«

Cassie lachte. Barney küsste sie, und sie lachte wieder. Der gleiche Effekt stellte sich immer wieder ein. Sie hätte das Experiment gern fortgesetzt, doch er legte ihr eine Hand auf den Mund.

»Warte einen Moment.« Seine Augen funkelten, und sein Lächeln wirkte amüsiert. »Das ist wichtig.«

Er wühlte in seiner Tasche – in der sich unendlich viele Dinge zu befinden schienen – und zog ein kleines Päckchen aus Seidenpapier hervor. Er wickelte es auf, und ein goldenes Armband kam zum Vorschein.

»Sie hat mir dies hier gegeben, mit der Bitte, es dir im

richtigen Moment zu schenken. Angeblich würdest du die Bedeutung sofort verstehen.«

Cassie nahm das Armband in die Hand. Es bestand aus zwei ineinandergreifenden Bogen, ähnlich dem Unendlichkeitssymbol, und der Verschluss war ein zweiteiliges Herz, das zu einem ganzen wurde, wenn man das Armband verschloss. Cassie hatte es auf dem Porträt von Amelia Smallwood gesehen, und Frances hatte ihr die Geschichte dazu erzählt.

»Es hat Amelie Smallwood gehört«, sagte sie. »Sie bekam es von ihrem Mann. Wie Frances sagte, war es die glücklichste aller Smallwood-Ehen, eine wahre Liebe.«

»Und es wurde eigens für sie angefertigt«, ergänzte Barney und erzählte die Geschichte weiter. »Sie war seine zweite Frau, und er wollte ihr zeigen, dass sie sein Herz wieder ganz gemacht hatte. Dass sie seine Frau für immer war.«

Er nahm Cassie das Armband ab und legte es ihr an. Dann küsste er ihr die Tränen von den Wangen.

»Warum weinst du?«

»Frances hat mir einen Brief geschrieben. Jetzt verstehe ich ihn.«

»Gut. Und du weißt, was sie sagen würde, wenn sie jetzt hier wäre, oder?«

Cassie lächelte. Das konnte sie mühelos erraten.

»Hör auf, so ein Tamtam zu machen«, sagte Barney.

Und als Cassie lachte, zog er sie wieder nach unten ins Gras und machte ein so köstliches Tamtam um sie, dass sie sich wünschte, er würde niemals damit aufhören.

# Danksagung

Ich danke allen bei Accent Press dafür, dass sie einen geheimen, über dreißig Jahre lang gehegten Traum wahr werden ließen. Mein besonderer Dank gilt Rebecca Lloyd für ihr einfühlsames Editieren und dafür, dass sie genau verstanden hat, wie ich mir *Der Zauber des Hauses Ramblings* vorgestellt habe.

Die RNA ist eine großartige Organisation für Autoren; dort bekommt man Ratschläge, Unterstützung, Möglichkeiten und Freundschaft geboten, und ich würde immer noch sehnsuchtsvoll Danksagungen lesen und nicht meine eigene schreiben, wenn ich nicht selbst dem New Writers' Scheme beigetreten wäre. Ich bin allen, die dort tätig sind, sehr dankbar.

Mein Dank gebührt auch Catherine und Julie, zwei außergewöhnlichen Freundinnen und Autorinnen, die mich angefeuert und beraten haben. Ich könnte noch lange fortfahren – und wie man weiß, tue ich das üblicherweise –, aber dieses Mal fasse ich mich kurz. Wie Frances sagt, wird Freundschaft nicht in Jahren gemessen. Ihr wart beide großartig.

Zum Schluss möchte ich mich bei Stephen und Molly

bedanken – für die vielen heißen Ribenas und dafür, dass sie mich einfach haben weitermachen lassen.